U0092374

吟蜩 著

# 自序

## 人生的路途

人的一生，受著時代、命運的牽引與左右……一個人出生在什麼時代，什麼樣的家庭？不是個人所能夠選擇的，即使是在承平時代出生於善好家庭，也未見得人生的路途處處順遂……時代的承平與否，有著許多關鍵性的因素；或因天災，或有人禍，人性的善與惡也在影響著時代發展……

人類是群居動物，透過群居，產生故事；人類在時代的劇場中演出，喜、怒、哀、樂，角色紛陳……由寫作者的心靈與藝術手法，加以表達、傳佈，接受的程度各自領悟，正如把馬兒牽到河邊，如何飲水？馬兒自己知道。

各人有各人自己的人生路途，作者更想記述的是愛，神的大愛，人類與自然的愛，人類與人類的愛與情（親情、友情、愛情，情路啊，情路，千山萬水，風花雪月，悲喜交集……），由真、由善，實現夢想，最美！

人生如戲？如夢？如歌？不完全任由個人可以鍾意於何種角色。

本書的女主角牛紫千，也正在演唱她的人生之歌，請聽……

吟　蜩

全文重修於美國南加州2009初夏

山凝水碧柳含煙；

紫色幽思千萬千，

花不語；

落絮翩躚，

蓬飄何處？

聚散怎無牽？

更哪堪

回首

不再當年？！

紫牽牛之歌

# 目次

# 上篇

## 福州

### 萌芽初放戀曲

# 萌芽

## 1

王牧師提了一只旅行箱，一級一級往上爬，爬到半山腰，停下來，把箱子放在石階上，拿出手帕擦擦額頭的汗水，又把眼鏡取下來，把兩片鏡片也擦擦亮，重新戴上眼鏡。他前後左右環顧了一下，倉前山這一帶蓋了不少洋房，他看一看右手邊這一家，三十五號，那麼，九十號還有得爬哩！

王牧師提起箱子，繼續往上爬，過了一會兒又去察看門牌，六十號……八十二號，就快到了，繼續向上爬，他又看看左手邊這一家，八十八號，王牧師聽到有人在陽台上叫他：

「王牧師！」

王牧師抬頭看，再過去一幢的陽台上有人向他招手，他也朝那人揮揮手，繼續向前走，陽台上的人又叫了：

「王牧師！等我下來……」

陽台上的人一時不見了，王牧師也走到了九十號門前，大門開開了，牛牧師迎了出來，笑著，一面說：

「快把箱子給我，我來提，上坡路，不好走，很累了吧？」

「還好還好……」

「老遠看去，很像是你，沒把握，不敢叫，你信上寫的並不是今天到達的啊？」

「是啊，因為船期提前了幾天……牛牧師，我看倉前山這地方還真不錯，你現在是福州通了吧？」

「這可不敢這麼說呀，多年來，我在福州常常走動的地方，也僅僅限於倉前山、南台附近這一帶，因為，這裡是我們的教區，其他的地方我也很少去。」說著說著已經上了樓，牛牧師把箱子放在客廳木櫃旁邊，把王牧師帶到陽台外面去，他說：

「我們這邊坐，這邊涼快。」

王牧師見陽台很寬敞，欄杆邊擺了幾盆茉莉花，還有兩把藤椅，一張茶几，就問：

「牛牧師，你跟牛師母常在這陽台上喝茶乘涼是嗎？」

「是啊，我們沒事的時候，常常在這裡看風景，居高臨下，可以看得很遠。剛才我就是站在這裡看到你一路的察找門牌……」牛牧師又指一指藤椅說，「坐，坐，隨便坐，我去給你倒杯水……」

「怎麼？沒看見牛師母？」

「她去探訪教友，就快回來了。」

牛牧師進去，只一下子工夫，端來兩杯開水，一杯遞給王牧師。王牧師接過杯子：

「謝謝！謝謝！我真的很渴，不客氣了。」

說完咕嚕咕嚕喝水。又看看附近風景，喃喃自語：

「不錯，不錯，這裡真不錯。」

牛牧師：

「你們中國人好像不怎麼喜歡把房子蓋在山上，後來外國人來得多了才漸漸蓋起來……」

「這裡是外僑區嗎？」

「也可以這麼說，不過，有一些從外面回來的華僑，也在這裡落戶，他們住一段日子又跑到僑居地去，總是這麼來來去去的，你看……」牛牧師指著山坡下臨街的地方：

「你看，領事館、基督教教會、天主教教會、教會私辦的各級學校，都在這附近。倉前山這地方，不管白天黑夜，都這麼安安靜靜的，不像台江汛那麼喧鬧……」牛牧師又指著左邊較遠的地方，「你看，過了大橋就是台江汛，台江汛是商業和娛樂的總匯，入夜以後，燈火輝煌，車水馬龍……」

「也有那麼多汽車嗎？」

「福州的汽車跟香港比起來，那是小巫見大巫，不過，這裡的人力車、腳踏車、三輪車倒很多，福州有一種三輪車特別長，他們取名叫『老鼠拖尾』很有意思。這些車子，到了晚上把台江汎織成一片車網人潮，這潮聲一直要到深夜才漸漸的安靜下去。怎麼樣？王牧師？你要是不累的話，我們今天晚上就去觀光觀光？」

「好哇！我們坐『老鼠拖尾』去嗎？」

「也有公共汽車，班次很少就是了。」

停了一下，他問：

「王牧師，請你告訴我，你這次來福州總共有幾天假期呢？」

「只有六天，我還想去廈門看看……」

「六天，很快就過去的，能夠把南台這附近走走看看就不錯啦。今天晚上我陪你去台江汎，明天我們去福溪……」

「福溪離這裡遠嗎？」

「不很遠，大約在下渡再往南邊三十華里左右，就在高蓋山的山腳底下，圍繞著高蓋山山脈，有不少鄉鎮村落，就如：郭宅、福溪、福德、下濂、義序、螺洲、城門……等等，在福溪我們有個分會，一位牛弟兄暫時在那裡負責。那時候牛弟兄在藤山小學教書，星期天風雨無阻地上教會來，替我們教會做了不少事情，後來，他調到郭宅中心小學，我請他就近幫忙照顧我們的小教堂。牛弟兄這個人非常熱心，也很敬業，在學校裡也是一位好老師，他一星期有六天是屬於學校，到了禮拜天就來我們教會幫忙；對我們教會來說，這樣是不夠的。所以，王牧師，你能不能在香港方面替他留意留意？我希望他將來有機會去神學院進修，牛弟兄他實在是應該屬於教會的……」

「好哇，我會留意這件事。牛牧師，你福州話說得頂呱呱了吧？」

「我？呵呵呵……」

牛牧師笑了一陣說：

「現在是可以應付了，剛來的時候，工作簡直推展不開，本地人看到我就嚇跑了，好像我會抓他們似的。你猜他們叫我什麼？他們叫我『番仔哥』，我太太是『番仔婆』。好在我是醫生，開始的時候都只能幫他們看病；至於傳福音，那要等機會。現在不同啦，現在我用福州話傳福音，他們都樂於接近我這個『番仔哥』……他又呵呵呵笑了一陣，說，「福州話可真不好學，像你們北方人學起來恐怕更難……」

「難在什麼地方呢？」

「福州話鼻音多，連音也多，常常兩三個音節連在一起，有的音又唸得很輕，像是省略掉。剛來的時候，簡直沒辦法，只聽得他們說，『番仔哥，番仔婆，鼻也啄，驚死人！』聽他們說話，像唱歌一樣……」

王牧師邊聽邊笑，牛牧師邊笑邊說，兩個人哈哈哈！呵呵呵！正笑著，牛師母已經開門進來，站在他們後面，牛師母：

「天上飛來的稀客呀？」

王牧師站起來笑著說：

「不是天上，是從水上來的，牛師母，十多年不見，妳還一點兒沒變樣兒……」

「真是這樣，倒要感謝上帝哩！說說看，你們剛才怎麼笑得這樣開心？」

牛師母說著又搬來一把藤椅坐在牛牧師旁邊。

王牧師笑著說：

「剛才牛牧師正在說從前學講福州話的甘苦給我聽，方言就是這樣，其實我們北方鄉下的土話也很難懂，有些語音簡直就停留在喉嚨和舌頭之間滾來滾去。」

牛師母接著說：

「是呀，我們美國，北方和南方語音也不一樣，只是你們外國人聽不出來。」

停了一會兒，牛師母說，「王牧師，這麼老遠的從香港跑來，就在我們這兒住幾天吧？」

「不便打攪，謝謝了，我已經找好旅社了。」

「那麼，就在我們這兒吃晚飯吧？你們慢慢聊，我去弄飯了。」

「越簡單越好。」

牛師母進去以後，牛牧師說：

「吃過晚飯，我們逛台江汛，明天一早去福溪。」

「 好哇，我們怎麼去？」

「騎腳踏車最方便，大約半小時就到了。我跟牛師母也常常騎車，我們有兩輛腳踏車，寄放在山底下的教友家，待會兒我帶你去跟那位教友認識一下，明天早上七點鐘在他那裡碰面好嗎？」

「好，好。就這樣吧。」

一會兒，牛師母來說晚餐弄好了，他們進去用餐。

## 2

第二天早晨，七點半左右，牛牧師和王牧師已經到了福溪。他們騎著車，在福溪附近，到處看看，福溪鎮，沒有什麼高樓，除了鎮東邊的「私立簡師」是兩層樓，其餘房屋低矮老舊，前後的街道倒有兩條，兩個牧師在前街後街繞了一個大圈，跳下車，推著車，邊走邊說，他們一中一洋，這洋人金頭髮白皮膚藍眼睛，路人難免回頭望看。

兩個牧師也在看，他們看的是這鄉鎮的美麗，山啊，樹啊，水啊，紫色的花朵啊……，看著，說著，走著，他們推車走向柳林，把腳踏車停在柳樹下，走上小堤坐在土坡上。放眼望去，福溪的山是黛青的，福溪的水是凝碧的，河岸邊垂柳倒掛水面，輕風吹過，柳條款款，柳絲兒輕撫碧波，而流水無情，片刻不停留。山坡上，幾棵榕樹，鬚根盤錯，枝葉蓁蓁；又有那攀緣不盡的野牽牛，開滿紫色的花朵，晨光曦微中，點點露珠，遠遠近近，榕樹上掛著的，山坡下爬著的，一簇簇的綠，一團團的紫，就像好多紫色的音符，吹響著這美麗的城鎮。

牛牧師右手指著鎮西邊的山腳底下，說：

「那一間新建的白色小教堂，就是我們的分會。教堂後面米黃色的小平房，是牛弟兄他們一家人的住宅，順著山邊那條小土路，可以通到鄰鎮福德鎮。」

王牧師：

「牛牧師，這一帶地方您很熟悉喔⋯⋯」

「跑嘛，我跟牛師母常常騎著腳踏車到處逛，鄉下地方滿有意思，老百姓很純樸⋯⋯」

「牛牧師，這兒幾點鐘開始禮拜？我們該進教堂了嗎？」

「現在還不急，我們等到八點鐘以後，禮拜開始了才進去。牛弟兄他很謙虛，他若看到有客人來，就會要讓我上去領禮拜，我總想多給他一點練習的機會，因此不想去驚動他。」

「那好，我們就在這裡再坐坐。」

王牧師很貪婪地放眼山野平疇，好讓自己的一雙眼睛不斷的飽覽這美麗的風光，又從背包裡取出照相機，攝取了幾個遠近的鏡頭，他說：

「這裡的山水都是可以入畫的。牛牧師，您把教堂建在這裡，有眼光啊！您更是我的好嚮導，要不是您帶我來了這地方，我一輩子也不會知道，福州的鄉鎮地方這麼美⋯⋯」

「讓我們把榮耀歸於主！」

「阿們！」

王牧師又起來拍照，牛牧師看看時間差不多了，也站起來，準備推車去教堂。

# 3

福溪教堂的大門已經打開。

教堂右邊籐架上牽牛花的藤蔓正倔強地往上爬，幾朵艷麗的紫色喇叭花高高地伸向教堂的屋簷邊，像是帶給人們美好的祝福。前方屋簷的頂尖上聳立著一個白色的十字架，十字架下方由左向右四個大字，「神愛世人」。

禮拜時間就要開始，信徒們陸續走進教堂，彼此笑著問候著。

一個穿紫色洋裝的女孩，從教堂的後面繞到前面來，手裡拿著一本綠色封面的歌本，和一本小本的聖經，她一面走一面跟教友打招呼。她走到講壇前方，在左邊的風琴前面坐下來，打開琴蓋，放好聖經和歌本，她看看歌譜又看看琴鍵，當她的手指按壓著琴鍵時，一串串優雅肅穆的樂音幽幽升起。男女信徒跟著琴聲輕輕和唱：

「暗過必明亮。苦過必甜。弱過必剛強。難過必安。損過必有益。風過必靜。勞過必安息。雨過必晴。」歌聲低沉寧謐，吟唱者的內心，像被一隻萬能的手撫慰過般的平靜。唱了一遍又唱一遍……

牛弟兄在低沉的歌聲中走上講壇。牛牧師和王牧師也在樂聲中走進教堂，他們兩人悄悄地坐在最後一排的椅子。琴聲止歇，講壇上的牛弟兄開始禱告：

「主啊！我們聚在主的面前，求主賜給恩典，使我們因主的恩賜得著平安，我們的生命也將因上主的寵愛更加豐富。主阿！我們在天上的父！慈愛的牧人！我們讚美你！……」

「阿們！」

琴音又起，穿紫衣梳長辮的女孩正全神注視著自己面前的樂譜，額前的瀏海，直蓋到濃黑彎眉的上緣，兩根髮辮的末梢，兩隻淡紫色的大蝴蝶結靜靜地停在那兒。從側面看她，鼻樑挺直，秀氣中帶著幾分俏皮。樂聲停時，牛弟兄閉著雙眼禱告：

「啊……天上的父，慈愛的牧人，我們讚美你！在主的面前，我們是帶罪無知的羔羊，主啊！請憐憫我們，並帶領我們走向天國的路，啊！我慈愛的天父……」

教堂後座，有一個皮膚黝黑，體格粗壯的男孩，悄悄地站起來，溜了出去，順著教堂外牆慢慢走，越過教堂後面的小平房，走向後山。他邊走邊回過頭來，看看教堂的屋頂。他慢慢走，慢慢爬上山坡，走向一片紫綠色的邊緣停下來。低頭注視綠色藤蔓間一朵朵紫色的牽牛花兒，用腳尖在花叢間踢來踢去，蹲下，從口袋裡抽出一條紫色的小手帕，打開，用手帕在花叢間包起一些東西。包好了，往回走，走下山坡，走到教堂後面小平房的門前，坐在台階上，好像等人又像隨意到處看看，臉上帶著詭譎的笑……

教堂裡的禮拜已經結束，信徒們漸漸結伴離去，穿紫衣的風琴手拿起歌本和聖經，蓋好琴蓋，轉過身，就看到教堂後面的牛牧師遠遠地對著她笑，她叫了一聲：

「爹！牛牧師在後面。」

「哦，牛牧師來了……」

牛弟兄急急忙忙走向後座，牛牧師領著王牧師向前走來，他們碰頭了，牛牧師忙把王牧師介紹給牛弟兄：

「牛弟兄，這是香港來的王牧師。」

王牧師趨前問候：

「牛牧師，久仰！久仰！」

「叫我牛弟兄好啦，我還不夠牧師的資格，若叫我們兩個都叫牛牧師，會弄糊塗的。」

「我這牛是隨便取的中國姓，牛弟兄他才真正姓牛，叫我牛約翰也行，我倒很習慣叫他干城牛，對嗎？干城牛？」

「對，對，叫我干城牛，牛干城，牛弟兄都行……」

剛才還在跟教友說話的清蓮，這時候向著兩位客人走來，穿紫衣的女孩跟在母親旁邊，她們同時喊了一聲：

「牛牧師！早！」

「早！早！這是香港來的王牧師。」

「王牧師！好！」

「好！好！大家好。」

干城牛又把自己太太給王牧師介紹了一下。

牛約翰說：

「還有，這位是密斯紫千牛，她是干城牛的掌上明珠。」

紫千彎腰鞠躬又叫了一聲：

「王牧師！好！」

鳳娥見他們講得熱鬧，也走過來打招呼：

「牛牧師，早起（註）才來啊？」

牛約翰先回答，「是，是，早起才來……」又轉身對王牧師說：

「這是牛小姐的舅媽，她住在福德。」又對鳳娥介紹說，「這是王牧師。」

鳳娥笑著說：

「王牧師，去厝裡坐。」

清蓮也說：

「對！對！牛牧師，王牧師，都請來我們家坐坐吧？」

牛約翰說：

「今天不打攪了，我們就在這裡談談教會的事，談完馬上要走，王牧師還要去看朋友。」

紫千見大人都還在說著話，就對母親說：

「媽，我先回去了……王牧師，牛牧師，再見！」

鳳娥說：

「紫千，你看看傳雙表哥哪裡去了？」

---

註：方言，意指早上。

「好，我去找他。」

紫千出來往教堂後面走，遠遠地，她看見表哥坐在自己家門口的台階上，鬼鬼祟祟地對著她笑，她也笑嘻嘻地跑向他，叫：

「表哥！」

跑了幾步又叫：

「表哥！你為什麼不做禮拜，偷跑出來？」

「做禮拜不好玩，我不喜歡做禮拜。」

「不喜歡做禮拜，你來幹什麼？」

「我娘說，今天是你生日，我才來。」

「我生日，你送不送我禮物？」

「送呀！你看，最好的禮物在這裡。」

說完，他站起來，把手裡的那條手帕舉得高高地，在紫千面前幌來幌去地問：

「這手帕是不是你的？」

「拿來！拿來！還我！」

「急什麼嘛？急什麼嘛？」傳雙把手舉得更高。

紫千又急又跳地說：

「還我！你什麼時候把我的手帕偷拿走？害我找了好幾天都沒找到。」

「誰說我偷拿的？再說偷拿就不給你了。」

「好！好！不是偷拿的，不是偷拿的，快還給我。」

「拿去吧！」說完把手帕舉在紫千面前，說，「拿好喔！仔細打開看看，包在裡面的就是我送給你的生日禮物。」

紫千剛接過手，傳雙就嘿嘿嘿地笑起來。

紫千打開手帕，輕輕地抖了一下，抖出一隻黑黑的大毛毛蟲。紫千嚇得尖聲怪叫，她全身起著雞皮疙瘩，立刻把手帕丟在地下，回轉頭去追吳傳雙，嘴裡又叫又罵：

「討厭！幹什麼嚇人家嘛？討厭！」

吳傳雙越跑越遠，一直跑到後山的山坡上，紫千去追他，他們在紫色的花叢間追逐著，一個笑著跑在前面，一個追在後面罵著：

「討厭！賠我一條手帕！」

「是你自己不要，怎麼叫我賠？」

這時候，山坡底下的屋子後面，站著兩個大人，仰頭看著追逐叫罵中的兩個孩子，她們是清蓮和鳳娥，鳳娥揚聲叫：

「傳雙吶！快下來吧！」聲音聽著很刺耳，清蓮才回頭仔細地看她的寡嫂，好像比上次來時更黑了一些，頸後的髮髻鬆垮垮地掛著，穿一件灰白色上衣，黑色長褲，精神不大好似的，就問：

「依嫂（註1），你又去收租了嗎？」

「嗯，昨天出去晒了一天。」

「難怪曬得黑黑的了。」

兩個孩子還沒有下來，鳳娥又叫：

「傳雙吶！紫千吶！下來吧！」兩個孩子似乎聽見了，他們停下來，一前一後地往山腳跑來，仍然是傳雙跑在前頭，紫千在後面追。等他們跑近了，清蓮說：

你們這樣到處亂跑，當心有蛇咬你們。」又對紫千說：

「今天過了生日就十五歲了，還這麼孩子氣。」

「表哥拿毛毛蟲嚇人家嘛。」

鳳娥看看自己兒子，似責備又疼愛地說：

「傳雙，你幾歲了？還跟表妹冤家（註2），去年也是這樣……」傳雙只愣愣地傻笑。

清蓮已經開開小屋的後門，讓鳳娥先進去，兩個孩子也進去，她自己走在最後。清蓮早已看出來，傳雙時常惡作劇，作弄紫千，

註1：方言，稱呼前加一個依字。

註2：方言，意指吵嘴、吵架。

一想到哥哥死得早，只有這個寶貝兒子，他母親又寵慣兒子，見他們表兄妹有什麼糾紛，也不忍心去責備這個姪子。

## 4

去年也是紫千生日這天，鳳娥跟傳雙來得特別早，那天，紫千穿了一件白底紫花的小洋裝，腰後繫一朵紫色的大蝴蝶結，在山坡上野花間追逐著幾隻蝴蝶，傳雙站在旁邊看，只見大蝴蝶小蝴蝶飛來飛去，傳雙心裡想，「小女孩真無聊，就愛這些大大小小的蝴蝶……」想著想著去抓了一隻螞蚱，抓得緊緊的叫紫千猜：

「紫千，你猜猜，看我手裡抓的是不是蝴蝶？」紫千追了半天，什麼也沒抓到，很好奇地低頭去看，一面說：

「我猜是小蝴蝶。」剛說完蝶字，傳雙就鬆開手，小螞蚱跳出來，不偏不斜正好落在紫千的鼻尖上，紫千正待要大聲叫罵，螞蚱又一下子蹦到草叢裡去了。傳雙嘿嘿嘿地好得意，過一會兒，又抓緊拳頭叫紫千猜，紫千說：

「我不猜了。」

「你不猜，我就弄死。」

「弄死，弄死嘛！」

剛說完就見傳雙把大螞蚱的頭拔下來。紫千要哭不哭地說：

「你這麼壞心，以後我不去你家，你也不要再到我家來。」

「不來就不來，反正我娘說等你長大了，要把你娶來做媳婦。」說完負氣先走了。

紫千回去問媽媽，什麼叫「娶來做媳婦」？

媽媽問：

「妳又跟表哥吵架啦？」

「誰叫他把一隻活的螞蚱弄死，我不理他了。」

「表哥是客人，女孩家不可以這麼愛生氣，要學得溫柔些。

你知道不知道？天上的小天使看到女孩子生氣，就會掉翅膀，掉翅膀的小天使飛不動……」紫千喜歡會飛的小天使，也就不敢隨便生氣。有時候她忍著，有時候她躲在房裡偷偷地哭，不理她表哥。

## 5

五月初，學校放了兩天假，他們利用這兩天去遠足旅行。大家討論結果，初三的三班都去白湖。這一天一大早紫千跳下床就聽母親說：

「紫千吶，吃的東西我都給妳準備好了。可是妳看，天氣怎麼變壞了，風又大，我看不要去遠足算了。」

「媽，我還是很想去，我已經兩年沒去白湖了。上次去還是打仗那時候，白湖被搞得又髒又亂，沒什麼好風景，聽說現在又整修過了，所以我想去。」

「一定要去的話，就去吧，自己小心些。風這麼大，把外套穿上吧。」

「好，我會小心」

九點鐘不到，紫千走到學校，見每班都在點名列隊了，她也走過去，站在隊伍裡。老師見人數已經到齊，就要出發了。

他們的隊伍，走到白湖時已經是中午十一點多了。老師叫他們在白湖周圍的草地上吃野餐，隊伍就散了。

紫千跟史漪湖手挽著手，走進湖中亭去吃東西。她們坐在亭子裡一面欣賞湖面風光，一面吃著東西。忽然紫千看見表哥從亭外走過，就用手肘碰了史漪湖一下，叫她看他，史漪湖說：

「別叫他。」

「為什麼？」

「我不喜歡他。」說著切了半個滷蛋給紫千，紫千咬了一口說：

「史漪湖，你們家的滷蛋滷得好透，我舅媽滷的蛋裡面都是白的。」說著挾了一塊糕給史漪湖。

「紫千，你怎麼知道我愛吃千層糕？」

「我就是常常看你吃，才特別叫我媽做的。怎麼樣？再來一塊？」

史漪湖就又吃了一塊。吃完了，兩個人走出湖中亭，坐在一棵柳樹下，紫千看見史漪湖拿一塊絨布手帕擦著手上的口琴。史漪湖邊擦邊看看別人玩，也聽見別的同學唱歌唱得好熱鬧，史漪湖拿起口琴試吹，試了試又擦了幾下。紫千說：

「我不知道怎麼搞的，吹口琴老是打拍子打不好。」

「你會風琴呀，我不會。」

「以後你教我吹口琴，我教你彈風琴好不好？」

「好！好！太好了！我也很喜歡風琴。」史漪湖說完就開始吹「採蓮謠」，紫千也跟著口琴哼著。一個吹，一個唱，史漪湖接連著吹了好幾首曲子。後來史漪湖又吹一首，紫千聽著很陌生，不會唱，就站起來走到湖邊去。

紫千看看湖裡面的水不像想像中那麼澄清，湖面還漂浮著一些零零落落的髒東西，有幾朵早放的荷花在湖中搖擺生姿，她就叫史漪湖過來看。看著湖中的蓮花，紫千忽然想起蘭英姐姐從前講過的鬼故事，就說：

「史漪湖，我蘭英姐姐說『水裡的花，有很多是水鬼變的。掉在水裡被淹死的女人都變成女水鬼，做了水鬼，她們都會出來找替身，要是不找一個替身，就永遠都要泡在冰冷的池水裡。到了下雨天，她們找不到藏身的地方，一滴一滴雨水打在水鬼身上，就像一根根利箭刺穿她們的皮肉，水鬼受不了這種煎熬，都紛紛出來找替身。她們在找替身之前，都先把自己變成一朵朵美麗的花兒。漂呀漂的，慢慢漂到岸邊。岸上的人看到了，都很想撈一朵，摘一朵。這朵花要是水鬼變成的話，我們永遠都撈不到，她會等你的指頭快碰到她的時候，再漂遠一點。等你把手伸長了去撈，她又會想辦法再漂遠一點，在你不知不覺中越漂越遠。也許你會脫掉鞋子走下去，把一雙腳泡在水裡去撈，她還是越漂越遠，一直把你引誘到危險的地方，掉進她做的陷阱裡，淹死了，你去替她泡在水裡做水鬼，她就脫身爬到岸上來……』」

「要是男人掉下去淹死了呢？」

「我蘭英姐姐告訴我『男水鬼都變做葉子。』」

史漪湖聽著有點膽怯怯的，她又吹起口琴壯壯膽。

紫千講完了，心裡也是又害怕又懷疑，難道這些美麗的荷花也都是水鬼變成的嗎？紫千帶著幾分好奇，彎下腰去，想採一朵試試。眼見只差半寸就採到了，紫千又把手伸長半寸。碰到了，只覺得後面有人冒冒失失的撞她一下，紫千一驚，腳一滑，撲通！下去了！吃了一口髒水，拼命划動手腳，好容易才站穩了。好在靠岸邊的湖水並不太深，腰部以上都露在水面。濕頭髮滿頭滿臉蓋下來，隔著一頭亂髮，紫千模模糊糊地看見表哥站在她剛才站的地方，愣愣地看她，同時伸出右手正要拉她上岸。又聽見史漪湖說：

「吳傳雙，剛才我看見是你推她。」史漪湖兇巴巴的，同時也伸手來拉紫千，史漪湖跟吳傳雙一人拉一手，很快的就把紫千拉上來了。林老師遠遠地看見了，她很快地跑過來，見紫千全身透濕，臉上掛著串串濕頭髮，腿上鞋子上滿是污泥，一朵紫色的蝴蝶結搭拉在額前，臉上要哭不哭的表情，又滑稽又狼狽的模樣。又見吳傳雙要笑不笑的樣子，林老師憋住想笑的那口氣，拿出一條手帕擦去紫千臉上的水，一面問：

「牛紫千，你是怎麼掉下去的？」

紫千看了表哥一眼，又羞又惱地說：

「我想採一朵荷花嘛，不小心才掉下去的。」

林老師看看吳傳雙說：

「好在吳傳雙跟史漪湖都在這裡，要不然真是危險……」吳傳雙聽了愣愣地站著，好像喉嚨裡哽了一根魚骨頭，不上不下的，一時說不出話來。史漪湖見紫千說是自己掉下去的，也就不再說什麼。她正在把自己的外套脫下來給紫千穿。

林老師擦了半天才把紫千臉上的水擦乾了，並把紫千的濕外套退下來，又把史漪湖的外套給她穿上。但裡面的衣服鞋襪都還是濕漉漉的，牛紫千還硬說不冷。這時候周圍圍了一大群人群，像是看熱鬧似的，紫千低下頭去，不敢看他們。老師看見牛紫千的臉和嘴唇都白白的，就說：

「我們早點回去吧？」她吹了兩下哨子叫大家集合。有些學生在別處玩，有幾個又跑去叫他們，左等右等，拖拖拉拉，總算都來了，只是大家聽說要提早回去都很掃興。有一個男生一臉不高興，又大聲又不耐煩地問：

「老師不是說三點鐘集合？現在才一點半！」

林老師又拿起哨子吹了一下說：

「是呀，現在有一位同學出了點麻煩，我們要提早回去。」

牛紫千看見大家都拿眼睛在隊伍中尋找，一雙一雙眼睛都向自己行注目禮，這些目光中有的是同情的、有的是責備的、有的是嘲笑的。紫千蒼白著臉，很尷尬地低下頭，整個身體緊緊地靠著史漪湖，史漪湖輕輕的對紫千說：

「牛紫千，你恐怕太冷，怎麼抖得好厲害。」

紫千點點頭說：

「是呀，剛才還沒有這麼冷。」

隊伍裡又騷動了一陣，林老師又拿起哨子吹了一下說：

「你們不要吵，看看有多少人願意晚一點回去的請舉手。」

隊伍裡舉起了五六隻手。林老師說：

「好，好，剛才舉手的人現在都出來，你們跟我來，我去跟甲班的蔡老師商量看看，等一下你們跟他們甲班的一起回去，其餘的我先帶隊回去了。」

然後又對六個人其中的一個說：

「吳炳連，你把你們六個人的姓名抄寫給蔡老師。記住一定要聽蔡老師的話，不許亂跑。」

紫千一向都好敬愛林老師，現在又見林老師為她的事這樣著急，紫千感激在心裡。都怪自己一時不謹慎，惹了這許多麻煩。她很想對大家說，害你們不能多玩，對不起大家。可是剛張開嘴，上牙和下牙打戰似的響個不停。林老師也看到了就說：

「牛紫千太冷了，又沒有多餘的衣服給她換，怎麼辦？我們還是快走吧。走一走就會暖和一點。」

她吹了一下哨子，喊：

「立正！向右轉！起步走！」

然後她自己走在隊伍的最前面。正在這時候，吳傳雙急急忙忙的跑來，說：

「林老師，我也要跟你們一起回去。」

林老師回過頭，問：

「你要跟我們回去？是不是已經跟蔡老師說過了？」

「說過了。」

「好吧，你排在最後面。」

走了一程，別人都有點出汗了，紫千還是冷，她感到鼻孔裡熱熱的，兩眼燒燒的。涼風一陣陣地吹來，紫千想張嘴說話，牙齒咯咯響。

走到學校四點鐘了，學生隊伍解散以後，林老師把吳傳雙留下來，她說：

「吳傳雙，我們把牛紫千送回家吧？只怕她要生病了。」

史漪湖也想送紫千回家，林老師知道她路遠，就勸她趕快回家。

清蓮見林老師和傳雙護送著紫千回來，又見紫千臉色慘白，一身狼狽。心裡又氣又惱，她一面給林老師倒茶，一面道謝：

「林老師，太謝謝了，我們紫千就是會給林老師添麻煩......」

「哪裡的話，都怪我這個做老師的照顧不周才發生了這個意外。牛紫千掉下水的時候，好在吳傳雙當時在旁邊，他和另外一位同學史漪湖把她拉上來，可能還吃了一點水⋯⋯」

「吃了兩口……」紫千說著牙齒咯答答……咯答答……抖不停……

林老師看在眼裡，她說：

「牛師母，我還是先走了，我在這裡幫不上忙，還會耽誤你們的事。牛紫千要趕快洗澡換衣服，我怕她要生病了......吳傳雙，你也該回去了，你現在走不走？」

吳傳雙見自己的惡作沒有敗露，就放心的說：

「好啊，我也想回去了。依姑、紫千，再見。」

紫千慘笑著給他們揮揮手。

清蓮送走了林老師和吳傳雙，就進去燒水，一面幫紫千找衣服一面說：

「趕快洗澡換衣服吧。」

等紫千洗好澡，清蓮對紫千說：

「紫千，媽給妳煮了一碗薑湯，趁熱快喝了，喝完去睡一覺也許就好了。」

紫千正喝著薑湯，見她父親從外面回來，一進門就把鼻子重重的吸了兩下，一面走一面說：

「薑湯，好香。」

他低頭去聞碗裡的薑湯，右手摸摸紫千的頭髮，濕的，就問：

「怎麼搞的？頭髮這麼濕，淋雨啦？還是洗頭了？外面沒有下雨啊？」

紫千搖搖頭，說：

「都不是。」

她父親又轉臉問她母親：

「清蓮，紫千到底怎麼啦？一張臉白得嚇人？」

「去遠足，跌到湖裡去了。你看，今天風又大，我想叫她喝了薑湯趕快去睡覺。」

「這樣啊？那麼快喝。睡一覺，出出汗就好了。」

吃晚飯的時候，紫千還沒起來，清蓮進去看了好幾次，見紫千睡得好好的，就不叫她。等廚下的雜事都做完了，再去看時，紫千已經把被子都踢開了，粉紫色的緞面被，一大半掛在床緣邊，面孔跟嘴唇都通紅的，清蓮伸手摸她前額，好燙！嘴裡又胡言亂語的，一會兒說，「……好漂亮的荷花，一會兒又說，水鬼！水鬼……」

清蓮看著，又著急，又沒主意。

干城說：

「我去找約翰去。」

干城走了以後，清蓮心裡更害怕，她端來一盆冷水，用冷毛巾不斷地給紫千擦臉，冰額頭，嘴裡又斷斷續續的禱告著，覺得時間過得真慢。時鐘每敲一次，她的一顆心就在胸口猛搥一陣。直等到晚上十一點鐘，牛干城才帶著一些藥回來。剛走到門口就對清蓮說：

「先給紫千吃一點藥，約翰明天來，今天太晚了。」

清蓮接過藥，就像見了救星似的。她打開一包，給紫千吃了，喝點水。過了一個時辰，燒就漸漸退了，紫千也慢慢地安靜下來，睡了。夜裡，清蓮又起來好幾次，給紫千蓋被子。

第二天牛牧師來的時候，紫千已經好好的了。牛牧師給紫千看完病，說：

「受涼了，吃吃藥，最好多休息幾天。」

又過了一天，紫千自己覺得像沒生病時一樣的舒服了，就吵著要去上學。清蓮堅持要她多休息幾天，紫千說：

「媽，我沒病在家裡睡著好難受。」

「你又不聽話了，你不聽媽的話，也要聽牛牧師的話呀！牛牧師和牛師母那樣疼你，你忘了？牛牧師昨天要你多休息幾天的？」

「我好了嘛。」

清蓮突然想起一件事：

「對了，紫千，牛師母早幾天還說等你畢了業，她要教你英語呢。」

「媽，牛師母以後不教我風琴了嗎？」

「還要教，她說每星期天一小時英語一小時風琴，畢了業就去。」

紫千一高興，好像她的病完全好了。紫千好喜歡牛師母，牛師母不上課的時候，最愛說些笑話逗人笑。

## 6

星期天，鳳娥和蘭英都來看紫千，傳雙也一起來。清蓮又當著大家把傳雙誇讚了一番，她對鳳娥說：

「紫千哪裡像個女孩子，這一次要不是傳雙在旁邊把她拉上來，恐怕更危險，女孩子怎麼好隨便到河邊去採花呢？」

傳雙聽了喉嚨裡又像哽了一根魚骨頭。他跟紫千交換了一個眼色，彼此沒說話，傳雙把頭低了下去。

蘭英說：

「紫千，下次不要再去河邊採花了喔，我不是跟你說過……」

紫千搶著問：

「蘭英姐姐，世界上到底有沒有水鬼呀？」

蘭英說：

「還是不要去想那些鬼故事吧，凡是鬼神這一類的東西，信就有，不信就沒有。」清蓮說：

「我們信上帝，信上帝，魔鬼就不敢靠近我們。」

清蓮見鳳娥唸唸有詞，一會唸，「上帝呀！保佑我們！」一會唸，「觀音菩薩保佑我們！」一會兒又唸，「阿彌陀佛，阿彌陀佛……」

清蓮很知道她這個寡嫂是什麼都信，她常到廟裡燒香拜佛，也上教堂祈禱做禮拜。在她心目中凡物都有神，山有山神，水有水神，連我們進進出出的門都有門神。她信神拜佛，只有一個目的，求神保佑，保佑他家這個龍子吳傳雙，有一天會繁衍一大群龍孫。

能替她繁衍龍孫的這個人，很可能就是紫千，因此紫千有了任何差錯，她也會把一切的神佛都請來，唸遍。對於命運鳳娥更是堅信不移的。那時候傳雙剛生下來沒幾天，鳳娥就叫人陪著抱兒子去算卦，排八字。算命先生胡鐵嘴說：

「……你這兒子將來單傳無疑，不過也可以想辦法來破，要破這單傳嘛……」胡鐵嘴賣著關子……

「破單傳？怎麼破？」鳳娥急忙問。

「破單傳嘛……很麻煩，這要等我給他取個好名字，另外嘛……另外還要找個外姓的人，把你兒子給他做義子……」

「什麼外姓？ 」鳳娥焦急地問。

「外姓嘛……只要不是姓吳。就像我們姓胡的也可以……要不然嘛……」

「要不然怎麼樣？」

「要不然嘛……你們這一家要絕……沒有後代……」

拍！

鳳娥一巴掌打在胡鐵嘴的嘴巴上，一面破口罵道：

「什麼爛嘴斷舌的胡說八道！你才是絕子絕孫的沒有後代哩！等老娘生十個八個兒子給你看……」說著還要掀桌子，經旁邊的人勸開了，胡鐵嘴才陪著不是說：

「算不準，不要錢，算不準，不要錢……」才算平息了一場小風波。

鳳娥回到家裡，跟孩子他爹商量了又商量，終於給孩子取名叫吳傳雙，又趕快去找了個外姓的乾爹，這顆心才算穩了下來。鳳娥巴不得自己一年生一個，十年再生他十個。個個都是又白又胖的大兒子，因此她每天都在送子娘娘神像前面燒香膜拜，祈求送子娘娘給她多送幾個兒子來。很不幸，傳雙剛一歲的時候，他爹就得了急症死了，留下他們兩母子靠著收田租過日子。從那時候起，她不得不相信命運了。

剛才清蓮見她唸了上帝保佑，又唸菩薩保佑，又雙手合著十，頻頻碎碎唸，阿彌陀佛，阿彌陀佛。因為太胖，又唸得那麼認真，兩頰及下巴的胖肉不停的顫動。紫千看到舅媽這樣子，往往要笑。清蓮看著紫千要笑不笑的樣子，深怕紫千又要當著大家面前笑她舅媽，就對鳳娥說：

「依嫂，我們去廚房吧。一個朋友送來幾隻蟳，我們中午把牠弄來吃。」

她看了看擺在門口地下的一個小竹簍，走過去把竹簍提了起來，往裡面瞧了瞧，說：

「還有蘭英送來的這些河蝦，你看怎麼吃？」

鳳娥嘴裡還斷斷續續地唸著：

「阿彌陀佛，阿彌陀佛，阿彌……」邊唸邊走，一路唸到廚房去。

清蓮和鳳娥去廚房了，蘭英在紫千床邊坐了下來。傳雙的屁股靠著書桌，就那麼半坐著。蘭英又開始說笑話，她說：

「我是到了福州才知道你們都吃河蝦，我們河南鄉下人不知道蝦子能吃，只有很少的人吃小蝦，反而不敢吃大蝦。有一次我堂哥在河裡撈了一籮筐三四寸長的大河蝦，總有好幾斤吧，我伯父看到了，你猜怎麼說？」見紫千跟傳雙都搖著頭，蘭英接著說，「我伯父吹鬍子瞪眼地罵他，『你這孩子，怪不得我找不到你呢，一下午盡搞這些去了，田裡的活不幹啦？這種老蝦子怎麼能吃，快去倒在糞坑裡做肥料，下回別再去撈了。』我堂哥愣愣地呆了一會兒，就去把一籮筐活蹦活跳的大河蝦倒在糞坑裡……」

傳雙和紫千都大笑。蘭英等他們止住了笑又說：

「沒想到我們來到了福州，就靠撈捕河蝦賣蝦過日子，現在想起當年被倒掉的那一籮筐大河蝦還真可惜。」

傳雙和紫千又笑了一陣，不久清蓮就叫吃飯了。蘭英見只有他們這幾個人，沒有看到牛牧師，就問：

「牛師母，不等牛牧師一起吃飯嗎？」

「有一位王牧師要回香港去，牛牧師他們都要去送行，不會回來吃，我們坐吧。」

鳳娥跟傳雙也都坐了。紫千今天才有點胃口，又見滿桌子擺著河蝦海蟳，更是胃口大開，不由得多吃了半碗。蘭英說：

「牛師母，我來福州這麼久，還沒吃過海蟳，不知道這種東西怎麼吃？」

「這些你們都一律叫做螃蟹對吧？螃蟹的種類很多，我們常吃的有蟳、蠘、毛蟹、還有一種像拇指般大小的小螃蟹叫螃蜞的，螃蜞是生長在多石的小河溝裡，有的人手腳快些的，一下午就可以抓到半水桶。一般人都把這種小螃蟹醃鹹磨碎，加上紅酒糟，做成蟹醬，再把又香又脆的檀香橄欖醃漬在蟹醬中，過了三五天，取出來做為吃粥的佐菜，吃過的人沒有不想再吃的。我們福州人吃螃蟹的辦法最多，生吃的不說，其他蒸、炒、煎、煮，可以做出十幾道名菜，最簡單的吃法，就是把螃蟹洗乾淨，整隻的放在鍋裡清蒸或是白煮了來吃。吃的時候先把背面的介殼打開，把整隻螃蟹中分兩段，一拿就拿半隻來吃，吃裡面的蟹肉，介殼裡的蟹黃是最鮮美的……」

蘭英插口問：

「那些腳呢？」

「吃螃蟹的腳，要有一付好牙齒，先把腳上的關節折斷了，再用筷子把腳管裡面的蟹肉捅出來吃，這樣子吃螃蟹不雅觀也不衛生，但是只有這樣吃才最有味道，如果蘸一點薑末和醋，又別有一番滋味。」說著把醋和薑末推向蘭英面前，「來，試試看……」

蘭英照她的方法做了。

「怎麼樣？」

「嗯，果然不錯。」

紫千面前已經堆了一堆蟹殼。紫千從小就是吃蟹能手，傳雙也是專家，兩個人都吃得津津有味。鳳娥也嘖嘖嘖吃出好多怪聲音。

清蓮講了半天，一塊都沒挾來吃。過了一會她說：

「有的人把蟹肉挖出來炒著吃或煮成蟹羹。也有人把螃蟹切成一塊一塊跟雞蛋炒在一起，我覺得這種吃法最不通了，會吃的人當然怎麼吃都好，不會吃的人，只覺得到處都是骨頭，無從下筷子，不是急死人嗎？我外祖父在世的時候，誰要是是把螃蟹給切成塊，他就不吃了。他吃螃蟹是什麼佐料都不放的，只要有酒就可以了。他是吃吃螃蟹喝一小口酒。」清蓮又接著說：

「有一種人吃螃蟹會過敏，不是起風疹就是鬧胃病，這種人最沒口福了……」

蘭英見清蓮一塊都不曾挾去吃，就說：

「我今天真是開了眼界，以後也知道怎麼吃螃蟹了，可是牛師母，好菜別都叫我們吃光光了，您也吃一塊吧？」

「說了半天，那個沒口福的人就是我自己，以前我見到螃蟹都是不要命的吃，後來，不知道怎麼搞的？體質變了，蝦蟹這一類海鮮，只要隨便吃一點，靈驗得很，胃裡就開始作怪，剛才看你們吃，不知道幫著你們嚥了多少口水……」大家覺得既愛吃又會過敏，想吃又不能吃，真是很可惜。

後來他們又談起兩個孩子考學校的事，鳳娥最擔心傳雙跟紫千一旦讀了不同的學校，可不是她心裡很情願的事，就說：

「傳雙，你還是跟你表妹讀一個學堂吧，將來做先生多好。」

傳雙斬釘截鐵地說：

「我不喜歡做先生。」

蘭英說：

「不喜歡做先生啊？跟我一起去賣蝦子好不好？」

鳳娥瞪了蘭英一眼，好像蘭英這麼一說，傳雙真的就會去賣蝦子似的，她說：「賣什麼蝦子？我們傳雙要讀書，我們傳雙要做先生。」

蘭英趕快接口說：

「還是讀書好，還是讀書好，像我賣蝦子是不得已的。」她一面心裡想著，這個吳太太，怎麼不像牛師母呢？牛師母白白淨淨的，衣著高雅，說話又文靜又幽默，一付與世無爭的飄逸……而吳太太呢，臉上的肉好像橫著長的，身上的肉也不像是長在身上，倒好像是掛在身上，有的豎著掛，有的橫著掛。走起路來顫巍巍的，好像輕輕一碰，那些肉就會掉下一塊似的。熱天一到，她的身上好像都冒著油，一頭一臉的邋遢……蘭英跟她做鄰居，也不敢怎麼去親近她。倒是紫千，每隔個把月，就跟著母親來到福德，蘭英跟紫千成了忘年交的好朋友。現在蘭英把眼睛看著紫千，問：

「紫千，你怎麼好久都不來我們福德玩？」

「要來的，蘭英姐姐，等我考完學校，你帶我去賣蝦子好不好？賣蝦子一定很好玩？」

「偶爾賣一次是很好玩，天天賣就不好玩了，尤其是冷天刮風下雨的時候，所以，有機會讀書，還是好好去讀書吧。」

他們聊著聊著，一頓飯也吃完了。快回去時候，蘭英又對紫千說：

「紫千，等你考過學校，到我們福德來多住幾天，我帶你去抓蝦子，還要講故事給你聽。」

「好，好，我一定要去。考完了，我要在妗媽家住三天，在你們家住三天。」

## 7

紫千病好了，又回到學校，史漪湖頭一個跑來牽住她的手，問：

「牛紫千，你表哥那天回去有沒有挨罵？」

「沒有，大家都說他多好多好哩。」

「好什麼好？那天要不是他推你一下，你才不會掉下去呢？那天我看得最清楚，分明是他推你下水的。」

「我也是覺得有人碰了我一下才滑下去的。不過，我相信他不是故意推我下水的。」

「紫千，你就是會找理由原諒別人。我才不像你那麼好。你那表哥最討厭了，我聽他們班上的郭婉玲說，他們班上的人都不喜歡吳傳雙。他們說他上課時還偷偷地吃零嘴，口袋裡常常都有花生，過幾分鐘就抓一把花生吃吃……」

「怪不得他常向我舅媽要錢。」

「他要，你舅媽就給他呀？」

「嗯，他要是喜歡老虎嘴裡的牙齒，我舅媽都會叫人去取來給他。」

「你舅媽是不是很有錢？」

「不是有錢，他們有田。我舅媽還說，最近要賣掉一塊地，讓我表哥讀書。」

「不過，郭婉玲告訴我，他們老師說吳傳雙不一定能夠畢業……」

正在這時候，有幾個同學看到紫千，都跑過來七嘴八舌的叫：

「牛紫千！牛紫千！你那天是不是被水鬼拖下去的？ 牛紫千！你有沒有看到水鬼？牛紫千！水鬼是什麼樣子？」

「我說了你們可不許害怕。」

「好！好！我們不怕，你說說看。」牛紫千：

「水鬼呀，水鬼的頭髮好長。水鬼的臉是綠的。眼睛是紅的。脖子這麼細，一個大頭幌來幌去。舌頭這麼長……」紫千邊說邊比劃邊做表情，把幾個聽的人嚇得噫哩哇啦亂叫，有的捂起兩片耳朵嚇跑了。正好上課鈴響了，他們都進教室準備上課。老師進來的時候，剛才那幾個同學還回過頭來跟紫千做鬼臉，大家坐定以後，林老師說：

「牛紫千，以後再到河邊去，可要格外小心了……」林老師說著，見大家都轉頭去看牛紫千，就說：

「你們看牛紫千幹嘛？看你們站起來都像老師一般高了，還跟小孩子似的長不大，過了暑假，你們都是高中生了……」說著，她拿了一疊表格發給大家填寫，邊發表格邊說，「這些表格是要調查你們升學與就業的統計，也可以帶回去跟家長商量過以後再填。」

大家邊看表格邊發表意見，教室裡嗡嗡嗡像群蜂打架。史漪湖伸過頭來問牛紫千：

「牛紫千，你考哪裡？決定了沒有？」

「我想考我們鎮上的縣立簡師，你呢？」

「你考哪裡，我就考哪裡。我們一起去報名好不好？」

「怎麼不好？我正求之不得。我們永遠不分開多好？」

林老師剛好走過來聽見了，就說：

「你們兩個真是好朋友，不過，月亮圓過就要缺了，天下沒有不散的筵席，再好的朋友最後也是會分開的。」

紫千說：

「老師，以前我一直都希望快點畢業，現在有點不想畢業了，就這麼樣大家在一起多快活？」

「是呀，我教了十多年書，每年都要送走一批學生。牛紫千你說的話很多人都說過了。不過人生就像走路一樣，一條條道路舖展在你面前，不管平坦、崎嶇？好走，難走？你總不要停下來，事實上也停不下來……」

林老師越說越大聲，起先好像是對紫千她們兩個說，後來全班都聽見了。林老師邊說邊走到講台前面，繼續說，「老師現在告訴你們，不要好久你們就要離開學校了。這一段時間，你們好好珍惜，好好用功，真正要離開的時候，也不要太難過。你們畢業以後，不管做事也好，升學也好，都要認真地去做，將來有了成就，不可忘形，更不要忘了常常回來看看自己的母校，知道嗎？」

「知道了！」全班大聲的喊，聲音像打雷一樣，林老師用兩隻手捂起耳朵來，大家看到林老師樣子很滑稽，大家都笑了。

下課的時候，紫千看見旁邊的一個男生，拿出一個盒子來，裡面密密麻麻的都是蠶，看他正在給小蠶換桑葉，紫千看了說：

「我從來都沒有養過蠶，看到蠶，就會想起毛毛蟲。」

「那是因為你沒有養過蠶，養過一次，就不怕了。我送幾隻給你要不要？」

紫千有點怕又有點好奇。就說：

「我家沒有桑葉。」

「小蟻蠶吃得很少，我可以每天給你帶幾片桑葉來。過幾天，蟻蠶長大了，我就沒有那麼多桑葉。」

「沒關係，我叫吳傳雙陪我去摘。」

「那我現在就送你二十隻夠不夠？」

「夠了。」

紫千謝謝他，就把小蠶帶回家。

養了蠶，紫千每天忙著換桑葉。看看幼蠶一天天長大，紫千心裡又新鮮又滿足。可是，看看那一堆桑葉一夜之間就吃得精光，常常念著又要去摘桑葉，心裡也很煩惱。

有一天，放學的時候，碰到吳傳雙，紫千問：

「表哥，你有沒養過蠶？」

「有啊，以前養過。」

「我現在有二十隻，表哥，你陪我去摘桑葉好不好？」

「好哇，我看到道士厝後面有兩棵桑樹，我帶你去採。」

他們一路走一路講著養蠶的事，這時候夕陽又圓又紅，在西山頂上慢慢往山後滑下去。天邊留下一片火燒雲，照在紫千紫色的衣裙上，紅艷艷的，傳雙指著紫千的衣服說：

「紫千，看你的衣服好像要燒起來了！」說著時兩個人不覺靠得很近，忽然聽見後面有人喊：

「快來看，小新郎！小新娘！快來看！小新郎！小新娘！」

起先他們沒注意，繼續往前走，接著，又有人喊，「快來看！

小新郎！小新娘！」紫千這才聽清楚，人家指的原來是表哥跟她自己，不覺臉紅了一陣，低下頭去。傳雙猛一回頭，看到一個比他還小的男孩子，跟在後面喊。傳雙反過身兩手叉腰，對那個男孩大吼一聲：

「你再叫！」

陌生男孩回過頭，逃了幾步。紫千跟傳雙繼續往前走。走沒幾步，那個男孩又故意更大聲的喊：

「快來看！兩夫妻！」

傳雙丟下書包去追，那個男孩拔腿就逃。傳雙一面追一面大聲罵：

「再喊就揍死你！有膽就不要逃！」

追了幾步，看見那個男孩已經逃得無影無蹤，傳雙才轉回頭，重新背起書包繼續往前走。走到道士厝後面的時候，天色漸漸灰下來，傳雙把書包交給紫千，自己爬上去折桑枝。屋子裡的人聽見外面有動靜，就喊：

「有人偷枇杷！有賊！有賊！」一隻狗也追出來朝他們兩個亂吠不已。紫千嚇得求情似的叫起來：

「我們不是偷枇杷，我們摘桑葉。」

傳雙把桑枝舉得高高地說：

「你看，我們摘桑葉。」

「以後去別家摘！」那人又粗聲粗氣的說：

「去！去！去！不要再來了。」

牛紫千看他們這麼凶，連聲說：

「對不起。對不起。」

傳雙從牆頭跳下來，拍一拍身上的塵土說：

「我們走吧，小氣鬼！」說時很有一些小英雄氣慨，好像對紫千是一種回報似的，回報前幾天失手把紫千推下水。

紫千把書包交給吳傳雙時說：

「表哥，今天都是我害你的。」

傳雙說：

「紫千，你回去把這些桑枝插在清水裡，夠吃好幾天了。我明天再去別的地方找找看……」

說著又吐了一口口水，啐道：

「小氣鬼！」

紫千接過桑枝，說：

「表哥再見！」紫千往回走。

傳雙是要回福德去。

紫千回到家已經是吃晚飯的時間，清蓮看到紫千拿了幾枝桑枝，就說：

「這麼晚沒有到家，我就知道你是去摘桑葉了。」

「是嘛，我跟表哥一起去的。今天好倒霉！」

「怎麼倒霉呢？」

「有一個小孩亂喊亂喊的。」

「他亂喊什麼？」

「不說了。氣死人！」

到了晚上紫千還為這件事生著氣，無緣無故的被人喊做小新娘，真是又羞又惱。她也覺得自己最近長高了很多，身體上也發生了許多奇異的變化。好幾件衣服都越來越小。雖然媽媽又給她添置了兩件紫色的上衣，但是，她仍然感到漸漸隆起的胸部無處藏躲。走起路來總喜歡弓著腰駝著背，而且莫明其妙地發脾氣，今天下午被人喊，「快來看！小新郎！小新娘！」分明指的就是表哥和她自己。想起這件事就冒火。她想，以後還是不要跟表哥一起出去了，這樣決定以後，她就有意地躲著吳傳雙，每天下課以後只忙著養蠶的事，沒有再到福德去，也不去找吳傳雙摘桑葉。

鳳娥最近身體不大好，也沒有帶傳雙到福溪來，紫千就不常看到舅媽和表哥了。

直到縣立簡師招生考試那天，她才看到吳傳雙。她感到很驚異，就問：

「表哥，你不是說不來考的嗎？」

「我娘叫我來考，我才來考……」

他們好像還想要說什麼？一眼看到史漪湖向他們跑來，邊跑邊喘著氣喊：

「牛紫千！牛紫千！你看過考場座位沒有？」

「看過了，你呢？」

「我還不知道在哪一間教室，紫千妳陪我去找吧？」

說著硬把牛紫千拉走了。直到考完試，紫千都沒有再看到吳傳雙。

## 8

考完試的第三天，清蓮帶著紫千回到福德娘家。紫千跟舅媽請過安就去找蘭英。鳳娥一臉不高興地對清蓮說：

「紫千不知道中了什麼邪？才剛來就往蘭英那邊跑，蘭英他們不是本鄉本地的，家世也不明不白，我真怕紫千被她帶壞了。」

清蓮聽了就說：

「要不，我今天回去就把她帶回去怎麼樣？不過，我看蘭英也不是什麼壞人，也很懂禮貌的……」

鳳娥說：

「她總是在外面賣蝦，我們紫千……」看到紫千又跑回來，她就不說什麼。

紫千一路叫著進來：

「媽，蘭英姐姐不在，陳伯說她去洗衣服了。我等一等再去。」鳳娥對紫千說：

「紫千，你白天去跟蘭英姐姐玩。晚上來妗媽家睡好不好？」

「為什麼？我已經跟蘭英姐姐講好，要先在她家住三天。後三天就來跟妗媽睡。我愛聽蘭英姐姐講故事……」

鳳娥說：

「妗媽也會講故事呀，紫千，你忘啦？你不是從小都愛聽妗媽講故事嗎？」

紫千想起小時候是愛聽舅媽講故事，可是，舅媽講的故事都是千篇一律的虎姑婆。

紫千想著想著就說：

「妗媽只會講『虎姑婆』，蘭英姐姐的故事最多……」

清蓮見紫千這麼固執著要去找蘭英，就試探著說：

「紫千，還是跟媽回去吧？我們家的故事書那麼多。」

鳳娥心裡恨不得紫千從此都不要走了，永遠留下來，留下來做他們吳家的媳婦。紫千今天才來，怎麼能馬上被她母親再帶回去呢？於是就說：

「讓她住吧，讓她住吧。」

鳳娥心裡也是非常疼愛紫千，她之所以不高興紫千去找蘭英，更真切的理由是，她要把紫千獨佔在身邊，但是，紫千一旦真正固執起來，清蓮和鳳娥也都沒有什麼辦法。

清蓮母女來了好半天沒有看到傳雙，清蓮問：

「傳雙呢？怎麼沒看到傳雙？」

「他去同學家玩幾天……」

正說著，陳蘭英端著一盆洗好的衣服回來了，聽見她父親說紫千找她，蘭英把衣服放在門口，急急忙忙跑來找紫千。她先喊了一聲：

「吳太太！」又說：

「牛師母，你們來啦！」

然後看到牛紫千，就笑嘻嘻地問：

「紫千，你考完啦？今天住在我家吧？」

「好，等我媽回去了我就來。」

蘭英住的房子是很簡陋的，她是租人家的房子。房東也有個女孩，房東的女孩住裡面一間，蘭英住在靠外面的一間，陳老先生住在西邊的耳房裡。

紫千在舅媽家吃過晚飯就來找蘭英。蘭英的房裡很黑，點著一盞油燈。蘭英看紫千進來，才把油燈捻亮了些，蘭英說：

「什麼時候我們福德也有電燈就好了。」

紫千說：

「這種油燈，我也很喜歡。」

她走過去把油燈拿在手上，捻大又捻小。說：

「我們家還有兩盞像這樣的油燈，我們福溪也常常停電，停電的時候，我們也點油燈。」

蘭英覺得油燈被紫千捻得太小了，好暗。就說：

「紫千，你把油燈捻亮些，我要折衣服，等我把這些事情弄好了，就講故事給你聽。」

「陳伯呢？」

「我爹吃了一點酒，去睡了。他睡得早，起得早，每天早上五點鐘就要到五柳河去收蝦子。」

「怎樣收蝦子？」

「我們用四方形的小網子網蝦子，每個網子裡都放些炒熟的米糠做餌，網裡面再放一塊小石頭，網子就容易沉下去。我們把網子的四個角綁在十字交叉的竹篾上，竹篾的交叉點繫上一根魚線，魚線的上端捆在很粗的釣竿上，就這樣，像釣魚一樣把網子沉到水裡去。每隔十多尺放下一個網，魚竿平放在地面上，用大石頭壓妥，每天天黑以前都要把這些工作做好。天黑以後，蝦子聞到米糠的香味，都會進到網裡去吃餌。第二天一大早，我們去收網，運氣好的話，十多網就可以收六七斤河蝦，我們就可以生活了。」

「蘭英姐姐，你明天帶我去看你們收網好不好？」

「好是好，就怕你舅媽不高興。」

蘭英手裡正折著五六尺長的寬布帶子，紫千看到了就問：

「蘭英姐姐，這麼長的布帶子做什麼用？」

「這是我的內衣，我是用來裹胸的，裹起來平平的別人看不出來。」停了一下她又說：

「紫千，我看你也應該有這樣的內衣了。你要不要？我送你一件？你要什麼顏色的？我猜你喜歡紫色的吧？」雖然是在夜裡，在女子的閨房裡，面對著同性，談起自己身體上初顯的特徵，紫千還是很難為情的。她羞澀地答道：

「不用了，我媽前幾天也說要給我再添幾件緊身的內衣。」

蘭英把折好的衣服收在木箱裡，就叫紫千先上床，她自己又過去把油燈熄了，才上床睡在紫千旁邊，悄悄地問：

「紫千，聽說你表哥跟你是『指腹為婚』呀？」

「我也不知道，什麼叫『指腹為婚』？」

「『指腹為婚』就是你們還沒生下來，在母親的肚子裡就定了親了。」

「我不知道，也沒聽我媽說過。」

「我倒是聽你舅媽跟別人提起……」

黑暗中紫千的臉熱熱的燒了一陣，她有意把話題扯開，就問：

「蘭英姐姐，你說你是逃土匪逃出來的，你說說逃土匪的經過給我聽好不好？」

「我對別人都是這麼說，不過今天我告訴你吧，我流落到這裡，並不是真正的逃土匪。事實上是因為我媽……」

「你媽怎麼樣？你不是說你媽已經死了嗎？」

「是呀，我媽本來不該死的，那時候日本人打到我們莊上來，我媽來不及逃，被日本兵抓去，兩天後又逃回來，回來看到我爹就哭，我爹問她：

『怎麼樣？受了什麼委曲？』

我媽邊哭邊說：

『我不乾淨了，我對不起你！』

我爹說：

『不要說了，我會要你的。亂世嘛，怎麼能怪你？碰上那些禽獸，有什麼道理好講？』就在那天晚上，我媽上吊自殺了。村裡的人都說我們家有了不名譽的事，一傳十，十傳百，越傳越難聽，後來我未婚夫的父母提出來，要我未婚夫跟我解除婚約。我未婚夫不肯，他叫我暫時先出來避一避，等他想辦法……我們在料理完我媽的後事以後，帶了簡單的行囊，就這樣出來了，一路輾轉到福州才住下來……」

「你未婚夫後來有沒有跟你聯繫？」

「起先他不知道我們在什麼地方。後來我寫信給我一個要好的同學，這樣我們就聯繫上了。最近他還來了一封信，他叫我無論如何要忍耐，要等他。如果我不願意回去，他就想辦法出來……」

「本來嘛，你又沒有錯。」

「說是這麼說。可是，人們很現實，就連你舅媽，常常都用懷疑的眼光看我，好像我是不明不白似的……」

蘭英覺得紫千沒有什麼反應了，她碰一下紫千，又叫了一聲，「紫千！」翻了一個身，也睡了。

紫千在福德住到第六天，清蓮就來把她帶回去。自從這次跟蘭英長談以後，她好像長大了許多。回去以後，很想問她母親有沒有「指腹為婚」這件事？見她母親一直跟著她爹忙著教會裡的事，也就忘了。

到了縣立簡師放榜那天，她跟史漪湖一起去簡師看榜，兩個人都好緊張地在榜單上找自己的名字。偏偏史漪湖先看到牛紫千的名字，史漪湖看到了就唸，「牛紫千！」而牛紫千先看到史漪湖的名字，牛紫千唸，「史漪湖！」兩個人幾乎是同時叫出來，又同時說，「我看到你的名字！」兩個人抱在一起高興了半天說：

「我們又可以在一起了！」

這時候，他們想起吳傳雙，兩個人四隻眼睛在榜單上從這頭找到那頭，又從那頭找到這頭，都沒看到吳傳雙的名字。

吳傳雙也來看榜了，史漪湖看到他，說：

「吳傳雙，我們也正在找你的名字。」

「不會有的，就是考取了，我也不會來讀的。」吳傳雙自己給自己找到一個台階走下來。

「那麼你要讀哪裡？」

「我想去讀『私立三山』。」

牛紫千跟史漪湖聽他這麼說，兩個人交換了一個眼色，紫千問：

「表哥，你有沒有去『三山』報名？」

「還沒有。」

人群中有一個人插嘴道：

「要讀『三山』也要快去報名，明天是最後一天報名。」

傳雙看了那人一眼，對紫千說：

「我要回去了，我明天要去報名。」

吳傳雙回到家裡，鳳娥已經等在那裡，傳雙說：

「娘，我明天還要去『三山』報名，我要讀『三山』。『三山』比簡師好，就是遠一點，恐怕要寄宿。『三山』在城裡……」

「城裡就城裡，寄宿就是不能吃得那麼好。莫要緊！禮拜六回來娘給你補。紫千呢？」

「紫千要讀簡師。」

「紫千為什麼不去讀『三山』？」

「我不知道。」

# 初放

## 1

轉眼又開學了。

開學以後，吳傳雙因來往不便，寄宿在學校裡。

紫千做了簡師的學生，換下平常愛穿的紫色衣服，穿上陰丹士林的藍布上衣，黑色折裙，純樸中又帶些許端莊，紫千對於新學校新課程既新鮮又認真。每星期天上午，她仍然在教堂彈風琴領唱聖歌，下午到牛師母家跟牛師母練琴。進了師範以後，牛師母又替她加了英語課，紫千忙完課內又忙課外功課，不知不覺一年過去了。

到了二年級，紫千他們這一班換了導師，也就是他們原先的國文老師——顧老師。

開學這天顧老師走進教室，起立！敬禮！坐下以後，顧老師一句話都沒說，先在黑板上寫下——顧友石——三個字。全班熱烈鼓掌，掌聲停了以後，他說：

「謝謝！謝謝！」然後又在黑板上寫下：

「自治、榮譽。」寫完這四個字，他面向大家，問：

「諸位能不能自己管理自己？」有的說，「能。」有的說，「不能。」鬧哄哄。

「不要鬧！不要鬧！可以自己管理自己的，我要讓你們自己管自己。不能自己管理自己的請舉手。」出乎意料沒有人舉手，顧老師接著問：

「剛才誰說不能？」靜悄悄。

「那麼都能？」他又問：

「你們要不要榮譽？」

大多數都說：「要！」

只有三兩個說：「不要！」

「說不要榮譽的請舉手。」沒有人舉手。

「那麼都要？」

顧老師點點頭說：

「現在我來做個結論，我們這一班是能自治、要榮譽的班級對不對？」

「對！」幾乎是全班都說對。顧老師又點一點頭說：

「好！現在我們選班級自治會會長以及服務股股長。」

很快地，他們選了上學期的班長做自治會會長，又選了服務股股長以及其他各股的股長。選完了顧老師說：

「好，我們現在大掃除。」說完，他走出去，站在走廊外面，他看著自治會會長跟服務股股長在那裡分配工作，提水的已經去提水了，擦門窗的也開始擦了，掃地的也拿起掃把了……沒有一個人閒著，而且合作得非常好。

顧老師想，為什麼大家都不想教這一班呢？雖然是姜校長把這一班交給他，他要推的話還是有理由可以推掉，他之所以沒有拒絕，完全是以「我不入地獄，誰入地獄」的心情接下目前這一班的導師。等他們大掃除完了，顧老師又走進教室，他問大家：

「下兩節課是作文，有多少人願意留在教室裡寫作文？」

有一個學生問：

「如果我不想現在寫作文呢？可以做什麼？」

「不想現在寫作文的，跟我去操楊打球也行。但是，明天早上要把作文交齊。」

顧老師知道，有一部份學生，不習慣在課堂上寫作文，他自己從前就是這樣，

喜歡晚上或一清早起來寫，在堂外寫的比堂內寫的更充實更精彩。想不到現在全班竟有過半數的學生要跟他去打球。這麼說，作

文這一門功課，還是不能規定得那麼死死板板。於是他出了兩個題目在黑板上，左邊寫了個「憶」。右邊寫的是「論強身」。然後他對全班說，「這兩個題目，範圍很廣的，憶什麼？都可以，強身也可以從多方面來討論。願意自己出題目自由作文的當然也歡迎。不管寫什麼，明天早上第一節課以前，班長把作文簿收齊，放在我的辦公桌上。有一點我要在這裡聲明，我們先小人後君子。如果我發現我們中間有抄文公，我就取消此公以後在堂外寫作文的資格，並且抄襲別人一篇，罰寫兩篇，諸位有沒有異議？」

「沒有！」

「沒有？好，要打球的跟我來。」說完先走在前面，後面跟了一大群。

顧老師又說：

「誰自認跑得快的，替大家服務一下，去拿球。」

霹霹啪啪跑走了兩個學生。

又過了兩三天，顧老師碰到小吳，小吳用探詢的口氣問他：

「怎麼樣？這一班？」小吳是這一班的前任導師，一學年教下來，他深覺苦於應付，才請求姜校長另派導師。校長派了顧友石。顧老師聽到小吳這麼問，就說：

「很有幾位精華人物。不過，我隨時都在等著他們跟我合作。」

小吳看一看顧老師，拿起點名冊來，指著第三排其中的一位說：

「這一位是上課吃零嘴的，」又指一指第五排其中的一位，「這一個是隨地吐痰的，我什麼都處罰過了，但他還是外甥打燈籠——照舅（舊）。」小吳說完，拍一拍顧老師的肩膀說：

「老顧！瞧你的了。」

顧友石說：

「你說的這幾個，我已經注意到了。還有呢？歡迎隨時提供情報。」小吳又指一指點名冊說：

「還有這個高個子是愛逗女生哭，還有嘛，最前面這個小女孩，是一逗就包哭的……」

顧友石說：

「謝謝！謝謝！小吳！你真不愧是我的好顧問。」

「那麼顧問費用若干？」小吳說著把手伸向顧友石面前，跟顧友石討顧問費，上課鈴聲響了，他們哈哈笑了幾聲，就同時站起來，小吳說：

「這一節是我們兩個的交換課，你上我那一班的國文，我上你那一班的英文。」他們一起離開辦公室。顧友石個子高走得快，小吳小胖子跟在旁邊走得很吃力，他追了兩三步，問顧友石：

「老顧，你知不知道你們班上有一個英文高材生？」

「不知道，是誰？」

「她叫牛紫千……」

還想要說什麼已經走到教室，他們各自進了教室。小吳一進教室，就叫：

「 牛紫千！站起來帶大家唸第四課。」

等牛紫千唸完了，他才一句一字地解釋。牛紫千平常說話聲音小小的，可是唸起英文來，腔調又正又圓又響亮。吳老師常常對全班說，你們唸英文，就要像牛紫千這樣。說著全班都笑，因為吳老師唸英文，是滿口福州腔，所以他常常叫牛紫千起來領頭唸，紫千唸英文字正腔圓。

最近，紫千反而越來越喜歡國文，這跟顧老師的教學大有關係。顧老師每上完正課，必定會選一段哲學家或文學家的故事講給全班聽，顧老師主張大量閱讀課外讀物，作文也不每次出題目，他說：

「你們寫什麼都可以，要通順不能偷懶，有一種人專寫日記一則，鬼扯些刷牙、洗臉、吃飯、睡覺什麼的，這樣的作文都要重寫。」

大家都怕重寫，沒有人敢不認真，就這樣，凡是被顧老師教過的，國文程度一天天提高，收來的作文簿五花八門，有的寫論文、有的寫散文或短詩、有的甚至寫小說，真是洋洋大觀！紫千就寫過一篇「不如歸」的短篇小說，寫一對兩小無猜的小情人，因為父母反對他們相愛而決定私奔。就在出奔的路上，談起他們的母親都是明天生日，而且兩個母親還是同年同月同日生，他們怕母親傷心，終於改變主意，連夜趕回去給自己母親慶生。故事情節雖然簡單，但文辭委婉動人，顧老師給她從頭到尾密密麻麻的紅圈圈，而且拿她的作文簿給大家傳閱，弄得紫千又羞又惱，但是，從此以後，紫千就愛上寫寫畫畫的，也開始在日記裡吐露自己的心聲。紫千開始每天寫日記是在二年級以後，那是顧老師這樣告訴過他們：

「你們要想把作文寫好，第一是多讀報章雜誌，第二就是寫日記。」

史漪湖聽了對牛紫千說：

「怎麼樣？牛紫千？我們開始寫日記吧？」

就在那天晚上，她們兩個同時開始記日記。頭一天的日記，紫千是這樣寫：

「今天下午兩節自習課。我坐在大榕樹底下看書。榕樹陰影一大片，我坐在陰影裡，背靠樹幹，臉向圍牆，看書正看得入神，忽然聽見，咳！呸！這種聲音， 最近常常聽見，想必又是他，討厭的傢伙，不吐痰不行嗎？我偏過頭順著樹幹的邊緣看過去，果然是劉中寶，大家叫他『痰仙』的。就在這時候，顧老師站在『痰仙』的背後。他慢吞吞地說：

『劉中寶，看看你的寶貝產物落在什麼地方了？』

我往左邊挪了挪，偏著頭看過去，一口濃痰正不偏不斜滴溜溜地掛在一朵紫紅色的玫瑰花花瓣上，靜默了一會兒，我又聽見顧老師說：

『玫瑰花沒有手，怎麼辦？』

我躲在樹幹後面，斜著眼看過去，劉中寶紅著臉，愣愣地看著那朵玫瑰花……

顧老師又和悅地說：

「不隨地吐痰是可以養成的好習慣……」

他從口袋裡掏出一疊黃黃的草紙，遞給劉中寶，說：

「以後要吐，吐在草紙裡。現在去拿一盆水來，把玫瑰花洗乾淨了。」

顧老師說完就走了。當劉中寶去拿水的時候，我把書合攏，拍拍身上的塵土，離開了花園，回到教室。」

紫千合攏日記，上床睡覺，夢裡，白天的事又重演了一遍。

## 2

第二天是星期天，紫千的生活是很規律很有節拍的。星期天上午，她要上教堂領唱聖歌，下午她去牛師母家。牛師母教英文的方法很特別，她是不用課本的，她上課時把紫千帶著團團轉，嘴裡說著某件物品，手裡就拿那樣東西，或者配合各種動作，她告訴紫千說，要儘量一句一句地說完，不要一味地死記單字，或鑽到文法的牛角尖裡去出不來了；最要緊的要照著我們西方人的習慣去說，總不會有大錯的。每次她上完課，就叫紫千把她當天所講的用筆記全部記下來，她叫紫千的名字，總是叫她，「密斯紫千牛」，就像她丈夫把牛干城叫成「干城牛」那樣，一星期一星期地過去，在這樣的環境下，紫千的英文可真是一日千里。一年多的光景，她對牛牧師牛師母說起話來，大部分可以用英語表達了。

鳳娥看在眼裡又是得意又是羨慕，得意的是這麼一個好女孩遲早將是她們吳家的媳婦，羨慕的是傳雙要是也能像紫千一樣跟「番仔哥」「番仔婆」講「番仔話」那該多好？鳳娥現在天天盼著傳雙回家，想聽聽自己兒子是不是也能嘰嘰呱呱地說「番仔話」。她左盼右盼，終於盼到了寒假，傳雙帶著大包小包穿髒的用舊的回來，做娘的洗刷了好幾天，才收拾停當。有一天吃過晚飯，母子倆在屋子裡閒聊天，鳳娥問：

「傳雙，你學堂裡也學講『番仔話』吧？」

「是呀，我們也有學，怎麼樣？」

「我是說紫千跟『番仔婆』講『番仔話』嘰哩呱啦好好聽，傳雙，你也說幾句『番仔話』給娘聽聽？」

「娘，妳聽『番仔話』又聽不懂。」

「聽不懂莫要緊，娘只要知道你也會講『番仔話』就高興。」

傳雙心裡想，我娘還真時髦，好吧，娘既然愛聽，說幾句好笑的給娘笑一笑也好。他本來想把平常在學校裡，同學間打趣打哈哈的那幾句好笑的說一說，就像早安是「狗頭貓臉」、丈夫是「黑漆板凳」、牙刷是「兔子不拉屎」……等等，但再一想，娘又聽不懂，聽不懂有什麼好笑？還不如唸一段英文字母吧？於是他就說：

「娘，妳聽好哦，我要講『番仔話』。」

他從字母A開始順次序唸：

「ABCDEFG……XYZ」，唸完最後一個字母，他用眼睛瞄了一下坐在對面的娘，見他娘聽得出神，又是點頭又是微笑，傳雙也不忍心停下來，他又從頭唸了一遍，「ABCDEFG……XYZ」，腔調拖得長長的。做兒子的唸得有板有眼，做娘的坐在對面聽得很認真，一時沒注意客堂外的腳步聲，原來清蓮母女聽說傳雙回來，特別跑來看看傳雙。

紫千聽見表哥在屋裡唸字母，就用食指豎在嘴唇上，要她母親不要出聲，等傳雙唸完了二十六個字母，又聽見鳳娥說：

「傳雙，你講的『番仔話』好聽。紫千都講短短的，講一下，停一下，到底『三山』教得好……」

外面母女倆已經憋不住氣。噗哧一聲都笑出來。紫千笑著衝進去，一手按著肚子，一手指著傳雙，說：

「表哥，不得了啊！你偷偷躲在家裡教我妗媽講『番仔話』啊？」又對舅媽說，「妗媽，妳學會講『番仔話』，請不請客？」

鳳娥又得意又興奮，嘿嘿嘿的笑著說：

「我請，我請，我才燉了一鍋香菇雞母仔，大家都來嚐嚐。」說完起身去廚房，清蓮也跟著到廚房去。紫千又跟表哥說笑了一會，見妗媽端著一個褐色陶鍋進來，紫千趕緊往旁邊讓開，鳳娥邊走邊對清蓮說：

「依姑，你曉不曉？這種斤把重的雞母仔，就要放在這樣細的陶鍋裡用文火慢慢燉，再放幾朵香菇，吃了滋陰補陽。滋味又好，來，我來幫你們添出來。」

大家坐下來吃雞湯。吃著吃著，鳳娥又想起剛才傳雙唸英文的事，忽然很有見識地說：

「會曉得講『番仔話』也(註)好，我看傳雙講起來很吃力，一句話一大串拖好長，要講半日……」

聽她這麼說，大家又笑。

紫千要回去的時候，傳雙抱了一大疊書出來，他問：

「紫千，你要不要看？武俠的、言情的、文藝的……任君選擇！」

紫千邊看邊選，她挑了五六本說：

「準包我一個寒假都看不完了。」

紫千回到家，當夜就看起那幾本書。果然一個寒假過完了，紫千才看了四本。

開學後紫千帶了一本去學校看。有一天紫千寫完作文，在課堂上埋頭看書，顧老師走過來站在她後面，見紫千看得入神，就問：

「牛紫千，什麼好書看得這麼入神？」

牛紫千把封面翻過來給顧老師看，「××之春」王×玲著。

---

註：方言，意指非常。

顧老師說：

「這種書還是少看，別中了它的毒。」

「我表哥有好多本都是這一類的，我只隨便抽了一本。」

她把書合攏來，問：

「老師，你說這種書不好，不好在什麼地方？」

「這個作者的思想很偏激，又喜歡喊口號，什麼主義呀，什麼前進呀，她的作品，不是大膽的曝露，就是歌頌亂倫。老師雖然鼓勵多多閱讀課外書，不過還是要慎重選擇……」

紫千的眼睛好像還停留在剛才所看的最後一行上，果然肉麻兮兮。紫千想想，自己平常是有書就隨便看看，也不怎麼選擇，經過顧老師這麼一說，她就把書收起來，她問：

「顧老師，你介紹幾本好書給我看好不好？」

「好啊，我那裡很有一些好的小說……」

這時候史漪湖也探過頭來聽著，顧老師接著說：

「你們有興趣的話，我可以慢慢的借給你們看，不過一定要保管好，老師是很愛書的人，翻譯的小說像『茵夢湖』、『少年維特之煩惱』、『窄門』……這些書我那裡都有。還有『屠格涅夫』、『杜斯妥也夫斯基』的作品都應該看，要是真正對文學有興趣的話，『紅樓夢』更要仔細讀，我說的這些，都是我個人比較偏愛的。好書太多啦，慢慢來……」下課鈴響，把顧老師的話打斷。顧老師走了以後，紫千還在那裡想著顧老師剛才說的話，真有聽之恨晚的感慨。

## 3

顧老師講課往往不那麼刻板，他講完正課，必定會講一段文學家或哲學家的故事，像：「李後主與大小周后」。「趙明誠與李清照」。有時候就甘脆把教科書合攏來，說，「今天我們講『莊子』。」連最不愛上國文課的史漪湖都說，上顧老師的課，真是一大享受。

這一天，又是顧老師的課，他提早一些來到教室，悄悄地坐在後面改作業，只有少數幾個人知道顧老師坐在後面，前面還是鬧哄哄的，忽然間高個子王鐵又把小女孩張嫩逗哭了。不知道張嫩說了王鐵一句什麼難聽的話，王鐵就大聲地喊起來：

「來人啦！掌嘴！」張嫩就哭了。

顧老師看到這一幕，他叫了一聲：「王鐵！」

大家都回過頭往後面看，這才知道原來顧老師早就坐在後面了。

這時候，大家都看見王鐵慢吞吞地往顧老師的方向挪動。顧老師又叫了一次：

「王鐵，你去拿兩個小瓶子來。」

「拿小瓶子做什麼？」王鐵傻傻地問。

「收集眼淚呀！」

「收集眼淚幹嘛？」王鐵又傻頭傻腦地問。

「老師要收集一點眼淚送去化驗，看看為什麼有些人的眼淚這麼容易掉下來？」

有幾個人偷偷地笑，這笑像傳染病似的，一個傳一個，很快地全班都笑起來，最後，連正在流淚的張嫩也破涕為笑了。

這就是顧老師。大家都喜歡的顧老師。不管男女教員，學生或工友，大家都喜歡他。

尤其是那位教勞作的苗老師，更是神魂顛倒。苗老師就是苗絲絲。苗絲絲的代號很多，很少人叫她苗老師。人家只要說，個子小小的呀，腰身細細的呀，頭髮薄薄的呀……多半指的都是她。大家見她每天都很刻意地打扮自己，常常把眉毛給拔光，重新畫一彎柳葉眉。衣服總是每天換，等每一件都輪流著換完了，她又從頭循環一次。藍的、黃的、紅的、綠的，總之每天都不同。香水也是不一樣的……因此大家都叫她「小美人」，對於這麼一個雅號，她是非常滿意的。還常常用細細的聲音說，「憑我『小美人』的三寸不爛之舌，你總該相信了吧？」她也常常地告訴別人，她跟顧老師已經交往了兩年多了；交往兩年多也不是不可能。譬如說，他們兩個人的辦公桌並排在一起，老師們一塊去郊遊的時候，她走在顧老師旁邊，還有她家住在顧老師的鄰村……就憑這些，她是有資格吃一些醋的。但是，顧老師課餘為什麼都是跟小吳一起出去散步呢？這個問題，連苗絲絲自己都想不透。

一個星期天的黃昏時分。紫千從牛師母家回來。她走著走著老遠地就看見前面一高一矮一瘦一胖，這分明是顧老師和吳老師。見他們兩個站在山坡上，眼睛望著底下的江水。紫千繼續向前走。這時候，燃燒了一天的太陽老公公，僅剩下一點點餘威，它正萬分疲憊地躺在西山的山頂上，慢慢地往山後滑下去。西天一片火紅，霞光反照在江水裡，水面顯現出朦朧的海市蜃樓，直叫人想奮不顧身要跳下去。顧友石說：

「小吳，你看這景色多美？這山、這晚霞、這柳樹、這江水、以及水面上的霞光，就是名家也不見得能夠捕捉住這一刻的景色吧？」

小吳頻頻點頭說：

「可惜我們都不是畫家。」

顧友石接著說：

「還有這一大片野生的牽牛花，每天早晨跳舞在晨風裡，不知道音樂家能不能譜出來她們舞動著的韻律？」

他把眼光投向較遠的那片柳林說：

「那些柳樹，還要有人插下柳枝，才能長出嫩柳來，然而這些牽牛花，誰種她們了？她攀援又攀援，即使攀附在一株毒草上，也仍然開得好艷麗。」

小吳接著說：

「如果拿人來比樹的話，老顧，我覺得你倒有幾分像那些柳樹。我不是說外形，而是性相近，你是又柔軟又有韌性的……」

紫千這時候已經走來，靠近他們了，她聽見顧老師說：

「我倒真願意做這些柳樹，一生一世也不離開這樣的世外桃源……」，顧老師好像還想要說什麼，牛紫千打斷他的話，牛紫千笑著叫他們：

「吳老師！顧老師！你們散步啊？」

「牛紫千，我猜你又是去牛師母家吃英文對不對？再這麼填下去，遲早把我這個端不牢的飯碗給搶過去咯！」吳老師用調侃的意味對牛紫千這麼說。

「吳老師，你以為我那麼認真呀？其實是牛師母太熱心了。我要是不去，牛師母就會到我家來硬塞給我吃。我怕太麻煩她了，所以我只好自己準時去報到。」

顧老師接著說：

「有這樣熱心的老師，又有這樣認真的學生，英文自然呱呱叫，要是我的英文不是那麼一竅不通的話，真想好好地也去拜她為師哩。」

「不用，不用，」小吳搖著手說，「老顧，你要想學英文的話，老師近在眼前，何必捨近求遠？」小吳說完了，裂嘴笑著，眼睛牢牢地盯著牛紫千。

「吳老師，你開我的玩笑。」牛紫千說著，一張臉紅了一陣。

顧老師見她低頭去袋子裡拿東西，黑得發著藍光的頭髮自兩肩垂掛了下來，顧友石一時看不見她的臉，只見一條淡紫色的寬髮帶擋住了前額。她提了一個深紫色的手提袋，顧友石看她先從手提袋裡拿出兩本書，連封皮都包著紫色的亮紙。然後又抽出一條淡紫色的小手帕，她開始用手帕擦著自己的前額和頸項。她身上穿的是一件與手帕同色的短旗袍，旗袍的邊緣都沿了三層深紫色的細邊。腳上穿的也是深紫色的布鞋，以及肉色的長襪子。這一身深深淺淺的紫，在橘紅色的霞光照耀下，更顯得繽繽紛紛……她邊拿手帕擦著臉，邊說：

「天這麼晚了，我要回去了。」說完對著吳老師和顧老師淺淺地笑了笑，兩個深深的小酒窩漾了漾，接著說，「老師再見！」轉身要走了。

「再見！」

兩個老師一直看著她的背影消失在一大片牽牛花的籐蔓後頭去，這才回過神來，小吳說：

「女大十八變啊！不到兩年的時間就變得這樣玉立亭亭。」

「是啊，我看她這半年就很不一樣了。」停了一下，顧友石又說：

「不過她有一篇作文裡好像提到，小時候因為出麻疹很不順利，頭髮都掉光了，差一點沒把命送掉。這樣延遲了一年才開始讀小學，後來又因為逃警報，學校停課，又耽誤了一段時間……」

「這麼說，她比同班同學要大一兩歲咯？怪不得看起來更成熟些。」

「嗯，我看我這一斑的年齡很不整齊，還有一個男生是後來才轉來的，都已經二十一歲了。」

他們邊聊邊走，一路聊到學校宿舍。

## 4

牛紫千跟兩位老師道了再見，一個人慢吞吞走回家。剛走到門口，就聽到舅媽的大嗓門，心裡想，有舅媽在，好熱鬧。她拉了門鈴，是舅媽來開門，紫千問：

「表哥呢？」

鳳娥又把已經唸了幾十遍的話，重新又對紫千唸了一遍：

「我昨天一早起來就宰了一隻雞母仔（註），燉一長日，也爛，也爛，等你表哥轉來。誰曉的等到半暝，連影都沒，我想這麼暗

註：方言，意指小母雞。

了，伊不會轉來了，我才關門去睏。哪裡睏會著，一瞑做夢。今旦天光，趕緊爬起，又把雞母仔燉在小火上，我就去坐門口等伊。一刻一刻等，哪裡有人，早起等，中午等。到了下午，我想，伊今旦不會轉來了。我看一鍋雞母仔，燉一長日，汁快乾了，都是原汁呀，也可惜。再燉就卡爛了……我趕緊換衣裳，一鍋雞母仔放在菜籃裡提來給你們吃。紫千，你也來吃一碗……然後她臉朝廚房叫：

「依姑，拿一隻碗……」清蓮正在廚下忙晚飯，她應了一聲，「哦，好。」

紫千說：

「我自己來。」說著到廚房去見過母親，洗了手，出來時帶了一個小碗。

鳳娥接過碗，全神貫注地看著鍋裡的雞湯，像自言自語又像對紫千說：

「也爛，味也好……」說著盛了一碗叫紫千來吃。

紫千走過來聞了聞，說：

「好香！」又問：

「妗媽，你常常煮雞給表哥吃啊？」

「嗯，傳雙去寄宿以後，每禮拜轉來都煮一隻雞給伊吃。你想想，學堂裡伙食不好，我自家是沒捨得吃……」

紫千看了一眼舅媽胖胖的身軀，說：

「怪不得表哥後來又粗又壯。」

「嗯，丈夫仔[註]這時候第一要補。提起丈夫仔，鳳娥又像突然觸了電一般，問：

「紫千，你看，表哥到底什麼原因莫轉來？」

紫千拿起碗來又把碗放下，想了想，說：

---

註：方言，意指男孩。

「會不會考試？」剛說完自己就在心裡否定了，表哥不會為了考試不回家。又想了想，說：

「會不會去同學厝裡去卡溜？（註）」

鳳娥接口道：

「這一件有可能，傳雙真愛卡溜。」

這時候門鈴響，紫千準備站起來要去開門，鳳娥說：

「你吃，你吃，我去開。」邊走邊唸：

「一定是姑夫轉來……」

紫千又到廚房去拿一隻碗出來，她知道舅媽急性子，一進來準又嚷著要再拿一隻碗。鳳娥開開門，看到干城就劈頭劈腦地說：

「姑夫，你明旦去學堂看看，傳雙怎講沒轉來？我昨天一早起來宰了一隻雞母仔，燉了一長日，也爛……」鳳娥從頭開始唸，唸了一半，走到門口，叫：

「紫千！再拿一隻碗……」

紫千叫了一聲，「爹。」又對舅媽說，「碗拿好了。」

干城走到廚下問清蓮：

「今天吃雞呀？」

清蓮說：

「是依嫂拿來的，你也來吃一碗？」

這裡鳳娥又全神貫注地在鍋子裡舀雞湯，像自言自語又像對干城說：

「也爛，味也好……」突然又像觸了電似地接著唸：

「……誰人會曉，等到半暝十一點，連影都沒，我才關門去睏。那裡會睏，一暝做夢……雞也爛。姑夫，你快來吃一碗……」

干城知道不吃不行，洗了臉就坐下來吃。剛拿起碗，鳳娥又問：

---

註：方言，意指玩。

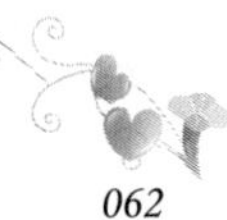



「姑夫，你看，傳雙什麼原因沒轉來？」

干城剛拿起飯碗又放下，想了想，說：

「會不會學堂裡考試？……」心裡又想，傳雙不是用功的學生，改口說，「會不會到同學厝裡去卡溜？」

「這一件有可能，傳雙真愛卡溜。」鳳娥半肯定地說。

清蓮已經把晚飯弄好，叫大家吃飯。紫千說：

「媽，我吃雞湯吃飽了」。她看了看舅媽，笑著說：

「妗媽，你也來吃吧。」說完，紫千幫舅媽盛好飯，又幫她爹媽各盛了一碗飯，看他們開始吃了，就回到自己房裡去。

吃著飯的三個大人都替傳雙操著心，靜了一會，干城說：

「依妗，妳放心吧，明旦早起我到學堂去看看。要不，你今旦住這裡，明旦可能有消息……」

「勿使，勿使（註），我馬上轉去，傳雙萬一這時候轉來，找不著我，我現在趕緊轉去等伊……」鳳娥三口兩口幾大口就把一碗飯吃光，進去擦擦嘴，提著籃子鍋子就要走。清蓮夫婦和紫千都出來送到門口，又安慰了一番，鳳娥還是帶著一顆惴惴不安的心回去。。

第二天一大早，干城還沒有出門，鳳娥又來了，干城去開門，頭一句話就說：

「依妗，我現在就去，回來也是中午了。依妗，你就在這裡等吧。」

干城走了以後，紫千吃過早飯也上學去了。

這裡清蓮被擾亂得坐也不是站也不是，干城分明告訴她，乘坐老鼠拖尾三輪車來回，到家也是中午時候。但是，每隔半小時光景，鳳娥總要這麼唸一次，她說：

「依姑，姑夫怎講還未轉來？」

---

註：方言，意指不用。

「依嫂，你莫急，快轉來了，快轉來了。」

不知道鳳娥第十幾次問，「依姑，姑夫怎講未轉來……」

「還沒到十二點……」

焦急等待中的鐘點好像是倒著走的，鐘面上的指針越走越慢似的……噹…噹…噹…鐘聲終於敲了十二下，鳳娥又自言自語地唸唸叨叨，「這不是十二點了？這不是十二點了？還講十二點？」好像人家對她失信了似的。清蓮一面安慰嫂子。一面弄飯等丈夫回來吃。一顆心像熱鍋上爬滿了螞蟻……又挨過了該死的三十分鐘，干城終於回來了，鳳娥衝口問：

「姑夫，傳雙有在學堂莫？」

干城看一看清蓮，又看一看鳳娥，笑著說：

「在啦，傳雙在學堂啦。」

鳳娥跟清蓮都像吃了一顆定心丸，清蓮用自己的右手順著胸口，鳳娥說：

「謝謝天！謝謝地！」她忘了謝謝眼前替他去找傳雙的這個人。接著又問：

「怎講莫轉來？」

「傳雙去同學厝裡卡溜。」

「下禮拜會轉來莫？」

「大概會。」

清蓮對她嫂子說：

「莫要緊了！我們吃飯吧。」

等吃過飯鳳娥走了以後，干城才說：

「主啊！主啊！請恕罪！我騙了她呀！」

清蓮皺起眉頭不解地問：

「到底怎麼樣？」

「傳雙跟另外一個同學，上星期離開學校都沒有再回去。學校以為他們生病了……」

「這怎麼辦？他們會到哪裡去呢？」

「誰知道呢？只好再等一兩天看看。訓導主任講，傳雙一回到學校就會跟我們聯絡，我把地址給他了。」

他們等了一天又一天，越等越心焦。不知情的鳳娥又在家裡準備吃的，星期六一大早她又宰了一隻小母雞，燉在陶鍋裡等傳雙回來吃。星期六晚上傳雙沒有回來。星期天又等了一天，黃昏的時候，鳳娥又提著一鍋雞湯往福溪來。干城跟清蓮見她來了，心想事情將瞞不過了。知情的清蓮比她更著急。干城只好告訴她明天再去學校看看。

鳳娥說：

「姑夫，明旦我跟你齊(註)去，再帶一點錢給傳雙。」

「好哇，明旦再講……」干城有點無計可施，只好先這樣應付著吃過晚飯，干城進去洗臉，鳳娥也準備要走了，外面有人牽動門鈴。鳳娥一心想著會不會是傳雙回來？她急忙奔去開門。開開門一看不是傳雙。來人是陌生面孔，說是從三山中學來的。要找牛牧師。鳳娥問：

「什麼貴幹？」

來人說：

「來看看吳傳雙是不是生病在家裡？」

「吳傳雙不是在學堂裡嗎？」

「沒有，他已經一個禮拜沒來上課了。我是他的先生特別來看看……」

鳳娥的臉立刻綠了下去，她好大聲地吼過去：

「看，看，看什麼看？人都不見了。你們聯合起來騙我，你們信什麼上帝啊？我才不信上帝，我兒子呢？你們賠我一個兒子！

---

註：方言，意指一起。

啊…呵…呵…我苦命啊…鳳娥一路哭進來…啊…呵…呵…我苦命啊……」

干城聽見哭聲，莫明其妙地跑出來，看見趙先生搓著手，手足無措地站在那裡。干城在學校見過他，知道他是傳雙的班導師。就說：

「趙先生請進來坐……」干城知道事情瞞不住了，就對鳳娥說：

「依妗，莫急，莫急，我們慢慢找。就是怕你難過才沒有告訴你……」

「莫急？你當然什麼也不急，啊…呵…呵…都怪文開死得早啊……上帝也是靠不住啊…啊…呵…呵…我苦命啊…觀音菩薩啊…救救我…佛祖啊…救救我兒子啊…」鳳娥已徑跪下去，把一個頭在地上搗，她身旁甩了一灘鼻涕，繼續地哭，不斷的唸。清蓮流著淚，遞一條濕毛巾給她，一面軟語溫慰。紫千蹲在旁邊，一手扶著舅媽，一手替她輕輕地搥著背。

干城跟趙先生談著尋找吳傳雙的路線，一面猜測著這兩個學生可能會去的方向。趙先生要走的時候，鳳娥突然站起來，收了眼淚要跟趙先生一起去學校找。大家都告訴她太晚了，學校這麼遠，去了晚上回不來，沒有地方住。趙先生說：

「吳太太，你放心。只要吳傳雙回到學校，我馬上帶他回來。」

「我怎做啊？我怎做啊？觀音菩薩啊……快保佑我母子啊……」鳳娥只顧這樣呼天搶地的哭號。趙先生又安慰她幾句才回學校去。

天也晚了，干城和清蓮不放心，就把鳳娥留在客房裡過夜。一個晚上都只聽她斷斷續續地唸，斷斷續續地嘆氣。有時她自言自語地說，「姑夫啊，你是牧師，你問問上帝，我們傳雙到哪裡去了？」有時又大聲地哭起來，一家人都被吵得夜不安枕。天光才一點點發白，大家都起來了，不聲不響的，我望望你，你望望我，心裡都問著同樣的問題，怎麼辦？鳳娥又催著干城再到學校去找傳

雙，干城明知道去找也是白找，他只好出去避一避。干城剛走，鳳娥又吵著要回家，她擤著鼻涕說：

「依姑，我要到半山廟去燒香，半山廟的萬歲爺也靈驗，萬歲爺一定會幫我找到傳雙……」說著匆匆地就走。

鳳娥走了以後，紫千對母親說：

「媽，我很同情妗媽，妗媽好可憐，可是她這樣子，事情會越弄越糟……」

「這也不能太怪她。紫千，你想想看，妗媽三十五歲才生你表哥，生下來不到一歲你舅舅就死了，傳雙比她自己的命還要緊吶！紫千，我們來幫妗媽祈禱吧，願上帝保佑……」

## 5

這幾天學校正在考試，紫千被這突然來的騷擾弄得心神不寧，好簡單的題目都答錯了。考完歷史的時候，她對史漪湖埋怨說：

「史漪湖，我真倒霉，明明是西元一千二百年，我寫成了西年一千二百元。」

史漪湖嘻嘻笑著說：

「財迷心竅啊……」

顧老師剛好站在後面，聽她們兩個討論著答題的笑話，不覺也笑起來，說：

「反正都是一千二百嘛，說不定改考卷的先生一下子眼睛模糊了，這個答案應該還是『差不多』的。」

紫千和史漪湖回過頭，看到了顧老師，三個人都笑起來。因為昨天的國文課才講到「差不多先生傳」，顧老師笑了一陣就走開了。等顧老師走遠了，史漪湖說：

「真奇怪，以前上國文課，不是打瞌睡就是看小說。現在就怕下課的時間到……」

「是啊，你記不記得從前于老夫子出的作文題目，不是『論理國之所先』，就是『試論男女授受不親的社會觀』，快把人逼瘋了，這種題目誰會做嘛？好在他只教了我們一學期。」

顧老師教國文是特別注重背誦與作文。有幾個偷懶的學生，一聽說要背書，就大聲吵起來。吵得太厲害了，顧老師就說：

「這麼好的文章，你們不肯背，好，好，你們不背書，我自己背。天下的好文章都讓我顧老師背光了，你們可別後悔喔！」說完，他走了。大家都看得出來，這是顧老師最不高興的時候。

第二天國文課，顧老師一進門就問：

「上星期的『長恨歌』有多少人會背？會背的舉手。」很意外，教室裡滿滿的都舉起手來。顧老師得意地說：

「我說要背的，非背不可，既然大家都會，我們就不浪費時間了。請同學們坐好，老師說個故事給你們聽。」一聽說有故事聽，大孩子們還是興奮得要命。停了一下，顧老師說：

「在說故事之前，我只請一位同學背給大家聽聽。」然後他把一雙眼睛從每一張等待的臉上掃視過去，有三兩個沉不住氣的同學舉手喊：

「老師！我！」

「老師！我！」

其中有一個叫王鐵的，顧老師早就知道王鐵是最不肯背書的一個，今天居然喊得這麼熱烈。他就把眼睛停在王鐵的鼻尖上，說：

「好，王鐵，王鐵起來替大家背。」

王鐵毫不猶豫的站起來，他把課本合攏來，輕輕地咳了一聲，兩眼直直的望著前方開始背：

「漢皇重色思傾國，御宇多年求不得，楊家有女初長成，養在深閨人未識……」流利的程度叫人咋舌，顧老師不斷地點頭表示讚許。王鐵越背越得意「……歸來池苑皆依舊，太液芙蓉未央柳。芙蓉如面柳如眉，對此如何不淚垂？春風桃李花開日，秋雨梧桐葉落時......七月七日長生殿，夜半無人私語時。在天願作比翼鳥，在地願為連理枝。天長地久有時盡，此恨綿綿無絕期。」聽他背完了，顧老師笑著說：

「請大家鼓掌！」

拍拍拍！拍拍拍！……王鐵大受感動，不知不覺流下兩行熱淚。王鐵自己也有點莫明其妙，是什麼力量驅駛他背完這麼一首長詩呢？過去他是連五言短詩都懶得背的。別人也不相信他會背。顧老師為什麼就這麼相信他呢？今天真夠爭氣，背得一個字都沒漏掉。真是福至心靈啊！

大家都把眼睛投向王鐵的當兒，顧老師拍一拍手說：

老師今天講「李清照與趙明誠的故事給大家聽……」

放學的時候，紫千跑到史漪湖面前說：

「史漪湖，我們今天晚點回家，你陪我在學校唸書好不好？」

「為什麼？」

「國文英文我還要再看一遍，我這幾天回家都唸不下去……」

「為什麼？」

「那天不是跟你說過，我表哥還沒找到，大家都急得不得了。尤其是我舅媽，好像天要塌了那樣。我不敢那麼早回去，看她那樣子我心裡難受……」

「好吧，我陪你在學校溫課。」史漪湖的嘴巴一向都又快又利，只有在紫千面前是沒有脾氣的。

一個多小時以後，她們兩個在學校門口分手，紫千往西走，史漪湖往南走，太陽已經下山了，紫千走在晚霞的餘輝裡，心裡想著，不知道表哥回來了沒有？她一步一步漫不經心地走著……

就在這時候，小吳跟顧老師走在爬滿牽牛花藤蔓的山徑上。小吳眼尖，老遠就看見牛紫千一個人慢慢地彳亍前來，他輕聲地對顧老師說：

「老顧，你們班的紫衣女郎來了……」顧友石抬眼看了一下，繼續往前走。牛紫千也沒有發現山徑上有人，只一味的走向回家的路。

顧友石說：

「前兩天我們班上選演員，大家選她做女主角，我看不見得能勝任……」

「為什麼？你們選什麼劇本？」

「『罌粟花』。你知道『罌粟花』是一個妖冶潑辣的女情報員，我認為史漪湖來演更恰當些。雖然外型上史漪湖比牛紫千遜色，但牛紫千完全是夢裡人物，叫她演交際花，恐怕吃力不討好，而且過去又沒有演戲經驗，不知道大家為什麼選她？」

「那就改選吧……」

「我不準備改選了。你還記得不？去年我也是教畢業班，本來我們要演『勝利的火花』，後來也是因為女主角人選問題，弄得停演了……」

「這些內幕我倒不知道，怎麼回事？說說看。」小吳興致勃勃地問。

「也是這樣的，起先選了劉志芳，我當時認為劉志芳的個性與劇中人不合，要求大家改選……」

「改選了沒？」

「改選是改選了，結果兩個人你讓我，我推你，讓來讓去，兩個人都不肯去排戲。後來時間來不及，就取消公演，所以今年我就不參加意見。反正是好玩的事嘛，他們選哪個就哪個演，了不起導演辛苦些。我已經另請了導演……」

「請誰？」

「李元白，你認不認識？他是我以前的同學……」

「李元白？我不認識。到時候有需要我效勞的地方，說一聲吧。」

他們說著說著又從山坡上走下來，天也黑了，牛紫千的影子早都不見了。

# 6

紫千回到家裡，鳳娥也在。她叫了一聲，「妗媽」，鳳娥又哭起來：

「我怎做啊？我怎做啊……」聲音又沙又啞。因為到處去求神問卜，晒得黑黑的，也瘦了許多，兩隻小眼睛也顯得略大了些。紫千從小看到的都是快活的舅媽，多話的舅媽。現在才幾天工夫，好像換了一個人似的。紫千的同情之心一波一波泛濫開來，她忽然想念起從小一起長大的表哥，也把表哥的那些惡作劇丟到九霄雲外去了。現在她心裡默默地禱念，希望表哥趕快平安回來。

鳳娥安靜了一會，又開始傷心地抽噎起來。沙啞的聲音不斷地唸：

「我的命啊！我的天啊！我的菩薩啊……」

紫千走過去安慰她，「妗媽，不要難過，表哥會回來的，我們再等等看……」

清連捧了一杯冰糖煮的涼茶給鳳娥潤喉。她說，「依嫂，自己的身體也要保養。傳雙會回來的……」

清蓮今天才去福德把她接來。到福德也才聽蘭英說，鳳娥這幾天都沒有下過廚房，不吃不喝，都是蘭英端去一碗粥，勸了半天才吃幾口。整天就這樣坐臥不安，精神好些的時候就跑出去燒香求神。

今天鳳娥還沒進門，千城就出去了，他不敢跟鳳娥碰面。

鳳娥一看到他沒有第二句話，只說，「姑夫，做做好事，去找傳雙吧！好心好報啊……」一雙求救的眼眸，千城見了都會心悸。到哪裡去找呢？一點線索都沒有。所以他一早就躲到自己的學校去，天黑了才回來。

清蓮知道，這幾天紫千正在月考，她有意把紫千趕開。就說：

「紫千，你要考試，有媽在這裡陪妗媽，你進去看書好了……」

紫千剛走進自己的房間，就聽見舅媽用沙啞的聲音不斷地喊：

「哪裡有什麼上帝啊？哪裡有什麼神明啊！五帝捏啊！……」哭聲越來越吵啞，越來越淒慘。紫千拿出書來，仍然是讀不進去。

又這樣過了漫長的兩天，鳳娥的一雙眼睛陷了下去，面頰也凹了進去，更是什麼都不吃，絕望而奄奄一息地躺在床上。大家都想，傳雙萬一有什麼不測，鳳娥也必死無疑。

大家都在這樣焦急萬分的時候，救星來了，紫千放學的時候，看到信箱裡躺著一封信。她迫不及待地拿信出來，一看是表哥的筆跡，但下款的地址是南京。不管在什麼地方？只要有消息就是天大的好事。她三步併做兩步衝進舅媽房裡，大聲喊：

「妗媽！妗媽！表哥有信！表哥有信！」

鳳娥像服過救命丹似的，從床上蹦了起來，問：

「信在哪裡？信在哪裡？快讀給妗媽聽！」

紫千興奮地打開信封，抽出信箋來，她先抽出來的是給自己的。再看裡面還有一張，她又抽出來，這才是給舅媽的。她打開來，說：

「妗媽，聽好哦，」開始唸：

母親大人膝下敬稟者：

兒已於五月一日安抵南京，同行的尚有黃佑春同學。由於黃同學姐夫的安排，我們已就讀谷山訓練班。為期一年，學習報務。食宿都由政府負擔，畢業後比照尉官支薪。目前並已尋獲在海軍部服務的明德姨夫。兒在此一切安好，請母親大人安心勿念　耑此敬請　福安　兒傳雙叩上。　五月十二日

來信寄：南京市寧海路匡陸路八號。吳傳雙收可也。

紫千唸完又展讀表哥給自己的那封信。才讀到……我此番不告而別，乃是怕我娘反對阻撓……就被鳳娥打斷了。鳳娥笑嘻嘻地問：

「紫千，比照尉官支薪怎講？」

「就是畢業以後領尉官的薪水。」

這時候清蓮端來一碗雞湯索麵給鳳娥吃，鳳娥忽然精神百倍的接過來，吃了一口，說：

「也好吃！」又興沖沖地說，「依姑，你也看看傳雙的信。」

清蓮從紫千手裡把信接過來，紫千又接下去看表哥給她自己的信。

鳳娥吃了兩口，又問：

「依姑，傳雙是講伊做官了？」

清蓮看信看到一半，支支吾吾地回答：

「嗯，嗯，伊講領尉官薪水。」

這時間鳳娥已狼吞虎嚥不知不覺把一碗麵吃得精光，並且下了床把空碗收到廚房去了。等她轉回來用手抹著嘴又問：

「尉官算幾品官？」

清蓮跟紫千交換了一個眼神說：

「尉官不小了……」

鳳娥沒聽完又接下去說：

「這款講嘛那看命的還是講對了……那時候他講傳雙將來大了有官運……」，然後又自言自語地，說：

「不曉得胡鐵嘴還在不在原來舊厝看命，我應該去謝謝伊……」

外面有人拉了三下門鈴，紫千知道這是她爹的習慣，趕緊跑出去開門。一路從裡面喊出去：

「爹！表哥有信了！」

「噢！這下可好了！信在哪裡？」干城急急忙忙地進去看信。看完信，他說，「這孩子，為什麼去之前不說一聲呢？」紫千又把表哥給自己的那封信遞給她父親，說：

「爹，你看這裡還有一封。表哥說怕舅媽不肯，才偷偷地跑掉的。」

干城又繼續看另外一封，邊看邊點頭，說，「長大了，懂事些了。」然後對鳳娥說：

「依妗，你放心了吧？明旦我去三山，去跟他先生聯絡一下。學堂裡的先生，也到處找傳雙……」

鳳娥說：

「姑夫，信上帝也好，你趕緊替我感謝上帝！」

大家擔心了這麼久，都想這一晚可以好好的睡一覺了。誰知鳳娥卻因太興奮，一家人都去睡了，她還是睡不著，想著不久就會有做官的兒子；眼前呈現一片美麗燦爛的遠景，甚至連娶媳婦的細節也都想到了……怎麼？雞都叫了？剛閉上眼睛，嘀……嗒嗒，嘀……嗒嗒，嗒嗒嘀……喇叭鼓樂響不停，好熱鬧！鳳娥自己穿著大紅長裙，坐在大廳的太師椅上，面前站著穿長袍馬褂的傳雙…紫千是鳳冠霞帔。司儀唱著：拜！一拜天地。二拜祖先。三拜公婆。拜！再拜！……觀禮的人好多，滿屋子鬧哄哄，有人喊：

「看新娘！看新娘！」

有人說：

「好福氣！好福氣！」

鳳娥笑得嘴巴合不攏……又聽見紫千說：

「媽，我今天要早一點去上學。」

上學？新娘子怎麼可以去學堂？

鳳娥說：

「不！不！紫千，你今天不要去上學……」鳳娥喊出聲音來，紫千聽見舅媽喊她不要去上學，就走過來問：

「妗媽，剛才你叫我今天不要去上學？」

鳳娥聽見紫千的聲音，睜眼一看，天這麼亮了，原來自己做了一場夢，急忙說：

「沒…… 沒…… 沒有……妗媽是說，你這兩天有閒，給表哥回一封信吧。」

「好，今天晚上就寫。」

「不急不急，等明旦吧，今旦妗媽要到半山廟燒香還願......」

「好吧，明旦再寫。」

紫千因為顧老師昨天吩咐過，所以今天提早到學校。教室裡沒有幾個人，她就到操場上去看老師們打太極拳。其中有一個是顧老師，顧老師打完拳就走過來，對牛紫千說：

「牛紫千，你到老師辦公桌上去拿劇本，每一個演員發給一本。叫他們先拿回去看看，把自己的戲詞，用紅筆鉤下來，做好記號，尤其是你的戲份比較重，台詞也要早一點開始背⋯⋯」

「老師，我好怕，我從來都沒有演過戲⋯⋯」紫千怯怯地說。

「怕什麼？誰演過了？這一次被選上的，都沒有演戲經驗。你先別怕，到時候導演會教你們怎麼做，怎麼演⋯⋯」

「老師，導演是誰？」

「老師另外請了一位李先生來導⋯⋯」

他們講到這裡，苗絲絲走過來，問：

「顧老師你們又要演話劇呀？什麼劇本？有沒有我可以效勞的地方？」

「今年演『罌粟花』，怎麼樣？到時候來給我們指導指導吧？」

「指導？我怎麼敢當？你別拿我開玩笑！倒是服裝跟道具那些，我可以幫你們借一些⋯⋯」

「那就勞駕了⋯⋯」

牛紫千聽他們講這些，跟自己沒什麼關係，就說：

「顧老師，我現在去拿劇本。」說完跟苗老師笑一笑，一溜煙跑了。

他們排戲的時間多半在下午放學以後。顧老師先前請的導演李元白已經來信說不能來。顧老師只好自己硬著頭皮先跟演員們一起排戲。

每次排戲，苗絲絲都是不請自到，而且每天都換了不同的衣服。身上的香水味把大家熏得暈淘淘，每次進到教室來，都是從服裝跟道具講起：

「唉呀，顧老師，我跑了好幾家才借到這麼一個漂亮的花瓶，顧老師你看會不會太小了？」說話聲音好像可以擠出一大瓶的嗲。說完了總是跟顧老師靠得很近，等著顧老師的讚許。顧老師說：

「花瓶喔？我們倒有好幾個了。不過多一個也無所謂。」

另一次，顧老師等全體演職員都到齊了，就對大家說：

「這一次，凡是被選出來參加演出的，不管在幕前幕後，每一個工作人員，同樣重要。主角的戲，雖然多些，辛苦些，但是，演憲兵隊小勤務兵的，也不要以為自己從頭到尾只說一個『是！』就看輕自己，要知道，這個小兵要是忘了說那個『是！』我們的戲就接不下去。所以，小兵說『是！』的時候，要越精神越響亮越好……」

這時候，演小兵的趙億萬就在人群中冒出一聲好精神好響亮的「是！」同時做了一個立正敬禮的姿勢，逗得大家哄堂大笑。顧老師也跟著大家笑了一會，說：「你們很有眼光，選趙億萬做小兵，我相信趙億萬會把小兵演得很成功。還有，負責佈景和燈光的也很重要……」

外面一陣細碎的鞋跟聲音卡卡卡敲過來，大家把目光都移向教室門口，苗絲絲手裡拿著一件鑲有亮片的小旗袍，興沖沖地走進來，笑嘻嘻地說：

「顧老師，你看這件旗袍是不是很古典？這是我以前的戲裝。顧老師，你看能不能用？」

「我的天！牛紫千比你高出半個頭哩！不過，讓她試試看也好。」說完拉長了脖頸對牛紫千說：

「牛紫千！今天排完戲，你把苗老師這件戲裝試穿看看。」

牛紫千本來坐在坐位上，聽到顧老師這麼說，就迅速地站起來。學著趙億萬演小兵的神態，好大聲地說了一聲「是！」因為學得很像，在坐的人連顧老師在內，沒有一個不大笑起來。

苗絲絲的小臉兒，先是紅了一陣，又白了一陣。把那件小旗袍往胺窩底下一塞，轉過身，敲著細細碎碎的鞋跟，卡卡卡……像一陣小小的小旋風，走了，留下一屋子白蘭花的氣味。

第二天下午，排戲時間快到的時候，苗絲絲又提早一些來到了排戲的教室。這時候，顧老師還沒來。她看見牛紫千跟幾個演員在教室裡唸台詞，她氣呼呼的走過去，走到牛紫千面前停下來。牛紫千趕緊站起來，叫了一聲，「苗老師！」苗絲絲的一張臉，就像是剛上緊發條似的，繃得緊緊的。她沒好氣地問：

「牛紫千！昨天你是什麼意思？想出我的洋相是不是？做了女主角就得意忘形啦？告訴你，我演女主角的時候，你恐怕還拖著兩條長鼻涕呢！」

「苗老師，我沒有要出你的洋相。昨天我是學趙億萬演小兵的。」

苗絲絲不信她說的話，撇撇嘴又搖搖頭，說：

「這又巧了，早不學晚不學，偏偏我來了你才學？演了一次主角，就譏笑別人演小兵，你根本不配演主角……」

趙億萬覺得苗老師完全歪曲了牛紫千，他走過來結結巴巴地說：

「苗……苗……苗老師，昨…天，昨天牛紫千……她……她是學我……」

顧老師才走到門口，聽見苗絲絲對紫千說：

「你不要以為我那麼愛把戲裝借給你，老實說，借給你，糟蹋了……」

牛紫千的眼睛不斷地往門口看，苗絲絲才回過頭來，看見顧老師站在門口，她的臉像魔術師的面孔一樣，幾秒鐘之內又變圓了。她很快地跳著小碎步，走到顧老師旁邊，從小皮包裡拿出一只黑色的煙斗給顧老師看，她說：

「顧老師，你看，我幫你們借到一只古色古香的小煙斗……」

就在同時，顧老師從自己上衣口袋裡掏出一只同樣的煙斗來，說：

「怎麼？一模一樣？」他收起自己的小煙斗，說：

「你坐，你坐嘛，我們要加緊排練了……」說完，拍一拍手，叫：

「小佐野郎！小佐野郎準備上戲！」

再後面是「罌粟花」也要出場。紫千剛才被苗絲絲一頓搶白，心裡氣不過，不知道苗老師為什麼跟自己過不去？想著想著又怪起史漪湖來。史漪湖不提名選她，不是什麼事都沒有了？她想到這裡，有人叫：

「罌粟花！準備！」

牛紫千很機械地走上台去，連位置都站錯了。背了半天的台詞也都忘光光了，一句都想不起來。顧老師一句一句的幫她提辭，勉勉強強的排了一場。出門的時候，紫千拼命地搥著史漪湖的肩膀，罵她：

「都是你，都是你，史漪湖，你害我好慘！」

「怎麼？怎麼？我害你什麼？」

「誰叫你選我演『罌粟花』？」

「你不演？難道叫苗絲絲演？」

「你看她那樣凶我，氣死我了……」

「要我才不氣哩。你明明是學趙億萬的。」

「可是她不信。她以為我取笑她……」

「這叫秀才遇了兵，有理說不清……」

「告訴你，我真的不想演了……」

「牛紫千！你傻瓜！你演壞了，她才高興哩！你不演，她才更樂呢，哼，完全是妒忌，癩蛤蟆想吃天鵝肉！牛紫千，你想想顧老師會不會喜歡她？」

「我不知道。反正我不想演了，我想去跟顧老師說，叫他重新選一個……」

「唉喲……喲！這麼洩氣呀？告訴你，不要半途而廢。顧老師說，時間已經來不及了，不信你去說，看他肯不肯換人？牛紫千，要是我，就好好演給她看……」

「要不，你去演？」

「我要像你那麼漂亮，人家早就選我了……」

牛紫千又掄起拳頭，拼命地搥打她，嘴裡罵道：「死一壺！死一壺！還不是你先提的名。死一壺！死一壺！……」一路罵，一路搥，直搥得史濟湖哇啦哇啦逃掉了，地才很不情願地走回家。

牛紫千本來已經像漏了氣的皮球，被史濟湖這麼一打氣，又重新振作起來，晚上回到家裡又拼命地背起台詞來。清蓮見紫千只管拼命唸劇本，就問：

「紫千，你不是說就要畢業考了，怎麼還不看書？只管唸劇本？」

「是啊，可是考完就要公演了。」

「那你也看看課本呀！」

「媽，你不要急。明天起我要把劇本暫時收起來，學校給我們三天溫書假，平常我已經讀得差不多了，再溫習三天足夠了。」

「媽不是急，媽是看你最近越來越瘦，東西又吃得少，萬一再累出病來怎麼辦？」

「媽，瘦一點沒關係。我們老師說演這個角色就是不能太胖，本來老師有意要換給史濟湖演，就是因為史濟湖比我胖，後來老師就算了。史濟湖要不是胖，她會比我演得更好。媽，你知道，妖里妖氣的樣子，我學不來。我們老師也說教我演戲教得好吃力……」

「紫千，你到底演一個什麼樣的角色呀？」

「抗戰時期，我方的女情報員。用交際花那種職業，來偽裝自己的身份……」

「我的天！紫千，你演這種角色也不怕人家說閒話呀？」

紫千對母親伸了一下舌頭，做一個鬼臉，說：

「我已經不怕人家說閒話了，我只怕自己演不好。」

「以後還是別演這種角色吧？」

「好吧，好吧。以後也不見得會再有這種機會了……」停了一下，又說：

「媽，也不是我愛演，是人家選的嘛。」母女兩人越講空氣越凝重。清蓮見紫千有點不耐煩了，就說：

「紫千，媽看你太累了，早點去睡吧。」

## 7

三天緊張的畢業考過去了。紫千在學校裡只管拼命地唸劇本，再過四天「罌粟花」就要跟觀眾見面了。紫千越來越緊張，她整天拿著劇本背台詞，癡癡迷迷地對著全身鏡做手勢。牛紫千現在最怕顧老師了，顧老師很挑剔，越挑剔她就越錯得厲害，甚至連台步都走錯了。

剛才她站在樓梯下的走廊那邊，對著全身鏡，正面地走過來，又側面地走回去，看著鏡中自己的姿勢，因為沒有導演在，就顯得膽子大，很從容，走得很自在，她忘我地自我表演著……

誰知道顧老師正好從樓上走下來，走了一半，他看到牛紫千正在對鏡勤練，愣了一下，不敢驚動。他停在樓梯中間，不吭不響地想看看「罌粟花」回頭看人的那個姿勢到底改過來沒有？看了一會，他大聲說：

「好了，好了，這些姿勢都可以了。」

倒把牛紫千嚇一跳，她羞惱地說：

「老師，我不知道老師在看人家嘛……」

「不知道『老師在看人家』那最好，我也是湊巧經過這裡。到

那天上台的時候，像剛才那樣演就可以了，只當台下沒有人，演起來才自然。要是心裡老惦著觀眾，忘了台詞，那才糟糕！現在你再做拿煙的動作給老師看……」，他邊說邊走下樓梯，從口袋拿出煙盒，取了一根煙，準備要點煙給牛紫千看……

正在點煙的時候，苗絲絲從走廊外邊走過，看到這一幕心裡很不自在，又回頭多看一眼，負氣走了。

顧老師幫牛紫千點好了煙，紫千試著吸一口，嗆到喉嚨，咳，咳，咳……眼淚都咳出來。顧老師說：

「完了，完了，咳成這樣，還怎麼演？我早該叫你先回家練習的。等吸菸的時侯不會嗆咳了，再學拿煙的動作就容易多了。現在只好先教你取菸的動作……」說著又從上衣口袋裡把菸盒拿出來，說：

「現在先學怎麼樣從煙盒裡取煙，喏，這樣……」紫千跟著做。「不對！不對！」又做一次給她看……「對了，對了……」一個教得很吃力，一個學得很認真。

正在這時候，苗絲絲帶著劉老師走回頭，站在拐彎的地方，苗絲絲指給劉老師看。劉老師本來就有點唯恐天下不亂，對這一類的事情，向來又是一點就通的。她們站在拐角的地方，停了幾十秒鐘，兩個人又躡足走了。

顧老師對牛紫千接著說：

「對，對，現在用打火機點菸……」牛紫千從來沒有摸過打火機，一拿就拿顛倒了，把打火機的上部朝下拿著，顧老師說：

「顛倒了！顛倒了！……」

「老師，你看我多土？」說著兩個人都大聲地笑起來。

苗絲絲和劉老師已經走遠了，聽見他們的笑聲又回過頭做做鬼臉。苗絲絲說：

「你看，是不是很過份？我，小美人沒有胡說吧？」

劉老師說：

「嗯，真想不到，還沒出道就這麼騷。」

劉老師她就是劉鈺珠，本來也不是什麼老師，剛來的時候她是一名工友，就現在也還是佔工友的缺。為什麼人家叫她老師呢？那是因為她本來就有幾分小聰明，人也很勤快，校長就讓她到辦公室來幫著油印講義什麼的。在辦公室待久了，有人以為她也是老師。開始的時候，人家叫她劉老師，她很不習慣，後來，人家若不叫她劉老師，反覺得那人對她大不敬。她要是肯謙虛地學習，也會有幾分前途，可是偏偏舌頭長、多嘴，凡事無理強三分，得理不饒人。又專愛打聽別人的私事，打聽到了就當成新聞賣，腦力也強，新聞舊事滿腦子塞得滿滿的，又有編故事的天才，她要是肯動手去寫，說不定會成為一個作家，可惜的是，肚裡的墨水淺了些，應該用筆寫的偏用嘴說了，因此得了個「廣播電台」的雅號，整天呱啦，呱啦，不說別人，就說自己。她告訴人家，她娘家從前是開豆腐店的，很小的時候就要幫著家裡去送豆腐。東家送一板，西家送兩板。有時候要送豆腐去第九監獄，監獄裡的看守常常會問她，「小妹妹，妳的豆腐嫩不嫩？」

「當然嫩呀。」一聽說嫩，那看守就會伸手在她面頰上捏一把。

「我又不是豆腐……」她就把看守的手打下去，看守就嘿嘿嘿笑得好得意。小時候她不懂吃豆腐是什麼意思？後來長大了，漸漸懂了，就死也不肯再去送豆腐。不肯送也得送，她家裡哪裡會有閒飯讓她吃？於是她就恨透了做生意這一行。她說，她寧可出來當工友，也不幫家裡做生意。並且發誓，這一生一世都不嫁給生意人。後來，嫁了個丈夫是學校裡搞文書的。這下可好？但她又嫌管文書的沒出息，逼著先生去教書，她丈夫後來去了尚幹教小學。尚幹離福州比較遠，寒暑假才得回來。所以，她搬到學校住宿舍。

她和苗絲絲兩個人正好湊成一對，一齣齣好戲就這麼連台地唱出來。現在她又幫著苗絲絲排擠牛紫千，兩個人有意地明攻暗擊。這些事牛紫千哪裡知道？剛才她們兩個在那裡偷看、在那裡做鬼臉，顧老師跟牛紫千兩個人正忙著弄打火機，又打火又點菸，前前後後弄了十多遍，總算把牛紫千教會了點菸的動作，顧老師已經是滿頭大汗了。顧老師說：

「現在你回去自己練習，每天吸一支兩支，到了公演那天就不會被菸嗆得咳嗽。喏，這包煙給你，我還要再去借一些道具。牛紫千，你先走吧。」

「老師再見！」

## 8

自這天起，紫千每天晚上都把房門關起來，一個人躲在房裡學抽菸。她把顧老師借給地的那張照片——女明星抽煙的鏡頭——拿出來，對著鏡子照著照片上的姿態，慢慢地吸，又慢慢地吐，有時不免還要嗆咳出眼淚來。抽菸是這麼痛苦的事情，為什麼還有那麼多人喜歡抽煙呢？紫千怎麼想都想不通。

有一天晚上，清蓮聞到了菸味，又聽見紫千在房裡咳得好厲害，清蓮一路聞過來，她停在紫千門口，叫：

「紫千！紫千！開開門！」

紫千在自己房裡輕輕地說了一聲，「糟了」，慌慌張張地先把香菸弄熄，才來開門。清蓮說：

「我聞到菸味，紫千，是你又抽煙了吧？」

紫千怯怯地說：

「我們戲裡要抽菸，老師要我練習的嘛。」

「演戲抽菸還不都是假的？哪裡會真把菸點著了抽的？紫千，你的菸哪兒來的？」

「老師給我的。」

「哪個老師？」

「就是顧老師嘛。」

「傻丫頭，看抽上癮了，要你好看！」

「媽，你放心，我都快被嗆死了，還會上癮？媽，你去睡吧，我不抽就是了。」

紫千把母親推著走，見她母親正要去洗澡，自己才回到房裡來。

在話劇公演的當天上午，顧老師召集全體演職員，做演出前最後一次彩排，排練時，每個人的缺點，顧老師都一一的記在筆記薄上，現在一個一個的指點改正。排完戲以後，他對大家宣佈：

「今天下午男演員五點鐘報到。女演員四點鐘就要開始捲頭髮，弄好了髮型，全體在第二教室開始化妝，五點鐘以前大家都要吃好晚飯。」顧老師又交待了一些道具佈景的事，臨走的時候對大家說：

「我們下午五點見。」

慶祝應屆畢業的話劇八點鐘開演，觀眾陸陸續續地進場入坐。

牛紫千在第一幕第三場才有戲，她還有一段對白不太熟，正拿著劇本在後台繼續背台詞。她很擔心跟小佐野郎的一場對手戲。小佐野郎是日本憲兵隊隊長。一雙眼睛小小的。上唇兩撇小鬍子翹翹的。樣子好滑稽，牛紫千看了就想笑，一笑，就會把這一段的對白忘得一乾二淨。現在她要把這一段對白多背幾遍。人家來催場了，舞台左邊的門一開，牛紫千就要出場。現在她有點緊張，她突然想起顧老師那天告訴她的話，上台的時候，你只當台下沒有人。想到這話，她的心就不會像原先那樣跳得那麼厲害。這時候，又有人輕聲地喊：

「罌粟花！準備！」

紫千走過去，站在舞台左邊的門口，門開了，紫千邁步出台。

頭一件戲裝，她穿的是一件淡紫色的長旗袍。胸前佩一朵深紫色的罌粟花，旗袍下襬點綴著黑亮珠飾。閃閃發光，蓮步款款，風情萬種，觀眾鼓掌喝采。紫千只當沒聽見，她心裡一直記著顧老師那句話，「你只當台下沒有人」，這樣想著，膽子就大多了，一顰一笑都足以顛倒眾生。

「恐怕當年真正的『罌粟花』情報員，還比不上戲台上的牛紫千這麼迷人哩！」台下有人這麼說。

第三幕，第三場，罌粟花坐在舞台右邊的沙發上，穿一襲深紫色的長旗袍，胸前佩一朵白色罌粟花。小佐野郎坐在左邊的茶几邊，上唇的兩撇小鬍子，一左一右的翹起來，小眼睛瞇成一條縫，緊緊地盯著「罌粟花」。紫千一時好想笑，但沒有。她伸手去拿菸，點菸。吸一口，兩眼斜看上方吐煙。臉部微抬，下巴指著對面的小佐野郎。一支菸很不在乎地挾在右手食指與中指之間，比哪一次排練時都做得更好。顧導演站在後台邊，目不轉睛往前台看，他輕輕的搖搖頭，心裡想，這傢伙，天生的演員，可惜她自己不知道……顧導演，穿一件半舊的淺藍襯衣，淺米色西褲，領口敞開，頭髮亂亂地，忙碌了一兩個月，看來很狼狽，一雙眼睛仍然炯炯有神。他又看一看左邊的小佐野郎，十足的狼模樣。他看到小佐野郎站了起來，向女主角慢慢的撲過去，樣子很軍閥，他聽見「罌粟花」說：

「可以呀，就這麼辦！」砰！一聲槍響，野郎倒下去，台下鼓掌，熱烈鼓掌……顧導演搖搖頭，滿意地笑了。

台下有一位老太太，看著有些受不了，輕聲地對旁邊的觀眾說：

「這個女人妖里妖氣，將來也不會是什麼好東西！」

老太太旁邊坐著的正是苗絲絲和劉老師。苗絲絲聽了這話，心裡好痛快，回過頭很知己地對老太太說：

「她爸爸還是牧師哩！」

劉老師接著說：

「虧他每天禱告，生了這樣的女兒。」

落幕時，觀眾鼓掌，熱烈鼓掌。許多人都交頭接耳地誇獎說，女主角是誰？演得太好了！有人說：

「十幾歲的女孩子，演得這樣老練，真是不簡單……」

在觀眾的掌聲中，兩位牛牧師夫婦都去後台向紫千道賀。紫千向牛師母貼貼臉，又伸手給牛牧師握握手。然後左手牽著爸爸的手，右手抱著媽媽的肩膀，紫千放開了爸爸媽媽，又去抱媽媽和舅媽。鳳娥朝著紫千直嚷嚷：

「紫千啊！下回可別再跟那個小日本鬼子在屋子裡靠得那麼近吶，真叫舅媽捏一把汗吶！好在後來你把他打死了……」看她說得一本正經，大家都笑了。

## 9

戲演過了，顧老師好像卸下了一個重擔，他已經有一個多月沒有到江邊去散步，像懷念老朋友似的懷念起江邊美景來。第二天黃昏，他想找小吳一起出去走走。他去敲敲小吳的房門，沒人答應，小吳可能出去了。

他獨自一人來到江邊，看到江水，就如同見到知己一般。當初他只答應姜校長教一年的，沒想到一待就已經三年了。一方面是姜校長一向都支持他的教學理念。另方面是福溪的景色太吸引人……走著走著他走下了河堤。他在江邊的柳樹下坐了下來，放眼望去，遠山近樹盡收眼底。還有這粼粼閃閃的波光，真是美不勝收。福溪的水，不管是晴天雨天，都是沉碧沉碧的，只有黃昏這時刻，水面上才閃耀著一片片金光，而黃昏是很短暫的。明天的曉霧下，福溪會再度在綠色中醒來。醒來的福溪，又輕輕哼著綠色的呢喃，帶著柔柔的綠意，流向福德。流向高蓋山麓，流向螺州。流向城門，而螺州是他的家鄉，暑假一開始，他又將提著行囊回到自己的家鄉。家是他所嚮往的，慈愛的雙親，熱情稚氣的弟弟，正伸長著雙臂等待他。每年暑假，他都可以在家裡享受一個甜美而溫馨的假期。而最近他不知道自己怎麼總是靜不下來，這種喧鬧，好像是來自他的內心，他的一顆心竟像這無邊的柳絮一樣，不斷的飛舞起來。此刻，他按壓不住內心裡的這一片喧鬧，伸手拂了一下掉在額前的亂髮，無奈的把目光投向山坡上的牽牛花花叢，那一片牽牛花，經過一整天陽光的曝晒，朵朵都低下頭去。可是還有許多小小的紫色蓓蕾，將綻放在明天的曉霧中。這紫，這一朵朵的紫，這一大片的紫，怎麼？就是揮之不去呢？他正這樣地跟自己交戰著的時刻，忽然聽見後面有腳步聲，回頭一看，正是小吳。小吳笑嘻嘻地說：

「好傢伙！我猜的不錯，你一定在這裡……」

「小吳，你來得正好，我剛才一個人在這裡跟自己打仗……」

「誰贏了？」

「難解難分。」

「我看，你恐怕戀愛了……」

「跟誰？」

「你還問我啊？大家都知道，你們那麼多年了，還不請我們吃酒？拖著幹什麼嘛？你真沉得住氣，不動聲色，可是最近我看苗絲絲那樣的神不歸，魂不屬……」

河堤上有幾個人走過，小吳的話被打斷。他們兩個很自然地把眼睛隨著路人移轉，是四個人，三女一男，天色漸暗了，起先看不清楚，等看清楚了，小吳才說：

「中間那個不是你們班的紫衣女郎嗎？」

顧友石又瞧了一眼，輕瞄淡寫的回他一句：

「誰說不是？」內心裡卻驚濤駭浪地洶湧著。小吳說：

「你這導演真行，這一次你們出盡了風頭……」

「出風頭的是她。不是我。」

「老顧，你早先還說，怕她不能勝任？」

「這就是我的愚魯與偏見了。」

小吳瞧一瞧岸上漸走漸遠的人影，說：

「牛牧師跟他的夫人我都見過。那個胖胖的婦人是誰？」

「可能是她舅媽。有一回我批改她的週記，牛紫千曾提到她表哥失蹤了，她舅媽只有這個兒子，日夜啼哭，茶不思飯不想，半個多月工夫，從胖子變成瘦子……」

「後來找到沒有？」

「後來聽說跟一個同學偷偷地跑到南京去，現在是有音信了……」剛說到這裡，他們兩個都聽到有人在岸上大聲地喊他們：

「顧老師！吳老師！」

兩個人都站起來回頭看，正是苗絲絲。小吳悄悄的對顧友石說：

「人家八成是找你的。我看，我識相點先走為妙……」

苗絲絲已經走過來了，她對顧友石說：

「顧老師，校長剛才到處找你，他說要跟顧老師商量後天畢業典禮的事。」

「好吧，小吳，我們一起回去吧。」

說完，他們三個人一起走向學校。

## 10

「罌粟花」公演以後，紫千成了知名人物。一些調皮的學生，只管喊她「罌粟花」，都不叫她牛紫千。紫千最怕走在路上被人指指點點，常有人說，這個就是演「罌粟花」的。

「真的呀？那個交際花就是她演的呀？妖里妖氣！」有的說，「日本鬼子的情婦就是她！」又有一次，紫千走在一條小路上，對面來了兩個老太婆，紫千讓到旁邊給她們先過，沒想到她們剛走過了，就說，「女孩子學吃煙，不成體統！」

紫千想，這些人可能都是看過她演的戲，可是為什麼人家要把演戲跟真實生活扯在一起呢？悔不當初不聽母親的勸告。母親真是有先見之明，那時候，母親就告訴她，「紫千，你演這種角色不怕人家說閒話呀？」當時她還說，「只怕演不好，閒話怕什麼？」沒想到演得太成功了，真的惹來一堆閒話。這些閒話的餘波，不知道還要蕩漾多久？前天她還跟陸志強在那裡彼此埋怨，陸志強就是演日本憲兵隊隊長小佐野郎的。陸志強說：

「真倒霉？人家看到我都喊，『該殺的！』」戲裡的小佐野郎，是被「罌粟花」用左輪槍殺死的。紫千說：

「我被人罵得更慘！真氣死我了……」紫千又把走在路上被人指點被人議論的那些難聽的話學給陸志強聽。

顧老師當時在那裡批改作業，聽見他們兩個這麼一來一往地埋怨著，他抬起頭來看了看紫千，又看了看陸志強。半開玩笑地說：

「演壞人不被人罵就不像壞人了。這次還是時間太倉促，要是還有機會再演一次，我要叫更多的人罵你們。可惜，你們都要走了……」說完把眼睛停在牛紫千的臉上，言外之意不勝依依……

牛紫千被顧老師這麼一說，很快的就把那些閒言閒語丟開了。只有一件事情叫她丟不開，那就是苗絲絲的眼睛，自從那天顧老師叫牛紫千試穿苗老師的戲服，紫千學著趙億萬演小兵的口氣，很精神的說了一個「是！」苗絲絲就認為牛紫千有故意侮慢師長的意味。第二天把她訓誡了一頓不說，自那天起，她看到牛紫千就像見到仇人似的。牛紫千很怕碰到她那一雙眼睛，那雙眼睛裡好像深藏著幾十把銳利的小刀子，隨時都準備著把刀尖向著牛紫千刺過來。紫千碰到這樣的目光，就會不自覺地把頭低下來，在心裡問著，「老天爺，我做錯了什麼？」同時又慶幸自己就要畢業了，畢業典禮以後，也不會常常再看到這麼一張帶著寒光的面孔了。

又過了一天，牛紫千坐在教室正無聊著，看到史漪湖他們匆匆地跑來跑去，他們手裡拿著一本紀念冊，到處找人簽下留言贈語。紫千也拿出自己的紀念冊翻開來看了看，有幾位老師簽了留言，大略都是「學如逆水行舟，不進則退。」「鵬程萬里」之類的老調，沒多大意思。姜校長也給她留了一句「百尺竿頭，更進一步。」牛紫千本來想請顧老師也留幾句話，可是這幾天顧老師為畢業典禮的事忙得團團轉，不容易碰到他。紫千心裡想，算了，碰到了再說吧，又把紀念冊收起來。剛收起紀念冊，她看到史漪湖匆匆地跑來。史漪湖看到牛紫千，就大聲嚷嚷起來：

「牛紫千，你是不是也覺得我太多嘴？」

「不會呀，誰說你多嘴？」

「你看吧！氣死我了！不簽還好。」說著把紀念冊摔在牛紫千面前，狠狠的說：「你看！」

紫千拿來一看，是顧老師一手挺拔的柳體，寫著，「話到口邊留半句，得饒人處且饒人。」再一行較小的字，「與漪湖同學共勉。」底下簽名是顧友石。

牛紫千邊看邊想，史漪湖平常倒有些得理不饒人，可是她對自己卻是處處周到，處處讓步的。因此她也沒多說什麼，只問：

「顧老師還在不在辦公室？」

史漪湖早都已經忘了剛才生氣的事，很快的接著說：

「在，你要找他簽，現在快去。」

牛紫千拿起紀念冊離開教室。她剛走到辦公室門口，就碰到顧老師走出來，牛紫千說：

「顧老師，請顧老師給我留個紀念。」

顧老師說：

「牛紫千，你也來這一套啊？顧老師可沒什麼好話留給你們，看了留言不要生氣喔。」然後把牛紫千的紀念冊接過手，他往回走，邊走邊問：

「牛紫千，畢了業你是準備教書嗎？還是繼續升學？」

「我的英文老師牛師母正在替我安排，先到教會小學教書。」

顧老師走到自己辦公桌前面坐下，才接著對牛紫千說：

「先教教書也好。」

他打開紀念冊，心裡想著，留言什麼呢？你這個可愛的女孩。他翻到冊子最後一頁，伸手在上衣口袋掏鋼筆，一雙手怎麼不聽指揮呢？拚命抖，抖個不停，他又想，這個可愛的女孩，今天站在我面前，可是明天，明天就要飛走了，也許從此以後她飛得無影無蹤了？這麼想著，他的手更抖得厲害，牛紫千也發現了，她想，這可不像平常的顧老師喔，顧老師是不是生病了？這麼想著，她就不忍心再看顧老師那雙顫抖的手。她把眼睛挪向旁邊辦公桌桌面上，就在同時，她也看到一隻戴著翡翠戒指的小手，順著這一隻小手她的目光往上移，立刻就接觸到那一雙帶刀的銳利的眼睛。紫千怯怯地叫了一聲：

「苗老師，我剛才沒有看到你。」

苗絲絲小小的嘴巴張開了，聲音雖細細的卻是帶著利刀，她說：

「你哪裡看得見我呀？」這還不夠，她的眼睛又接連著射出來好幾把尖尖的小刀子在牛紫千的臉上刮過來又刺過去。紫千覺得自己沒有做錯什麼，不知道哪裡來的一股勇氣，她不再低頭，她一時把胸部挺得昂昂的，說：

「真的沒有看到，苗老師不要見怪。」

顧友石沒聽見什麼。也沒看見什麼。他低頭專心地寫著，他在紀念冊的最一頁，寫了幾句短句：

山凝水碧柳含煙；
紫色幽思千萬千，
花不語；
落絮翩躚，
蓬飄何處？
聚散怎無牽？
更哪堪
回首
不再當年？！

寫好，合攏來，把紀念冊交還給牛紫千。

牛紫千說：

「謝謝！」

她打開紀念冊默讀，心情好凝重，好凝重！尤其是後面那幾句，紫千讀了，心裡幽幽的，酸酸楚楚的，她抬頭看顧老師，顧老師也正在看她，紫千被他一看，又低下頭，把紀念冊合起來，不知道說什麼好？這一切都逃不過苗絲絲的眼睛。

自從話劇排演以來，苗絲絲隨時都覺得，來自牛紫千的威脅太大，明天畢業典禮後，一切將煙消雲散了。剛才看牛紫千低頭羞答答的嬌模樣，真是恨得牙癢癢的，她在心裡罵道，小狐狸！真會勾引啊！等明天吧！等明天吧！等明天起，看是誰家的天下？這麼想著就突然地對牛紫千客氣起來，她看一眼顧老師，假裝很友善地對牛紫千說：

「牛紫千，畢了業，別忘了喔，會不會常常回來看看校長和老師？」

「一定！」紫千回答，水汪汪的眼睛卻望著顧老師。

又有兩個畢業生進來，拿著紀念冊請顧老師簽名，牛紫千行了一個鞠躬禮，鬱鬱地走了。

## 11

畢業典禮這天早上，顧老師最後一次跟全班講話，主要只有這兩句：

「你們多珍重！你們多珍重！」

他不想再多說什麼，叫大家排好隊伍去禮堂，男生都穿黑色軍訓校服，女生仍然是藍衫黑裙。這最後一次，能再穿一次這麼整齊的校服，很難得，從今以後，各奔前程，這一天，大家的情緒很脆弱，好傷感。牛紫千平常最怕聽人家唱畢業歌，說起來，畢業是這個里程的結束，另一個里程的開始，這是高興的事，畢業歌的調子為什麼會是這麼悲悲悽悽的呢？開頭幾句是，「青青校樹，灼灼庭花，記取囊螢窗下」，這倒還好， 可是到最後「……聽唱離歌，難捨舊雨，何年重遇天涯……」許多人都哽咽著唱不下去。牛紫千抬頭看別人，別人的眼睛也都紅紅的，誰都不願意開口，這時候開口說話，聲音會很難聽的。牛紫千心裡想，離別已經夠不幸，為什麼還要用這種歌聲來增加離愁呢？只要友情在，天涯海角都會牽掛在心上，分別也不算什麼吧？她又想，恐怕也有人恨不得我快一點離開吧？這麼一想，她彷彿又看到一對帶著刀刺的目光，不覺打了一個寒噤。一面慶幸著自己從今以後，可以不再看到那樣恐怖的面孔，反而感到有一種安慰。

畢業生走了以後，顧老師就像丟失了一群小雞的老母雞那樣，失魂落魄地在操場上走來走去，有什麼辦法可以留得住這一群可愛的小雞兒呢？顧老師把雙手倒背在腰後，低著頭走著，沉思的神情既落寞又無奈……

苗絲絲在辦公室，坐在自己的辦公桌前面，兩隻巴掌托著小下巴。一雙無奈的眼睛，在顧老師的身影上跟過來跟過去。大約過了一個小時，終於忍不住站起來，她一面跑著小碎步，一面叫：

「顧老師！顧老師！」

顧友石聽見有人喊他，就停下腳步，身體不動，只是轉過頭來看她，一雙手仍然背在腰後。苗絲絲跑近了，喘著小氣，問：

「顧老師，還有三天就放假了，我們什麼時候回去呀？」

顧友石皺著眉頭，問：

「妳是說妳呢？還是說我？」

「我說我們呀。」苗絲絲斜勾著媚眼，嬌聲嬌氣地說。

「我們恐怕不能一道回去吧？」

「為什麼呢？」苗絲絲近乎撒嬌地問。

「我還要辦一點私事，恐怕要遲三四天才能回去。」

「你說三天還是四天呢？」苗絲絲嗔嗔地問。

「說不定啊，也許三天也許四天。」

「不管三天四天，我等你辦完事就是了。」

「怎麼好意思讓妳等，妳還是先走吧？」

「那怎麼行？我那些行李那麼重，誰幫我提呢？」

「我找個人幫你提好不好？」

「不！不！不！不要麻煩別人。我們順路，我還是等你辦完事情一起回去。」說完還有點不放心，又說，「你要走的時候，告訴我一聲，我們就這樣說定了噢？」

「好吧。」

已經三年了，每逢寒暑假，顧老師都是這樣義不容辭地幫苗絲絲提行李。假期結束開學的時候，他們又雙雙的提著行李到學校來，這好像已經成了定例。別的老師也以為他們不錯，常常把他們連在一起，顧友石也常有意無意的聽到同事們說，「你們如何如何」，這「你們」就是指著顧友石和苗絲絲。顧友石心裡想，真是天曉得！但誰叫他們住得那麼近呢？苗絲絲住城門，顧友石住螺洲，兩地僅隔著短短的路程。顧友石要到福溪去，多半會一起上路，所以，顧友石替苗絲絲拿行李是順理成章的事。

## 12

牛紫千畢業在家，有點無官一身輕的味道，她答應舅媽給表哥回信，信也回過了。這一天閒得無聊，她拿把小圓鍬在庭院裡拔草栽花，媽媽在廚房做飯。爸爸在客廳跟牛牧師還有牛師母談話。他們正談著干城牛去香港的事。干城因為沒有牧師資格，牛牧師托王牧師替他申請到一個機會，去香港神學院進修兩年。若是能夠有了牧師的資格，將來離開福溪教堂，也可以到別處去傳教。這完全是牛牧師的安排，牛牧師夫婦對干城牛一家是既熱誠又周到。談完了去香港的事，過了一會兒又談起紫千的工作。紫千聽見大人正在談自己未來的工作，興致很濃，她放下圓鍬，進去洗了手也坐著參加談話。牛師母把紫千拉過來坐在自己旁邊對她說：

「密斯紫千牛，你記住喔，快開學的時候，我們再聯繫一下。到開學前一天，我來帶你去，我們一起去信德小學，好不好？」

「還是我去找牛師母吧，怎麼好讓牛師母倒要來帶我去呢？那樣太麻煩了。」

「麻煩也是應該的。妳要知道，我自己沒有孩子，你就像我的孩子一樣。」

清蓮正好從廚房出來，她跟干城兩個人，交換一些意見，也都堅持著開學時要紫千自己去找牛師母才對。他們兩個同時說：

「不敢當！不敢當！紫千是小孩子，多跑跑路沒關係……」

正在這時候，門外有人拉動門鈴。紫千跑去開門，原來是姜校長。紫千迎上去，笑盈盈地問：

「校長有事啊？爸爸媽媽都在，還有兩位客人，校長請裡邊坐……」

「今天不是要找令尊，是要找你！」

「那也請裡面坐。」

紫千笑著，讓路給姜校長進去。兩位牛牧師姜校長早都認識的。姜校長先對大家致意過了才坐下來。他開門見山地說：

「今天來打攪牛牧師，是想把令媛留在學校借用一年。事情是這樣的，學校裡新請了一位英文教師，一時因家憂不能來。我們知道牛紫千同學的英文可以勝任，所以想留她在學校代課一年，不知道閣下同意嗎？」姜校長說完又跟牛約翰牧師和他的夫人致意。干城說：

「剛才姜校長說牛紫千的英文還不錯，真太誇獎了。讓我們先謝謝她的英文老師牛師母。」

牛師母笑著看看紫千，說：

「老師再好，還得學生自己肯用心。你看，我們的密斯紫千牛是真正可愛，走到哪裡無論誰都喜歡她。對不對？密斯紫千牛？」

紫千一張臉笑得紅紅的說：

「謝謝牛師母誇獎。」

干城接下去對姜校長說：

「姜校長剛才說的這件事，我們現在就跟牛牧師、牛師母多方面商量一下，因為牛紫千已經承牛師母的介紹，接了信德小學的聘……」牛師母接著說：

「這樣吧，信德那邊晚一年再去也行。姜校長提供的這個機會，對紫千來說應該更有意義，紫千的英文還需要多磨練磨練。至於信德那邊的事，我去同他們的校長再談一談。」牛師母的一席話，好像有把握可以解決兩方面的難題。姜校長聽了接著對牛師母說：

「謝謝！謝謝！這要讓牛師母多費心了。」他看一看大家，對牛干城說：「牛牧師，那我們一言為定了？」他又看看牛紫千，說：

「牛紫千同學，你的意思呢？」

「剛才牛師母說的，對我都是最好的，相信牛師母一定會支援我。不過，姜校長，我還是有點怕不能勝任……」

「牛師母會支援你咯……」

「紫千，快謝謝姜校長。這都是姜校長的厚愛！」清蓮坐在紫千旁邊接著這麼說。

紫千說：

「謝謝姜校長！也謝謝牛師母！」

姜校長站起來對大家說：

「謝謝！謝謝！本人謝謝大家的幫忙！」他一面跟大家點頭行禮，一面向門口退出。繼續說，「謝謝！謝謝！兄弟告辭了。」

姜校長走到門口，又俏皮地對牛紫千擠擠眼，道：

「牛紫千同學，開學那天妳來，就是我的同事了！」

牛紫千紅著臉說：

「哪裡的話，我永遠都是校長的學生。」

他們把姜校長送到大門口，兩位牛牧師又商量了一些教會裡的事，清蓮已把飯食擺好了，請大家進去吃午飯。

這一天開始，干城跟清蓮都開始忙碌，趕辦出國手續。到了九月初干城就離開福州到香港去。清蓮也把寡嫂鳳娥接來，鳳娥自從傳雙去了南京，一個人住在福德也很寂寞，沒等紫千開學，鳳娥已搬來同住。紫千接下姜校長的聘，又去福德找蘭英玩了幾天。眼看就要開學了，她在家裡把教科書準備好，又去找牛師母借些課外教材，每天忙著這些事，一切準備齊全，等待開學。

# 戀曲

## 1

學校開學的前一天下午，三點鐘光景，顧友石又像往常一樣，同苗絲絲兩人一起回到學校來，他穿的是白襯衣以及米黃色的西裝褲。一手各提了一只皮箱。苗絲絲穿了一件紫紅色的旗袍，右手提了一只小提箱，左手拎了一個淺褐色的布包包。她有點神采飛揚地走在顧友石旁邊，頭髮仍然又乾又薄，眉毛比平常描得更細些，說話聲音也細細的，看起來她很快活。她跟顧友石兩個人，走進學校大門，快到走廊前面的時候，苗絲絲往前面跳了幾個小碎步，這樣跟顧友石靠得更近些。她的聲音細細地問：

「顧老師，你累不累？」

「這不算什麼，馬上就到了。」

剛才這些親近的鏡頭，辦公室裡早來的幾個教職員都看到了。顧友石提的這兩只皮箱，其中有一只咖啡色的，是苗絲絲的行李。他們走過了長廊就拐到女教員宿舍去。在會客室門口，顧友石把箱子放下來，指一指牆上「男賓止步」的小牌子，笑著說：

「恕我不能服務到家了。」苗絲絲笑得像個小情人，細聲細氣地說：

「顧老師，讓我看看你的手，提箱子提這麼久，有沒有長出繭子來？」顧友石把手伸向自己面前看了看，說：

「繭子倒有幾個，是暑假在家裡做粗工長出來的，跟提提皮箱沒有什麼關係。」

「顧老師，你的手也一定很酸了吧？要不要先進來會客室休息一下？」

「不了，我還要回去整理東西。」說著接過自己淺褐色的布包包，他說：

「明天見吧！」

「謝謝謝謝，明天見……」說完還站在門口，兩隻眼睛深深地望著顧友石離去。等顧友石的背影漸漸遠了，她才轉身進去。苗絲絲回到宿舍，看到黃老師、馬老師他們已經先搬來了，她愉快地和她們打招呼，然後才回到房間整理床舖和行李，弄好了她去洗澡。洗過澡在床上躺一會，沒想到睡著了。

到了天黑，劉老師搬來的時候才把她吵醒。劉鈺珠一進門看到苗絲絲睡在床上就大聲嚷嚷：

「這麼好睡呀？我的小美人，樂壞了吧？我已經聽到號外了，今天是他親自把你送到這裡來的是不是？快跟本大人從實招來！怎麼樣？這一趟回去收獲很可觀吧？快說來給我聽聽，你們兩個可不要在那邊偷偷地好起來，連我這老大姐都丟在一邊了。」

苗絲絲睡意朦朧地伸一個懶腰，帶著幾分賣關子地說：

「你先別逼我好不好？你先把床舖弄好，東西整理好，等會兒我們睡在床上慢慢談，天都黑了，我還沒吃飯，我要先吃點酥餅……」說著，下床去拿餅乾盒，一面吃餅乾一面看劉鈺珠舖床。她坐在床上，把後背半靠在枕頭上，一張臉笑得甜蜜蜜地，手裡抱著一個方形的餅乾盒，一塊一塊接著吃。

劉鈺珠把床舖好了，也學著苗絲絲，拿個枕頭半靠在後背。她問：

「現在可以說了吧？我的小美人？」

苗絲絲把餅乾盒遞過去，兩張床中間隔著一個書桌，劉鈺珠一伸手就可以分享到。她拿了一塊酥餅，咬了一口說：

「快說嘛！快說嘛！」

苗絲絲把聲音擠得細細地，說：

「急什麼嘛？急什麼嘛？我說就是了。」

苗絲絲自己也不知道從何說起？事實上顧友石暑假回去以後根本沒有來找她，倒是她怕他會來，一步都不敢出門。從回去以後就待在家裡等呀等，等了一個暑假，到了最後那個星期天，見他還沒來，苗絲絲等得不耐煩了，就把自己刻意打扮了一下，換了一件深紫淺紫的碎花旗袍，想了一個好藉口，去找顧友石，也順便問問他哪一天一起去學校？她剛走到門口，迎面就看到顧友石笑盈盈地走來。她向前跑了幾個小碎步，小聲小氣地說：

「嗳呀！ 再晚一分鐘我就走了，怎麼這樣巧？顧老師，我剛要出去，你就來了？」說著想伸手去牽顧老師，見顧老師懶懶散散的，兩隻手一左一右插在褲袋裡，她只好把剛伸出去的手縮了回來。又聽顧老師懶洋洋地說：

「怎麼樣？我這個不速之客，會不會掃你的興？你現在準備要去哪裡？就先去吧？我們的事改天再說。」

見顧老師要走的樣子，她忙說：

「不急！不急！我這事不急，晚一兩天再去也可以。顧老師，要不要到舍下坐坐？」

「不了，我們站在這兒說說……」

「那我們往那邊走走吧，那邊很靜。」說著指著一條幽靜的山徑。顧友石說：

「那還不如到府上去。」

「也好，到我家裡坐坐。我母親也很想看看你。」說著，兩個人回頭走，幽靜的山徑沒去成，苗絲絲心中有些挫折。

她母親這幾天正生病，妹妹在房裡給母親梳頭。

她先請顧老師在小客廳坐下，把頭伸進裡屋，喊了一聲：

「娘！來客人了！是顧先生。」然後又對顧老師說：

「我娘這幾天身體不大好，不過也不是什麼了不起的病，是腰疼，上了年紀，常常腰疼。」說著，跑著小碎步去倒茶。倒好茶又要去煮點心，忙碌得像個小母親。她還沒走到廚房，就聽見顧老師喊她：

「苗老師，你這樣忙招待，下回我可不敢再來了，我今天來，只是想問問你，下星期是不要跟我一起走？」

「是呀，怎麼會不是？我那麼大一個大箱子，全要靠你呀。」

「沒問題，暑假裡我已經練足了力氣。你看，我手上的厚繭，都是暑假裡拿鋤頭磨出來的。一個暑假下來，我的手粗得會刺人呢？」

「怪不得，連影子都見不到，原來跟鋤頭結了親呀？」

「你猜，我爹怎麼說？」

「你爹怎麼說？」

「我爹說，他買了這塊地，就好像娶了一房媳婦……」

「真的呀？你要娶那塊地呀？真的要娶一塊地呀？」

說著兩人哈！哈！哈！笑起來，接著把回學校的時間決定了，臨走的時候，顧友石說：

「好吧，我這就走了，到了那天，你早一點準備好，我拐過來，我們一起走。」

這就是她整個暑假裡的收獲了。當他們又在一起的時候，就是今天，今天在路上的這一段時間，這些又算是什麼收獲呢？但她自己有著幻想，她總是想著自己和顧老師是最好的一對。她深信男女之間的感情都是慢慢培養起來的，那一陣子要不是半路殺出來一個牛紫千，說不定顧老師早都向她求……

現在牛紫千走了，警報總算解除了，她替自己捏著一把冷汗，不由得又罵一聲「小妖精！」

劉老師聽她突然罵「小妖精！」就問：

「你罵誰小妖精？我的小美人。」

「小妖精還會是誰？」

「哦，那個騷狐狸呀，總算滾了，以後都是你的天下啦，對不對？我的小美人？嘻嘻嘻……」

「小美人，我的小美人，你快說說你暑假裡的收獲嘛！別賣關子好不好？」急性子的劉老師又催了一次。

「誰叫你今天下午不早點來？早來的話，不是什麼都看到了？還要我說什麼……」

「你說不說嘛？」

「你剛才不是說有號外？你先告訴我，號外從哪裡來的？是不是有關於我和顧老師的號外？」

「噯呀！急死人，你說不說嘛？再不說，我要睡了。」她翻一個身，賭氣地把臉朝著牆壁，不理苗絲絲。苗絲絲一個人吃著吃著笑著，看到劉鈺珠沒有動靜了，她叫：

「劉老師！」

劉鈺珠沒有回答，劉鈺珠真的睡著了。

## 2

顧友石下午把苗絲絲的行李送到女職員宿舍門口，回到自己宿舍，把身邊瑣事處理好，吃過晚飯又出去買了一些零星用品，回來的時候他順便去辦公室拿一本書，辦公室裡黑黑的，他開開燈，把抽屜整理了一下，拿出他平常愛讀的那本「窄門」，準備回到寢室再好好的來享受這本好書。他拿著書，站了起來，正要關燈，咦？怎麼？牆邊多了一張辦公桌？他曾聽校長說過這學期要增加一位英文老師，這張辦公桌會不會是給新老師準備的呢？桌子上有個白色的三角形的牌子，他有幾分好奇，想看看這位新老師姓什麼叫什麼？他走過去，遽然的，三個端端正正的牛紫千！怎麼？這樣巧？他拿出手帕擦擦眼睛，再看，同姓同名嗎？天底下怎麼會有第二個牛紫千？他搖一搖頭，用力地搖頭，又敲一下自己的頭，會不會是夢？分明醒著，怎麼可能是夢？再仔細看，沒錯，牛紫千。他像是掉進五里雲霧中去了。

把燈關了回到寢室，本來想去問問小吳，看到小吳房裡的燈已經關了，不便去打攪。 這一晚他翻來覆去睡不好。

第二天一清早，苗絲絲滑下床來，輕輕的哼著小調，到洗手間去了一次，洗了臉，又回到自己房間。她在梳粧台前面坐下來，開開抽屜，取出一小塊白色的絨布，把鏡子擦呀擦的，滿屋子現出鏡子的反光，房間裡頓時亮了許多。她開開另一個抽屜，在一個小裝飾盒裡，取出一把眉鉗來，開始拔眉毛，直到拔光了才停下來。打開粉盒拿出粉撲來，開始匀臉，匀了十多下，滿意了，又從小抽屜裡取出一隻深咖啡色的眉筆，像工筆畫家描繪仕女的眉毛那樣，很工整的描起眉毛來。左邊右邊都輕輕的先描出一條彎彎的細眉，然後對著鏡子細心地描粗一點，再描粗一點點，又照一照鏡子，不能再粗了就停下來，在嘴唇上擦了一點點口紅。又打開粉盒，拿出粉撲開始撲粉，從鼻心開始，而至兩頰，最後撲向頸項，伸長著脖子，左照照右瞧瞧，兩頰接近顴骨的地方抹上一圈淡紅色的胭脂，又照照鏡子仔細瞧，才拿出梳子來，梳著頭頂上稀稀薄薄的黃頭髮。放下梳子，她拿起一面小鏡子來，放在腦袋後面，對著前面的大鏡子照著頸後一撮短短的捲髮，左邊右邊各照了四五遍。滿意了，放下鏡子。她站起來，從箱子裡拿出那件深紫、淡紫的碎花旗袍。穿上了又照照鏡子。接著穿上一雙黑色的後空皮鞋，配上米色皮夾型的小錢包，在鏡子前面顛起腳跟來，左幌幌右幌幌，踩出一連串的碎步聲。劉鈺珠這時候才被她的腳步聲吵醒，她伸一個懶腰，打一個哈欠，揉揉眼睛說：

「啊！我的小美人！快過來讓我瞧瞧！什麼時候又添了這許多新行頭？這麼漂亮！要去哪兒亮相呀？！」

「少缺德！」停了一下她走到劉老師的床前，問：

「說真的，你看我這紅寶石戒指怎麼樣？」說著伸出左手給劉老師看。劉老師捧過她的小手，摸著，仔細地瞧看，只見，她的指頭短短的、瘦瘦的，配著這麼個大指面的紅寶石，很不對襯，看起來真的不怎麼漂亮。劉老師靈機一動，問：

「快告訴我，是不是他送的？」

苗絲絲只抿著嘴笑而不答。把自己的手抽了回來，好像默認，又走到梳粧台前面去照鏡子，很神秘的笑著。她順手拿起一個花露水的瓶子，打開瓶蓋，用左手食指按壓著小瓶口，倒一點點花露水，耳垂，頸項三四處都抹一抹，小手帕上也沾上一點點，立刻，滿屋子都是白蘭花的濃郁。她蓋好小瓶蓋，又去照鏡子。

劉老師見苗絲絲沒有回答，就自作聰明地，說：

「我知道，戒指一定是他送給你的。」

苗絲絲仍然不承認也不否認，只說：

「你怎麼知道是他送的？」仍然笑得那麼神秘。

「看你笑成那樣子，不是不打自招了嗎？」劉鈺珠見苗絲絲不吭氣，斷定自己猜對了，就自作聰明地，說：

「這麼大的喜事，連喜糖都不請吃一顆，算什麼好朋友？」

「老大姐，別生氣，昨天晚上不是請你吃芝麻酥餅了嗎？」

劉鈺珠賭氣地，說：

「不請算了。」說著起來穿衣服，不再去理會苗絲絲。

苗絲絲也有點自覺沒趣，上班的時間快到了，就提早一些離開寢室。她一身香噴噴地，笑嘻嘻的，神清氣爽的走出去。走著，走著，心裡想，「那傢伙不會再來糾纏了。從今天起都是我苗絲絲的天下。」想著想著，好像自己正挽著顧老師的臂膀，走在螺州西山的小幽徑上，幻覺中顧老師低頭望著她輕輕地柔柔地問：

「絲絲，你的腳酸了吧？累不累？」……想著……冷不防一隻腳踩空了，差一點跌一跤。左腳扭一下，好痛，她蹲下去用手搓著好疼的腳踝。搓搓揉揉，想站起來，噯喲！好痛，又蹲下去，輕輕的揉……十幾分鐘過去了，還蹲在那裡站不起來……這時候正好顧老師經過，見她半蹲在走廊底下，一臉的狼狽，就攙她一把，問：

「怎麼？穿新鞋？」

「不，不是，是昨天走得太累了。」說著，臉也紅了。她一拐一拐地走向走廊旁邊的涼椅，坐下來。顧老師看看錶，說：

「時間還沒到，你先在這裡坐坐。校長找我有點事，我要先去一下。」說著往校長室方向走了。等顧老師從校長室出來，苗絲絲還坐在涼椅上搓揉著她的腳踝。顧友石看到了又走到她旁邊，問：

「苗老師，你的腳還沒好喔？開學典禮快開始了，我們該進禮堂了。」

這時候學生們正在整隊進禮堂，老師們也陸續地進去。顧友石又說：

「要是走得動，我們也該進去了。」苗絲絲站起來，試了試，說：

「好一點了，走吧。」但她還是走不快，顧老師也只好陪著她，慢慢走。走進禮堂的時候，大家都向他們行注目禮。苗絲絲的粉臉上，一朵朵的紅花兒飄盪了起來。

他們走進去坐在禮堂前面教職員的席位上。學生已列隊排好。開學典禮就要開始了，姜校長已經站在主席的席位上。司儀喊：

「開學典禮開始。全體……」

這時候，牛紫千才匆匆的從外面向禮堂走來。她輕輕的挪動腳步，不敢驚動別人，臨時就隨便站在最後一排學生的後面。想著，從今天起她也要做「簡師」的老師了，心裡不由得撲撲撲，跳得好厲害。她站在最後面，人家唱國歌，她跟著唱國歌，人家行三鞠躬禮，她也跟著鞠躬。後排有一個學生發現後面有人，就回過頭看，看到牛紫千，牛紫千跟他笑笑，點點頭，這個學生又用手肘碰碰旁邊的同學，示意要他往後面看，果然旁邊的那位也回頭看牛紫千，紫千也跟他笑笑點點頭。一連有好幾個學生都往後面看，有幾個女生也回頭看。她們覺得牛紫千今天好美，跟往常做學生時不太一樣了，看她穿一件寬寬大大的短旗袍，說白不白，說紫不紫，白中帶點淡淡的紫。長髮齊肩，黑髮發著藍光，紮一條淡紫色寬型的緞髮帶。額前的瀏海若有若無。眉型長長的、眉尾被鬢邊的長髮遮蓋住了。眼珠子又黑又圓，小鼻頭翹翹的，也正對著她們笑……有一個女生小聲地問旁邊的同學：

「後面那個是不是才畢業的牛紫千？」

「有點像，不過她不是畢業了嗎？怎麼又回來？……」後排的學生這樣竊竊私語。

校長講話講完了，接著是教務主任、訓導主任報告，報告完了，校長又站起來要介紹新來的老師，紫千的一顆心又撲撲地跳。

最先被介紹的是新來的國文老師，是一位男老師，看上去大約五十多歲，兩鬢已白。被介紹的時候，他站起來，很有風度的向大家鞠躬。下一位是體育老師，姓高，皮膚黑黑的，體格又高又壯，真是名符其實的體育老師。最後姜校長說：

「現在要給各位介紹本校新來的英文老師……」

大家的眼睛都到處找，有人輕聲問：

「怎麼沒有看到新老師？新來的英文老師在哪？」

校長繼續說：

「……她就是我們本校上一屆的畢業生，牛紫千老師！」姜校長做個手勢請牛紫千老師到前面來。紫千越來越緊張，一顆心幾乎就要從嘴裡跳出來了。她快步地走向台前，向大家鞠躬又鞠躬。有幾個調皮的低班同學開始鼓掌，牛紫千很從容地在掌聲中又退到最後一排去。

坐在左邊第二排的苗絲絲，粉臉上一陣白，一陣青，要不是劉老師的肩膀讓她依靠著，怕就要暈倒了。她做夢都沒有想到牛紫千這個冤魂又回來跟她做對，而且離得她更近了。眼看將要到手的獵物，又伸進來一隻魔手，她立刻就像一隻護食的小狗，做出要向敵人俯衝過去的姿態。她想告訴牛紫千，妳來可以，只要別碰顧友石。可是人這麼多，紫千在最後面，她怎麼樣衝過去？怎麼樣去對她說？就是衝過去，能說嗎？因此她只在喉嚨裡咽咽嗡嗡哼了幾聲，表示了無言的憤怒。苗絲絲因為全神貫注地在怎麼樣應付這個突來的情勢，不知道開學典禮早已經結束了，禮堂裡的人已經快走光了，她還呆呆的坐在位子上。劉老師也坐在她旁邊，劉老師很瞭解她此刻的心情，也是真能替她分擔心事的人，必要的時候還能替她去衝鋒陷陣。現在她看到苗絲絲呆呆地坐著，一張小臉慘白慘白地低垂著。劉老師用她的肘尖在苗絲絲的手臂上輕輕地撞一下，又輕聲地說：

「小美人，走吧，回去休息一下。有我在，你的未婚夫跑不掉。」說完輕攬著苗絲絲的肩膀，離開了禮堂。

她們剛走出禮堂，就有人叫：

「劉老師，事務處陳先生找你。」

劉老師被叫走了，苗絲絲更是十分地不自在起來。只覺得心裡空蕩蕩，腳好重，拖也拖不動。臉上硬繃繃，笑不出來。她勉強跟人家打了一個招呼，就到辦公室去，看了一下功課表，上午都沒課，又一步一步地拖著疲憊的一雙腳回到宿舍去，好像大難就要臨頭的樣子。

她坐在一面大鏡子前面垂頭喪氣地，像一隻鬥敗的小母雞，不，還沒上場就敗下陣來。現在她望望鏡中的自己，好蒼白的一張臉，嘴唇上一點血色都沒有，早上畫的那兩彎細細的眉毛，現在看起來像是兩小片被秋風掃下地枯敗的柳葉，她彎下腰脫掉黑色後空的皮鞋，摸摸早晨扭傷的腳踝，還很痛，她好累，很想躺下來休息。她站起來想脫掉身上的碎花旗袍，試了一下，沒有力氣，就這麼和衣躺下去，恍恍惚惚的，想也不是，不想也不是……

## 3

開學典禮以後，牛紫千走出禮堂，她還不習慣去坐在辦公室裡，就跑進教室跟同學們坐在一起，隨即有許多同學圍攏過來，牛紫千二年級的時候，這些同學是一年級，要說牛紫千是他們學姐也不為過。現在他們嚷嚷著要這位學姐請客。有的故意大聲喊：

「牛老師！牛老師好！」

也有幾個開玩笑地向牛紫千求情，道：

「牛老師！以後要多多手下留情多給我們幾分喔！」

牛紫千說：

「你們不要拿問題把我問倒，就三生有幸了……」

又來幾個同學，把牛紫千團團圍起來，又吵又大聲嚷嚷，紫千也就跟他們鬧，好開心。

顧老師聽見這麼吵鬧，他先是站在門口看他們鬧，有一個男生站在牛紫千後面的椅子上，大聲喊：

「牛老師請客！」他一指揮，其他的人也都跟著大聲喊：

「牛老師請客！牛老師請客！」

紫千等他們喊夠了，才說：

「吵死人了！你們說有沒有這種道理？我是校友，回來看你們了，你們不請我，倒要我請……」說著回頭看指揮的那個大男生，同時也看到顧老師站在門口。她愣了一下，隨即站起來走到教室門口，偏著頭要笑不笑地問顧老師：

「有沒有這種道理？顧老師你看，他們不請我，倒要我請他們！」

「有啊，當然有一點道理，牛老師請大家客，別忘了也要請顧老師。」顧友石說完指著自己的鼻子。

「啊！啊！啊！萬歲！萬歲！……」同學中有人大聲叫，有人鼓掌。看熱鬧的人越來越多，紫千沒辦法，只好說：

「好！好！等我領到了薪水再請大家。」

「啊！啊！啊！萬歲！萬歲！太棒了！……」大家又大聲叫鬧了起來，紫千趁他們瘋狂大鬧的時候溜了出來，她問：

「顧老師，沒想到，我又回來了吧？」

「真的沒想到，不過昨天晚上我到辦公室拿書的時候，就看到你的大名和你的辦公桌了。當時還以為是同名同姓呢？說說看到底怎麼回事？」

牛紫千也想把暑假裡姜校長到她家請她代課的情形說給顧老師聽，他們邊說邊走去辦公室……等上課鈴聲再響，已經是第四節課。

牛紫千拿起點名簿準備上教室去。她剛站起來，顧老師也站起來，顧老師到第二教室，牛紫千到第三教室。教室在同一個方向，走的也是同一條路。顧老師走在牛紫千旁邊，笑嘻嘻地問：

「過去你一直坐在底下聽課，今天要站在講台上，從今天起你是牛老師咯？怎麼樣？頭一天做老師有什麼感想？」

「顧老師，你越說我心裡越緊張……」

「抱歉，抱歉，等我免費贈送你一顆定心丸吃吃看……」說了一半，他把左手遮住左半邊的鼻子和嘴巴，把頭偏向右邊悄悄地說：

「你只當課堂裡坐的都是瞎眼聾耳的大傻瓜，你就再也不會緊張了。」

牛紫千笑嘻嘻地回答：

「好，好，讓我試試你的定心丸，看看靈不靈光？」

說著教室就到了。紫千走進教室，顧老師的話還在耳朵旁邊回響著，她忍不住地笑，又看看台下的學生，個個也都張嘴笑。牛紫千心裡想，你們笑什麼？你們這些又瞎又聾的傢伙！果然就像吃了一顆定心丸似的，一點也不緊張了。突然有一個男生靈機一動，大聲喊：

「起立！」全班都起立。

「敬禮！」全班敬禮。

「坐下！」大家坐下。

「牛老師好！」大家一起喊。

「請牛老師自我介紹！」全班一起喊。

牛紫千用兩隻手把耳朵捂起來，等他們安靜了，才轉過身，在黑板上寫下三個大大的——牛紫千。寫完了，她說：

「這一節是英文課，英文裡的習慣都是先說名，再說姓，所以也可以說是——紫千牛。」

全班都笑。有特別調皮的故意大聲地解釋：

「紫牽牛，就是紫色的牽牛花！」

「對！我們的新老師是紫色的牽牛花！美麗的紫牽牛！請大家鼓掌！」大家真的都鼓掌……教室裡一片咽咽嗡嗡的，都在那裡把姓名顛倒過來。有一個叫葉梧桐的被人叫成「梧桐葉」。有一個叫王愚的被人叫成「魚丸」，全班都在那裡你笑我，我笑你。紫千有點壓不住這些跟她一般大的大個子學生，她停下來，站在講台上跟他們一起笑，笑了好一會，她在心裡想，這怎麼辦？怎麼上課？好在今天只有一節英文課。她準備下午再去向顧老師請教，問問他，學生這麼鬧怎麼辦？到了下午顧老師有課，她也問不成。反正明天，明天還可以問。下了班她就回家了。

夜晚，顧老師跟幾個老師在宿舍裡閒聊，小吳最沉不住氣，他用手肘撞一下顧友石，說：

「老顧，好小子，你那麼會保密呀？」

顧友石說：

「什麼？我保密？保什麼密？話要說清楚一點。」

「不想請客就算了，還裝蒜啊？」

「我裝什麼蒜？請什麼客？」

「哎呀……呀！人家訂婚戒指都戴在手上了！你還裝糊塗？」

「誰戴上訂婚戒指？」

「苗絲絲不是訂婚了嗎？」

「她訂婚？關我什麼事？」

「她這一次回去，不是跟你訂婚了嗎？」

顧友石現在才弄明白，原來他們說，號外，號外，說的就是這個號外呀？

怪不得上學期期末時，小吳也曾問過他：

「老顧，你覺得苗絲絲怎麼樣啊？」他不知道哪一方面怎麼樣？

後來小吳問：

「她的外表怎麼樣？」當時他很想說，「她要是不把眉毛拔得一根不剩。要好看得多。」後來再想想，各人審美觀點不同。這些話也沒說，只反問小吳，「你說呢？」當時小吳沒有料到他會反過來問自己，就言語結結巴巴地。現在他又反問小吳：

「誰說的她跟我訂婚？」小吳又結結巴巴地說不清楚……

這時侯有一個陳老師拿著撲克牌進來，想邀同事們下班後打撲克牌，他們的話題被打斷了……

## 4

最近牛紫千去上英文課，大家都不怎麼吵鬧了。倒不是紫千得了什麼秘訣法寶，而是她講課能夠深入淺出，讀音又準，大家都很服氣，上課也變得很專心。牛紫千得了牛師母的真傳，很想把牛師母的那一套好辦法拿來施展一下。她又怕這樣自作主張會不會影響學校的行政作業。第二天她去跟姜校長商量，她提出自己的英語教學計劃。姜校長聽著，認為牛紫千的見解極有創意，就說：

「這學期我們可以試試看你的教學方法，我們一切都以學生為主，能夠以較少的時間得到較高的效果，那就是最好的辦法。不過為了行政作業的整體性，教科書還是要講的。牛老師，你自己去調配一下，看怎麼樣能夠兩全其美……」這時，有人來找校長，紫千就告辭了。

校長的這種默許，牛紫千得到很大的鼓勵。她又跑去跟牛師母請教商量，希望牛師母能抽空來給她助陣。牛師母立刻答應她每月來現場指導一次。紫千因而勇氣大增，信心百倍，她對於自己的教學新工作不再感到徬徨無助了。一切進入常軌以後，上課下課各忙各的。上課鈴聲響過，有課的老師去上課，辦公室就會突然的清靜下來，剩下沒有課的幾位老師一目了然。說也奇怪，常常牛紫千沒課，顧老師也沒課，還有一位就是新來的體育老師高老師，他們三個人好像被湊合在一組留守在辦公室似的。牛紫千跟顧老師要是沒課也要批改作業。高老師沒有作業好改，有時也會找顧老師和牛紫千聊聊天。顧老師很欣賞高老師因材施教的教學方式。高老師的觀點是，體育應該是先談個人的健康，其次才是競賽。他不贊成太激烈的運動。高老師平常上體育課，除了最基本的體能訓練以外，其餘多半因材施教。他說：

「第一要先了解學生的個人體質，體質較差的絕對不能跟那些體力旺盛的在一起上體育課。」所以，他在上課以前先行分組，按照每一個人的體力與興趣分組。先談健康，其次競賽，這是他的原則。因此高老師的課，沒有人逃課。有一個一年級的學生，因為有肺結核，高老師除了灌輸他肺結核的保健常識外，還特別准許他不要跟大夥兒一起上課。有一天顧老師聽見他對這個學生說：

「減少體育課不是叫你坐著不動，人家上體育課的時候，你去散步。散步有一個原則，找一個小斜坡，走上去再走下來，讓全身微微地出一點汗，身體就得到好處了，不管刮風下雨，每天都找一個時間去散步，只要有恒心，你的體育成績我也照樣讓你及格。」

眼看著這個學生的健康情況一天天進步，家長和學生本人都非常感激。

紫千、高老師、顧老師他們這三個人的空檔常會很湊巧地湊在一起，他們自己並不覺得，因為也常常會有其他的老師留在辦公室。姜校長偶爾會從辦公室門口經過，有時會拐進來聊幾句。紫千雖然年輕，但他一視同仁。有一天他說：

「又是你們三劍客呀？你們三位是我的台柱。沒有你們三位，我這一台戲就唱不精彩了，這樣下去再有三年，我們學校的基礎就穩固了。希望你們三位最起碼能再幫我好好地幹三年，這三年裡頭，誰都不許先下台去……」說著看到有一位工友拿著一封信來找校長，姜校長言猶未盡地招招手先走了。辦公室裡剩下的又是他們三劍客。

這種情形，苗絲絲早就注意到了，她好希望自己能代替牛紫千的位置。但是功課表已經排定了，無法更改。因此她好恨排功課表的教務主任，好像人家是故意把她跟顧老師錯開似的。她心裡也很明白，顧老師對她沒有什麼特別的地方，但她寧可織起一個自欺的網，把自己罩在裡面，不肯承認那個事實。她最強調的就是，人可以日久生情，雖然有一方沒有什麼情意，只要另一方肯獻殷勤，日子久了，對方就會變成自己的俘擄，本著這樣的私心意念，她對顧老師展開默默的長期攻勢；但是自從那次「罌粟花」話劇排演以後，威脅的氣氛就慢慢地瀰漫過來，而對她威脅最大的就是那位女主角「罌粟花」。自從那次看到顧老師教牛紫千抽菸以後，她心中無名的妒火越燒越旺。後來見牛紫千就要畢業，一旦牛紫千走了，顧老師還不就是她自己的囊中物，所以也並不十分把牛紫千放在眼裡。直到開學典禮那天，才赫然地發現牛紫千不但沒有走，而且從學生升級，變成了老師。以前，這種威脅只遠遠地瀰漫著，而現在變成了一團火，這團無名火就在她前後左右熊熊地燃燒起來，讓她感到坐立都很不是味道。現在，她坐在辦公室裡，想著種種前塵往事，下課鈴聲響了，她看著顧老師和牛紫千雙雙地嘻笑著走進辦公室。十分鐘過後上課鈴聲響了，這一下又輪到她自己有課，她拿起勞作教材就要離開辦公室，她走到門口又回過頭來看了一下，很不情願地離開了。

## 5

這一天，有兩節英文課連在一起，紫千早已安排邀請牛師母來上示範課。她問另外的二劍客：

「下兩節你們二位有沒有課？」

「沒有，怎麼樣？」

「等一會我的老師牛師母要來上英語示範，你們二位想不想開開眼界？」

「好啊，這事我倒覺得很新鮮。高老師，我們去旁聽吧？」顧老師這樣徵求著高老師的意見。

「我又聽不懂英文，去做聾啞學生呀？」

「去吧，去吧，我們牛師母國語、福州話都頂呱呱，不會聽不懂。走吧，去捧捧場。」聽見牛紫千這麼一說，他們三個人就一起走去教室。牛紫千請二位老師坐在教室最後面，自己又跑到校門口去迎接牛師母。

牛師母走進教室的時候，大家都鼓掌歡迎。牛紫千略作介紹，牛師母就開始說：「我是『番仔婆』……大家的笑聲把她的話打斷，停了一下她又說，「今天我來講一個『洋鬼子』的故事給大家聽……」學生又哄堂大笑。等大家笑完了，她接著說：

「從前有一個美國人，他剛來到中國，在上海傳教。有一天走到鄉下地方，看到有一個小姑娘，手裡端著一碗粥，正要端去給她母親吃。走了一半，突然抬頭看到這個美國傳教士，她從來沒有見過這種藍眼睛高鼻子的外國人，突然地嚇一大跳！手一滑，一碗粥滑下去，打破了。她大聲地哭喊，『碗打了！』傳教士以為她說的是『one dollar』就伸手到褲袋掏錢，要賠她一塊錢。小女孩趁他正在掏口袋的一剎那跑掉了。傳教士看她跑了就去追，想追上去還她一塊錢，嘴裡又嘰哩咕嚕地說著英文，意思是說，『小姑娘，妳等一等，我要還妳一塊錢，』邊說邊追，他越追，女孩越害怕，越跑。一面跑，一面拼了命大聲喊：『媽，鬼來了！』這女孩看到這麼一個捲頭髮、白皮膚、藍眼睛的怪老頭，以為自己見了鬼，所以才大聲喊，『鬼來了！』我想，這就是『洋鬼子』的由來……」教室裡一時喧騰起來，大家笑得人仰馬翻。等笑聲靜下來的時候，牛師母又說，「語言能夠互相溝通，就會減少人與人之間的隔閡與

誤解，多學幾種語言是很好的事情。我當初學習中文，主要是為了要傳播上帝的福音，並且會說中國話在中國各個地方都走得通。我不管你們學英文是為了什麼目的，但我想告訴你們，不學就算了，要學就把它學好，有一種人學英文是學時髦的，只想學一點皮毛，為了可以去接近外國人，這種人，我就不喜歡教他。要想把英文學好，第一，是要膽子大，很多中國人看到『洋鬼子』就很怕，無形中好像自己比外國人矮了半截。我告訴你們，我們『洋鬼子』除了鼻子比你們高……」坐在底下的學生又開始笑，她停了一下接著說，「我們『洋鬼子』除了鼻子比你們高以外，其餘的什麼都跟你們一樣，要吃飯，要睡覺，會哭也會笑，大家都是人，沒有什麼可怕的。第二，學習的方法要正確。大多數的中國人學英文太繞圈子了，各說各的，我看有不少人主張背字典、有的人死啃教科書、有的人又鑽在文法裡糾纏不清，到了真正要用的時候，一句都用不上，這是很可惜的。記住，要大膽地說，依照西方的語言習慣去學，多多練習，不要好久，你們的英文就會像你們的牛老師一樣呱呱叫。」說著，她指著牛紫千，大家又都笑了一會，就這樣兩節課很輕鬆地就過去了。連一向最不敢開口的學生，牛師母也有辦法逗引著他們簡單地說兩句。

小吳不知道什麼時候也跑來坐在後面旁聽，紫千看到了，又介紹他跟牛師母認識。

下了課，牛紫千把牛師母送走以後，又回到辦公室來，小吳悄悄的對牛紫千說：「紫老師，剛才我去聽了兩節課，我確信我自己沒有資格再去做英文教員了……」

「為什麼？」

「我會誤人子弟。」

高老師和顧老師也都伸著大拇指，說：

「牛老師，你真有一手！」

從此，牛紫千對英語教學也漸漸地更增強了信心，有困難就去請教她的牛師母。

到了月考，紫千也想試一試顧老師不監考的榮譽制度，她覺得，顧老師試行的榮譽制度很成功。顧老師說：

「也不見得就算怎麼成功，開始的時候還是有人作弊，但現在我敢說，沒有。因為他們都已經知道，作弊是一種欺騙行為，首先受騙的就是他們自己。你想想，考試就是考學生讀了沒有？該知道的知道了沒有？如果沒有認真的去讀，靠偷看作弊拿分數，就算騙到了高分，算真會了嗎？真明白了嗎？學生如果明白了這些，有必要監考嗎？這是觀念上的問題，我們要先讓學生知道為什麼要考試？不及格也不是什麼丟臉的事，真正不可原諒的是作弊。所以我對不及格的學生都給予第二次機會，補考。但是，補考的分數要打一個折扣才公平，考一百給九十分，打一個九折。現在，我那一班不但沒有人作弊，而且連補考的也漸漸地減少了……」

顧老師想起他當初試用榮譽制度，就是因為監考的時候，他看到有人作弊，他不願意傷到學生的自尊，沒有當場抓他，當時他只說，『各位同學，我現在打攪一下，我相信一定有人不歡迎我站在這裡把眼睛瞪著你們。既然不歡迎，你們就自己好好的考吧，考完了，由班長把考試卷收齊交給我。』說完他走了。後來他看看那個想作弊的學生根本沒有及格，想來是打消了作弊念頭。於是他就給不及格的學生一次補考的機會，從那以後，他就不想去監考，榮譽制度就這樣建立起來。想著想著，他說，「尤其是這些學生，將來都是要為人師表的，怎麼能不知道什麼是自尊？」

紫千聽完顧老師的這麼一篇大道理，崇敬愛慕之情油然而生，她很肯定地對顧老師說，「我一定要試試顧老師的榮譽制度。」

# 6

日子一天一天地過去，牛紫千與顧老師朝夕相處，形影常雙，他們談得更深，談得更遠，往往忘了第三者的存在。看在別人眼裡不久又生了是非。

熊熊的妒火燃燒著苗絲絲，她的一雙眼睛不時地發出兇兇烈焰。苗絲絲的內心裡不斷地吶喊：

「你們不要碰！你們不要碰！那是我的美味食物！」她呲牙裂嘴著，誰要是敢碰她的美食肉骨頭，就向那人衝去。於是她開始對牛紫千明的諷，暗的刺。牛紫千因為苗絲絲過去曾是她的老師，因而凡事敬她三分，有時候苗絲絲說的話簡直是不可理喻，她也只裝著不知道，聽不懂就過去了。這種反應叫苗絲絲感到一籌莫展，她最希望能夠把牛紫千激怒了，跟自己大吵一架，氣憤之下拍桌子不幹了。但是她很失望，牛紫千越幹越起勁，教學很有心得，不但學生的英文成績有驚人的進步，甚至有幾位老師還抽空跑來聽她的課，牛紫千真是幹得非常地有聲有色。

苗絲絲預感到自己的第一步已經失敗，一個人的力量也太薄弱，於是她想改變戰術。她開始籠絡劉老師。有一天晚上，她們在寢室裡，苗絲絲先開口：

「喂！我的老大姐，你有沒有看到，我小美人被人欺壓成這樣子，連一點惻隱之心都沒有嗎？」

劉老師雖然頭腦簡單，無主見，但她們有著共同的小聰明。經苗絲絲這麼一指點，就很敏感地想到苗絲絲指的是誰，她立刻接著說：

「你別把我看成傻瓜好不好？我早就看到他們兩個眉來眼去的，這種男人真混帳！他分明跟你訂了婚，怎麼還敢動那個小狐狸的念頭？小美人，你也太不中用了，為什麼不把訂婚戒指舉到她面前，再賞她幾巴掌，叫這個騷狐狸趁早滾得遠遠的……」又做了個很憐憫的表情，說，「這是妳啊，要是我，我可不生這種悶氣！」苗絲絲知道得計了，將計就計地說：

「我，小美人哪裡會看錯人嘛？全校恐怕只有你老大姐肯替我出這口氣。」

最近又有個謠言在暗中傳播著，隱隱約約的內容是，有人搶了別人的未婚夫，到底誰是誰的未婚夫？誰搶了誰的未婚夫？可沒說清楚，大家總那麼瞎猜，因為大家曾聽說，苗絲絲手上戴了訂婚戒指，到底苗絲絲跟誰訂了婚？她自己也沒有證實過。大家只看到苗絲絲手上多了一只大指面的紅寶石戒指。小吳曾經問過顧友石，顧友石只說不知道這件事，就沒有人再跟他提了。反正這些謠言就這樣在暗地裡盪漾著，牛紫千偶爾也看到別人指指點點，她猜想人家也許是在指點她跟顧老師很要好這件事。她心裡想，要好就要好，隨你們去說吧。

星期六快中午的時候，吳傳雙忽然跑到學校來找牛紫千。紫千看到了就跑到走廊跟他說話，她問：

「表哥，你來信不是說還要等兩個多月才能回來嗎？怎麼現在就回來了？」

「是啊，想你啊。」

「誰要你想我？我才不要你想哩。」

他們還是像小時候那樣，見了面先吵鬧一陣子，才開始說正經的。停了一下，吳傳雙告訴她，是因為突然有兩個星期的假期，所以跑回來看看。紫千說：

「表哥，你先去我家，我馬上下班就回去了。」

「我已經去過了，只有依姑一個人在，我娘回去收租，我也想回福德去看看，說不定我就住在家裡，先來跟你說一聲。」

吳傳雙說完就走了。牛紫千回到辦公室，發覺大家都在看她，紫千臉紅紅的，她對顧老師說：

「剛才那個是我表哥，我們從小一塊長大，他現在在南京，這次休假回來，來看看我們。」

顧老師問：

「就是你以前在週記裡提起過的那個表哥嗎？」

「嗯，就是他。」

## 7

月考過後，接著就是秋季旅行，學生表決結果要去白雲山。白雲山是當天可以來回的路程，白雲山上常年有白雲飄繞，山上有一座寺院，叫做有天寺，寺院裡住著數十位出家人，他們在暮鼓晨鐘裡墾植著一個大果園。果園裡種植著四季花果，歡迎遊客賞花嚐果，人人盡可在原地享受，但不可攜出山外。入山的山口，豎著一塊木牌，幾行大字寫著，「歡迎免費品嚐佳果，禁止攜出山外，敬請保護佛地的靜淨。」所以，凡到白雲山來的遊客，都有個默契，個個都安靜地採摘品嚐自己喜好的果子，沒有人喧嘩胡鬧，果核果皮雜物自不敢隨地丟棄。雖然沒有人任意污染，但遠遠近近仍可看到三五個出家人，拿著掃帚、簸箕、鋤頭、鐵鍬等，走動在果園四周除草掃落葉。

牛紫千只聽到蜜蜂嗡嗡嗡地對著花心悄悄細訴，又見成雙成對的蝴蝶在柔柔的花瓣上夢幻般地舞動著，鳥鳴啾啾，好一個世外桃源！人間仙境！紫千被花氣薰得醉醄陶……顧老師從後面走來，只見牛紫千一動不動地醉在花陰裡，就把腳步放輕些，沒有要驚動她。站了好一會兒，紫千好像才從夢中醒過來似的，當她回過神來，顧友石也正看著她，四目相接，頓時兩顆心就像被一根看不見的細箭貫穿在一起，他們都震撼了一下，顧友石把一隻手搭在紫千的左肩上，輕聲地說，「我們是不是早在幾千年以前就認識了？」紫千不回他的話，把右手搭在自己的左肩上，覆蓋著顧友石的手背。靜默了一會兒，她輕聲地說：

「剛才我好像做了一個夢……」說著偏過頭看著顧友石。

「夢見什麼了？」

「……夢見我自己一下子頭髮都白了，住在白雲山這寺廟裡……」

「傻瓜，就算你的頭髮真的全白了，也不可能住在這裡……」

「為什麼？」

「這裡是我可以來的地方，你忘了？這裡是男性社會。」

「那我呢？」顧友石正要回答，後面有幾個男生一路嚷嚷著走來，他們大聲叫：

「顧老師！顧老師！我們採到一個很熟的無花果，要不要吃？」

「要啊！」紫千和顧友石，他們兩個同時回答。顧友石接過無花果交給牛紫千，一面對學生說：

「你們再去採一個來。」

一群學生又都跑了。紫千和顧友石併肩走著，說說話又彼此互相對望著，兩顆心都加速地跳動著。紫千又把無花果交給顧友石，顧友石拿起來端詳了一會兒，說：

「這麼美麗的果實，我們沒有出一點勞力就吃了，真有點嚥不下去……」

「你以後老了可以來這裡種嘛，你不是說這裡是男性社會？」

「傻瓜，你想我們怎麼可能來住在這裡呢？」說時把「我」字拖得很長，「們」字說得很重。紫千問：

「誰是我們？」

顧友石重複再說一次：

「我……們！」

他把「我」字拖得更長，說完「們」字把眼睛看著牛紫千，接著說，「除非……除非你不理我，我就來住在這裡了，」把紫千的臉羞得紅紅地，嗔道，「誰跟你講這些不吉利的話……」說著加緊腳步走在前面，顧友石在後面快步追了幾步，說：

「人家都下山去了，我們也該下山了。」說完，看著紫千，微微地笑著，紫千看著他，也微微地笑著。

走到山下，許多學生都已先到了山下，他們聚在一起唱歌。他們把平常學校裡教過的歌，都翻箱倒櫃地搬出來唱。紫千也走過去，輕輕地唱和，邊走邊唱邊指揮，學生越聚越多，紫千越忘形。顧友石看著紫千嫻熟的指揮動作，心裡想，這傢伙，天生就懂音樂，可是她自己並不知道。這麼想著，不知不覺也跟著哼唱起來，顧友石也漸漸地越唱越大聲。他們現在唱的是「滿江紅」，個個都忘形地唱著。紫千把指揮的手勢一收，歌聲就停了。紫千說：

「我們休息吧？再唱聲音都啞了。」大家同意了。學生們散了以後，又跑到稻田裡去挖泥鰍，抓蟲子……這裡剩下兩個老師，顧友石和牛紫千走到樹底下，坐在一塊大石頭上，紫千看了一下無花果，說：

「這無花果快被你捏爛了，還不吃？」

「怎麼吃？」

「剝了皮吃嘛。」

顧友石說：

「喏，妳先吃，妳吃這一半，我吃另外的一半。」

「你先吃。」

「妳先吃。」

兩人相讓，紫千本來不肯吃，無奈剛才唱歌，喉嚨好乾，只好接過來，吃了一半，把另外一半還給顧友石。顧友石說：

「妳通通吃了罷？」

「不要改變主意！」

顧友石把紫千吃剩的無花果接過來，正低頭吃著的時候，紫千的眼睛緊緊地盯著田野間，原來小河邊架著一台農民抽水用的水車，她看著看著，心裡躍躍欲試，很想跑過去試踩水車玩玩，又不知道踩不踩得動？心裡想著，臉上笑著。顧友石吃完了無花果，他看看牛紫千，見紫千笑得開心，就問：

「看什麼？想什麼？笑什麼？」

「很好玩的事。」

「說說看，什麼新奇的事這麼好玩？」

「你猜猜看？」

「怎麼猜？」顧老師問。

牛紫千從自己的小皮包裡拿出鉛筆和小紙條，撕一半下來說：

「我把謎底寫在紙片上，我自己收起來，另一半紙片給你，你寫下我剛才所看到的、想笑的、好玩的事情，然後我們交換紙片⋯⋯」說完，牛紫千在自己的這一半紙片上寫下謎底「我們踩水車去」。寫好折起來，放在小皮包裡，把紙筆遞給顧友石，自己跑到小河溝去洗手。顧友石放眼田疇看了一會，就開始寫。他先寫了一句「我們踩水車去」，寫好，並沒有停下筆，繼續寫，「友石致紫千」：

白雲山，白雲山。
無花果，無花果。
無花，無花。
有果，有果。
一半你，一半我。
你我，你我。
卿卿，卿卿，
你莫躲！
卿卿，卿卿，
你莫躲！

紫千洗好手走回來，看他還在那裡很認真地寫著，就說：

「只一句話，寫那麼久，一定猜不對。」

「猜對了怎麼樣？」

「猜對了，隨便你！」

顧友石寫好，折好，把紙筆一起交還給牛紫千。

牛紫千打開來看，先笑了一陣，繼續看，半怒半嗔地想伸手去打顧友石，就看到劉老師和苗絲絲比手劃腳的從前面走來，牛紫千把伸了一半想打人的手又縮回來。顧友石深深地望著她，說：

「你的謎底給我吧？」

「我剛才去洗手，把謎底弄丟了。」紫千想要賴

顧友石抿著嘴，眼睛斜斜地看了她一眼，站起來脫掉外衣，他把脫下來的外套掛在樹枝上。說：

「我們踩水車去！」說的正是牛紫千的謎底

紫千也站起來跟著他走，兩人走下小路，往河邊的那架水車走去。走了一半，顧友石停下腳步問：

「你那表哥，你們之間有沒有什麼故事？」

「沒有，從小一起長大的嘛。」

「就這麼簡單？」

「就這麼簡單。」顧友石心裡好像放下了一塊大石頭，說：

「好，妳的謎底我猜對了，你現在隨我怎麼樣？」

「隨你怎麼樣？」

「好好地叫我一聲。」

紫千知道抵賴不過，就喊了一聲：

「顧老師！」

「不對，叫我名字。」

「顧友石。」

「不要帶姓，輕輕的叫，別讓人家聽見。」

紫千還想賴，看一眼顧友石，知道賴不過，就輕輕地叫了一聲：

「友石。」

顧友石滿意了，伸手牽她踏上水車，看紫千站穩了，自己才也踏上水車。

不知道是紫千的體重太輕？還是顧友石太重？重心不穩，水車開始倒轉，紫千的兩腳踩空，兩手力量不夠，在橫槓上掛了幾秒鐘，就滑下去，撲通一聲，她掉進小河裡。顧友石一雙腳也踩空了，兩隻手牢牢地掛在水車的橫槓上，他雙腳一縮，像翻單槓似地翻了上去。紫千泡在小河裡，好在河水不太深，紫千已經站起來，全身都濕了，滿頭滿臉都是水。顧友石翻身過去，又從岸上慢慢滑下來，左手一手抓緊水車的邊緣，伸出右手去拉牛紫千，邊拉邊說：

「都是我不好！都是我不好！」

大家聽說有老師落水，都往水車這邊跑。又見紫千已經安全上岸，身上穿的紫色旗袍，紫色外套，都水淋淋地緊貼在身上，一雙水濕的舊鞋沾滿了泥土，頭髮像黑緞般垂下來，遮住了半邊臉，眼睛眉睫都掛著水珠子，樣子非常滑稽，大家反而都笑起來。紫千想想自己的模樣大概很可笑，也很不在乎地跟著大家笑。一面說：

「人家說的落湯雞，大概就像我現在這樣子……」大家又笑。顧友石也想笑卻笑不出來，他牽著紫千的手往回走，走到剛才他們坐過那地方，顧友石叫紫千把濕的外套脫下來，在樹枝上取下自己的外衣給紫千穿上。

苗絲絲和劉老師坐在另一棵大樹下，這邊的一舉一動她們都看到了，兩個人有點幸災樂禍輕聲地說：

「活該！樂極生悲！」

穿好了外衣他們準備要走了，顧友石走在牛紫千旁邊，手裡拿著牛紫千那件濕外套，隱隱的聽見「樂極生悲」這幾個字，聽得不太真切，他回頭看了苗絲絲一眼，然後叫班長清點人數，要回去了。

快到福溪的時候，幾個老師就走在一起了，天也晚了，風很大，紫千連連打了幾個寒噤，苗絲絲看到了就假慈悲地說：

「牛老師，你太冷吧？我跟劉老師先走一步，去幫你拿衣服，你可以先在我們宿舍裡換好衣服再回家。」

牛紫千想，這樣也好，就很感激地說：

「謝謝你們！」

苗絲絲說：

「沒什麼，不謝。不謝。」說完她和劉老師快步地越過紫千和顧老師先走了。

風越來越大，牛紫千的衣服濕答答地，顧友石見她嘴唇有點發紫，就用右臂環腰抱著她，一面走一面喃喃地自責：

「都是我不好。都是我不好。」

牛紫千很狼狽地抬起頭來對顧友石說：

「是我自己要去玩水車，怎麼能怪你？」

這時候，好幾個走在後面的學生，都看到牛紫千臉色很白，嘴唇烏紫，都說：「老師，你們走中間，我們走外圈擋風。」

一下子，二三十個學生圍過來，把兩個老師團團圍在中間，吹不到風，牛紫千感覺好多了，也不像剛才那樣發抖了。

## 8

苗絲絲和劉老師到了牛家，苗絲絲虛情假意的對清蓮說：

「牛師母，我們來幫牛老師拿衣服。」

「牛紫千她怎麼啦？」

「牛老師的衣服都濕了。」

「怎麼？牛紫千跌跤了嗎？」

「不是呀，他們去泅水[註]。」

「他們是誰？」

「牛老師和顧老師。」

---

註：方言，意指游泳。

「牛老師和顧老師。」

「哪個顧老師？」

「就是苗老師的未婚夫嘛。」劉老師說著指著苗絲絲，又把苗絲絲戴著寶石戒指的左手拉過來給清蓮看，她接著說：

「這就是他們的訂婚戒指。」清蓮皺著眉問苗絲絲：

「苗老師，牛紫千跟你的未婚夫去泅水，你沒有去？」

苗絲絲點點頭，說：

「我哪敢這麼大膽？」

劉老師又接下去說：

「因為牛老師的關係，害得顧老師跟苗老師有誤會，不大好啦……」

清蓮很抱歉的對苗絲絲說：

「對不起！我這女孩我沒有管好，不知道她在外面這麼亂來。苗老師，對不起，你放心，等我來管管她……」說著進去拿衣服。

鳳娥聽到她們剛才說的話，也大驚小怪的說：

「不得了呀！女孩子還敢跟男老師去泅水？」

清蓮拿了衣服出來，又跟苗絲絲道歉，謝了又謝，苗、劉她們才拿著紫千的衣服離開了牛家。

紫千在她們宿舍裡換過衣服，對苗、劉二人，也是謝了又謝，才告別準備要回家。

顧友石拿著濕衣服把牛紫千送回家，到了她家門口，顧友石問：

「牛紫千，我在這裡，會不會不方便？會不會引起你母親的什麼誤會？」

「也好，你先回去，把濕衣服給我。」

顧友石把濕衣服交給紫千，說：

「那麼，我先走了。」

「好嘛。再見！」

「再見！」

顧友石走了，還頻頻回過頭來看看牛紫千，等到牛紫千進去了，才大踏步回到學校去。

清蓮已經把洗澡水都弄好了，等紫千洗好澡出來，才忍不住地問：

「紫千，從小媽怎麼教你？你怎麼又亂來？人家顧老師是苗老師的人了，我們做人做事，行為要多檢點⋯⋯」

「媽，我怎麼不檢點了？顧老師是苗老師的什麼人？」

「今天聽劉老師說，顧老師跟苗老師他們早就訂過婚，我今天也看到苗老師手上戴著一只訂婚戒指，紫千，你沒看到苗老師手上戴的訂婚戒嗎？顧老師難道沒提起他們倆訂婚的事？」

「嗯，我是看到她手上戴一只紅寶石的戒指，但是，顧老師從來沒提起他們訂婚的事⋯⋯」紫千不再說下去，她憤怒地大叫一聲：

「媽，不要再說了！」

紫千站起來，目中無人地衝向自己房間。她沒有哭，只反反覆覆地想，怎麼？怎麼沒有聽見顧友石提起？男人都是這樣嗎？跟人家訂了婚，又對我情深意濃，一箭雙鵰嗎？她想著最近的種種，以及今天這一天的來來去去，這怎麼可能呢？他們既是未婚夫妻，怎麼看起來不像有著什麼親密的關連呢？然而，訂婚戒指總是真的，會是假的嗎？會不會人家在私底下要好得很呢？莫非自己做了傻瓜？怪不得苗絲絲那樣恨我，那樣地對付我，那麼苗絲絲是可原諒的了？可恨的是顧友石⋯⋯真會虛情假意到這般地步嗎？都怪自己太天真。從做學生開始，就對他衷心傾慕，到如今竟會是如此地收場嗎？想著，她羞恨交加。兩隻眼睛憤怒地看著前方，牙齒咬得咯咯響。從今以後，顧友石會再是她的偶像嗎？紫千感到自己心目中的偶像在裡面搖搖幌幌起來。

一直到晚上，紫千都沒有走出房門。也沒有出來吃飯。她躺在床上一點力氣都沒有，眼睛模模糊糊地，鼻孔冒熱氣，頭好重，只想好好地睡上一覺。昏昏沉沉中紫千彷彿自己又在水中漂漂浮浮，江水漫漫，她沉下去又漂浮上來，她奮力划，顧友石就在不遠的地方，正向著她奮力游來，並且伸手要來救她。她也拼命地向顧友石的方向游去。她沉下去，又漂上來，他們之間還有一段距離。她聲嘶力竭地，喊：

「友石！救我！友石！友石！救我！」她把手伸得好長，要去拉顧友石的手。

清蓮就在她身邊，聽見紫千不斷的喊，「救我！救我！」知道她又發燒了，而且燒得很高，有些神智不清。清蓮就把手伸給她，抓到媽媽的手，紫千漸漸地安靜下來，鳳娥也不斷拿冷毛巾給她洗臉敷額頭。兩個大人近來眼看著紫千有點神魂顛倒，今天又聽苗老師說紫千跟她未婚夫間的某些是非，真怕日子長久了，惹出什麼麻煩來？鳳娥悄悄聲說：

「依姑啊，傳雙跟紫千他們兩個都大了。是不是給他們早點定下來？免得夜長夢多！」

清蓮點點頭，說：

「等紫千病好了再說吧。這孩子我是知道的，外表看著還算柔順，可是內心裡總有她自己固執的事。從小就這樣，慢慢地商量吧。」

鳳娥也不再多說什麼，只忙著拿冷毛巾給紫千擦臉，兩個大人就這樣輪流著忙了大半夜。

第二天清蓮叫人去把牛牧師請來，牛牧師給紫千診治過，說：

「把這些藥依照指示先給她吃了就會好些。紫千燒太高了，至少要休息一個禮拜。」

顧友石見紫千沒有來上班，想著一定是昨天落水之後，穿著濕衣服，走在風裡，八成是生病了。好容易等到下了班，連晚飯都沒吃，就跑去看紫千，他也不管這樣做是不是很冒失？穿了一件他平時常穿的藏青色中山服，直往教堂方向走來。他拉了幾下門鈴，是清蓮出來開門。顧友石見清蓮愣愣的，也沒有請他進去的意思。就說：

「我是顧友石，牛老師今天沒去上班，不知道是不是生病了？請問，您是牛師母嗎？」

清蓮很冷淡地，「嗯。」一聲，心想，「哦？這就是招惹得紫千心神不寧的那個顧老師呀？可不能讓紫千見到他。」她說：

「是的，牛紫千發燒了，醫生叫她休息一個禮拜不要見客。」

「那麼，請牛師母轉告她，我來看她，請她安心休息。我回去幫她請假。」顧友石剛走，苗絲絲也來了，一進去，牛師母就告訴她，等紫千病好了，可能會跟她表哥正式訂婚。苗絲絲聽了，覺得自己的計謀快成功了。就說：

「牛師母，我先恭喜您了。」然後跟牛師母一起到紫千房裡去看紫千。她看到紫千，就假裝得沒事那樣，貓哭耗子似的假慈悲一番就要告辭。臨走時又告訴紫千，說：

「我要走了，顧老師在外面等我，恐怕等急了。牛老師，你好好休息吧？」

苗絲絲走了以後，紫千越想越恨。顧友石，他不敢進來看我，卻原來是在外面等她。紫千也恨自己怎麼早先都沒看出來？現在，她最怕人家提起顧友石。並且下了一個決心，從今以後，不再理會這種虛情假意的愛情騙子……想著想著她叫，「媽！」清蓮走到她旁邊，說：

「紫千，媽在這裡，你要喝水嗎？」

「我不要喝水，媽，以後那個顧老師再來，你就說我不見他。」

「這才對呀！紫千，你總算想明白啦！有些男人就是這樣口是心非，到處留情。像你這樣純潔的女孩哪裡看得出來？在外面做事可千萬自己小心，不要輕易地上了人家的當，一失足千古恨喲！」

清蓮見紫千都聽進去了，又試探著說：

「紫千，媽問你一句話，你傳雙表哥怎麼樣？你們從小青梅竹馬，而且我們兩家又都明明白白的……」

「媽，不要說啦，我又不急著嫁人。」

「不急是不急，女孩子遲早總要嫁人。媽只有你這麼一個寶貝，嫁遠了，捨不得，要是你表哥，媽還可以常常看到你……」鳳娥在門口，這些話她都聽見了，清蓮只說了一半，就聽見外面有人拉鈴，鳳娥去開門，正是傳雙，傳雙這次從南京回來，只管東跑西跑，晚上住在福德家裡，鳳娥目前是兩邊都隨便住，傳雙一進來就說：

「娘，依姑，我明天一早就要走了，你們不要送我，今天晚上還要去看一個朋友，也許就住在他家……」好半天沒看到紫千，就問，「欸？紫千呢？」鳳娥說：

「你表妹又生病了，你去看看她。」

傳雙看到紫千一張臉白白的躺在床上，就說：

「噯呀！我的病西施！你又摔到河裡去啦？」

「嗯。」

「這回可不是我害你的吧？」事過境遷，傳雙長大了，跑的地方多了，也敢重提自己過去的許多惡作，把它當笑話來說了。鳳娥跟清蓮交換了一個眼色，好像很安慰似的。傳雙又坐一會兒就要走了，鳳娥又追到門口千叮萬囑了一番。

到了夜裡，紫千又燒起來。總是夢見自己，掉落水中，一雙腳怎麼踩都踩不到底，她沉下去，又漂上來，嗆了好幾口河水。她拼命划，拼命划……口裡不斷喊：

「友石！救我！友石！救我……」

顧友石當時被拒門外，一個人悶悶地走向小徑，一趟又一趟地徘徊。他遠遠地看到一個小小的影子，很像是苗絲絲，他並沒有趨前招呼，就在一棵大樹底下坐下來。他看見苗絲絲進去了，他想，不是醫生不許見客嗎？為什麼苗絲絲就可以進去呢？他想不通，心裡很煩悶，伸手在口袋裡拿菸出來抽，一支接一支吸著菸，他的眼睛不自覺往紫千她家門口看，過一會兒，他看見苗絲絲從牛家出來了，而且牛師母還跟她在門口殷殷叮囑了好一陣子。再一會兒，又有人來了，好像是牛紫千的表哥？那天曾在學校裡看過他一眼，等這人進去，他又拿煙出來抽，像是她表哥又出來了，跟一個胖婦人在門口講話，講了好半天，顧友石仔細地看清楚，沒錯，就是那天在學校裡見過一面的那一位，紫千的表哥，不會錯，顧友石在大樹底下，大約又坐了一小時光景，見屋子裡面的燈漸漸暗了下去，才站起來，百無聊賴地回自己宿舍。他也不覺得肚子餓，換好睡衣，懶懶地躺在床上，不知道什麼時候睡著了。睡在床上總是聽見牛紫千喊救命的聲音：

「友石！救我！友石！救我……」

他伸手去拉，想要救她，碰到硬硬的東西，原來他抓的是床板的邊緣。清理一下思緒，才弄清楚，自己還躺在床上，他舉起手來敲一敲自己的腦袋，想，原來是一場夢。

第三天下午下了班，他又匆匆的來到教堂後面牛家門口，拉了拉門鈴，是鳳娥來開門。顧友石很禮貌地笑著，問：

「請問老太太，牛老師今天好些了嗎？」

鳳娥看見他好像遇上痲瘋病患者似的，顛三倒四，話說不清，她說：

「沒……沒有，她發燒，病好厲害……」

「讓我進去看看她可以嗎？」

「不……不可以，她……她不見客。」

顧友石還待要說什麼，大門已經關上了。

顧友石只好走下台階，又走上小徑去獨自徘徊。他怎麼想都想不通，她家的人為什麼不讓他見她？他走幾步又回頭望一望，他恨不得自己能有一雙穿透牆壁的千里眼，看看病中的紫千消瘦了多少？恨不得有一對順風耳，聽聽紫千病中的呻吟。為什麼只隔著一道牆，自己就什麼都辦不到呢？他恨自己，真是一點用處都沒有啊，他徘徊又徘徊，直等到小平房裡的燈光暗了下去，他才慢慢地走回自己宿舍。

第四天下了班，他不由自主地又走向教堂背後的小平房，站在門外猶豫了一下，還是拉了門鈴。來開門的又是鳳娥。她只開開一絲絲小門縫，看了看又立刻關上門。顧友石眼見自己連走進大門的機會都沒有，他萬分懊惱地走下台階，穿過小徑，徘徊，徘徊，等屋內的燈光暗下去，他在心裡默禱著，「祝你有一個好夢，紫千。」

第五天傍晚，他又獨自站在牛家門口，向著大門望了望，沒有勇氣去拉動門鈴，他又走下台階，轉到小徑上去。

第六天下午，他去得比平時早些，還沒有走到教堂，老遠就看見牛家的大門開了，出來一個男人，是外國人，很可能是牛牧師。他過去聽紫千說過，他們一家人有病都是請牛牧師來看診。顧友石低頭想了一下，不知道紫千的病怎麼樣了？再抬起頭來看時，大門已經關上了。他走過去，很想問問剛從裡面出來的牛牧師，問問紫千的病好了沒有？再一想，太冒昧，他只停了一下，看了看，沒有開口，走向小徑。

第七天，是星期天，天氣一整天都陰沉沉地，黃昏的時候，下起雨來。顧友石撐了一把雨傘，走向小徑。他走走停停看看，多希望紫千病好了，正好開了門出來，他就可以看到她。然而沒有，天漸漸黑了，這一晚都沒有人開門出來。他又坐在大樹底下抽煙，直等到屋內的燈光熄了，他才無精打采走回宿舍。這一天晚上，他有點睡不著，不知道是想著紫千明天就要來消假，太興奮？還是他覺得七天就像七年那麼久？太難挨？總之他翻來覆去睡不著。忽然想起紫千前幾天曾問他借「窄門」那本書，後來紫千就生病了，不如趁這時侯把書找出來，他起床披上衣服去書架上找書。這本「窄門」是他自己很愛很愛的一本書，不知道已經看過多少遍？書皮都翻破了，他在書本外面又包了一層牛皮紙的封面。現在他找到了，他又坐在書桌前面翻了翻，又看了一些劃線的幾頁，此刻內心又有些感想，順手拿起筆來隨便塗寫，寫下紫千生病這幾天自己內心的感受。他寫了撕掉，撕了又寫，最後在一張白紙上寫下幾個短句：

煎煎熬熬，
熬熬煎煎，
夜夜
夢倒魂顛；
側側轉轉，轉轉側側，
轉側念紫千；
雁去雁回，
雁回雁去，
不成眠；
柳林外，
曉雞啼，
翹首
望明天！

他寫好了，隨手夾在那本「窄門」的第一頁。心裡想這種鬼日子總算熬過去了。想到明天，他不由得雀躍起來，像一個快樂的孩子似的，哼起小調來。

## 9

好容易等到快上班的時候，他拿了那本「窄門」，走到辦公室，順手把書放在紫千的辦公桌上，很想到校門口去等牛紫千，看看病後的紫千消瘦了沒有？偏巧苗絲絲這時候來找他，說是校長有事正在找他們，他跟苗絲絲就到校長室去了。等他跟苗絲絲從校長室回來，紫千正坐在自己的辦公桌前面。她翻開「窄門」這本書，裡面掉落一張白紙，她拿起來看，先是舒展著眉頭，等看到顧友石同苗絲絲從外面進來，她就把這張寫著詩句的紙條撕成碎片，丟進廢紙簍，心裡罵著，哼！什麼歪詩？惺惺作態！腳踩兩條船？少作夢吧！

顧友石看她氣呼呼地撕紙條，才想起自己夾錯地方了，他寫這些不三不四的東西，原不是要給紫千看的。紫千就是看到了，也不應該發這麼大的脾氣吧？

正在這時候，紫千拿著書走過來，冷冷地說：

「顧老師，這本書還你，我不需要了」。說完，把書放在顧友石面前。

顧友石正出神地看著她蒼白清瘦的面龐，顯得眼睛更大，睫毛更長，真是「我見猶憐」。心裡正打量著不知道該從那兒疼起，還沒來得及仔細去想，紫千到底生的是什麼氣？紫千已經轉身走了。她到自己辦公桌上拿了幾本教科書，只跟苗絲絲微微的笑了一下，出去了。

苗絲絲對著顧友石做了個鬼臉，說：

「大小姐的脾氣，真難侍候！」心裡正得意著自己偉大的計謀成功了。顧友石知道紫千從來不是這樣的，必定是自己什麼地方招惹到牛紫千的不滿？於是他從頭想起，想到紫千那天摔落小河，都是自己一時疏忽，才害紫千病了好幾天。但那天回到學校不是還好好的？怎麼可能為了這件事，叫紫千忽然變成另外一個人？紫千會不會氣他病中都沒有去看她？也許是因為這個緣故吧？紫千病了七天，他都沒有在紫千面前出現，這也怪不得他，是她家裡的人總給他吃閉門羹，不讓自己見她，如果是因為這樣，那還好辦，有機會再跟她解釋……想到這裡，上課鈴響了，他拿起課本走向教室。他和紫千的教室挨在緊隔壁，過去，習慣上他們都是上課一起來，下課又一起回到辦公室。就是偶爾有一個先來了，後來的那個也會走到教室門口打個招呼才去上課。今天紫千自己一個人先到教室去，顧友石後來才去，他還是像往日一樣，走到紫千教室門口，看看牛紫千，笑笑，打一個招呼的手勢，才回到自己的教室去。平常，紫千都會回應他一個招呼的手勢，兩個人很會心的跟對方笑一笑，然而今天，她看到有個影子站在門口，她不理，也不看他，只低頭改作業，現在她心裡恨透了這個男人，這個分頭賤賣愛情的男人，分明跟別人訂了婚，竟敢又來這頭寫些什麼「夢倒魂顛」、什麼「不成眠」。哼！別裝腔作態了吧？

過去，牛紫千要是沒課，她都在辦公室批改作業，而今天，她不想去辦公室，她不高興跟顧友石單獨地坐在辦公室裡。下一節，他們都沒有課，顧友石想要利用這個機會，跟牛紫千好好地解釋一下，病中沒有去看她的種種原因，所以他就站在辦公室門口等牛紫千。看到紫千出來了，他走過去，笑著，很自然地跟她併排走，他才開口說：

「紫千，你要是相信我，請聽我解釋……」

「不需要解釋，有什麼好解釋？」說完轉向圖書室去了。

顧友石愣了一下又回到辦公室。

圖書室裡有許多學生在那裡看報紙，看雜誌，牛紫千找到一個座位坐下來，她的氣還沒有消，在心裡罵道，「相信你？好一個偉大的愛情販子！想叫我相信你那些美麗的謊言？哼！做夢去吧！」

下班的時候，她匆匆地回家了，現在，家對她而言，是個最安全的避風港。過了一些日子，有一天，她剛回到家，就看到舅媽手裡拿著一封信。鳳娥說：

「紫千，是你表哥又來信了吧？你看看，看看表哥有沒有說什麼時候再回來？」

「妗媽，表哥剛到沒幾天，怎麼可能又回來？」說著接過信來看，一看之下嚇一跳！發信的地址是台灣。再仔細看，信封上的筆跡是表哥的筆跡，沒有錯。表哥怎麼會到台灣去呢？她打開信箋展讀。

娘：

您接到這封信一定會很驚奇，這一次，我剛到南京不久，就跟著明德姨夫的軍艦到台灣來，本來想玩一個月就回南京去，但是，一到了台灣，就喜歡上這個地方。台灣真是個美麗的寶島，四季如春，各種水果又多又好，尤其是香蕉、鳳梨、西瓜，又香又甜又便宜，叫人看了都會流口水。那天，一下了船，我就去買香蕉，頭一次一口氣吃了兩斤半，還想吃。這裡的白糖又細又白又甜，我常常拿白糖拌飯吃，一吃就吃兩大碗。

明德姨夫已經替我在海軍部找到一分臨時僱員的工作，再過些日子，我準備匯一筆錢回去，娘若是喜歡來玩，就跟表妹一起來玩玩吧！美娥依姨這裡吃住都不成問題。等娘跟表妹來了，我一定帶你們到處去玩玩，玩夠了再回去。不寫了，問候依姑。 耑此敬頌

福安

兒傳雙叩上十月一日

*來信請寄台灣 左營中港路34號吳傳雙收。

紫千一口氣讀完。說：

「妗媽，表哥怎麼像蚱蜢一樣，這裡跳一下，那裡跳一下，才聽說他在南京，怎麼一下子又跳到台灣去了？」

鳳娥聽得很入神，胖臉上的小眼睛瞇成一條線，張開著嘴巴，她從心底笑出來。現在她掉進夢境裡，她在心裡對自己說，「對！好主意！我要去台灣。」她從來不知道台灣這麼好，以前常聽人說，「台灣山，台灣山。」她還以為台灣到處都是山。現在聽兒子

說台灣是這麼一個好地方，什麼時候去台灣走一趟也不虛此生。而且一定要帶紫千去，讓他們在台灣成親，然後生一群龍子龍孫。傳雙是他們吳家的龍種。

紫千又把表哥的信看了一遍。她偏過頭來看舅媽，見舅媽又笑、又點頭的，紫千不想去驚動她，她慢慢地走開，想先去洗個澡。她剛走了幾步，鳳娥從夢境中醒轉過來，她叫，「紫千，要不要去台灣？跟妗媽去台灣卡溜好不好？」

「妗媽，怎麼剛說到起風立刻就下雨了，台灣很遠吶！」

「要不，今天先給表哥寫一封信？」

「好哇，吃過飯就寫。」

外面有人拉門鈴，紫千跑去開門，是她母親回來。她說：

「媽，表哥到台灣去了。」

「真的啊？你怎麼知道？」紫千把傳雙的信遞給她母親。清蓮說：

「紫千，我忘了告訴你，你爹昨天也有來信。」

清蓮打開皮包，遞給紫千一封信。她們兩母女，進到屋裡，都坐下來看信。鳳娥再一次感到不識字的無奈。她站起來，說：

「你們看信，看完了再講一遍給我聽。」說著到廚房去了。

## 10

自從那天聽母親說顧友石是苗絲絲的人以後，紫千就笑不出來了。上班下班上課下課，她躲著顧友石。說話做事也很謹慎。她有時深鎖眉頭沉思，有時又把牙齒咬得咯咯響。白天，她全部時間都跟學生在一起，跟學生打成一片。但是，到了天黑以後時間就很難挨了。頭幾天她跟爸爸寫信，給表哥回信，給史漪湖寫信。這些信都寫完了，現在她一空下來就不知道做什麼才好？她也想拿書出來看，可是顧友石介紹的那幾本好書，都是顧友石後來慢慢送給她的，扉頁上都有顧友石的簽名，她現在不想再看到這些簽名。顧友石是她生命中頭一個叫她動心的男人，竟是個虛偽的愛情販子嗎？這些日子的每一個夜晚，紫千若不找一點事情來做，她就那麼胡思亂想。現在她剛吃過晚飯，不知道如何來排遣晚上這一段時間，她的思緒就像野馬一樣馳騁在困惑的原野上，她幾乎要駕馭不住這一匹野馬。現在她坐在自己房間的書桌前面，開了燈又關燈，關了燈又開燈，坐下站起來，站起來又坐下……外面門鈴響了，清蓮去開門，進來的是蘭英。蘭英手裡還提著一個箱子，一路嘻嘻哈哈地說著話走進來，又問：

「紫千呢？紫千呢？」

紫千聽見是蘭英的聲音，開開門衝出來，像得到救星似的抓住蘭英的手，她們兩個摟抱在一起，又搖來搖去地，親熱了好一會兒，蘭英才說：

「牛師母，紫千，我是來跟你們辭行的，吳太太呢？」

「她在洗澡。」

「蘭英姐姐，你要離開福州回河南老家是不是？」

「紫千，你只說對了一半，我要離開福州是對的，但不是回河南老家。我要到台灣去……」

「哎……呀！好棒！我們可能也會去，我表哥已經先去了，他寫信回來告訴我們台灣很好，要我和妗媽也去玩。蘭英姐姐，你什麼時候去？陳伯也一起去嗎？」

「沒有，我爹前幾天已經回河南去了，現在可能還沒到家……」她的聲音轉小一點又對紫千說，「你知道我爹出來完全是為了我，現在我的事情定下來，我爹就放心地回去了。前幾天樹培從台灣寄來一封信……」

「樹培是誰？」清蓮和紫千同時問。

「……我的未婚夫，樹培要我到台灣去找他，我們要在台灣結婚……」蘭英又有點不好意思……

紫千接著問：

「蘭英姐姐，你什麼時候走啊？這麼說，我不是吃不到你的喜酒了？」

「我要坐的船明天下午開。我的行李很簡單，紫千，牛師母，你們都不要來送我。但是今天晚上，我要跟紫千擠一擠，因為我那邊的房子已經退租了。」

「蘭英姐姐，我明天請一天假，專程去送你……」

「你看，你看，千萬不要！我就是怕你這樣子，所以早幾天都不敢同你講這些事情。反正不要好久，你也要去台灣玩。紫千，你到台灣一定要來找我，你把你表哥的地址給我，我到那邊就會跟他聯繫……」

鳳娥也出來，聽說蘭英要去台灣，而且又聽她說要去找傳雙，歡喜得什麼似的，一下子對蘭英另眼看待起來。又去包了一包東西，托付了很多話要蘭英帶去，最後她對蘭英說：

「你先告訴傳雙，我一定會帶紫千去的！」

鳳娥臨時又叫紫千再寫一封信，托蘭英帶去。

就這樣，東說西忙弄到十二點，才各自去睡覺。

這一夜，紫千跟蘭英又談了很多，公雞啼叫了，才安靜下來。

第二天，紫千要去上班的時候，蘭英又叮囑了一次，她說：

「紫千，你千萬不要去請假，可能你一去上班，我就走了。你知道我的路線不熟，我要提早一些到馬尾去。我們的船從馬尾開。寧可早去，不能晚到。因為船是不等人的，時間一到它就開……」

「蘭英說的很對。紫千，你就不去送她吧。」清蓮接著這麼說。

「蘭英姐姐，你一到台灣就要給我們寫信。」

「一定。」

果然，紫千剛去上班，蘭英跟在後面就離開她家。

下午，紫千特別提早回家，知道蘭英早上就走了，一時感到心裡好空虛……

# 11

顧友石接二連三在紫千這裡碰了幾個釘子，他百思不得其解。除了上課、批改作業他仍然全神灌注外，其餘的瑣事他都任由手腳隨意地去活動，真到了茶飯無心的地步；有時跟人說話也是顛三倒四；臉上的笑容一天天淡了下去；人也一天比一天清瘦。每天晚上很晚了還開著燈，指頭裡經常夾著一根煙，來來去去都不像以前那麼談笑風生了。

小吳看在眼裡，很不是味道。小吳性急口快，雖然事不關己，但他凡事都不喜歡擺在心裡，何況他對顧友石還懷著幾分崇拜。這一天他看到牛紫千一個人坐在圖書室，手裡拿一本書，心不在焉地看著，他躡手躡腳地在她旁邊坐下來，輕輕地說：

「喂，紫老師，我看你們很不對勁。」

「你說誰們？」牛紫千明知故問。

「你沒看到老顧神魂顛倒的樣子？」小吳抓抓自己的頭頂，等牛紫千的回答。

「我沒看到。」

「哎……呀呀！前幾天，你生病那幾天，他那種失魂落魄的樣子你就更看不到了。起先，我不知道你生病，我看他每天下了班也不吃飯就出去了，到晚上十一點多才回來。我以為他有了什麼艷遇，就尾隨在後面去跟蹤他。他前面走，我後面跟，你猜他到哪裡去了？」

「他到哪裡關我什麼事？」

「說了半天……就是跟你有關係嘛，我看他就在你們家附近一趟一趟地徘徊。有一次他去拉你家的門鈴，門只開開一點點小縫縫，就又關上了。他進不去，又繞著你們的屋子，前前後後地徘徊，直等到你們家熄了燈才離開。我問你，你們家是不是十一點鐘熄燈？」

「吳老師，你說的就是這些呀？這些我沒興趣聽。」說完站起來走了。留下一團冷冷的空氣團把小吳團團罩住。小吳愣愣地坐著，全身上下冷颼颼。

紫千走後顧友石進來了。他剛坐下就說：

「小吳，姜校長已經兩天沒來上班了。不知道會不會生病了？」

「什麼？老顧，你說什麼？不會吧？就是生病也會叫別人來說一聲。」

「我們去校長家裡看看好不好？」

「我下節有課。你先去看看吧？」

「我搞不清校長公館座落在什麼地方？」顧老師猶豫著……

小吳靈機一動，也有點想撮合什麼的樣子，他對顧友石說：

「老顧，你等一下。」他衝出去，去追牛紫千，在她後面追著喊：

「紫老師！紫老師！」吳老師跟牛紫千共事以來，他從來不叫牛老師，都喊她紫老師。

牛紫千聽見有人喊，就停下腳步，懷疑地看著吳老師。小吳說：

「聽顧老師說姜校長已經兩天沒來上班，我們去看看好嗎？」

「好啊，下一節我剛好沒課。」

這時候顧友石也走過來了，小吳對顧友石說：

「老顧，你說不知道校長住的地方，紫老師會帶你去。你們去吧？我下一節有課。」

小吳剛說完一溜煙跑掉了，好像他自己扔出去一顆燙手的馬鈴薯。

紫千想不去，又覺得這樣做很小家子氣，只好很尷尬地跟著顧友石往校門口走，彼此的心裡都冷冷的，一時都適應不過來。走出校門以後，顧友石就停下來等牛紫千，紫千翹著嘴巴不理他。顧友石看了她一眼，心裡想，這傢伙生著氣還這麼迷人啊？這麼一想，膽子就壯了一些，他平著氣，問：

「紫千，我真搞不懂，你為什麼生我的氣？」

「你自己心裡明白！」

「讓我猜猜看……是不是因為我害你跌落小河裡？是不是因為我害你生病了？是不是因為你生病了我又沒去看你？……」

「誰稀罕？」

「紫千，不是我沒去看你，其實，我每天都去，你總不見我……」

「你還敢來？」

「我為什麼不敢？我去看你是應當的，我每天都念著你，難道你心裡又沒有我嗎？雖然我們沒有訂下什麼盟言誓語，但是遲早你都會是我的人……」

「口氣還真不小！誰是你的人？你到底要訂下幾個人？」

「我只要你一個，你也只能有我……」

「這些話恐怕你早就對『別人』說過了吧？」

「誰是『別人』？我對誰說過？」

「連訂婚戒指都送出去了，還裝蒜！」

「什麼訂婚戒指？」顧友石不解地問。

「還是裝蒜裝到底吧？」

「我裝什麼蒜？」

紫千想，你還以為我不知道？乾脆對你說明白，於是就說：

「苗絲絲手上的紅寶石戒指不是你送的？」

顧友石這下才明白，原來她也聽到這碼子事了，原來她生的就是這檔子氣，他說：

「哎……呀呀！真冤枉！早知道是為了這些，還會受這麼多折磨？」

這時侯他們倆已經走到一個涼亭外面，顧友石看紫千有點累，就牽著紫千的手走進涼亭，他說：

「我們休息一下，說說再走。」他把右手放在紫千的左肩上，低著頭看著紫千水汪汪的一雙眼睛，真想把她抱過來好好地吻她，告訴她又上人家的當了，隨即又見兩顆真珠般的眼淚順著紫千的面頰滴了下來。他左手伸進褲袋，抽出一條白色的手帕，遞給紫千，一面問，「紫千，你的意思是苗絲絲手上的戒指是我送的？也就是說我跟她有了婚約對不對？」紫千點一下頭，兩扇長睫毛眨了一下，整串的淚珠兒沿著紫千的腮邊滑落下去……

顧友石輕輕地撫著她的肩，說不盡的輕憐，他歪著頭看著牛紫千，輕聲問：

「你這消息是哪兒聽來的？」

「聽我媽說的……」

「你母親又是從哪兒聽來的？」

「那天我不是掉到小河裡去……」說到這裡，兩人相視笑笑，紫千拿手帕往臉上印了一下，又說：

「她們兩個不是到我家裡去幫我拿衣服？她們跟我媽說些什麼？我沒聽到。反正後來我媽說，顧老師是人家的人了，叫我自己行為檢點，好像她們是說你跟苗絲絲之間有婚約……」

顧友石聽到這裡，就拿右手的拳頭搥著自己左手的手心，嘴裡喃喃地說：

「陰謀啊！陰謀啊！」他忽然問：

「現在我問你，紫千，你這個傻丫頭，你到底相信謠言？還是相信我？」

牛紫千仍然用一雙懷疑的眼睛望著，望著面前這個曾經讓自己如癡如狂愛著的男人。她心裡想，可信嗎？

顧友石繼續說：

「你要是相信我，那些人講的就都是謊言。不錯，苗絲絲跟我的住家很近，我們是鄰村，兩村之間相隔不到一小時的步行路程，寒假暑假我們一起回去；開學再一起到學校來。路上幫她拿拿行李，我是義不容辭，其他就談不上什麼了。至於她怎麼看我，我不知道……」

「那麼她手上的寶石戒指怎麼回事？」

「誰送的？我怎麼知道？紫千，我跟你保證，絕對不是我送的就是了，其實，她自己也可以買戒指給自己，對不對？」

停了一下，他伸手在衣袋裡取出一只小首飾盒來，繼續說：

「我的寶石戒指在這裡，到現在為止，還沒有送出去……」他用右手打開那個小蓋子，裡面是一只白金鑲著晶亮碎鑽的小指環，亮晶晶小巧玲瓏。紫千看著有點心動。

顧友石又說：

「等到有一天，有一個讓我著迷的小新娘出現的時候，這個小指環就會套在她的小指頭上。現在，現在還不行，因為那個小女孩，她很固執，恐怕她還不肯戴上，而且我也要更正式地去辦這件事……」說著又把小盒子蓋好，放回自己的衣袋。一手把紫千拉過來，好像這世界再沒有第三個人了，他摟緊她，下巴靠著她的前額，吻著她那緞子般的額前黑髮。紫千一點主意都沒有，她軟棉棉地靠在顧友石的懷裡。兩個人像兩尊依靠在一起的千年石像，任時間一分一秒地過去。好像億萬年都過去了，他們聽見有腳步聲。是小吳，小吳說：

「你們還沒去呀？」小吳眨巴著解人的大眼睛，很得意地繼續說，「我已經下課了，走吧，咱們現在一起去吧。」

到了姜校長家裡，校長不在。校長夫人出來接待三位老師。她說：

「姜校長已經兩天沒有回家了。前天晚上有四個學生到家裡來請校長去學校，說是要商量什麼重要的事情。從那天出去到現在都沒有回來。我正打算要到學校去看看，你們來了，正好……」停了一下又憂心忡忡地說，「……你們知道，姜校長如果不是出差的話，一向都是十一點鐘以前回到家。就是去出差也會先回來說一聲。吳老師，你們沒聽說校長出差吧？」

他們三個都說沒有。過了一會兒，顧老師說：

「這樣吧，我們再回到學校去找找看，說不定校長已經回學校了。」

從校長家裡出來，他們直接回到學校。校長室還是空空的。他們三個又分頭去各班查問，看看是哪幾個學生也不在了？果然，二年丙班的朱勤與林正果不在。丁班的毛順與王必成也已經兩天沒來上課。各班的老師又跑去家庭訪問，家長都說，他們的小孩已經兩天沒回家，今天再不回來，正打算到學校去找人。

這一下學校裡的氣氛大為緊張起來。第三天，第四天，大家繼續找，凡是跟失蹤的人有關係的地方都找過了，還是沒有消息。到了第四天傍晚，教體育的高老師在學校附近的竹林裡，找到姜校長的屍體。大家趕快通知校長夫人，可憐姜夫人還有個要餵奶的小嬰兒，她抱著孩子失了魂似地跑到竹林裡去撫屍痛哭。屍體抬回去的時候，才在屍體的上衣口袋裡找到一張很潦草的字條，仔細辨認，寫的是，「不服從者死！」五個大字。

「不服從者死！」服從？服從誰呢？大家想來想去想不通。

姜校長是廈大畢業，英年有為，既認真又負責，一切皆以學生的學業品德為前題，向有仁愛之風，被公認為青年教育家的楷模。為什麼會遭此毒手呢？尤其被他稱為三劍客的三位老師更是悲慟。他們彷彿又聽見姜校長爽朗的聲音：

「又是你們三劍客呀？你們三位是我的台柱，沒有你們三位，我們這一台戲就唱不精采了，這樣下去再有三年，我們的基礎就穩固了。希望你們三位，最起碼再幫我好好地服務三年，誰都不許先下台……」

三年！誰知道說這話還不到一年，姜校長自己卻先下台了，是誰這樣忍心橫加殺害呢？真是「天道寧論」啊？

公祭那天，全校男生都穿黑色軍服，女生也是藍衣黑裙。牛紫千也穿上她那套很舊的學生服，跟學生們站在一起，看起來也很像是學生。她也曾經說過永遠都是校長的學生。其他的老師也都穿著極素的素服。許多家長也來了。還有的是鄉里、鄰居、親友。大家來到靈堂前面無不哀哀戚戚。遺像上方的輓額寫著「師範永存」四個大字，遺像中的姜校長寬寬的前額，眉毛粗粗直直的，兩眼發著仁愛之光，他的慈顏笑貌中知否人們正在為他哀戚？遺像兩邊是顧老師贈的輓聯，右聯「山悲地慟神鬼泣」；左聯「海誓血仇桃李平」。喪家只有一個黑髮婦人抱著一個小不更事的小男嬰，其悲清悽切，往弔者無不垂淚！ 。

接連著的日子，都被悲切悽慘的氣氛所籠罩，學校裡學生無心讀書，老師無心教學。曾被姜校長稱為三劍客的三位老師，更是誰都不敢看誰，他們的眼淚就在眼眶裡打轉，隨時都會掉下淚來。

一個月以後，上面派來接任的新校長，是個兩鬢花白的矮胖子，絡腮鬍子，皮膚粗黑。第一次週會，他自我介紹叫朱新潮。誰也不知道他會給大家帶來什麼樣的新潮？只見他五短的身材四平八穩地站在講台上，開口閉口都是「我保證」、「我負責」。只聽他先把姜校長三年來了不起的成就大大地誇獎一番，接著就開始「我保證」、「我負責」……第一點，他負責全校的老師一個都不會更動，第二點，他保證絕對不用自己的私人，第三點…第四點…洋洋灑灑負責了又負責，保證了又保證，最後一點是，我保證我會比姜校長幹得更為有聲有色！

台下的人有的很不以為然，有的竊竊地笑，有的則認為這個人滿有大刀闊斧的作風。只有顧友石最清楚，顧友石心裡最明白此人的來歷。當他站在台上噴著口水唾沫大大保證的當兒，顧友石想起從前曾跟此公有過一台很叫座的對手戲；那是顧老師還是顧保長的時候，這個朱新潮是朱保長。當時那一區的十個保要產生一個聯保主任，上面是屬意顧友石，但是，朱新潮把頭削得很尖，到處鑽到處活動。顧友石看他愛做得厲害，心想，你愛做就去做吧？只要有心為民，誰做都一樣。就這樣，朱新潮做了聯保主任。顧友石還做自己的保長。朱新潮做了聯保主任不到兩個月，就藉他母親的生日，大發請帖。顧友石聽說了，就跑去跟他商量，他說：

「……給你母親做生日，是名正言順，孝的行為，亂發請帖卻是勞民傷財……」朱新潮非但不聽，反而說：

「你怎麼可以說我是亂發請帖？這是我家裡的事，怎麼要你來管……」

「對！對！你自己家裡的事，不要別人管，只是，你母親平常又不跟你住在一起，要請客也應該由你哥哥來請……」

「我哥哥？你別說笑話了吧？我哥哥那樣鄉巴佬一個，請問？他認得幾個體面人？這樣吧，你不肯給我面子，不勞你的駕，可以了吧？」

「我會來！我會來！為了你母親，你不請，我都會來。」

「那麼，你管我怎麼請？」

朱主任給母親慶生那天，很多人都去參加，大家去的原因，不是因為朱主任的面子大，實在是因為他母親是個可愛的老婦人。客人中有的是趕去看熱鬧的，其中有不少也是老太太，她們都羨慕朱老太太的好福氣，生個兒子又孝順又有錢官又大；有的人生了孝順兒子但沒出息，有的人做了官又不知道奉養父母，只有朱老太太是福壽雙全的；所以大家都趕著去看熱鬧，看看這樣福壽雙全的人，她的長相跟常人不一樣嗎？是她的耳墜子比較長？還是她的人中比別人深？客人來了不少，把個朱主任的廳堂擠得炸炸的，酒席又加了好幾席，眼看著還是坐不下，你擠我，我擠你，把朱老太太擠在最後的牆跟邊站在那裡。客人中有一個李保長接到帖子沒有來；李保長因為母親生病，跑到兩里外去給他母親抓藥去了。他托人送來一軸壽聯，書寫著「福壽齊天」。朱主任看著大菜上來了，李保長還沒到，想來此人分明跟我耍架子，竟敢在眾賓客面前不給我面子？他越想越氣，又喝了七八分醉意，一時關公張飛兩弟兄，統統上了他的臉譜，他怒氣沖天地衝過去，衝到「福壽齊天」的壽聯前面，把那幅粉紅色灑金點的聯軸給扯下來，嘴裡罵著：

「殺伊奶！伊奶巴巴！」[註]口水噴了好幾尺，邊罵邊扯，三四下就把李保長送的「福壽齊天」壽聯給扯得粉粉碎碎，然後把碎片往背後用力摔去，呸！吐一口唾沫，說：

「我不稀罕什麼禮到人不到！看看是伊奶巴巴大？還是你這王八蛋的架子大？」這時候客堂裡嗡嗡之聲四起，有的人開始坐不住，有的人因為送了禮，既來之則吃之。顧友石看到了，他一股怒火沖到腦門上來，他一面罵「畜牲！」一面用兩隻憤怒的眼睛到處尋找。他要找的是朱老太太，終於他看到朱老太太連個座位都沒有，被客人擠在一個角落裡，她的脊背貼住後牆的牆面站著，一張臉被她兒子的作為嚇得綠綠的，嘴唇白白的，好像沒有人知道，她就是今天的老壽星。

顧友石從人群中擠過去，擠到老太太旁邊，他挽著她，把她牽到自己的坐位上，嘴裡說：

「朱奶奶請這裡坐。」

他又用鋒利的目光，殺了那頭「畜牲」好幾眼，即刻離席，帶著無邊的憤怒，甩一下袖子揚長而去。那以後，他就不再做保長，跑出去教書了。然而冤家路窄，沒想到今天又碰到這頭「畜牲」了。這畜牲真有三頭六臂啊！……顧友石這麼回想著， 想到這裡，他又回到此刻的現實，他看到朱校長還在口沫橫飛講到最後一點，「我保證，我來了之後會比姜校長幹得更為有聲……」

顧友石想，「……你保證？哼！你保證！你的一萬個保證還不如瘋狗的一個屁管用……」

週會已經結束了，顧友石走到紫千旁邊，用手肘碰碰她，說：

「紫千，我們去捲舖蓋吧？」

「我們？」紫千瞪著眼睛問。

---

註：方言，意指罵人的三字經。

「嗯。」顧友石肯定地點一下頭。

緊接在週會後面的兩節國文課，顧友石沒有去上，他到宿舍去整理東西，準備回家。

朱校長威風凜凜地走出禮堂，一班一班的去巡視，走到二年乙班一看，沒有老師，學生都在那裡嗡嗡嗡地講話。朱校長走進去，仍然是四平八穩地站在講台上，教室裡靜了下來，朱校長開始噴口水，他說：

「不要這麼多人講話，一個人講。班長是誰？」

班長站了起來，朱校長問：

「這一節什麼課？」

「國文。」

「哪一個老師？」

「顧老師。」

「顧老師呢？」

「我看他到宿舍去了。」

「有這種老師？上課時間不上課？宿舍在哪裡？你帶我去。」

班長站出來帶他走了。

到宿舍敲敲門，顧友石來開門，朱校長愣了一下，說：

「是你？！老顧？！」

顧友石嘴角勉強牽動了一下，又欠欠身子表示打招呼，朱校長接著說：

「你想不到我又來做你的上司吧？」

「真是萬萬沒有想到。」

「上課時間怎麼不去上課？」

「我……正在捲舖蓋……」

「怎麼？要搬家嗎？」

「嗯。」

「要搬家，下了班再搬，在我底下做事，假公濟私是不行的！」

「我不是搬家，我要回家。」

「這……」

「是這樣的，剛才接到弟弟來信，叫我回去幫忙種田，你知道我家裡還有幾畝薄田，荒在那裡沒人種，實在很可惜……」

「不不不！你這是藉口。我剛來，你就要走，這不是存心拆我的台？無論如何把這學期教完，我保證不念舊惡。」

「我走了，我保證你會找到更好的老師。」

班長見他們僵持不下，很著急，他走過去，對顧老師說：

「顧老師不要走，顧老師走了我們怎麼辦？」

「校長會再請別的老師來。」

朱校長見顧友石那麼堅決著要走，語氣就軟了下來，他跟班長使了一個眼色，對顧友石說：

「去去去！去跟同學們商量一下，看他們讓不讓你走？我這個人，一向都是以群眾的意思為意思……」

班長已經在那裡拖著顧老師走，顧友石走出去又回過頭來看了一下，看見朱校長又在宿舍裡東看看西瞧瞧，拿出一付巡幸的姿態，他嘆了一口氣，無奈地走了。顧友石走進教室，什麼話都沒說，他像平常一樣站在講台上，說：

「各位同學，把課本拿出來，今天，我們講第廿五課，『郭橐駝傳』。」

## 12

紫千班上最近有一兩個學生常常遲到，等大家都聚精會神聽課的時候，他們才慢吞吞地站在教室門口，並且大聲地喊：

「報告！」擾亂全班秩序。

紫千頭一次沉默，第二次警告，第三次起就罰他們站在教室外面聽課。這一天已經是第十次了，他們兩個仍然站在教室外面聽課。朱校長走過來看到了，就問：

「他們兩個怎麼樣了？」

「每天遲到，屢勸不聽。」

「這事我負責。」朱校長拍著胸脯對紫千說，說完就把兩個學生帶走。

第二天這兩個學生還是遲到，而且又增加了三個遲到的學生，每次鬧到校長那裡去，校長都說，「我負責！」但是遲到的學生越來越多，別班也漸漸的發現類似情形，牛紫千感到自己的話一點威嚴都沒有，心中憤憤難平。有一天她把這情形說給顧友石聽，最後她說：

「分明是我的事情，為什麼要他負責？」

顧友石本來是頭一個要捲舖蓋回家的人，現在反而回過頭來勸紫千。當時他想過，若他走了，紫千一定也會走，也許別的老師也要跟著走；反而造成一種鼓動離職的風潮，他當然不願意背上這樣的一個罪名。因此明知道這個姓朱的是一頭不折不扣的畜牲，但為了下一代的前途，為了一群可愛的年輕人，他只好犧牲自己。忍下一口氣，跟這頭畜牲斡旋到底。

顧友石聽著牛紫千說完，就叫牛紫千調查一下，這幾個以前不遲到，現在常遲到的學生，他們家住在什麼地方？把地址抄下來，計算一下從他們家到學校這一段路要用多少時間？再仔細地去詢問他們的家長，到底這幾個學生每天早上是幾點鐘出門？後來發現他們很早就出門了，而在家裡他們又對父母說，學校增加一節早自習，家長也未加細察，就讓他們提早出門了。看這情形，顧友石懷疑，在他們離開家到學校上課之前，必定另有一個聚會的地點，這一段時間，他們會去什麼地方呢？顧友石很想追查一個究竟，他選一個地址比較近的去跟蹤。但是他失望得很，因為這個學生開了門走出來，兩隻眼睛東張西望地，事實上，他也在偵察有沒有人注意他的行蹤，一發現有人，馬上就退縮回去把門關上。接連著跟蹤三天，他一無所獲。到了第四天，他喬裝一個送報生，戴上眼鏡跟假鬍子，背了一袋舊報紙，裝著要挨家挨戶送報紙的樣子。他在每一家門口停一下，走了十多家，終於發現了，他發現有好幾戶人家的門口，都被貼上了標語。天還很黑，看不清標語上寫的是什麼，模模糊糊看去，總不外「組織」、「群眾」、「鬥爭」等等詞類。他又看到有一個叫鄭及的學生，手裡拿了一大捆像是標語一類的東西，看到有人送報，就不再工作了。顧友石繼續一家一家的走去，但始終沒有發現他們聚會的場所。天色微明了，他迅速地轉回頭，走到沒有人的地方，他把鬍子和眼鏡摘下來，快步地走回宿舍去。這樣跟蹤以後，他才初步證明，那些遲到的學生，可能都跟貼標語有著關連。過了兩天，又有一個學生失蹤了。家長來找校長理論，朱校長仍然拍著胸脯說：

「這事我負責。」

但是十幾天過去了，失蹤的學生仍然沒有找回來。

有一天，標語竟貼在紫千她家的大門上了。這一天，紫千要到學校上班，推開門，怎麼？刷地一聲，斷了，原來是一張藍紙寫著黑字的標語，像封條似地貼在她家的大門上，紫千把它接起來看，上面寫的是，「鬥爭就是前進！前進必須鬥爭！」紫千細心地撕下來，折成小方塊，放在皮包裡，準備拿去給顧友石看。

牛紫千走到學校，學校裡正鬧著一件不愉快的事，原來是朱校長要體育老師硬性規定，全體學生都要出操、跑步、射擊。要嘛就勞動服務、拔草、搬磚頭，這些都與高老師的原則不合；高老師的原則是分組，按照個人的體能與興趣分組。朱校長不肯，高老師只好暫時依照校長的意思去做，結果大多數的學生對這種政策反應很不熱烈，弄得老師學生間士氣都很低沉。校長就拿大帽子壓下來，說體育老師有問題，不能帶領群眾做個大時代的戰鬥青年，衝突最厲害的就是因為有一個學生從來不上體育課，為什麼高老師也給他打上及格的分數？高老師說：

「這個學生有肺結核，我答應過他只要他每天固定的去散步，體育照樣給予及格。他從學期開始到現在，每天固定的散步半小時，這樣有恆心的孩子，我當然要讓他及格。」

「你答應他，我可沒答應。我是一校之長，我懂體育。從明天起叫他一起出操。人，是有惰性的，不鞭策怎麼會進步？」

看著朱校長紅臉粗脖子說了這麼一大套，高老師真想給他一拳頭，把這頭畜牲給揍得稀爛。但是，他沒有這麼做，打人是他們學武術的人所不願輕易去做的匹夫之勇。他忍下一口氣，說：

「好！好！你是校長！你是一校之長，你大，從明天起，你去上體育，我不幹了！我要回去好好地收幾個徒弟……」他的話還沒說完，一雙腳已經衝到宿舍去了。

紫千和顧友石忍著眼淚，把高老師送到校門口，送走了三劍客中的一劍。

顧友石對高老師是充滿著無限的崇敬與信心的。他想著，這樣的一條好漢，不管他走到哪裡，都會是個了不起的英雄人物；他肯收的徒弟，也絕不會是庸碌之輩。想到這裡，顧友石滿意的點一下頭，笑著說：

「走得好！走得好！」

## 13

最近學校裡一些新規定的校規政策，也常叫人無所適從。紫千更感到萬分無奈，因為朱校長常常來坐在教室後面，聽紫千上課。下課時又翹著大拇指誇獎牛紫千，說：

「好！真棒！這種英文老師，打著燈籠都找不到。」

紫千說：

「朱校長，我只是代課教員啦。」

「這我負責！我保證下年度把你報成正式的的教員！」

紫千感到受寵若驚，內心裡又厭惡到極點。有一天對顧友石提起，顧友石說：「紫千，我看你還是暫時回家去吧？等時局安定了再出來做事。」

「我是討厭他，又不是怕他，再說，有你在我怕什麼？」

「紫千，話雖這麼說，但是，那種畜牲很難說，他是為達目的不擇手段的人，天使遇見魔鬼，你又奈何？」

「再看看吧？了不起我們訂……婚，把關係明朗化……」

顧友石見紫千說了一半臉都紅了，他也厚著臉皮說：

「訂婚？我早都想咯！只是你們家裡的人，對我成見那麼深，就說你那次生病那一陣子，我每天都去，想要進去看看你，有一位胖老太太，想大概是你舅媽？看到我就像我是痲瘋病人一樣，即刻把門關起來，『紫千不見客，紫千不見客』，現在我若再去你家，以什麼名義？什麼理由去呢？你母親會讓我進你家的大門嗎？」

「你不要錯怪我舅媽，我媽和我舅媽她們疼我，怕我年紀輕不懂事，在外面遇見了壞人……這些都等我慢慢地去向她們解釋吧……」

「那麼，我只好再等等，等你母親和你舅媽不把我看成壞人的時候……」見紫千咬著下唇拿眼睛斜斜的瞪著他，他才沒有再說下去。

又過了一星期，這是星期三，上午三四兩節課是國文，通常兩節國文課連在一起多半會要寫作文，但顧老師一向的習慣，沒有讓學生全體在課堂上寫作文，他常利用這兩節課，講講中國文化或哲學家的故事給學生聽。而學生們也都很習慣在這兩節課以前先把作文寫好。由於時間很自由，文體又不拘，所以常常會有一兩篇超過水準的驚人之筆。學生的國文水準也普遍地提高。面對著這種顯著的進步，顧友石正暗自驚喜。也由於他的這些異於一般人的作風，當時姜校長在的時候，才被列在三劍客之首。

剛才上課鈴聲已經響過了，課堂裡的學生都靜靜地等著顧老師，等著顧老師來講好聽的故事。有一個學生跑到教室外面去看了一下，說：

「來了！來了！顧老師來了！」

顧老師還是像平常一樣，穿一套深藍色的中山服。偏分的短髮，很不在乎地掉落在額前，擦一點點髮油。皮鞋也不怎麼亮，鞋後跟磨斜了。他悠哉悠哉地向教室走來。進了教室，就把背後朝著大家在黑板上寫字。班長喊了，起立！全班起立，他才把臉朝向學生，讓學生向老師敬禮，但他已經寫好這幾個字——中國文化的象徵——孔子。等班長喊，坐下！他已經開始講：

「孔子在中國文化上扮演著很重要的角色。孔子的中心思想便是『作人』，也就是『仁』，『仁』是『作人』的最高標準，『仁』的最基本意義，就是對別人的關切與愛護……」講到這裡，他停下來向門口走去。因為五短身材的朱校長站在教室門口，他笑著問：

「你們這兩節不是作文嗎？」

「是，是作文，但是，學生的作文多半已經寫好……」

「多半已經寫好？這句話未免太含糊，請問顧老師？你有沒有調查一下到底有多少學生已經寫好了？」

「沒有。這……不必要調查。不過，這並不重要，他們如果今天沒有寫好，明天一早都會把作文交齊……」

「顧老師，學校總要有個團體紀律吧？總要有個課程進度吧？我的紀律是功課表怎麼排就怎麼上……」

「你的意思是……」

「我的意思是現在寫作文。」

「朱校長，請問這一班的國文是你教？還是我教？」

「誰教都沒關係。我是校長，我對教員的要求，就是教員要依照校長的命令做事。」

顧友石攤開右手，彎一下腰，做了個請的姿勢，然後轉身像一陣風似地走了。全班學生都愣在那裡，幾十雙眼睛盯著朱校長走上講台，看他拿起黑板擦，把顧老師剛才寫上去的「中國文化的象徵——孔子」給擦掉，寫上「論群眾的力量」。教室裡吵鬧之聲像一鍋剛滾的滾水，沸騰了，誰的話都聽不清。校長用右手敲擊講台，額頭的青筋爆顯出來。他說：

「不要這麼沒有紀律，一個人講話。」沸騰的滾水，一時像釜底被抽走了薪火那樣，沒了氣泡，安靜下來。班長站了起來，他說：

「報告校長！我們的作文寫好了。」

「是不是全班都寫好了？」

「是，全班都做好了。」

「什麼題目？」

「沒有題目，我們是自由作文。」

「寫作文不出題目，怎麼能叫作文？已經寫好的那些都不算，現在重寫『論群眾的力量』，第二節下課的時候，班長負責把作文簿收齊，交到我辦公室來……」說著走下講台，頭也不回地離開教室。教室裡又再度沸騰起來。

牛紫千在隔壁班上英文，聽見這樣吵鬧的聲音，就走過來看看。她走上講台，問：

「顧老師怎麼沒來？」

「顧老師剛才來過又走了。」班長站起來回答。

「怎麼回事？」

班長解釋剛才發生的事情……

紫千想，這個顧老師一定去捲舖蓋了……她急急忙忙拉著班長往宿舍跑去，想試一試有沒有挽回的餘地？走到宿舍，顧老師的房門開著，見他已經把行李捆綁好放在床上。他正坐在書桌前面寫東西，聽見外面的腳步聲，他回過頭來看，看見是牛紫千和班長他們，就說：

「牛紫千，你來得正好，我正在給你留一封信……」說著站起來，把剛才寫了一半的信，撕了，揉成一團，又去整理箱子。紫千走到他旁邊，輕聲問：

「友石，你要走啦？」

「嗯。」顧友石嗯了一聲，繼續整理他的東西。

「是不是應該再冷靜的考慮一下？看看這一群可愛的學生，你捨得離開他們？」

「是啊，顧老師，顧念我們一向非常敬愛老師，無論如何請顧老師留下來吧……」班長也這樣請求著。

「我當初就是顧念到學生才留下來的。紫千，你是知道的，週會那天我就想走的……」顧老師用右手拍著班長的肩膀，說：

「林佑君，你回去，告訴全班同學，顧老師請幾天假，過幾天就回來。」

「真的？顧老師？請假幾天？」班長笑嘻嘻地問。

顧友石已經有些後悔自己剛才的衝動，想到自己一時的衝動，他的心柔軟下來，笑著對林佑君說：

「傻孩子，老師還不是捨不得離開你們，這樣吧，你回去告訴班上同學，要是一星期以後還沒請到新的老師，老師就會再回來。在老師沒有回來之前，你做班長的要發揮最高的領導能力，不要讓班上有人鬧事，知道嗎？」

林佑君點一點頭。

「好，現在你回班上去吧。」

林佑君把雙腳併攏，向顧老師行了一個三指禮，又對牛老師深深地九十度鞠躬。然後做了個很滑稽的向後轉的動作，逗得兩位老師笑了起來。

聽見林佑君的腳步聲越去越遠，顧友石轉身向著紫千，說：

「紫千，你在我床邊坐一下，我寫一張請假單，等你下課以後，幫我送到校長室去。」說著，他坐下來寫請假單。

看著顧友石堅決著要走，牛紫千內心裡千頭萬緒理不清。面前這個灑脫、倔強，有所為，有所不為的男人，而最叫她心儀的地方，就是顧友石的懷才不露，以及他對自己的那份涓涓深情，這樣的男人，叫她心折不已，這樣的男人，才是讓她顛倒終生的男人。她不知道用什麼辦法才能把這樣的男人留在自己身邊，雖然有過誤解，但也有著默契——兩心互許的默契。然而今天，天有不測風雲，他要走了，留不住他，日後的變化豈能預卜？她忽然想起畢業前夕，顧老師在她紀念冊上所留下的那些話語，「蓬飄何處？聚散怎無牽？更哪堪回首　不再當年！」那時候，她還不完全懂，但她很珍惜那本紀念冊，一直收放在自己心愛的首飾盒裡。也曾默默的唸著那些話語，現在才慢慢的悟出其中所隱含的深意。不知道友石這一走，會不會也像飄蓬一樣？東飄西蕩不再回來？想到這裡眼眶熱熱的，咽喉緊得很，半天才擠出一句：

「友石，你以後都不來看我了？是吧？」

話沒說完，淚珠兒一顆顆地跌下來……

顧友石放下鋼筆，一手把她摟抱過來，摟緊她，用嘴唇輕輕地吮吸，吮吸著紫千面頰邊微溫的淚珠兒，他的嘴對著紫千的鼻側，低聲地問：

「傻丫頭，想到哪裡去了？我不看你？看誰？我倒想問問你？你那麼孝順，會不會有一天，你母親叫你不要理我，你就不理我了？」他問這話，好像也不見得真要她回答，只把嘴唇印在紫千的嘴唇上，心裡想，這樣的女孩，怎麼親都親不夠，而自己竟然為了其他小小的挫折就執意要離開她？想到這裡，他抬起頭看看她。用左手把她的臉扳起來，仔細端詳。仍然是黑緞般的長髮。若有若無的一綹小瀏海。濃濃的眉尾插入鬢邊。黑眼珠子盛在淺藍色的小海洋裡，漾來漾去。長睫毛像小羽扇般上下合動。小鼻子帶著逗人遐思的俏皮。薄薄的兩片嘴唇哭著的時候都帶著笑。還有一個圓圓的，像珠子似的小下巴……什麼樣的一張臉啊？自己竟然就要狠心地離開她，看著看著又低頭去親吻，親親她的鼻頭，親親她的眼睛，又把她推遠一點，細細地端詳……紫千閉起眼睛不看他，顧友石說：

「好吧，好吧。妳不理我了，我要走了，你不理我，我就到白雲山上去做和尚了……」外面有腳步聲漸漸跑近，邊跑邊喊：

「顧老師！顧老師！」

顧友石才放開牛紫千，走到門外看究竟，原來是苗絲絲和劉鈺珠。苗絲絲看到牛紫千，就刺刺地說：

「咿喲！牛老師真是腿長？！」

「是啊，顧老師他要走了，我來送送他……」牛紫千淡淡地說，然後拿起請假單對顧老師說：

「 顧老師，請假單我帶走了哦？」看著顧友石點了一下頭，她又說：

「苗老師，劉老師，我先走了，你們坐。」

紫千才剛走到門外，顧友石又追了出去喊住她，他說：

「牛紫千，五分鐘以後，我就不在這裡了，被子我暫時還不拿走。紫千，你不要送我了。有事的話，可以寫信給我。還有，看到吳老師同他說一聲。好吧，好好的照顧自己……」

紫千聽了，又是一陣心酸，看到有別人在，就忍住眼淚，點點頭，轉過身走了。

他們兩個的款款深情，苗絲絲都看在眼裡。妒火又從四面八方燃燒起來，一方面又慶幸顧友石就要走了，可以不再受到那個小狐狸的干擾，真是天意的安排。這以後她要把顧友石從牛紫千手裡奪過來，有什麼困難呢？想著想著，她得意地笑了。苗絲絲嘴裡一聲聲不停地叫著顧老師，顧老師，聲音甜甜的，又幫著顧老師清理一些雜物。顧友石看一看錶，說：

「哦，我該走了，你們二位不要送我……」

「你看，我來這裡把正經事倒忘啦，剛才才聽見學生說顧老師要回去了，我臨時寫了幾行，顧老師，你會去我家吧？請顧老師把這封信帶去給我娘，告訴她，我一放假就回來……」說著時從小皮包裡取出一封信，交給顧友石，一雙眼睛，深情地望著顧老師。

顧友石接過信放在衣袋裡，去拿箱子，準備要走。劉老師沒頭沒腦的問：

「顧老師，等著吃你們的喜酒喔！」

顧友石以為她指的是他與牛紫千的事，就說：

「也許快了，等吧！」

苗絲絲聽了，嘴笑歪了，眼睛瞇了，既得意又忘形，她跳著小碎步，揮著小手：

「再見！再見！我們回去再談……」她說著這話時，顧友石已經向著門口走去，苗絲絲跟劉鈺珠也跟了出來。

顧友石轉身把門關好了，才說：

「二位再見，我就走了。」

看著顧友石走遠了，苗絲絲就回過頭來對劉鈺珠說：

「你看，今天他總算說出心裡的話了。你看吧，你看吧，等我回去一定要跟他好好的算個帳，為了這個小狐狸，害我受了多少委曲？值不值得？值不值得？值不值……」苗絲絲這樣逼問著劉鈺珠，把劉鈺珠逼得直往後退，她一面退一面得意地說：

「總算我這老大姐沒有白忙一場吧？不管！你要請我客！」

「當然！當然！我可不像人家那麼忘恩負義，過了河就拆橋。走吧，走吧，一言為定，我們上空歡樓去吃個痛快！」

兩個女人說著，笑著，打著，鬧著，不見了。

## 14

朱校長看到牛紫千送來顧友石的請假單子，就批個「准」。

他想，教國文的老師滿街都是，沒什麼好驕傲的。

第二天，他就去找李先行。李先行就是以前的李保長。朱校長早已忘了，當年曾經把人家送給他母親的壽聯當眾撕毀。現在他知道李先行有個兒子李元白，滿可以來代替顧友石的職務，於是他厚

著臉皮來到李先行家裡。一坐下來，就開始千負責萬保證的，說得天花亂墜，絕對保證讓他的兒子支高薪而任課鐘點又少。其實早在三個月之前，李元白就已經到軍隊裡去了。李先行早聽說過姓朱的這傢伙是雙料草包大王，想故意吊吊他的胃口，就語意雙關地說：

「承蒙朱校抬愛，只是我那畜牲，恐怕不能堪此重任……」朱校長沒想到李某人會拒絕他，就搶著說：

「客氣，客氣，我是專程來的，無論如何幫個忙。」一副有求於人卑恭屈膝的模樣。

李先行又說。

「兄台有所不知，我那畜牲，有點殘廢……」

「李老，你別開玩笑了吧？我看你那位公子四肢好好的，怎麼說他殘廢？」

「我是說他的思想有點殘廢……」

「笑話！人的思想怎麼會殘廢？」

李先行見他還是聽不懂，就說：

「我那畜牲專會逢迎走小路，只怕將來沒有幫上忙，反而把你朱校長的前途給斷送了。到那時候我一點辦法都沒有，不如趁早另請高明吧？」

朱校長一聽前途斷送這種話，馬上提高警覺，心裡想，我這校長的職位，可是費了九牛二虎之力，怎麼可以輕易的斷送？他清一清喉嚨說：

「這個嘛，這個嘛，好吧！這件事我們改天再說吧……」他又坐了一會兒就告辭了。朱校長在李先行那裡碰了一鼻子灰，想想凡事還是要靠自己，他回去了，立刻下定決心，這兩班的國文自己來教。他拿出教科書，看看第一課又看看第二課。頭翻翻，尾翻翻，只見密密麻麻的小字註解，黑鴉鴉一片，像小螞蟻打群架。他從來沒見過這麼多這麼小的字，因為他斗大的字才認得兩三擔，一本書被他翻了七八遍，還是不知所云。

一連打了十來個哈欠，只覺得昏昏欲睡，沒辦法，還是要去把顧友石給找來。反正他只批准一星期的假，現在已經十天過去了，顧友石為什麼還不來？他又沒臉去請他來。這怎麼辦呢？想來想去，就叫工友去把苗絲絲請來。苗絲絲聽說校長有請，又驚又喜，她把衣服整了整。用手指梳梳稀薄的頭髮。照照鏡子，覺得滿意了，才跳著小碎步，來到校長室。她在屏風外面伸著頭問：「校長找我有事嗎？」

「請進。」又說：

「嗯，苗老師，請坐，我們裡面談。」

苗絲絲飄飄然地走進去，坐在朱校長對面，朱校長從頭到腳把苗絲絲看了四五遍。朱校長清一清喉嚨，說：

「苗老師，我是在還沒來這學校之前就聽說妳的大名了……」

「哪裡的話，校長過獎。」

「聽說你跟顧友石不錯啊？」

「校長那麼精明，什麼都知道。」

「請教幾個問題可以嗎？」

「當然可以，哪一方面的？說請教，不敢當。」

「聽說你們快要請吃喜酒了，是嗎？」

苗絲絲有點難為情，不置可否地笑著。

「我是說，老顧這個人嘛，學問不錯，只是架子太大，這一點就足以斷送他的前途……」朱校長突然想起李先行的話，「斷送前途」，而自己竟然用上了，用得這麼恰到好處，他很得意的接著說，「……要是你們真不錯的話，就應該勸勸他，年輕人，血氣不可太盛，態度要收斂一點，不可以這麼傲慢……」

「怎麼樣了嘛？」

「你不知道啊？不知道？我就說給你聽。不是那天國文課？他沒叫學生在課堂上寫作文，反而自己站在講台上大講什麼孔夫子，你想想，孔夫子都已經死了幾千年了，還講他做什麼？當時，我說了他幾句，他就跟我賭氣，請假回家了，一點都不給我面子，你想想看，我是校長，做校長嘛，學校裡的事，不分大小，我一概都要負責的。他沒有做過校長，怎麼知道做校長的難處？好在我這個人是不念舊惡⋯⋯」

「校長的意思是——顧老師可以再回來？」

「不是他要回來就可以隨便的回來⋯⋯」

「那麼他不能再回來了嗎？」

「回來當然是還有機會，但必須提出請求⋯⋯」

「我看，他自己不太可能會請求要回來⋯⋯」

「別人也可以替他提出請求啊，譬如說，他的好朋友，他的親戚，有人願意替他提出請求的話也可以⋯⋯」

苗絲絲見校長自己一步一步的找台階下台，就說：

「校長的意思是⋯⋯」

「聽說你們的交情不錯，我才找你來。也就是說，你可以寫一封信告訴他，你已經替他請求過了，只要他保證以後不要拆爛污，我也保證不念舊惡。」

校長的話說到這裡，聰明的苗絲絲已經完全明白了。苗絲絲見校長這麼看重自己，她想，不管這件事如何棘手，先答應下來再說。主意已定，於是她把聲音擠得細細的，學著校長的語氣說：

「校長請放心，這件事包在我身上了，我負責保證把他給叫回來。」

「做事肯負責就是最好的態度。等事情弄好了，將來我會重重的謝你！」

「多謝校長的提拔，若是沒有別的事了，我就告辭啦。」

苗絲絲站起來，笑著彎一彎腰，轉身向外走。就在這時候朱校長的一雙眼睛，像刷子一樣，在苗絲絲的背後，從上到下刷了四五遍。

苗絲絲不是不知道這件事情很難辦，她自己心裡最明白，顧友石從來都不把她放在心上。雖然那天她請劉老師去空歡樓享受了一餐，但那只是惺惺作態，她想要收買的是劉老師的見證與宣傳。果然得到了好效果，幾個好事之徒，正在盛傳苗絲絲與顧友石的好事近了。但她心裡絕對絕對的明白，顧友石屬意的是牛紫千，不是自己，她也非常清楚，顧友石那天說「也許快了，等吧……」指的是他跟牛紫千的好事快了。想到牛紫千，她又沒頭沒腦地惱恨起來。但是，現在要寫信去把顧友石叫回來，非找牛紫千不可。苗絲絲拿定了主意，就去找牛紫千。

牛紫千知道了苗絲絲的來意，就說：

「苗老師，我想，顧老師他不會回來的，我也不想寫這封信……」

「哎喲！牛老師，我苗絲絲可從來都沒有找你幫過什麼忙，這也不是說幫忙吶，總是牛老師平常跟顧老師接近的機會多，比較了解他，幫忙想個辦法，看看我們用什麼托詞比較好……」

「苗老師，你自己寫嘛。」

「牛老師，你看這樣好不好？我們一人寫一封，顧老師就一定會回來了，寫好交給我，我來一起發出去……」

紫千被她磨得沒辦法，心裡想，這個女人得罪不起，寫一封簡短的信也沒什麼吧？顧老師就是看到信，也不見得會回來。於是就寫了，寫好了沒有封口，把信交給苗絲絲。

苗絲絲拿到信沒有馬上去發。她把紫千的信封留下來，另寫了一個信封，而且還在紫千的信末學著紫千的筆跡附加了一句：

「友石，你一走，我就病了。」

寫好，封好，才去發信。發信之後，她又拿了牛紫千原先的那個信封，回到宿舍。打開門一看，劉老師正拿著一本歌本，咿咿呀呀唱著流行歌曲……

苗絲絲裝得很氣急敗壞的樣子，嚷嚷著說：

「氣死我了！氣死我了！」

劉老師放下歌本很關切地問：

「怎麼樣了嘛？我的小美人？」

「你看看嘛，你看看嘛，天底下有這種騷狐狸……」

說著從小皮包裡拿出紫千寫的那個信封來，劉老師很慎重的看著信封，說：「怎麼又是她，還不死心呀？」

「是啊，你看我現在怎麼辦？」苗絲絲用試探的眼睛看著劉老師。

「告她！信呢？」

「我一氣就把信撕掉了……」

「哎呀！我的小美人！我的小傻瓜！你做了傻事了，你把信撕了，沒有證據怎麼告她？」

「我怎麼辦？現在我怎麼辦？」

苗絲絲用右手敲著自己的頭，喃喃地唸著：

「我怎麼辦？……」

第二天又有幾個人開始對紫千指指點點的，尤其是劉老師更是對牛紫千擺出一付非常不屑的樣子，紫千跟她打招呼說早，劉老師也愛理不理的，紫千也感覺到了，只是怎麼想都想不通，到底得罪誰了？小吳也聽人說紫千給顧友石寫信，但是小吳認為牛紫千跟顧友石通信，是很順理成章的事，有什麼好大驚小怪？而且，這事又為什麼會被苗絲絲拿去做把柄呢？性急口快的小吳，就趁辦公室沒人的時候，悄悄的問牛紫千，他說：

「紫老師，你給顧老師寫信了啊？」

「是啊，昨天寫的……」

「你怎麼會想起來給顧老師寫信？」

「不是我想起來的，是苗老師叫我寫的……」

「信裡怎麼說呢？」

「苗老師說，校長有意思想請顧老師再回來，怕顧老師不來，要我也幫著說幾句話，所以我就寫了……」

「信呢？」

「給苗老師了，不知道她把信發出去了沒有？吳老師，你提這件事什麼意思呀？」

小吳想，原來是這麼回事，就說：

「沒什麼，沒什麼。」

## 15

顧友石收到信，已經是好幾天以後的事。知道紫千生病了，一大早從家裡出發，急急忙忙的去趕路，趕到紫千家已經是下午兩點多，他拉過門鈴，來開門的又是鳳娥。顧友石很禮貌地說：

「老太太，聽說牛老師生病了，我來看看她。」

「生病？誰生病？我們家莫人生病！」

鳳娥說完就關門，把顧友石關在門外頭。

顧友石搖搖頭，走下台階，心裡想，「成見這麼深，將來怎麼做他們家的女婿啊？」

他悻悻然地來到學校，走過自己那一班，班長看到顧老師，立即喊：

「起立！」

全班歡呼起來：

「顧老師萬歲！顧老師萬歲！……」

顧老師站上講台，高舉雙臂，他的手臂從上向下壓，做手勢叫大家坐下來不要吵。

牛紫千在隔壁班上課，聽見他們乙班吵得那麼厲害，就跑過來看看，看到顧老師，心裡一高興，愣在那裡。

顧友石看到紫千好好的站在面前，先也愣了一下，繼而微微的笑著，默默地看著她。心裡想，「這個傻丫頭！這個傻丫頭！什麼時候開始也會用計謀了？」

這時候，班長繼續喊，「敬禮！坐下！」

顧老師跟牛紫千會心的點一下頭，彼此都表示招呼過了。看著牛紫千回到教室去，顧老師已轉過身，背對著學生，在黑板上寫下：

中國文化的象徵——孔子。然後轉過身來說：

「各位同學，我們今天繼續講孔子的哲學……」

全班都鴉雀無聲，每個人都瞪著兩隻眼睛，安安靜靜的聽。

苗絲絲聽說顧老師回來，心情很複雜，又興奮，又得意，又不可一世的樣子。她跳著小碎步，來到校長室，敲一敲隔間的屏風，裡面校長清一清喉嚨說：

「請進！」

苗絲絲走進去，沒等校長開口，就細聲細氣很嗲氣地說：

「校長，你要我辦的事，我可是辦到了。顧老師他回來了。校長，你說說看，怎麼樣謝我？」

朱校長沒有回答怎麼樣謝她，只說：

「苗老師，妳說顧老師回來了，人呢？」

「在教室裡上課哩。」

「你看吧，這個人實在一點禮貌都不懂，我雖然不念舊惡，他也不能太目中無人。要回來上課，至少先到我校長這裡報個到，才算辦完了手續……」說到這裡，自己有點心虛，想想還是避免跟顧友石面對面最好，他說：

「……這樣吧，苗老師，妳還是去同他說，應該先到辦公室簽個到。」

苗絲絲白獻了殷勤，心裡說不出的懊惱。她轉身退出校長室，想到教室去找顧老師。

顧友石已經下課了，正在教室門口對牛紫千說：

「紫千，你回去說一聲，明天中午不回家吃飯……」

紫千正要問他為什麼？他們同時看到苗絲絲堆著笑，跳著小碎步，一路喊著跑過來：

「顧老師！顧老師⋯⋯」

牛紫千看她這樣嚷嚷著喊顧老師，她悄聲對顧老師說：

「我還有一節課，有事下課再說。」想轉個身要進教室了，顧老師轉臉看苗絲絲，用右手向紫千致意。

牛紫千剛進自己的教室，苗絲絲跑近顧老師，她喘著小氣，兩隻小手壓著自己的小胸口，說：

「哎呀！累死我了！累死我了！」她嚥了一下口水，又嗲聲嗲氣地說：

「顧老師，你去簽個到吧？簽到簿就在我的辦公桌上⋯⋯」她停下來，喘了幾口小氣，眼睛斜一下，鉤一下，掃一眼，旁邊沒有別人，她接著說：

「顧老師，你恐怕還是找不到簽到簿，讓我帶你去吧。」說著兩個人一起去簽到。

## 16

第二天中午，牛紫千和顧友石兩個人在「海味村」樓上雅座，面對面坐著，兩個人正拿著毛巾擦著手，夥計端來第一道菜，白切海蟳，配著一小碟醋，一小碟嫩薑絲，紅的紅，白的白，看看都叫人饞死了。第二道，蛋爆海蟶，黃橙橙上灑幾粒蔥花。第三道，鮮蝦醉酒。紫千就叫著說：

「夠了！夠了！叫多了吃不完⋯⋯」還沒說完，夥計又端來一盤，翡翠繡球，盤子中央白色的墨魚捲，一朵朵捲起來墨魚小花捲，青青翠翠的青椒小方塊，像小玉石似的在盤子邊緣鑲了一圈。這些菜，別說下筷子，只眼睛看看就值回票價了，後來又來一碗二人份的海參鮑魚湯。紫千心裡想，「這個人，這個人，怎麼會知道我是海鮮迷呢？」

顧友石看到自己所點的菜都來齊了，就說：

「既然你沒有病，我就給你過生日了，想今天晚上你們家裡會有別的客人，所以我就中午……」

「你怎麼知道我今天生日呢？我又從來都不做生日的……」

「這是秘密，天機不可洩漏。」然後，他拿起筷子挾了一塊墨魚球給紫千，一面說：

「傻丫頭，要不是你信裡說你生病了，我還真的不會來。前天收到信，一個晚上翻來覆去睡不好，第二天一早就來了……」

「我信裡沒說我生病啊，我知道你不會來的，所以只草草的寫了幾個字。」

「那就奇怪了？……」顧友石伸手到褲袋裡把信拿出來遞給紫千。紫千接過來先看了看信封，說：

「你看，你看，這信封就不是我原來的信封……」說著把信紙抽了出來，看到最後那幾個字，她把眉頭鎖得緊緊的，指給顧友石看，她說：

「後面這些字也不是我的筆跡，是別人加上去的，我真不知道苗絲絲到底是什麼意思？她這麼做，安的是什麼心眼嘛？」

「安的什麼心眼？那還不簡單？把…我…叫…來…替…你…過…生…日！」最後這幾個字，他是一個字一個字地說，說完，兩個人都笑了。

夥計端來兩小杯甜酒，顧友石正在幫紫千挾菜。等夥計走了，他舉杯說 ：「小壽星，祝你生日快樂！不管你會不會喝酒，現在為我喝一口……」兩個人都舉杯仰頭喝了一口。然後，顧友石又舉起杯來，說：

「小壽星，再為我喝一口，預祝我的願望成功……」

「你要先說說你的什麼願望。」

「妳先喝了我就說。」

等紫千拿起酒杯，小小地抿了一小口，顧友石把脖子伸得長長的伸向對面，輕聲地對紫千說：

「我說了，你可不許打我！」

「我現在就想打你了，你還是不要說。」

「你打我，我就非說不可。」

顧友石舉起杯來，唸唸有詞，好像是說給自己聽的，他說，「但願明年今天……我的小新娘……小壽星……」顧友石聲音越說越小。說完仰頭喝酒。

紫千只聽到什麼……明年今天……我的小新娘，小壽星，就伸手去打他。這麼輕輕地打了一下，打灑了顧友石口邊的酒杯，酒從顧友石的臉上脖子上流了下來，顧友石他把表情弄得怪怪的，又像哭又像笑，紫千說：

「不要哭！不要哭！把我的這杯酒賠給你了！」

說完，她把自己手上這一杯推到顧友石面前，一隻手按著肚子笑個不停。正好夥計送來擦手的毛巾，他看到了顧友石的狼狽相，也跟著紫千笑起來。顧友石把毛巾接過來，擦擦脖子擦擦臉，他把紫千遞過來的那杯酒也喝了，還不夠，另外又喝了兩三杯。趁著三分酒意，他又把頭伸得長長的，問牛紫千：

「怎麼樣？我的小壽星，預祝我的願望成功喔？」

「友石，你喝醉了。」

「沒有，我沒有醉，要是我的願望能夠達成了，明年的這一天，我真的會大醉特醉！」

「小醉都已經醉成這樣子，大醉了，誰吃得消？」

「吃不消也得吃！」

紫千又伸手打了他一下，顧友石假裝真的很醉了，他把紫千打人的手抓過來，親了一下，說：

「這愛打人的手，我都想抓過來親一親！」

夥計過來收碗的時候，他們就下樓了。付過賬，他們一起回到學校去。

又過了一個星期，學校舉行月考，顧老師把試卷發完以後，他對全班說：

「你們自己好好的考，考完了班長把試卷收齊交給我。」

說完，他到辦公室去批改作業。

這時候，朱校長正在到處巡視，他一班一班的去看，當他走到乙班，看到教室裡沒有老師監考，就走進教室，上了講台。兩手一拍！問：

「班長呢？」

班長站起來。

「怎麼沒有老師監考？」

「我們是榮譽制度。老師都不來監考的。」

「老師呢？」

「可能在辦公室。」

朱校長紅著臉，氣沖沖地衝到辦公室。粗著脖子指著顧友石，說：

「顧老師！這你就不對了！我這人雖然不念舊惡，你也不能這麼不負責任吧？辦教育可不是混飯吃的唷⋯⋯」

顧友石被他一頓搶白，沒頭沒腦地問：

「我怎麼不對？我怎麼混飯吃？」

朱校長的脖子比先前更粗，一張臉漲得紫紅紫紅，他說：

「我這人不念舊惡，你反而扯我的後腿！」朱校長又把李先行「扯後腿」的新名詞用上了。

顧友石問：

「我怎麼樣扯你的後腿了？」

「學生考試，老師不去監考，坐在辦公室裡享清福啊？」

「朱校長，你放心，我教的那一班，早就實行榮譽制度，沒有人會作弊⋯⋯」

「這種話誰相信？考試沒有老師監考，學生哪有不偷看的道理？」

「我敢保證，他們不會偷看。」

「我不信你這一套歪理，最好現在馬上去監考！」

顧老師本來想告訴他，辦教育不能教給學生誠與信，還辦什麼教育呢？所謂「不誠無物」，但是，面對著這頭無知的頑豬，說了，也是對牛彈琴。於是，他就決絕地說：

「要監考！你去監考！我不去！」

「好！好！我去！我去！我們的賬，等我監考完了再算！」

說完，他像一頭憤怒的野豬，衝向教室去。

他走上講台，先是四平八穩的站在講台上，兩隻凶神惡煞的眼睛，像探照燈似的向四面八方掃射個不停。有的學生大受干擾，有的學生埋頭靜靜地作答，有的甘脆停下來看風景。只有一個學生舉手問問題，因為他的試卷上有一個字看不清楚。那是解釋范仲淹一首「蘇幕遮」詞裡的最後兩句「酒入愁腸，化作相思淚」。這張試卷上，愁字沒有印出來，其他的幾個字也不大清楚。這個學生大概也不會背這首詞，他舉手問校長，空白的地方應該是個什麼字？

朱校長走過來，看了一下，想了想，他想，酒一定先到胃，才到腸。就說：

「空白的地方應該是個胃字，酒入胃腸……」

全班都哄堂大笑起來。

朱校長環顧了一下，說：

「笑什麼？你們老師都沒教你們上課的規矩……」

大家邊笑，七嘴八舌的，說：

「我們的都是『酒入愁腸』……」

「什麼『愁腸』？一定印錯了。通通改過來，把『愁』字改成『胃』字……」

全班笑得人仰馬翻。又笑又鬧，下課鈴聲響了，校長要收考卷。學生都大吵大鬧起來，有的拼命喊：

「我們的題目沒做完！我們沒做完！」

有一個女生，急得哭起來，但是校長不管，下命令收考卷，收

完考卷還說：「哼！什麼榮譽制度？」

他拿著一疊考卷，神氣活現的走了。教室裡一片混亂。

上課鈴聲又響起，顧老師走上講台，大家還在繼續吵鬧不休。顧老師問過原由之後也笑起來，他邊笑邊流著淚，說：

「你們安靜！你們安靜！老師告訴你們，考試跟讀書雖然有關係，但是讀書不是為了考試。考試主要的目的，是看你們讀過的書明白了多少？記得了多少？如果你們不利用時間去瞭解去記憶，靠作弊得來一百分，這一百分能證明你得到學問了嗎？所以，作弊是自欺欺人的行為，反過來，就算你考壞了，但是事後你很認真的去檢討，去補救，你瞭解了，知道了，考壞了又有什麼關係？所以，老師告訴你們，讀書完全是為了充實自己，將來才有能力為人服務。有的人一輩子沒有進過學校，沒有考過試，但他滿肚子的學問，不是可以用車載斗量的。因此學問的得與失，是不能用分數來比較出一個真正的價值來。尤其是你們師範學校的學生，將來都要為人師表，更要在誠與信的原則下，去做人，去做事。相信今天考試成績的好壞，對你們不是很重要。重要的是你們是不是真正的得到了學問？有一點你們要弄清楚，老師並不是輕視學校與考試的價值，叫你們不上學也可以，說起來，學校仍然是求學的捷徑。今天，你們都很幸運，能夠安心地坐在課堂上，接受最好的學校教育，將來才有力量去施展個人的理想與抱負，這是我們國家的賜予，因此，當國家的前途與個人的理想有所衝突的時候，你們就應當放棄自我，去為國家效命，因為，沒有國家是沒有個人的。你們明白了這些道理，我再講底下的，你們聽了不許鬧……」他看到牛紫千不知道什麼時候也站在教室後面，停了一下他繼續說：

「老師現在就要離開你們，你們不要問為什麼？老師也許會去從軍……牛老師那裡有我的永久地址，你們有事可以寫信，現在大家把眼睛閉起來，不許哭，跟老師說再見。」

閉合的眼瞼也擋不住離別的淚水，眼淚從五十二對閉合的眼縫中，一滴滴落了下來，他們哽咽著，說：

「顧老師再見！」有的已經泣不成聲。

顧老師流著淚走下講台，他頭也不回地走了出去。

牛紫千追出來喊他。顧老師站住了，他用右手輕撫著紫千的肩膀，說：

「紫千，你去上課，不要送我。我回去，會寫信給你。有事在信裡說……」牛紫千默默地看著他，淚眼看著淚眼，淚眼中顧老師轉過身，淚眼中一個偶像的背影漸漸模糊……

牛紫千有著千言萬語哽在心頭，此刻她真正體會到生離死別的滋味……最後連摸糊的背影都看不見了，眼淚排山倒海地流下來……

## 17

過了幾天，紫千收到表哥的信。信是給舅媽的，還有一張匯票。紫千把信唸給舅媽聽。

娘：

兒已去信查詢船公司，四月廿五日有一艘英航輪，要從福州開來台灣，娘可以乘坐英航到台灣來遊玩一段時間。要是怕路途寂寞，可邀表妹同來。娘年紀大了，路上有人照顧才好。寄上的匯票，足夠娘和表妹的旅途費用。請不要改期，船票要早幾天去買。

船到基隆，孩兒將在碼頭迎候。

台灣的確是個好地方，希望娘不要錯過這個難得的機會。出門攜帶物品，以簡單為原則。這裡什麼都有，反正短時間玩玩就回去，不用擔心，不寫了。耑此敬請　福安

兒傳雙叩上 四月五日

姑父姑母尊前請安。

鳳娥聽了，雀躍不已，一張嘴巴也合不攏了，她接過信，看了一會，不識字，看不出名堂，忽然站起來，說：

「紫千，我們去，我們去，這麼久沒有看到傳雙了，不知道他現在什麼樣子？恐怕又長高很多。這孩子走的地方多了，見的世面大了，跟以前大大不同了。你看，多懂事？多孝順？我的兒子！我的兒子！我真沒有白把他養下來……」鳳娥沉迷在興奮的幻覺裡，她兩手合十，拼命唸：

「阿彌陀佛…阿彌陀佛…阿彌陀佛…觀音菩薩保佑…我吃齋到底沒白吃。」然後好像台灣就在屋子後面，開開後門就到了似的，她拉著紫千的手，說：

「紫千，我們準備吧？你表哥說要少帶東西，我們就少帶吧，走吧，走吧，我們就去準備了……」

「妗媽，台灣離我們福州還遠得很吶，又不是就在後門。怎麼能說走就走？坐船還要坐一天一夜哩！妗媽，妳不怕暈船嗎？」

「一天一夜不算長，睏睏就過去了。走吧，走吧，紫千，我整理整理換洗的衣裳，我們趕緊準備……」

紫千看著舅媽像個孩子等不及過年那樣，要不是船期還沒有到，恐怕一分鐘也等不及了。這時候清蓮從外面回來了，鳳娥又去纏著清蓮講傳雙來信以及她要帶紫千去台灣的事。紫千才有辦法脫身去洗澡。

## 18

顧友石那天走下講台，離開他心愛的學生們，離開流著淚的紫千，毫無反顧的走出校門。他扛著一捆被褥，一步一步的走，心裡想著，男子漢大丈夫，何處不可以立身？早在朱新潮到任那天，他就下定決心不與朱新潮為伍。跟這種畜牲在一個大門同進同出，對自己來說是莫大的侮辱，當時又顧念這一代學生的學業，才忍下那口鳥氣，而這一次所發生的事件，叫他忍無可忍，他不能在朱新潮的指使與侮辱下，繼續做他的走狗，他需要自己再去打開一條出路。

在沒有打開出路之前，他要回家，回家看看爹、娘、弟弟、還有那一片種瓜得瓜的土地。想起了土地，他的內心就生起無限的愧疚，不記得多少年沒有跟它好好的親近了？那一大片柑橘園，就那樣的丟給年老的爹、娘、還有弟弟去經營。由於人手不足，有一部份已經荒蕪，長著比膝蓋還高的蔓草。這一趟回家，把那些野草先除盡再說。這樣想著，他內心不由得生起一種落實之感，腳步加快了，心情也輕鬆了許多，像朱新潮這樣的畜牲，已經被驅逐在他的意念之外了。

顧友石扛著棉被，提著一個小箱子轉上了回家的路，想到家，他的腳步更快了，一個村一個鎮都漸漸落在他的身後了。

走著，走著，心裡總有許多事情可以多想想，不到兩點鐘，螺洲就到了，他剛邁步走進自己的家門，就看見他母親提著點心筐籃要出門，他喊了一聲：「娘！」見他母親愣了一下，他快步向前搶了兩三步又喊了一聲：「娘！哪裡去？送點心呀？我來提，我去送。」

說著把被臥和箱子放在廳堂前的條椅上，接過他母親手裡的點心盒，一起往外走。顧老太太意外地看到兒子回來，一時太興奮了，也不知道話從哪兒說起，只說：

「我去給你爹和友信送點心，友石，你怎麼又回來了？」

「娘，你不喜歡我回來呀？」

「胡說，娘就是嫌你在家的時間太少了，一年到頭都在外面忙，家裡人手又不夠，怪想念的。這一下可以在家裡多住幾天了吧？」

「這一回也許不走了。娘，明年我們娶一房媳婦好不好？」

兒子嘻皮笑臉的說，做母親的可是很認真地聽，也很認真的問：

「友石，你說的是說城門鄉的那位絲絲小姐嗎？」

「不是她。」

「人家都說你們兩個很要好，怎麼又不是她？」

「那是人家說的。我想娶的是另外的一位，牛小姐……」

「這麼說，事情已經定了咯？」

「還沒有，還沒有去跟她家裡提。」

「要娘找個媒人去提親嗎？」

「不，不用了。時機成熟的時候我自己去就可以了。」

「友石，你是說時機還沒成……」

這時候友信遠遠地向他們奔跑過來，打斷了友石母子的對話。友信邊跑邊喊：

「石哥！石哥！你回來啦？」

友信也十八歲了，比友石小六歲，他從小喊友石叫石哥。對這個石哥他真是又敬又愛，現在他長得跟石哥一般高了，由於長期的在田裡晒太陽，體格比友石壯實多了，皮膚也很黑，看起來很健康的樣子。他一路奔跑過來，跑到母親跟石哥面前才煞住腳，喘著氣說：

「娘，爹算得真準，剛才爹還說，要是你石哥回來，不要四五天，我們就可以把那一片柑橘樹苗全種起來。真是說曹操，曹操就到！」

友信說完又轉過身往柑橘園那邊跑去。他把兩隻巴掌圈著嘴巴做成喇叭狀，大聲的喊，邊跑邊喊：

「爹！你看是誰回來啦？！」

顧遠塵聽見小兒子喊得這麼興奮，就放下鋤頭，把頭上戴的斗笠取下來，一上一下慢慢地搧著。等他們走近了，他才說：

「要照我的算法，你應當還要早些回來，上回你不是說去看牛小姐的嗎？後來接到你的信說還要再教一些日子。我早就知道，你跟那個姓朱的不可能長久的同坐一條船，早一些回來倒好……」

「我說老的呀，有話晚上再說吧？我看友石走了這大半天的路，恐怕累了，你們都坐下來喝點粥吧……」

「娘，你這麼一提醒，我倒真的餓了。」

「快，快，餓了就快吃……」為娘的邊說邊打開鍋蓋子，盛了一碗遞給友石，友石接過來卻說：

「這一碗先給爹吧？」

顧老先生往水桶那邊走去，一面說：

「你先吃，你先吃，我洗個手。」

等他洗好手回來，第二碗也盛好了，顧老太太說：

「遠塵吶，這一碗你的。」

「哦，好！」

顧遠塵把碗接過來，兩父子開始吃粥。

友信見鍋裡沒有多少了，就說：

「娘，我不吃了。我不餓，叫石哥通通吃了吧。」

「也好，晚上我早點煮飯。」

友石走了這許多路，又饑又渴，一口氣吃了兩大碗，精神舒暢多了，停下來看看他父親，問：

「爹，要不要再來一碗？」

「不了，不了，你通通吃光吧。」

友石又把剩下的都吃光了，把空碗放在籃子裡，從褲袋裡抽出一條手帕，擦擦嘴說：

「好在是粥，要是別的甜膩的東西，我也吃不下，」說著眼睛看著他母親，道：

「娘，今晚上什麼都不要做，再煮些這樣稀稀的稀粥來吃，我還沒吃夠哩。」

「好，好，我現在就回去洗米下鍋，這種粥要用小火慢慢的燉才好吃……」說著收拾碗筷，提著籃子走了。顧老太太走了以後，顧遠塵對兒子說：

「友石呀，我帶你去看看我的柑橘苗圃。」

說完父子三人往園子的西北角走去。友信走在最前面，忽然轉過身倒退著走，眼睛看著友石，說：

「石哥，你是不是有什麼事情才回來的？哪一天又要走呢？」

「這回說不定不走了，也許可以在家多住幾天，活動活動筋骨，看你這樣又黑又壯，哥哥我不知道多羨慕？」然後朝著他父親，說：

「爹，還是這一片土地好，人們跟它親，它也不特別愛人家。人們跟它疏，它也不特別恨人家。四季都為我們生點什麼長點什麼；下多少勞力就得到多少收獲，種下去的是瓜，絕不會結出豆子來……」顧友石還想要說什麼，聽見他父親說：

「這就是土地比人類誠實可貴的地方，土地就不會像有些人那樣虛虛假假的，雖然人類百獸，在它上面不斷的踐踏挖掘，甚至任意破壞它，用砲火轟擊它，它永遠都是默默地承受，它載運美麗的，也運載醜陋的，土地真是化育萬物偉大的母親，所以我早就愛上了這個忠實的朋友……」

「爹，你當初到這裡來就為了這個理由嗎？」

「也不全是，土地的好處是我跟它相處了十幾年之後才慢慢地體驗出來的。當初到這裡來完全是為了一時要逃避……」

「逃避什麼？」

「說來話長啦……」

顧友石記得，當他還只有九歲那一年，他父親在介遠中心小學當校長，開除了一個當時被認為家裡很有地位的學生；他不記得這個學生叫什麼名字，只曉得他是六年級的學生，常常拿著一付牌九在校園裡引誘別的學生賭博，經過老師屢勸不改，後來就被開除了。被開除的當天晚上，就有幾個彪形大漢到他家裡來談判，談判內容友石不太清楚，當時只聽他父親對那幾個來人說：

「……校長不幹可以，這是我的原則……」

後來他被母親叫去睡覺，談判的結果怎麼樣？他不太清楚。這件事發生了半個月以後，他們全家就遷到現在這地方，買了這塊地，從那以後，他父親就拿起鋤頭，耕耘起這一片田地來，也就從那以後，大家都不提過去的事，一家大小好像有一種默契。但是，今天，友石有點明知故問地問他父親「逃避什麼」？沒想到，他父親只輕描淡寫地告訴他「說來話長」。又見他父親苦笑了一下，問他：

「友石，你是不是打算從今以後也來跟土地做朋友呢？」

友石看著他父親越來越多的白髮，心裡想也許應該留下來，但他思索了一下說：「爹，我雖然已經深深地感到土地的可親，但我所面臨的時代恐怕不容許我目前就留下來……」

說著說著他們已經走到了苗圃。剛才跟在旁邊靜靜聽著的友信，現在看到一畦畦青綠的柑橘樹苗，不勝興奮地對友石說：

「石哥！石哥！你不要走，只要有五天的工夫，我們三個人就可以把這一片柑橘苗全都搬了家！」

「好哇！五天，五天我還不至於就走吧？」

顧老先生指著眼前這一片三尺高的柑橘苗對友石說：

「友信的估計不錯，這裡面大約有兩百五十株，我們三個人，天亮就開始動工，一天可以種好五十株的話，五天就種完了，下半天阿山叔也會來幫忙。」

阿山叔就是這片土地的賣主，他有兩個兒子，大兒子怕種田太辛苦，跑到城裡去做生意，一年回家兩三趟，看一看就走了。小兒子不務正業，想起來的時候就拿起鋤頭做做樣子，要不就睡到太陽晒到屁股了才起來，吃吃喝喝，吃喝夠了，就溜出去到處遊蕩，任由土地長年地荒蕪。阿山叔一賭氣，就把這一片荒地賣了，成交那天，他流著淚，顫抖著手，把地契交出來，好像嫁走了一個非常解事的女兒。後來看到顧家父子很疼惜他的土地，所以三天兩頭的過來看看，顧老先生看在眼裡，有時就有意的逗逗他：

「阿山啊！你的寶貝女兒現在是我的好媳婦咯，放心吧！我不會虐待你的女兒！」

其實他們巴不得阿山叔常常過來看地，阿山叔種什麼都內行，他已經成了顧家的農事顧問。當初，顧遠塵把這塊地買下來之後，

不知道種什麼好？就是阿山告訴他這塊地種柑橘最好，所以就種了柑橘。開始時他們買人家的栽苗來種，三年後就有了收成，如今已經果樹成蔭子滿枝了。

十多年來，顧老先生深深地體驗到，育樹和育人同樣地要付出全付精力，一不小心，害蟲就隨時趁虛而入，真是要留意那些害蟲啊！

他們三父子，剛才圍著苗圃繞了四五圈，顧遠塵對兩個兒子說：

「友石，友信，我們現在回去休息，吃過飯早點睡。明天早上五點鐘就開始工作。」他們三父子又一路說著話走回家，這時候正是晚霞滿天的時刻。

## 19

顧友石離開學校以後，紫千在精神上突然失去依靠，紫千深深地知道，顧友石是「士可殺，不可辱。」的那種人。她雖然沒有親眼看到朱校長對付顧友石的那付嘴臉，但是，從她聽來的，以及自己臆測的，顧友石若不是受了很大的屈辱，他絕不會輕易的離開自己的崗位。那天，他走得那麼突然，那麼倉猝，兩個人連單獨話別的機會都沒有，想到這事，不免錐心蝕骨。顧友石臨走時曾說，回去以後要寫信給她，她每天失魂落魄般等著友石的來信，下午從學校回來，推開大門，頭一件事，都是先看看信箱，信箱裡空空的，紫千就在心裡嘆一聲氣，無限失望的走進屋裡去。早晨起床，也是伸長著脖子眼巴巴地望著外面的信箱。一天一天數著日子，紫千的情緒也是一天比一天低落。

要去台灣這件事，她總想能跟顧友石好好商量一下，然而已經一星期過去了，一點信息都沒有。船期是四月廿五日，還有一星期，要去的話，要開始準備了。時間越迫近，紫千越心焦，舅媽念子心切，已經托人去買好船票，看來這一趟是非去不可了。

這一天晚飯吃得早些，紫千隨便扒了幾口，放下筷子，正要起身的時候，她母親告訴她：

「紫千，有一封你的信。」

「真的？在哪裡？」

「就在你的抽屜裡。」

紫千又得意又興奮衝向自己的房間，把桌子椅子震得稀里嘩啦響，坐在飯桌上吃飯的兩個大人，彼此互相對望了一眼，清蓮對鳳娥說：

「你看！你看！馬上就是大人了，還像個孩子。」

紫千一下子衝向書桌前面，打開抽屜，抽出一個淺藍色的信封，看了看信封，好秀氣的字，不像是顧友石寫的，打開一看，原來是史漪湖。紫千讀著信，心裡好不是滋味，她一下笑，一下又皺眉，原來史漪湖要結婚了，來信請她去吃喜酒。看完信，紫千立刻拿起筆來，給史漪湖回了一封簡短的信。

漪湖：

知道你要結婚了，我又高興又難受，因為我不能來吃你的喜酒，這種心情相信你會瞭解，我多想看看妳做新娘又羞又美的模樣？但是四月廿六我可能已經到台灣去了。我要陪我舅媽去玩一兩個月，船期就在四月廿五。等我從台灣回來，一定會先去看妳。到時候會狠狠地敬你一個醉。一兩個月很快就過去，妳等著就是！先替我問候你的那一位！祝你們美滿幸福！

紫千於四月十八日

信剛寫完，看見她母親拿了幾件衣服走進來，她邊走邊講：

「紫千吶，這幾件衣裳是媽才叫劉婆婆比著妳那件舊長衫做的，妳看看喜歡不喜歡？」說著就在紫千床邊坐下來。紫千站起來把衣服打開來看，其中有三件是紫色的，還有一件是淺藍色小白花的長衫。

「媽這次特別給你做了一件淺藍色的，妳要不要試穿看看？穿起來會很好看。要是喜歡，就通通帶去，沒有幾天了，也該準備準備了，你明天到學校別忘了去請假。到了台灣，要是好玩，就多玩幾天，學校裡媽會幫你去續假……」

「媽，我有點不想去。」

「你這孩子，就是這樣離不開家。你沒有看到妗媽什麼都準備好了，妳也別掃她的興呀！反正不多久就回來了，去吧，去見見世面。媽要不是教堂的事走不開，還真想也去玩玩呢？就這樣吧，明天遞個請假單上去，看校長怎麼批再說，哦？」

清蓮見紫千意興闌珊的，又見桌上有一封信，就問：

「你在寫信呀？」

「嗯，給史漪湖回信。她要結婚了……」

鳳娥在外面叫：

「依姑，依姑，你看我這一件要不要帶？」

清蓮聽鳳娥叫她，就出去了。

紫千又寫了個信封，把信放進信封黏貼好了。她站起來，看見那件淺籃底小白花的旗袍，一時好奇，拿起來穿在身上，再怎麼看都不如紫色的好看，就脫下來。又拿起那件淺紫色閃著銀星星的這件穿上。紫千看著鏡中的自己，不由得眼睛亮了起來，淺淺地笑了一下，又搖搖頭，不知道自己為什麼跟紫色結下不解之緣？自有記憶開始，幾乎總是深紫淺紫包裹著她，從沒有對紫色膩煩過。好幾次她都想試一下穿紅的穿綠的，但都只是試了一下就不再穿了。現在她又試另外一件深紫淺紫圖案花樣的旗袍。鏡中的她，看起來要比自己的年齡大兩三歲，好像更成熟些，服裝真的能夠改變一個人的外觀啊！她想，友石一定會最喜歡這一件吧？從那一次白雲山旅遊之後，她都在心裡悄悄地喊他「友石」……想到顧友石，就想到那天在海味村吃海鮮的事，又想起顧友石說出他自己的願望……但願明年今天……我的小新娘……難道明年？明年就會要做他的新娘了嗎？想著想著，臉上燒燒的，一股暖流剎那間流向心房。本來是帶著涼意的季節，現在反而覺得好熱。她很快地把旗袍褪下來，換上自己原先穿的那件。然後坐在床邊，把幾件新衣服慢慢的折，邊折邊吹口哨，她輕輕地吹，只是吹給自己聽。不知道什麼時候開始，她把友石寫的那些短句，都編成了歌，吹著吹著，心裡飄飄然地，就坐下來給顧友石寫信。她在信裡先問他回去以後忙些什麼？為什麼沒有來信？然後告訴他，自己要陪舅媽到台灣旅遊一兩個月，最後把英航開行的日期、時間也告訴他。寫完信又寫一張請假單，準備明天去請假，這些事都弄好了，才去洗澡。

見母親還在舅媽房裡幫忙整理，也沒有去驚動她們，洗好澡回到自己房裡，她還是輕輕的哼，哼著友石寫的另一首短歌：

白雲山，白雲山。
無花果，無花果。
無花，無花。
有果，有果。
一半你，一半我。
你我，你我。
兩情似火。
卿卿，卿卿，你莫躲！
卿卿，卿卿，你莫躲！

哼著，哼著，甜甜的歌聲送著她走進夢鄉……

## 20

顧友石回家以後，每天天剛亮就已經在柑橘園中，他負責挖土及加添部份肥料土。友信負責把一棵一棵栽苗運過來種下去，澆水填土。顧老先生負責起苗的工作。他們父子三個人，從月亮還掛在西天，忙到星星再度閃耀在天空，才收工回家。這樣的工作量，對終年拿粉筆的顧友石似乎是太重了一些。但他咬著牙，想想自己該多磨練磨練，也就不去想辛苦不辛苦那回事。吃過晚飯，他上床去養精蓄銳，準備迎接明天。他躺在床上才翻一個身，就感到全身關節與肌肉都要散開似的，他哎喲一聲，不敢再動彈，沒一會就沉沉睡去，連夢都沒有。

第二天，他覺得筋骨酸痛，挖土挖不動，友信運苗的工作跟他換過來，他們兩兄弟一人輪流一天，下午阿山叔都會來給他們幫幫忙。在友信看來，阿山叔是個怪老頭，他矮個子，頸背微微傴僂。打赤膊，僅穿一條長及膝蓋的短褲頭，腳底下打赤腳。那一身又黑又硬又亮的黑皮膚，包裹著裡面一塊塊鼓起的肌肉。只有冬天最冷的天氣，才會披上一件灰色的上衣。即使穿上衣，也不扣鈕釦。走起路來兩片前襟一開一閉的，好像特意要人家看他腰帶上掛的那根又黑又亮年代久遠的旱煙桿。友信很少看到阿山叔笑過，就是笑起來也不好看，眼睛嘴巴周圍的黑皮擠成一堆皺摺，露出兩排長年累月煙薰火燎的黃板牙，不時地從兩排黃牙齒之間擠出幾聲輕咳，然後狠狠的吐一口痰。友信常常形容阿山叔是一棵會走路的植物，離開這一片土地就活不了似的。他現在看阿山叔老遠地走來，手裡拿著鏟子和鋤頭，肩膀上還扛著扁擔。友信輕輕對友石說：

「會走路的植物來了。石哥，你信不信？阿山叔拿鋤頭比你拿粉筆還輕鬆。」

顧友石笑起來，打一下弟弟的肩膀，說：

「友信，你就把石哥我看得這麼扁扁的呀？我就不信，等我們這些柑橘都種完了，我非要先跟你比一比高下……」

正說著，阿山叔已經走過來，他放下扁擔和鋤頭，拿起鏟子就開始挖土，只四五下就挖了一個大窟窿。友石看著阿山叔熟練的動作，一面把果苗栽在窟窿裡，一面搖著頭，說：

「阿山叔，你真是專家！」

阿山叔小咳了幾聲，吐了一口痰，說：

「也可以說是勞碌命，我每天要不在田裡挖挖掘掘，就好像要生病了。有一回真的生病，渾身酸痛流鼻水，想在床上躺一天，沒想到越躺越難受，乾脆爬起來，到田裡挖挖土除除草，出了一身汗，第二天病就好了。我這麼大的年紀了，還不知道吃藥是怎麼回事？」

友石和友信聽著都笑起來，友信對他哥哥說：

「這就是阿山叔的哲學。」

阿山叔聽不懂什叫哲學，他只繼續說他自己的，他說：

「伊奶巴巴，我那兩個王八蛋養的，要有你們兄弟一半肯幹，我現在死了也瞑目。」說得這兩兄弟又笑起來，笑聲中帶著幾分悲憫。他們覺得阿山叔實在是一個很可愛的老人。

由於阿山叔的幫忙，他們真的在五天當中種完了二百五十棵果苗。一向不太勞動的顧友石，支持到最後一天，已經筋疲力竭，說話聲音也小了許多。吃過晚飯洗了澡就上床去睡。五分鐘以後，友信進去看，出來告訴他母親，道：

「石哥睡得像死魚一樣，動都沒有動一下。」

「胡說！」友信被她母親這麼一罵，縮一下脖子，溜進自己房裡去。

經過一夜完全的休息，第二天精神體力都恢復了許多。顧友石睜開眼睛，伸伸懶腰，不那麼酸痛了。看看手掌和指頭上都磨出好幾個水泡，他更是覺得自己對這個家有著太多的歉疚。父母親年紀都那麼大了，自己是不是應該就此留下來呢？正在猶豫間，聽見他母親在外面對弟弟說：

「友信，看看你石哥醒了沒有？有一封信收到好幾天了，你們都在田地裡忙，我也忘了……」

友石聽說有自己的信，心裡想會不會是紫千的信？紫千也一定在等著他的信。他翻一個身，一下子跳下床來，跑出去問：

「娘，有我的信呀？哪兒寄來的？」

「你自己看吧。」說完把信遞給友石。

友石看一看這信封不像是紫千寫的，是姓李的寄來，他猜想可能是李元白的，拆開信來看，果然是李元白。他母親望著他，問：

「是誰的？」

「李元白寄來的。娘，你記不記得，他是我初中同學……」

「李元白？我記得，他爸爸是萬福鄉的李保長那一個？」

「是啊，就是他……」

說著轉身到屋裡去看信，躺在床上，慢慢看去。

友石學長：

日前家父來信說，不久前見過朱某其人，亦曾提起吾兄或已離開教職。不知目前真實情況如何？請來函告知一二。茲者弟所服務單位，正從事招募兩位有幹才的宣傳人員，一位需擅長於漫畫者，另一位則需兼通各類文體的寫作者。想吾兄乃後者的最佳人選。如吾兄尚未覓得其他高職，弟當推薦吾兄前來應試。設或錄取，尚須經過一段時間嚴格的軍事訓練，才能參與工作。

吾兄如有意於此項工作，弟將於四月廿八日下午三時在天來莊「鳴軒客棧」專候。其他細節，且待晤面之時另行洽談。匆此順頌　安康

伯父母尊前請安。

弟元白敬上　四月八日

顧友石看完信，虎的從床上跳起來，內心裡早已決定了七八分，無論如何依照他約定的時間去走一趟。但他還是拿著信去徵求父親的意見。

顧老先生看了信，就說：

「友石，你就去吧？事情弄成了，也是報國的好機會。」

顧友石聽了，帶著幾分神志飛揚地跑到母親身邊，半得意半埋怨地說：

「娘，這麼重要的信，怎麼到現在才給我？今天已經四月十八了。再過幾天，什麼都晚了，好險……」

「什麼重要的事？說給娘聽聽。」

顧友石把信遞給母親，顧老太太也沒很認真看信，她說：

「我知道，早晚都留不住你……」還待要說什麼，顧遠塵進來叫友石去柑橘園，要去看看這幾天種的栽苗存活了多少？

友石把信折起來放在口袋裡，跟著父親走了。

一上午顧友石都吹著口哨在柑橘園中巡看著，一會兒向左看，一會兒向右看，就像一個很神氣的長官，巡視著一排排自己所訓練的新兵，而每一棵果樹也都立正著好像向他敬禮。顧遠塵被兒子的神情逗得愣愣地笑，從兒子身上也反射過來不少快樂。他又一次肯定自己的意念，樹木與樹人沒有什麼兩樣，要想得到美滿的成果，是要付出很多心力的！

中午吃過飯，顧友石終於有一點喘氣的機會，他要給紫千寫信了，向她報告這個好消息。那天臨走的時候，他也告訴過紫千，回來很快會給她去信，沒想到忙著種果樹，拖了這許多天，紫千一定每天也都等著他的信。

他很想寫一封很浪漫的，親親熱熱的，把他心裡對她的愛意、傾慕、對她的思念，凡是不便用口頭說的，一股腦兒都倒在信紙上，讓紫千看了去臉紅，去發怒，去肉麻，讓她想伸手來打他，他現在想寫的就是這樣的一封信。他拿出信紙來，寫了「紫千吾愛」四個字，就停下筆來，搖搖頭，想想，這樣也許太冒昧。因為最先收到這封信的人，也許不是牛紫千。又不知道他們牛府平常對來往信件是怎麼樣處理的？萬一……那真是會把事情弄得一團糟！豈不是弄巧成拙？於是他把剛才寫的「紫千吾愛」揉成一團，丟進廢紙簍。開開抽屜，取出另一張白色信紙，重新開始寫。

紫千：

今天我接到李元白的來信，他將引薦我去應徵軍中的宣傳工作。我想這一份工作也許對我很合適，如果成功的話，我就要離開妳一段時間。在這一段時間裡，我就不能想去看妳就去看妳。說到要離得妳更遠，內心裡酸、甜、苦、辣、五味雜陳。以及那種難以割捨的心情，恐怕只有你能體會。至於我為什麼這麼想去應徵這一份工作？相信妳也是會全心全意地諒解。你總知道，最近時局很令人擔憂，外面謠言四起；製造謠言，原是戰爭的另一面，如果謠言不能終止，再怎麼有為的政府，也要面臨毀滅！

我對這一份宣傳工作之所以這樣動心，並不完全由於喜愛；而是這一類的工作，總要有人去做，同時我有著強烈無比的信心，我相信我會比別人做得更好。宣傳工作做得好，是給那些製造謠言者「以牙還牙」最有力的還擊。我這一次去，下定決心，只許成功不許失敗，相信妳會絕對支持並為我鼓掌慶賀。

聽李元白說，錄取之後還要接受很嚴格的軍事訓練，才能進一步參與工作。受訓我是不怕的，當國家存亡之秋，身為一個知識青年，難道不應當走出來，參與救國的陣容？我深深體會到，沒有國就沒有家，更哪有個人的存在可言？紫千，到了緊要關頭，我們應當不分男女，大家全力以赴！妳能做的仍然很多，近來有許多青年學生被人利用，在學校裡惹事生非鬧學潮。妳每天生活在學生當中，見到有什麼風吹草動，能夠阻止的要及時阻止。學校裡學生不斷地失蹤，這些事真叫我痛心！今後我們應該從何處著手？凡事只有盡力而為了。

等事情成了定局之後，我馬上會再寫信給妳，同時也會把我的新住址告訴妳。最要緊的，我們的思想行為千萬不要受到謠言所左右；就算妳我之間私人的事，也不可輕易聽信閒言，凡事我說了算，妳說了算，妳我彼此都要互相信賴，更重要的要耐心地等待！祝福妳健康快樂！

「但願人長久，千里共嬋娟。」　　友石　　四月十八日

寫完，他又讀了一遍，覺得有點老氣橫秋，教訓的味道很濃，就私人感情而言，又不能盡意；再一想，反正紫千過去也是他自己的學生，就是有些教訓的語氣，彼此也都習慣了。這樣一想，他就把信折好，放進信封裡。然後又給李元白回了一封信。

## 21

那天晚上，紫千哼著自己譜的歌，哼著，哼著，只覺得怎麼自己又泡在河水裡，友石下水來救她，全身都濕了，友石把自己的外衣給她披上……後來變成自己穿戴著老式的新娘冠服，全身沉甸甸，金銀珠飾響叮噹……媒婆攙著她出來，她邁腳正要踩上花轎，聽見舅媽對著媒婆喊：

「錯了！錯了！那是顧家的花轎！左邊的這一頂花轎才是我們吳家的。」

聽到最後這一句，她嚇醒了，出了一身冷汗，原來做了一場夢。黑暗中臉上熱熱的，一直燒到脖頸去。她翻了幾個身……又見友石寄來一封信，她打開來看，看了一半覺得好肉麻，她大聲喊：

「好肉麻！好肉麻！好……」伸手去打，打翻了顧友石嘴邊的酒杯，一坏酒從友石的臉上脖子上流下來……她邊罵邊笑，呵呵呵……信呢？一封好肉麻的信呢？她到處找，翻開枕頭來找，沒有啊？又是夢嗎？如果是夢，她寧可永遠都不要醒過來。正在這樣懊惱著，聽見母親在外面喊她：

「紫千！不早咯！你今天不上班嗎？是不是還要去請假？」

「要！要！」她轉身下床，出去漱洗，匆匆吃早飯，拿了要寄給友石的信和請假單子出去了。走到拐角的地方，她先把信件投進郵筒，又匆匆地趕到學校去。剛走到校門口就聽到上課的鈴聲響，她看了一眼辦公室，直接走到教室去上課。第三節沒有課，她帶著寫好的那份請假報告單到校長室去。校長室很大，前面是會客室，圍屏的後面才是校長的辦公桌。門開著，紫千先探頭看了一下，會客室裡沒有人，她正準備敲兩下門等裡面有回聲了再進去。她剛舉手要敲門，就聽見屏風後面有女人的笑聲，這笑聲很熟悉，細細的嬌嬌的有點兒浪，對！苗絲絲的聲音，苗絲絲一高興起來都是這樣笑。最近經常看到苗絲絲在校長室進進出出，現在她在裡面笑，這沒有什麼稀奇，於是她把腳退回來，想等苗絲絲走了以後再來請假。但稀奇的是朱校長提到顧友石，聽他提到顧友石，紫千就在門外停下來。她聽見朱校長在裡面說：

「聽說你和顧友石不錯啊？」

「我們住得近嘛。」苗絲絲細細的聲音。

「怎麼？也有人說你們兩個有了婚約？」

「校長聽誰說的？」

「不是說你手上的紅寶石戒指是他送給你的訂婚戒指？」

「其實也不是訂婚戒指啦，我對他沒什麼意思，他一定要送我戒指嘛，我有什麼辦法？」

「你既然對他沒意思，戴他的戒指做什麼？」停了一會，朱校長命令似的說：

「對他沒意思，不要戴他的戒指，現在就取下來……」

「取下來就取下來嘛，那麼兇！」苗絲絲撒著嬌，接著是朱校長狡詐、陰險而又得意的笑聲。笑了一會兒，說：

「我這一只藍寶石的怎麼樣？有沒有意思現在就戴上試試？嗯？我的苗小姐？」紫千聽見苗絲絲細細的笑聲從屏風後面傳出來，接著是朱校長宏亮粗獷的大笑，「哈！哈！哈！哈！」壓過了苗絲絲嬌細的笑聲。紫千再也站不住了。這麼說，苗絲絲的紅寶石戒指果真是顧友石送的了？苗絲絲自己都這麼說，還會是假的嗎？屏風後面廉價的交易固然令她噁心，對顧友石送戒指的輕薄更感到可恥。會不會人家假期裡回到老家去就過往得很親密呢？這麼說顧友石的話可採信的成份又有多少？對了，她又突然想起，他說回去要馬上給我寫信，怎麼到現在一點消息都沒有呢？原來這個人……想著想著她飛快地奔向校門口，她好恨自己今天早上那麼急急忙忙地把信件投進郵筒。現在她往郵筒的方向跑去，她想去把那封已投進郵筒的信取回來，她要站在郵筒旁邊等，等郵差來開鎖取信的時候，她要告訴郵差這封信不想寄了，然後把信取回來。她拼命跑！拼命跑！快到郵筒的時候，看到一個滿頭白髮的老先生從她旁邊走過，她把腳步放慢了下來，走到郵筒前面，她彎下腰去看收信的時間，再對一對手錶，已經過了半小時。這時候白頭髮的老先生又回過頭來看看她，見她的表情又沮喪又失望，老先生搖搖頭心裡想，又是個戀愛中的女孩啊！

紫千見郵差已經收走信件，無奈地往回走，走過老先生身邊的時候，老先生很仁慈地問：

「小姐，要寄信呀？」

「嗯。」紫千笑一笑回答。

「妳晚了一步，小姐，要是急著要寄的話，可以到小郵局去寄，小郵局下午還有一班。」

「哦，謝謝！」紫千又跟老先生笑一笑才走開。

紫千走進校門，老遠就看見苗絲絲從校長室走出來，笑盈盈的。紫千在心裡狠狠地罵了一聲，「無恥！」

見苗絲絲走遠了，她就往校長室走去。她在門口敲了兩下，聽見裡面說：

「請進！」

紫千進去了。

見朱校長那一張臉仍然掛著得意的微笑，莫非剛才的交易很成功？也可能是戰勝了一個回合？有一個念頭在紫千的腦海中很快地閃過，好險！好在自己沒有接受過顧友石任何的什麼戒指，原來讓自己日夜顛倒的「王子」，卻做了這麼一個窩囊廢手下的敗將……於是她挺一挺腰桿，走過去開門見山地，說：

「朱校長，我要請假。」

「請假？請多久？做什麼？」

「請一個月，我要陪我舅媽去台灣看我表哥。」紫千說著把報告單遞了上去。

「看你表哥？你表哥在台灣？他幹的是哪一行？」朱校長把眼睛瞇成一條縫，看著牛紫千。

「我表哥是報務員。」

「哦，有沒有人可以代課？」

「有的，我的英文老師牛師母會來代課。」

「牛師母？也姓牛？」

「是啊，他是外國人，是牛牧師的夫人。」

朱校長又思索了一下，說：

「好！你盡快回來，最好不要超過一個月。」然後在紫千的報告上，批了一個「可」。紫千說了聲「謝謝！」拿著請假單退出來，她萬萬沒有想到事情這麼順利。也許她進去的那時刻，正好是朱校長打勝了一個回合，心花正怒放，也許他當時正這樣想，顧友石算什麼？永遠都是我手下的敗將！

經過這樣又一次的打擊，紫千對顧友石的信心再度動搖，想想自己過去對顧友石的種種關愛，或許只是憑自己的直覺，不曾很理性地分析過，也可以說，她只是一片純情，而對方並不。感情是盲目很脆弱的，經不起幾番風雨，紫千覺得自己像患了一場大病似的，她手腳無力，神思恍惚，食不知味，睡不安枕，只覺得過去的一切都像是一場夢，她自己所執著的那種愛情並不存在，她一再反問自己，情何所寄？情何以堪？問了千遍萬遍，還是沒有答案。過去也有過這樣衝不破的難關，只要顧友石出面說明，紫千就像雪人一樣，癱軟了，融化了，化成涓涓細流，流向顧友石，而如今，顧友石棄她於不顧，一去了無音訊，這是她所應得的回報嗎？她感到一片空渺，無所謂憤，也無所謂恨，一切都讓它成為雲煙吧？此刻她也許需要遠行，離開這個傷心地，像母親說的那樣，出去見見世面，見見世面也許就長大了，長大了就不會為情所苦吧？主意既定，她就開始一心一意地準備起遠行的細節，帶什麼箱子？帶哪些衣服？她不再去看信箱裡有沒有信，也沒有再問過母親有沒有她的信，更不願意在這種時候見到顧友石。她只祈禱著船期快點到，此刻她最需要的就是出去散散心。第二天吃過早飯，紫千對她母親說：

「媽，我今天要去跟牛師母辭行，同時再商量一下牛師母來代課的事。然後還要去台江汛買一雙鞋子，恐怕晚上很晚才能回來。」

「紫千，你別忘了再帶點兒紫色的緞帶回來，你那些髮帶都該換新的了。」

「好，等我把它記下來，今天要辦的事還真不少。」

紫千出了門，一路上都很輕鬆，不像前幾天那樣被感情的重擔壓得喘不過氣來，她慶幸自己到底能及時地撥開感情的雲霧，重見晴空。現在這些都不重要了，重要的是她要趕快離開這裡，她要好好地把過去的一切拋開，拋得遠遠的。她想叫自己變成一隻快樂的鳥兒，翱翔在雲天！

紫千走後沒有多久，信箱裡躺著一封信，清蓮取出來看了看信封，螺洲顧緘，尋思了一會兒，對鳳娥說：

「依嫂，我現在有事要出去，這封信你先收著，紫千回來問起的話，就給她，沒有問就算了。」

「哪裡寄來的？」

「是姓顧的寄來的。」

「姓顧的？那個訂過婚的男人？怎麼不死心？還在糾纏我們紫千吶？」

「所以不讓紫千看到最好。」

清蓮走了以後，鳳娥拿著信，發了一會呆，就去把信放在自己皮箱的底層。她下定決心，絕對不讓紫千看到這封信，放好信，又把一層層要帶出門的衣服疊了上去，一件一件又整理了一遍，相信這是最後一遍了，她才把箱子鎖好。

紫千回來的時候，鳳娥故意講東扯西，又催著紫千快去整理東西。

「妗媽，我已經整理得差不多了。」

「再檢查檢查，看有沒有忘帶東西？」

「妗媽，我好睏，我跑了一整天，好累，我想洗個澡睡覺，明天再檢查。」

「好啊，要洗澡快去洗澡，水已經燒好了。」

紫千洗好澡，去睡了。清蓮回來的時候，見紫千已經關門去睡，大家都沒有提起那封信。

顧友石收到牛紫千的信，也是在這一天，四月廿三，離紫千的船期還有兩天，看看也來不及再回信，他猜想，紫千可能也已經收到自己的信。他萬萬沒有料到紫千會突然的要遠行，都怪自己回來之後一直忙著田裡柑橘的事，沒有機會立即給她寫信，現在要商量什麼都來不及了，好在她只去個把月就會回來，紫千信裡說四月廿五日下三點開船，他又把那封短箋拿出來看了一遍，這信裡只說下午三點，沒說什麼碼頭？到了那天，是不是應當提早一點先到紫千家裡去等？也可以替她們提些較重的行李。先把紫千送走了，再回來準備自己去應考的事，時間上也足足有餘，主意既定就去睡覺，但是，眼睛剛閉上就去趕車，一夜趕車趕船趕得不得了……

# 22

牛紫千經過一夜好眠，不那麼累了。她揉揉眼睛，伸了一下懶腰，目光投在牆上的日曆，四月廿四，請假從今天開始，今天不要那麼趕了。妗媽和母親也沒有來叫她，她又睡了一會，看一看錶，快十點了，才慢吞吞地穿衣服，梳洗完畢，吃過中飯，到了下午，鳳娥和紫千又各自把行李整理一遍，因為傳雙叫她們儘量少帶東西，所以她們只帶了送人的禮物，和幾套衣服，以及一些零星用品。清蓮一直都在廚房忙著，多弄了幾個菜，因為吃得早，紫千吃不下。見一桌子海鮮沒有人動筷，鳳娥說：

「紫千，這些都是你愛吃的，怎麼不多吃一點？」

「妗媽也吃嘛。」

紫千怕掃母親的興，就趕緊舀了一碗蚌湯來喝，一面喝一面說：

「媽，我等一下餓了還要再喝一碗。」

清蓮知道紫千從來不愛喝剩下再熱過的蚌湯，就說：

「裡面還有生蚌。要喝，媽再給你煮新鮮的。」

所有湯類中，紫千最愛的就是蚌湯。清清爽爽的，放幾絲嫩薑絲，一小撮鹽，但一定要現煮趁熱。若等涼了再熱過，紫千就說有怪味。從小就這樣，她母親最清楚，所以說幫她再煮新鮮的。其實紫千哪裡吃得下，她剛才說好吃，是為了要表示母親煮的最好吃。沒想到母親就要再煮新鮮的給她吃，母親對她的愛，常常叫她感動得想掉眼淚。吃過飯，紫千進去洗臉，一把臉還沒洗好，聽見外面來了許多人，母親就來喊她：

「紫千，羅弟兄葉姊妹他們，知道你們明天要走，都來看你了，快出來謝謝吧？」紫千跟在母親後面走進客廳，正想一個一個地叫過，但來人都一窩蜂地擁過來，把鳳娥和紫千圍在中間，他們異口同聲地說：

「我們明天要去送行！」

「不敢，不敢，不敢勞駕大家，我帶紫千出去玩個把月，很快就轉來。」鳳娥笑嘻嘻地說。

清蓮也對大家說：

「小孩子出去玩幾天，怎麼可以驚動這麼多人？這一份情我們心領了，今天這樣送送就很好。大家不必再遠送了。紫千，快來謝過伯伯和阿姨！」

紫千一個一個地謝過，他們又寒喧了半天，羅弟兄站起來說：

「那麼，我們就不打攪了。出遠門很累人哩！我們讓牛師母、妗媽和牛小姐，早點休息吧？」

眾人走了以後，紫千心裡又亂糟糟起來，她對母親說：

「媽，你跟我們一起去吧？我好捨不得離開媽媽。」

「傻孩子，媽怎麼能走得開呢？教會裡的事情那麼多，你爹又不在，而且船票只訂了兩張。去吧！別說傻話了，出去玩玩，時間很好過的，個把月又回來了，今天早點去睡吧！羅弟兄明天會來幫我們看家，媽要親自送你們去。好了，你早點兒去睡吧？」

紫千回到自己房裡一時思潮起伏，好像這一去永遠都不能再回來似的，對房裡的每一樣東西產生了戀戀之情。這床、這書桌、這椅子、這櫃櫥、以及櫃櫥上擺的那些大大小小哭著笑著的各類型娃娃，其中有好幾個眼睛會動的娃娃，都是牛師母陸續送給她的。還有書架上她喜愛的那些書，她一本一本地撫摸；及到她把目光落在那本「紅樓夢」上，她的一顆心急驟地跳得好厲害，這是顧友石送給她的，她拿出來打開扉頁，顧友石端端整整的柳體跳躍在眼前，右邊寫著，「人生似夢，夢如人生。」八個字，左邊寫著「願此書永遠伴著妳。」幾個小字，左下角只署著「友石」兩個字，沒有寫日期。紫千看著心裡又不由得酸楚起來。分明想忘記他，怎麼忽然又想起他來？她把這本書抱在胸口，小下巴靠著，沉思了好一會，又打開箱子把書放進去。外面已經靜悄悄的了，想母親和舅媽他們都睡了。紫千換好睡衣，熄了燈也上床去睡。躺在床上睡意又全消了，左翻右翻，來回翻滾了幾十次，好不容易才看到顧友石，但又晚了，她已經上船，跳板也收了，顧友石才匆匆地趕來。看他在碼頭上揮手，嗚……，嗚……，汽笛長鳴，船身已經滑離，她站在舺板上也拼命對他揮手，眼淚一串串地滴落……把枕頭濕了一大片，涼冰冰的，原來自己在夢中哭了，醒來還不停地抽噎著。她把枕頭翻個面，睡在乾的一面。嘴裡輕輕的對自己說，不要再想他了。她又翻了幾次身，就掉在水裡了。兩腳踩不到底，嘴裡不停地喊，「友石救我！友石救我！」

越喊越大聲，把自己喊醒了，身上冷冰冰，打了一個寒顫。她把被子掖緊，一閉眼就收到一封信，她喊著「好肉麻！好肉麻！」伸手去打，打到顧友石的酒杯，杯裡的酒灑了友石的臉和脖子……折騰了大半夜，她感到全身酸痛，頭脹欲裂。她不敢再睡了，睜著兩隻眼睛等天亮。聽到母親和舅媽都起來了，她也起來。

聽見舅媽在外面跟母親也一直說著昨晚的夢，說她夢見自己到了台灣，傳雙在碼頭接她，接她們去住在好漂亮的房子裡，說到後一半聲音越來越小，紫千聽不清楚，好像是講結婚什麼的。說到最後舅媽自己大笑起來，紫千聽她笑得那麼大聲，就跑出去說：

「妗媽，你的夢這麼好笑哇，我也做了好多夢，一點都不好笑。」

「你說給妗媽聽聽。」

「有的也忘了。」

誰說忘了？她記得清清楚楚，沒有一個夢不是顧友石。那些夢能說給人聽嗎？說出來連自己都會臉紅，何況母親已經提醒她好多次，「人家是訂了婚的人」。他訂婚了嗎？原先自己還不相信，直到那天在校長室門口，親自聽見苗絲絲對朱校長的道白，她才費了好大的力氣，從那感情的漩渦裡抽身出來。可是在這要出遠門的前夕，為什麼都是夢他想他呢？她越想越懊惱，不覺得呆呆的站在那兒。

鳳娥也在那裡重溫著昨晚的甜夢，過了半響，她轉過臉來看到紫千呆站在那裡，以為她是捨不得離開家而傷感。就說：

「紫千，妗媽像你這個年紀都快做新婦了，你還這麼離不開媽媽呀？」

紫千紅著臉，言不由衷地說：

「本來嘛，人家哪裡也沒去過，妗媽最討厭了。」

說完丟下她們兩個，跑進自己房間。

「都是我慣的！都是我慣的！」清蓮是說自己把紫千慣成這樣。

鳳娥對著清蓮做了個鬼臉，清蓮會心地笑了……

她們姑嫂好像又回到年輕的時候。那時候，她們兩個都大著肚子，鳳娥摸摸小姑的肚子，說：

「依姑我看你肚子裡懷的像個女孩。」

「這也說不定呀？生下來是什麼就是什麼。」

「我們來發個誓願吧？我要是生的是男的，你要是生下來是女的，讓他們配成雙吧？反過來，我生女，你生男也是一樣。」

「你想叫我們親上加親呀？」

「就是這意思咯。」

說完，她們就彼此發了誓願。後來鳳娥生下傳雙，又過半年，清蓮生下紫千。生產後，鳳娥頭一次去看清蓮，一進門頭一句話就說：

「這是我家媳婦跑不掉了。」

「那也要看他們是不是真有緣份？」清蓮虛弱地說，說完兩個人都會心地笑笑。

後來傳雙和紫千慢慢長大，這兩個母親，只要一提起兩個孩子的將來，好像有一種默契，彼此做個特別的表情，會心地一笑。

剛才她們說到昨晚的夢，鳳娥尤其笑得大聲。這些事紫千是不知道的，她只覺得舅媽的話說得離譜，才賭氣跑進自己房間，要不是舅媽那麼想去台灣，她真想臨陣脫逃。現在她一個人坐在房間裡，又氣又惱又矛盾，昨晚的夢，一個個又回到眼前。每一個夢都是顧友石，可是他為什麼不來信？也不來看看我？會不會出了什麼意外呢？正在這樣想著，她的眼睛落在那個首飾盒上，她打開首飾盒拿出紀念冊來。打開最後一頁，顧友石的默默深情跳躍在字裡行間：

山凝水碧柳含煙，
紫色幽思千萬千；
花不語，
落絮翩躚；
蓬飄何處？
聚散怎無牽？
更哪堪
回首
不再當年？

現在她咀嚼著這些短句的韻味，更懷念起那一段形影相隨的日子，是不是從此不再了呢？想到這裡聽見她母親在外面喊：

「紫千！紫千！」

紫千沒有吭聲，過了一兩分鐘又聽見母親喊她：

「紫千！有人來看你了！」

紫千放下記念冊，走到鏡子前面，把衣服整了整，心裡想，會不會是他？一顆心像敲著小鼓一樣，咚，咚，咚在胸口拼命地敲起來，等她母親又喊了一次，她才姍姍地出來。走進客廳，才看到是小吳，小吳還是那樣吊兒郎當的樣子：

「紫老師，剛才有幾個學生問我哪裡去？我不敢讓他們知道我是到你這裡來，他們知道了，怕都要跟來。」

「對，對，別讓他們知道。小事情嘛，出去玩幾天，怎麼敢這樣驚動大家？」

「紫老師，我的課排得滿滿的，也不能去送你……」

「不敢當，不敢當。我請假這一段時間，雖然有牛師母來代課，班上很多事情，還要請吳老師幫忙照顧。」

「那還要說嗎？」過了一會，小吳見客廳裡沒有別人，他悄聲地問：

「怎麼？老顧沒有來啊？」

「他來不來，不關我的事。」紫千有點違心地說。

小吳嘻皮笑臉地問：

「紫老師，你說真的？說假的？怎麼？你們又有新的誤會呀？」

紫千本來想告訴他，那天去請假在校長室門口所經歷的一幕，但話到口邊又沒說出口，改變成很肯定的口吻說：

「真的，他來不來不關我的事。」

小吳大膽而調皮的問：

「紫老師，你以為他心裡還有別人啊？」

「那是他的事。」

「紫老師，別他呀他的分得那麼清楚好不好？老顧的心事，我非常清楚，將來你也會明白的。總之，謠言能不聽最好，起先，我也被人家弄糊塗了，還以為他真的跟苗絲絲……」

一聽到苗絲絲這個名字，她又想起那天苗絲絲對朱校長說的那些話，於是她半肯定半懷疑的，說：

「事情也不見得全都是謠言……」

她還想說為什麼他人不來，信也不來一封？為什麼也不出面澄清謠言？但是她的話被門外的聲音打斷了……門口有幾個人粗聲粗氣的說話，好像是說車子準備好了……

小吳也聽見了，他站起來告辭：

「紫老師，我這就回去上課，不耽誤你了，祝你旅途平安！紫老師，你們準備怎麼走呢？」

羅弟兄卻替她回答：

「預定是先坐這個人力車到泛船浦，再從泛船浦搭汽船去馬尾……」他又轉過臉對紫千說，「等一下有位陳弟兄會在泛船浦招呼你們，他也會跟你們一起去馬尾，送你們上船……這樣，一路上有個人照顧，才放心。」

小吳聽他這麼說，也很放心，他跟羅弟兄打過招呼，回學校去了。

「請快一點！不要叫我們等太久，我們還要做生意啦！」車伕中的一人這樣說。

「好！好！不會叫你們等太久。」

羅弟兄邊說邊跟紫千一起回到屋內。

清蓮看到紫千進來就催她吃東西，吃完就要動身了。

紫千隨便吃了一點，進去提行李。她帶的是中型的手提箱，已經收拾得好好的放在床上，箱子上放著一本翻開一半的紀念冊，剛才吳老師來的時候，她還正在看著，現在她又拿起紀念冊，想著，這個人為什麼叫我老放不下他呢？我要走了，他為什麼還不來呢？

「牛師母，好了嗎？好了就走吧……」羅弟兄又催了一次，紫千聽說要走了，更是捨不得離開這個家。她好像故意在拖延著時間似的，又把箱子打開一點小縫口，把紀念冊塞了進去。再慢條斯理的鎖箱子，拴上箱子的皮帶。她母親站在門口，問：

「好了嗎？走吧？」

「好了。好了。」紫千邊答應邊提著箱子出來。走到門口又返身，多看一眼自己住了許多年的小房間，嘆一口氣退出來，關緊房門。

鳳娥也出來了，手裡提著一個塞得鼓鼓的布包包，她的箱子羅弟兄已經替她拿出去了。客廳裡還有一捆用灰色毛毯捆好的小棉被，這是要帶去在船上使用的。羅弟兄搬好箱子又進來搬小棉被，他把小棉被放在清蓮的車子上。等她們都上車坐好了，把行李放在她們前面的腳跟邊，車伕嗨唷一聲起步了。

羅弟兄說：

「一路順風，一路平安。」

「羅弟兄再見！」

「再見！再見！一路順風！」

「羅弟兄，有客人來的話，也麻煩羅弟兄招待了……」清蓮這樣叮囑著。

「會的，會的，請放心。」

「再見！」

「再見！」

「再見！」

## 23

四月二十四日。

顧友石起了個大早，準備要出門去送行牛紫千。

從螺洲到福溪這一段路程是沒有什麼方便的交通工具，靠這兩條腿罷了，雖然極少數人有腳踏車，步行的話，連去帶回總要大半天。

吃過早飯，他從書架上取下一本書，就是紫千上次生病後又送還給他的那本「窄門」，他相信紫千也會很愛這本書，讓她帶著可以在旅途上解解悶。拿好書，他告別了父母就出門了。

在路上走著想著，根據過去的經驗，這麼早出門，上午十點鐘光景大概可以到了。為了想能夠更早一點看到紫千，腳步又比平常加快些。

快到平頂橋的時候，他老遠望去，怎麼橋頭聚了許多人？橋那端三分之一的地方也聚了一堆人，有些人又往回走。他走過去問問回頭走的這些人，到底怎麼回事？人家都告訴他，橋斷了，不通了。他還是不死心，走到斷橋那邊去看究竟，果然，橋斷了。這座平頂橋原是年久失修，但也不至於突然之間橋就斷得這麼厲害。從垮下去的斷面看來，黑黑的有火藥的痕跡，看似遭人破壞了。許多人都在那裡七嘴八舌，爆炸事件好像是在昨天晚上下半夜，據路人說，還有人聽到不尋常的巨響，這種現象最近時有發生，總是夜裡聽到轟然巨響，第二天就聽說某處遭到破壞份子突襲，或是廠房垮了，或是橋樑斷了。傳說紛云，人心惶惶。顧友石處此情景，內心慘痛萬分，他已下定決心，盡自己的全力，投進這個大時代，去作最後的掙扎。但此刻他要趕路，再耽擱時間，紫千走了就白跑這一趟。怎麼辦？他只好往回走，繞路到古人廟那邊去渡船。渡船雖是會多費一點時間，但總比站在橋頭一籌莫展好得多，這個念頭一閃過，他的一雙腳已經往回走了。走到古人廟渡口，他看到等待過渡的人比平常多過幾倍，看看要等到第三批才能輪到他，真是急驚瘋遇到了慢郎中。等著過渡的人都很焦急，大家爭先恐後，秩序很亂，有人把別人往後推，也有人挑著擔子硬要往前擠，彼此埋怨著，更有幾個興風作浪的人，破口大罵擺渡的船家偷懶，為什麼一次不多渡幾個人？又罵鄉公所為什麼不請個年輕力壯的來擺渡？偏請個體弱的老頭子？

顧友石看到這般景象，搖搖頭，心裡想，國之將傾，國之將傾，到處都是破垣殘瓦……這樣想著又有好幾個人越過他超前去，後面的人逐漸聚攏，看樣子再等一小時也渡不了河。他擠身出來，走到另一個渡口，想自己叫一艘小船渡船過去，等他跟船家講好價錢付過錢，一隻腳剛踩上小渡船，後面就跟上來好幾個人，有男有女，嘴裡唸叨著：

「先生，做個好事，搭個便船。」

顧友石還沒來得及回話，一隻一隻不相識的腳都陸續地踩進小船，把小船的船身踩得搖搖晃晃，直到那個梳長辮子的搖船的女人尖聲喊：

「不能再上啦！不能再上啦！」同時用她熟練的動作拿撐篙把船快速撐離了岸，一面用搖櫓把船搖向江心，加入擺渡的行列，這時候顧友石才定下心來。他過去也偶爾來這裡搭過渡船，但跟這一次的心情完全不同；過去他是以欣賞江心美景的心情，希望擺渡的船家搖得越慢越好，但現在，他嫌船上的人太多，壓得小船沉甸甸，搖船的女人拼命划，船身仍然像蝸牛一樣，在水面上慢慢爬行。渡船還沒有在岸邊靠攏好，那些搶搭便船的陌生人一個一個又搶先上岸，有的說了一聲謝，有的連謝都不謝就搶先走了。顧友石上到岸上，搖搖頭，抖一抖身上的霉氣，又繼續去趕他的路。

趕到牛府門外的時候，他看看錶，已經快一點鐘了。他站在門口猶豫了幾分鐘，想起牛紫千生病那次，連連被拒在門外，至今猶有餘忿，現在又要去牽動牛家的門鈴，會不會再度被拒？不管這麼多吧？門鈴已經響了，出來開門的是羅弟兄，羅弟兄環顧了一下，說，「請問是找牛師母的嗎？」

顧友石見是陌生面孔，一夥心涼了下去，他只好自我介紹：

「我姓顧，跟牛小姐是學校裡的同事，聽說她要去台灣旅遊，我特地來送送她。請問貴姓？」

羅弟兄半彎著腰，跟顧友石握手，笑著說：

「原來是顧老師，失敬！失敬！牛小姐她們已經提早一步走了。敝姓羅，今天是來給牛師母看家。顧老師是不是請進來坐坐？」

「不了，不坐了，請問羅先生，她們的路線是怎麼走的？」

「她們應該是從泛船浦乘汽船去馬尾，英航輪停在馬尾，三點鐘開船……」羅弟兄看了一下錶，說：

「顧老師現在趕去，恐怕來不及了，說不定她們這時候已經到了馬尾。」

顧友石還是想去碰碰運氣，他說：

「羅先生謝謝了，我既然來了，還是想去看看。羅先生再見吧。」

顧友石跟羅弟兄握握手就離開了。

看一看腕錶，一點二十分了，他叫了一輛人力車，為了爭取時間，他告訴車伕，快一點，越快越好。

他坐在車上，看著穿草鞋的車伕拉動車子快步走，走了幾步開始跑，車伕滿頭大汗，解開頸項上的毛巾來擦汗。他坐在車上，看著車伕的年紀比自己大很多，他越坐越不自在，他對車伕說：

「老兄，你歇歇吧，讓我下來走。」然後把全程的車資付給車伕，準備自己走。

車伕莫名其妙地看著他，愣愣地看了老半天，才拉著空車往回走。

顧友石走了一會兒，看看手錶，一點半了，他開始跑，汗從他的額上臉上流下來，他擦也不擦，任它一滴一滴地滴下去，他喘著氣急急忙忙向前跑。路上的行人投來好奇的眼光，他不回顧地向前跑。他在心裡對自己說，「快了，快了。」跑過三叉街，跑過十錦祠……泛船浦就快到了，繼續跑……忽然聽見汽笛長鳴，嗚……嗚……往馬尾開的汽船開動了。送客的人群聚在泛船浦的小碼頭，遠行的旅客都站在汽船上揮著手。嗚……碼頭上的親友也揮著手。嗚……汽船越開越遠，嗚……，嗚……汽笛聲撕裂著顧友石悲戚激動的離情，汽船上都是人，他不知道哪一個是紫千？他向漸行漸遠的汽船揮著手，他拿出白色手帕不斷的揮舞著，口裡輕輕的唸著「祝你旅途平安，紫千！」他兩眼漸漸模糊，兩腮有螞蟻在爬行，他喃喃自語：

「望你早歸！紫千！」

# 下篇

## 台灣

風雨前奏

暴風雨進行曲

春之舞

尾聲

# 風雨前奏

## 1

四月二十六日，天快黑的時候，客輪開到基隆。但因停靠的客貨輪太多，英航一時無法靠近碼頭。他們又在船上過了一夜，直到二十七日早晨七點鐘，輪船才靠了岸。

聽說船已經靠岸了，旅客們都開始忙著整理行囊準備下船，也有許多人跑上甲板，想看看這個從未見過的新世界。基隆正下著雨，碼頭上濕漉漉，車輛行人真不少。紫千坐在鳳娥對面，她見舅媽垂頭喪氣的坐著，由於一天一夜的顛簸，當初要遠行的那種豪興一點也不存在了。這兩天，吃不好，睡不好，看來瘦了許多。兩眼凹陷，額前眼尾增加了不少皺紋。她駝著背，右手壓在上腹部，頭髮散亂，看去真像一個久病的老婦人。紫千拿出小鏡子跟一把梳子來，她對著鏡子梳頭，看看鏡中的自己，臉色有些蒼白。由於不習慣船上的起居，清瘦了不少，眼睛嘴巴都略大了一些，她有點不喜歡自己這一副尊容，就把鏡子收起來，又替舅媽梳起頭來。梳好了，她說：

「妗媽，你在這裡照顧行李，不要走開，我去弄點熱茶來給你喝，順便看看是不是可以下船了。」

「好吧，你去吧。」鳳娥有氣無力地答應著。

紫千走上甲板四處張望，雨已經停了，天色灰暗，海風習習，髮絲飄飄，她做了幾次深呼吸，又活動活動手腳腰身，一時間，精神好了許多。她扶著欄杆，遙望遠方，心裡想著，離開家才兩天，像是兩年了似的……一時好想媽媽，不知道媽媽這時候正在做什麼？

看看有些旅客開始收拾東西，或許差不多可以下船了吧？她走下甲板去找熱茶，東找西找找不到，只好倒了一杯溫開水，回到艙裡把水遞給舅媽。鳳娥喝了幾口又想吐，可憐兮兮的對紫千說：

「昨天我的腸肚翻得好厲害，現在還想吐，快暈死了，下次再也不敢坐船了……」停了一下又很焦急地說，「你表哥怎麼還沒來？會不會找不到我們？」

「不會吧，我們再等等。」紫千已經把三四件行李都攏在一起，她見船上許多人走來走去，亂鬨鬨的，也不敢走開。她說：

「妗媽，大概快可以下船了，現在外面很擠，我們再等一下好了。」

鳳娥一聽說快要可以下船了，精神振作起來，她說：

「紫千，人這麼多，等一下你要牽著妗媽的手，我們兩個不要走散了……」正說著，一個又高又大的影子，擋住她的視線，傳雙裂著嘴笑，喊一聲「娘！」又在紫千肩膀上拍了一下。鳳娥跟紫千都張著大嘴巴，「啊！啊！啊！」啊了半天都沒說出話來，傳雙說：

「娘，我找了好半天才找到你們。肚子餓了吧？下了船我們先去吃東西……」又對紫千說：

「來，這兩個箱子我來提，毛毯也給我，妳扶著我娘慢慢走。」說著把毛毯挾在腋下，一手提一個箱子走在前面，快走到船邊的時候，他回過頭對紫千說：「小心喔！滑一跤就到海裡去洗澡！」紫千笑一笑瞪了他一眼。鳳娥因為這兩天在船上受折磨，三餐也沒吃好，兩隻腳抖個不停，走兩步都要休息一下，後面的人又拼命催，「快點！快點！」「借光！借光！」「讓路！讓路！」紫千扶著舅媽，好幾次進也不是退也不是，只好站在舅媽前面，好讓別人從她身邊擠過去，終於一雙腳踩上了碼頭的地面，鳳娥還不斷用手順著胸口喘著氣。紫千用右手拍著舅媽的脊背，傳雙把行李放在地下等著，等他母親氣色好些了，才說：

「我們先去找個地方坐坐吧。」他們出了碼頭，就看到有一個人挑著香蕉來賣，傳雙記得自己那回一下船就吃了兩斤半香蕉，現在他看到香蕉，心裡想，娘恐怕也會想吃香蕉，先買一點香蕉吧？鳳娥見兒子買了香蕉，就說，「我想先吃點芭蕉。」他們看到路邊有幾張給路人休息的涼椅，就坐下來歇歇腳，鳳娥開始吃香蕉，紫千拿了一根，聞了聞，說，「好香。」剝開來咬了一口，吃不下就不吃了。她拿著香蕉看舅媽吃，鳳娥一口氣吃了兩根，還看著紫千手上的那根，看了一會，說：

「紫千，你吃不下呀？給我，丟了可惜。」紫千遞給她，鳳娥又吃了。沒兩分鐘，拿手捂著胃部，哇！哇！吐光了。她流著淚搖著手，說：

「台灣的芭蕉不能吃，吃了就吐。」傳雙苦笑了一下說：

「娘，那是暈船的關係，不是芭蕉不好，我們應該先去吃點別的。」

「表哥，我只想吃粥。」

「對！對！我們去吃一碗熱粥吧！」鳳娥也附和著。

他們找到一家路邊攤，賣粥，也有可口小菜，很對胃口，吃得高興。吃完了，鳳娥就吵著要睡覺，她說：

「傳雙，我們趕緊去美娥依姨厝裡去睏吧？」

「好，好，等我去買車票。美娥依姨住左營，還要坐火車。」鳳娥聽說要去坐火車，高興得像小孩子似的，好興奮地對紫千說：

「也好！也好！我們去坐火車，我們都沒坐過火車。」等上了火車更是稀奇，東摸摸西看看，嗚……汽笛鳴叫的響聲又把她嚇了一跳，直問：

「這什麼？這是什麼聲音？是不是拉警報？」

「娘，這是火車叫，告訴我們火車要開了，我們要坐好。」火車剛過八堵，鳳娥就問：

「美娥依姨厝到了沒？」

「還早呢。」傳雙本來想告訴他母親要晚上才能到，一想到母親的急性子，他不敢說，寧可讓她站站停，站站問，每次問，傳雙都說：

「還沒有，快到了。」

問了幾次以後，鳳娥就被車子搖呀幌的睡著了。傳雙就跟坐在對面他母親身邊的紫千聊聊天，他說：

「我本來想先帶你們去台北看看動物園，可是，你看我娘累成什麼樣？哪裡走得動？……」

「不要說妗媽，連我也不行了。」

「台灣海峽的風浪你領教過了吧？」

「是啊，那天我還以為我要死了呢？妗媽也嚇得不得了，拼命的禱告，唸觀音菩薩……」

「下回我要請依姑，姑夫也來領教領教。」

「我爹去香港了。」

「我知道，你在信裡提過了，要去多久呢？」

「兩年。」

「兩年也快，等你爹回來，看他們要不要到台灣來玩？」

「好哇，等我這一趟回去，再跟我媽說，趁你在這裡，叫我媽趕快來玩一趟。要不，讓你這隻跳蚤跳走了，就沒那麼方便了……」

「什麼？什麼跳蚤？」

「你不像一隻跳蚤嗎？一下南京，一下台灣，跳一下就跳那麼遠，妗媽抓不到你……」

「現在不是抓到了？」

「只怕妗媽一鬆手又不見了……」

「你真把我看成這樣啊？」

「表哥，你真不知道，那回你偷跑到南京去，妗媽都快瘋掉了……」鳳娥動一下，睜睜眼，又睡了。紫千也慢慢打起呵欠來，一會兒也靠在車窗旁邊睡著了。火車到高雄已是晚上八點鐘，出了車站他們轉公車到美娥家。美娥夫婦都開燈等著，美娥先讓他們洗了澡，又煮麵給大家吃。美娥說：

「紫千，你現在真像大人了，你還記不記得逃警報的事？那時候，你們逃到我們福德來，聽到日本飛機來了，你就拼命喊，『快抱我到對面那棵大樹底下去呀！』看到大樹底下人太多了，你又喊，『快抱我躲到床底下去呀！』等到炸彈丟下去，屋瓦玻璃震得格格響，你就喊，「我嚇死了！」那時候，你還只有這麼高呢？美娥比了個齊腰的手勢給大家看。

「嗯，我記得……」紫千哪裡會忘記這些恐怖的往事呢？她覺得自己只是不願意想不願意提起罷了。每回想起這些往事來，她就拼命把它壓下去，壓到記憶的最底層去，讓它埋藏在那裡，不要露出什麼痕跡來，現在有人把它從裡面挖出來，而且拿來當笑話講，紫千心裡想，「難道你忘了大家去挖蕃薯根來吃的那些日子？」她本來想說，「我怎麼不記得？有一次，依姨，你本來說要抱我去大樹底下躲飛機，抱了幾步嫌我重，就把我丟下來，自己先跑了。我跟在你後面拼命跑，拼命喊，喊你等等我，你頭都不回自己先躲到大樹底下去。機關槍就在我後面掃射，格格格！格格格！我的腳嚇軟了，回去就瀉肚子。從那次以後，每次聽到拉警報，我就瀉肚子……」這些話到了口邊，紫千又把它嚥回去。現在看見他們都還在那裡笑著，笑她小時候逃警報的事，紫千也只好跟著苦笑了一陣，然後她說：

「美娥依姨，我媽有兩件禮物要送給妳……」說著她去打開皮箱，拿出一件黑色的衣料，和一個很考究的脫胎油漆茶盤，她把衣料放在茶盤上，一起拿到美娥面前，很謙敬地說，「我媽說，這件香雲紗的料子也不是頂好的，不過這茶盤是真正「沈紹安」的（註），美娥依姨，你不會嫌棄吧……

註：福州漆器世界聞名，尤其沈紹安出品的脫胎漆器，曾在美國芝加哥博覽會得過獎牌。

「紫千，你把妗媽的那塊錦緞被面也拿來，」紫千又拿來那段粉紅色被面，鳳娥接過來，遞給美娥。又說，「紫千，你把妗媽那個包袱也提來，裡面還有兩把在吉祥山買的牛角梳子……」紫千又把包袱也提過來。

美娥見鳳娥在那裡翻包袱，就笑著說：

「哎呀，你們都送我這麼好的東西，將來我送你們什麼呢？」然後她拿起那件香雲紗的衣料，在燈光底下照了照，說，「你媽說的沒錯，這段料子確實不是頂好……」停了一下，她揚聲叫，「……明德，你把我那件香雲紗長衫拿來我比比看......」

平常美娥說一，明德是不敢說二的，今天是人多膽壯，聽見美娥叫了半天，他還沒有去拿長衫來，而且不耐煩，「你也等明天吧？這麼晚了我們休息吧？」鳳娥的一雙眼睛越來越小，連打了七八個呵欠，她站起來找床舖，她問美娥：

「眠床呢？眠床在哪裡？」美娥拉開一扇紙門，指指裡面掛起的大蚊帳，說：「你跟紫千睏這裡，傳雙睏客廳。我們在台灣都睏榻榻米，哪裡有什麼眠床？」

「什麼？什麼榻榻米在哪裡？」鳳娥莫明其妙的問。

「你腳底下踩踏的都是榻榻米呀。」美娥指著地下舖著的榻榻米給鳳娥看。「娘，我們都睏地下。」傳雙又補充了一句。

鳳娥跟紫千也都看到，裡面那間大蚊帳裡，兩個孩子睡得正熟。鳳娥說：

「紫千，我們睏吧？我實在站不住了。」他們睡下，一宿無話。

## 2

第二天早晨，郁濃濃睜開眼睛，看見蚊帳裡多了兩個人，她知道是姨媽和紫千來了，看她們還睡得很沉，就沒有驚動。她起身掀開蚊帳，悄悄地走到紙門邊，輕輕的拉動紙門。傳雙就睡在客廳的榻榻米上，聽見紙門拉動的聲音，就一骨碌爬起來要折被臥。濃濃輕輕的問一聲，「姨媽昨天幾點鐘到的？」

「八點多。」

「我說到我們家。」

「晚上十點多。」

「怪不得，我等到十點鐘，我媽才叫我去睡覺。」濃濃說著就到廚房去漱洗。這裡傳雙開始疊被子收枕頭。郁濃濃從廚房出來的時候，已經漱洗得俐俐爽爽的，傳雙說：

「濃濃，這下子你又可以跟紫千玩辦家家酒了。」在傳雙的記憶中，紫千和濃濃兩個人，小時候喜歡玩辦家家酒，不管玩什麼，從來不吵架。而他自己卻是最愛跟她們惡作劇，不是把鍋子給踩扁了，就是把杓子給藏起來。急得她們兩個到處找，直等到她們兩個答應讓他扮爸爸，他才把藏起來的東西拿出來。他們三個人，辦起家家酒，總是濃濃做小孩，因為紫千和傳雙都比她大，所以傳雙老是扮做爸爸，紫千扮媽媽。只要有這個假爸爸在，玩到最後這一家都是鬧得不歡而散。有時候紫千和濃濃看到傳雙來了，就同時說，「我們今天不要爸爸。」她們一說不要爸爸，傳雙就開始惡作劇，藏東西。碰到這種時候，濃濃的母親就會出來干涉，所以傳雙從小對這個美娥依姨就存著幾分戒心的，而對明德姨夫比較敬愛。濃濃也像她爸爸，不多言不多語，從小就很安靜，凡事都先用眼睛看，用耳朵聽，不像她母親，無論什麼事都先開口，一開口就嚷嚷沒完。

傳雙這麼想著的時候，濃濃也想起小時候辦家家酒的事，就說，「我們玩辦家家酒也不要你參加。」

傳雙說，「不參加就不參加，我們一起去買燒餅油條總可以吧？」

「我剛才已經把稀飯煮下去了。」

「那我們去買油條？」

「好啊，等我五分鐘。」濃濃進去換衣服，傳雙就到廚房去洗臉，等濃濃換好衣服，他們就一起出去買油條了。

睡在蚊帳裡的郁正西，揉了揉眼睛，翻個身，一隻腳碰到鳳娥的大腿上，他睜眼一看蚊帳裡多了兩個人，姐姐又不在，他急忙從蚊帳裡鑽出來，奔向母親房裡去，神經兮兮地大聲嚷嚷：

「媽，我不要跟她們睡，好臭！好臭！」

「胡說！人家她們都洗過澡的。」美娥睡意朦朧地說。

「真的嘛！好臭！好臭！」阿西一面說，一面用手搧鼻子。明德睡在旁邊，聽他們母子這麼一對一答，也沒表示什麼，也不能表示什麼，這阿西是美娥的心肝寶貝。明德與美娥相處了二十多年，知道美娥的脾氣，凡是他反對的，美娥就會唸上幾天幾夜，直唸到他跟她走了一條路線，不達目的死不休。所以他現在聽見他們母子一對一答，也沒表示什麼，只懶懶地翻了一個身，再睡，凡事少過問，落得清閒。

這時紫千已經被吵醒，只聽小男孩說，「好臭！好臭！」她用鼻子重重地吸了幾下，沒有聞到什麼臭味，就輕輕地叫了一聲，「妗媽。」鳳娥沒有反應，她又叫了一聲，「妗媽。」

「啊？天亮啦？」

「是啊，我們起來吧？」

「哎呀！我睏得像死人，這種米，什麼米？」

「榻榻米。」紫千替她補充。

「這榻榻米真好睏。」等我們轉去帶幾塊這樣的榻榻米轉去……」

「妗媽，不是榻榻米好睏，是妗媽太累啦！」紫千自己覺得睡在地下非常不習慣，但她沒有再說什麼，只掀開蚊帳，走到廚下去漱洗。等傳雙和濃濃買油條回來，說說笑笑走上玄關，紫千已經洗好穿好出來了。她穿一件紫底小白花的短旗袍，額前壓一條同色同花的寬髮帶，黑髮長長的垂在兩肩，眉型細長像畫過的似的。紫千睜著兩隻大大的眼睛看著濃濃，濃濃呆了一下說：

「紫千，幾年不見，你快美死了」

「別開玩笑，濃濃，我有禮物給你。」說著把濃濃牽到房裡，打開箱子，拿出一個小包包塞在濃濃手裡。濃濃打開一看，是一件絨線鉤的小背心；白底，上面開著一朵朵紫色的牽牛花，濃濃說：

「簡直跟你一樣美嘛，紫千，這要你來穿才配，我的皮膚這麼黑，穿在我身上，可惜了。」濃濃一面說，一面「嘖！嘖！」地欣賞著。

「快別嫌棄了，這是我自己鉤的。」

「哎呀，紫千！我不知道你還會這一手！」濃濃剛說完，抬頭看到鳳娥姨媽，鳳娥看到濃濃一頭短短的捲髮，先叫起來：

「依濃，你的辮子呢？你的長辮子呢？頭髮電這麼捲，像個大小姐了，依姨都不敢認你了……」

「依姨，你看我的黑皮，就是我的註冊商標。剛才你一看到我，不是就認出來了？我這麼黑怎麼辦？」

「比我白多了，依濃，你要跟姨媽比黑，要輸的！」大家笑了一陣，鳳娥又說：「依濃，來，依姨把這隻玉鐲給你做紀念。」說完在左手上退下玉鐲來，要給濃濃戴上，濃濃說，「依姨，你自己留著吧，這是一對的。」

「這一個日後要給紫千，你們好好保存，這是依姨以前做新婦時的嫁粧。」

這時候，傳雙目不轉睛地看著紫千。心裡想，「紫千是漂亮，從小大家都說她漂亮，現在越來越美了。從前我為什麼總是逗她哭呢？真不應該！這幾天要帶她出去好好的玩一玩……」想到這裡，見美娥依姨從房間裡出來，阿西拉著他母親的手，一臉不高興，嘟著嘴說：

「他們都有東西給姊姊，沒有東西給我……」

「誰說沒有？阿西，把油條拿去！等下表哥再帶你去吃冰淇淋好不好？」

「我要吃抽條！我要吃油條！」阿西貪婪地把一大捆油條抱在胸前，衝到廚房去。

「我們吃早飯了吧？明德跟濃濃都要趕快吃了早飯去上班

了。」美娥這樣催著大家吃早飯。

## 3

濃濃在一家紡織廠做會計，才去三個月，就愛上會計主任周一飄。但這事是暗中進行著，因為周先生家裡有太太。周先生常常向濃濃表示，他跟太太感情不好，遇見了濃濃才是真正的愛；並且一再叮嚀濃濃，不能用世俗的眼光來評估這一份愛情。濃濃本來就是很乖很乖的女孩，她像一隻千依百順的小鳥兒，從她剛來到廠裡上班開始，周先生就對她另眼看待，周先生處處幫著她，護著她，工作上更給了她許多方便。會計雖然是她的本行，但因她是剛出來做事，難免要出錯。有一天，濃濃弄錯了一筆帳，剛好被周先生看到了。他把濃濃叫了來，指著帳簿給她看，他說：

「郁小姐，你把這幾筆染料的帳再打打看。」濃濃拿起算盤重新打，發現錯誤的數目還不小，又打了一遍，還是錯。濃濃紅著臉，把舌頭伸長長的，拿一隻右手拼命拍著自己的胸口，好半天才說：

「周先生，謝謝你！再晚一步發現，我這個月的薪水都不夠賠了。我怎麼謝你呢？」

「同事嘛，應當的，問怎麼謝我？就見外了。」濃濃又謝了謝才離開。自此之後他們接觸的機會就多，周先生平常對文藝書籍看得多，濃濃也是小說迷，他們有書就交換著看，也交換著讀後的心得，而往往彼此的見解都很一致。周先生尤其喜歡看到濃濃穿上米色的衣服，有一天他說：

「郁小姐，這件米色的洋裝很配妳的膚色，妳應該多穿米色的色系……」

「真的呀？這件衣服做了好幾個月了，我都不太敢穿，我就怕穿上會顯得更黑……」

「黑怕什麼？皮膚太白反而看起來很不健康。」這也是由衷之言，許多人都說濃濃黑得美；黑得健康，同事王小姐、鄭小姐她們都喊她「黑美人」。後來喊她「黑美人」的人越來越多，周先生也聽到了，就對濃濃說：

「妳看，不是我一個人對妳有偏愛吧？大家有目共賞。郁小姐，『黑美人』這個雅號，妳真是當之無愧！」

「黑是真的，美未見得……」

「跟我也用得著這麼謙虛嗎？以後再這樣，我可要生妳的氣了。」周先生是一步一步的把關係拉近，濃濃也就一寸一寸地跟他縮短著距離。最近濃濃常常把帶去的便當原封不動又帶回家，美娥很生氣地說：

「濃濃，我把好菜都給你帶便當了，妳還不吃，妳到底要吃什麼嘛？」

「媽，我不是嫌便當不好吃，這幾天中午都是同事請吃飯嘛。」紫千聽見她們說「便當便當」的，「便當」什麼樣子？從來沒見過，就問：

「濃濃，什麼是『便當』嘛？『便當』還能吃呀？」濃濃就去把「便當」拿來，打開給紫千看。原來是一個鋁盒，裡面裝半盒飯，一個滷蛋，一塊魚，還有一些酸菜炒辣椒。紫千看看很稀奇，就拿起來聞了聞，說：「滿香的嘛，濃濃，妳為什麼不吃呢？」

「中午有人請我吃飯，明天中午還有人要請，所以我不用帶了。紫千，妳愛吃的話，叫我媽給你準備兩個，明天妳和我表哥不是要到高雄去玩嗎？」

「是呀，表哥說要帶我去高雄玩。濃濃，高雄能不能當天來回？」

「當然可以。」

「台北動物園呢？日月潭呢？」

「那就遠多了。」

「濃濃，遠的地方，妳陪我一起去好不好？」

「我也很想去，可是我要請假，不知道請不請得准？明天我去試試看。」

「濃濃，妳要不去，我也不想去了。」傳雙聽見紫千這麼說，就有點不高興。他說：

「紫千，妳是怕我把妳吃掉呀？」

「你把我吃掉，誰送妗媽回去呢？」

「你們誰吃誰我可不管，我要去上班了。」濃濃說完就走了。在辦公室，她跟周先生談到請假的事，周先生說：

「請假請那麼多天呀？」

「是呀，跟我表哥他們去台北、日月潭，沒有那麼多天怎麼行？」

「妳表哥他們？！」周先生酸溜溜地問。停了一下又說，「那恐怕……不行」

「還有我表姐啦，我表姐從福州來玩幾天就回去。我總要陪陪她。周先生，你幫個忙嘛。」

「妳表哥表姐他們是親兄妹呀？」

「不是啦，我表哥跟表姐他們是姑表，跟我是姨表。我媽說，我表哥跟我表姐從小訂過親，他們是一對……」

「早不說清楚。那沒問題，妳的工作，我全代理了。」

「先謝謝了。」

「怎麼謝？說說看。」

「等我回來，給你帶好東西吃。」

「我不要吃好東西，我只要吃妳！」冷不防把濃濃摟到胸前親了一下，嘴巴對著濃濃的鼻尖，說：

「還要妳答應我一件事。」

「什麼事？」濃濃又羞又惱地問。

「出去這幾天，每天都想我。」

「不想呢？」

「我也不想妳。」說完又把濃濃抱緊了吻她的嘴。濃濃也毫不保留的回吻他。半晌，他說：

「我真羨慕妳表哥。好吧，乖乖的去玩吧，這裡的事我負責。」

紫千聽說濃濃請准了假，高興得跳起來。濃濃的興奮跟紫千也不相上下，原來濃濃也是頭一次出遠門，她拼命吵著叫姨媽也去。鳳娥本來也想去，但又怕累，結果還是決定在家裡好好的瞓幾天。傳雙說：

「娘，妳飄洋過海的到台灣來，還是為著要在厝裡瞓幾天啊？」

「還不是最想看看我的心肝寶貝？看到了就什麼都有了。」

「妗媽，去吧，跟我們一起去看看蘭英姐姐。」

「你們去吧，你們去吧。聽傳雙說蘭英住在山坡上，還要爬坡，想起來都累，還是你們去吧，我在厝裡多瞓幾天。」

「紫千，蘭英姐姐那裡我看算了。她住在新店碧潭附近的山坡上，我去過一次，她那裡交通不方便，路又難走，我們這一次不去看她，等以後有機會再說吧。」傳雙也這樣勸紫千。紫千說：

「不行，不行，去看她是我到台灣來的第二個目的。現在不去看她，以後還會有什麼機會呢？你忘了？我最多只有一個月的時間。」

「紫千，妳到台灣來的第一個目的呢？」傳雙俏皮地問。

「第一個目的就是陪我妗媽來看她的心肝寶貝！」紫千也俏皮地回答。

「妳就不看我啦？」

「我現在不是把眼睛睜得大大地看著你嗎？」

傳雙把紫千的兩個肩膀扳過來，對著紫千的臉說，「要看就好好的看個夠，看個清楚。妳怎麼從來就不好好的看我一眼？」紫千兩個肩膀被他捏得好痛，咿哩哇啦的向舅媽求救，她說，「妗媽，你看表哥嘛！」傳雙還是不放，抓住紫千的肩膀不住地搖幌，一面說：

「看呀，看呀，不要叫我娘看，妳看就夠了。」鳳娥坐在客廳的籐椅上，看到傳雙跟紫千很親熱的動作，一朵朵心花不由得怒放起來。她裝著很生氣的樣子，罵著自己的兒子，道：

「傳雙，別鬧，你們明天一大早要出門，還不快點去準備？」傳雙仍然抓著紫千的肩膀在那裡搖。濃濃走過去，從後面給他一拳，說，「放開！要去？就現在去買車票。要不去就算了！我跟紫千兩個人自己去！」

「遵命！遵命！算妳們娘子軍厲害！」說完他站起來穿上上衣，準備去車站買車票，他剛走出去又回頭，說，「我知道七點半有一班，反正明天一大早四點要出門，請兩位小姐四點鐘以前準備好。」說完一鞠躬走了。

## 4

班車到台北，已經是下午三點多，他們馬上轉公路客車到新店，走過吊橋還要步行四十分才能到達蘭英她家。紫千沒有看過吊橋，更別說走過。她看看長長的木橋，就靠幾根鋼索吊在半空中，橋身像搖籃一樣，左左右右擺盪不已。她心裡既害怕又好奇。她跟濃濃兩個人手挽著手，在吊橋入口試走了幾步，又倒退回來。她們兩人都說：

「表哥，我的頭好昏，我不敢走。」

「妳們兩個別阿土了，人家住在這裡兩岸的人，一天走上十來趟的都有。來！讓我先走給你們看……」話還沒說完，傳雙的一雙腳已經踏上了吊橋入口，嘴裡喊著，「一二！一二！……」十幾步就走到吊橋中間，回頭看時這兩個女孩還沒起步哩。傳雙又走回來，說，「來！膽小鬼！我牽妳們過去。來，紫千右邊。濃濃左邊。」說著伸出兩隻粗壯的胳臂一左一右讓她們攀扶，一面說，「抓緊喔！眼睛看前面，不要看腳尖。」照著傳雙的辦法走吊橋，果然沒什麼可怕，兩個女孩走得很輕鬆。只是，走到吊橋中段的時候，傳雙趁她們不備，故意把腳一滑，叫一聲，「哎喲！」假裝要滑倒的樣子，嚇得兩個女孩兩腳都軟了，「咿咿呀呀！」亂叫起來。等過完了吊橋，她們兩個都舉起手來，沒命的搥打吳傳雙，一面搥打，一面罵：

「死人！死人！故意嚇人家！」傳雙把右手抵一下，左手抵一下，假裝很痛的樣子，嘴裡不停的喊，「哎喲！哎喲！救命啊！」橋上的行人，都停下來看他們，把傳雙樂得「呵！呵！呵！」笑得好開心。

過完了吊橋，又向前走了幾十步，傳雙喊：

「向右轉！」他們一行拐向右邊，沿著碧潭河邊向西走。夕陽正西下，紫千見有漁人在岸邊垂釣，暮色暉映，碧波裡漾著閃閃金光，景色逗人。只是晚風習習，頗有寒意。濃濃見紫千從提袋裡拿出一件紫色的小背心穿上，就說：

「碧潭比我們左營涼爽多了。」說完也拿出紫千送她的那件絨線背心，罩在洋裝外面。

他們繼續往前走，路上行人越來越少，兩個女孩有點害怕，又覺得處處都瀰漫著荒郊野趣，頗吸引人。他們又走了一小段路，見路邊有兩個水泥墩子，一左一右，立在路的兩旁，紫千和濃濃有點累了，就去靠在水泥墩上半坐著。傳雙走過來，指一指水泥墩子，說：

「我聽人家說過，這兩個水泥墩子叫做鬼門關，過了鬼門關，行人就越來越少。前面的山坡上還有很多墳墓，到了晚上，好多野鬼都出來抓人……」傳雙講到這裡，看到兩個女孩的粉臉都變了色，紫千起了一身雞皮疙瘩，她聲音顫抖著說：

「表哥，求求你不要再講了好不好？」

「早叫妳不要來，妳不聽，看怎麼樣？」

「表哥，你帶我們出來玩，就是這麼恐怖呀？討厭！」濃濃也很生氣地說。傳雙見玩笑開得太大了，就改變口氣，說：

「好！好！好！我討厭！讓我這個討厭鬼來保護你們吧？」說完伸開兩臂，一邊一個把她們摟過來，推著她們往前面走。這時候他們已經走過了磚窯，好半天才見到一個路人走來。接著他們開始爬坡，事實上兩個女孩是被傳雙半抱半推著走。天色漸漸暗了下來，仍可望見不遠的荒山上有重重疊疊的老墳，野風陣陣，陰氣森森。紫千和濃濃就像愛聽鬼故事聽完又害怕的小女孩，跟傳雙三個人緊密地擠成一堆，她們兩個都閉著眼睛，任由傳雙把她們往山坡上推去。直到傳雙說：

「到了！」她們兩個才把眼睛睜開來。看到路邊有一個牌子，寫著「中信新村」，看起來像宿舍區，一眼望去只有幾十戶人家，房屋都很矮小簡陋，七八戶排成一排，有的圍了竹籬笆。傳雙把她們帶到一間有圍籬的庭院外，敲敲門，蘭英出來開門，看到紫千，就像看到有客從天上來，她愣了半天才說出話來：

「哎呀！紫千！你這美人胚子，怎麼越來越美了？妳什麼時候來的？為什麼不先給我一封信？」她邊說邊往門裡邊讓。紫千說：

「蘭英姐姐，我想給你一個驚喜，所以沒有先寫信告訴你。」蘭英又看到濃濃，她問：

「這位是……」

「我姨媽的女孩，郁濃濃。」傳雙接著說。

「傳雙，你真有福氣，兩個表妹都像仙女似的……」

「嗯，都是仙女。一個白仙，一個黑仙。」蘭英笑著對傳雙啐道：

「傳雙你少亂講！」

兩個仙女都追過來打傳雙。傳雙就「哎喲！哎喲！」滿屋子亂躲，一面說：

「蘭英姐姐，妳還說我有福氣哩，妳剛才沒有看到哩，她們兩個剛才在路上快把我打死了！」

「怎麼又一路打你呢？」蘭英笑著問。

「問她們這兩個仙女吧？」傳雙裝著很委屈的樣子。

「誰叫他一路講鬼嚇唬人？」紫千嘴裡不饒人。

「傳雙吶，你的脾氣還沒改呀？從小就愛逗你表妹哭……」

「要看人家愛不愛哭嘛？怎麼反怪我愛逗她⋯⋯」這時候，蘭英的先生也下班回來了，蘭英給她的先生介紹，說：「樹培，這就是我常跟你提起的牛紫千，這是吳傳雙，這是吳傳雙的表妹郁濃濃。」

吳傳雙上次來的時候，沒有見過金樹培，所以蘭英介紹的時候，樹培走過去跟吳傳雙握手，然後又跟紫千、濃儂一一地點頭致意，請他們大家坐。

只一下子工夫，蘭英煮好一鍋麵端出來，一面請大家來吃，一面說：

「我也不跟你們客氣了，我們今天吃麵，一人加一個蛋。明天再多買些菜來招待遠客。」

「吃麵，我可以吃三大碗。蘭英姐姐，今天煮的麵要不夠我吃了。」傳雙笑著說。

「不夠再煮嘛。別的好吃的沒有，要說麵條，不怕你們吃⋯⋯」蘭英見大夥兒都開始吃了，她又說，「你們不是外人，說起來不怕大家笑，我們到這裡好幾個月了，只買了這個竹桌子，幾張竹椅子，還有一張竹床，暫時先用用，說不定不要好久，大家又都回去了呢？」

「蘭英姐姐，妳要是回去的話，再到我們福州來住。」紫千接口這麼說。

「會的，我就是不住在那裡，也一定會帶樹培去看你們。」

「對，我一直很想去看看那個好地方，同時也去拜望府上。我聽蘭英說，她在福州期間令尊令堂給她很多照顧。」

「照顧恐怕談不上，倒是我常常纏著蘭英姐姐，要她說故事。」紫千說著看看金樹培，看他像是言語不多的老實人。他默默的吃著，搶著給大家盛麵，吃完了又去打洗臉水給大家洗臉，紫千看他穩重的舉止，敬佩之心油然而生；倒不完全因為他老實厚重，主要的還是看重他對愛情的執著， 他原是已被家裡強迫著跟蘭英退了婚，又排除萬難，跋涉千山萬水來跟蘭英成婚，怪不得蘭英這麼死心塌地。那時候聽蘭英姐姐說她的故事，現在終於見到了故事中的男主角，紫千不由得多看他幾眼。個子高高的，皮膚黑黑的，笑起來露出又白又細又整齊的兩排牙齒，穿一身草綠色的軍服，脫去軍帽，留著平頭短髮，看起來乾淨清爽。紫千碰了一下蘭英，問：

「蘭英姐姐，我們怎麼稱呼你的金先生呢？」

「叫我金大哥好了。」金樹培露著兩排整齊的小白牙說。說完了又抿一下薄薄的嘴唇，眼睛像小星星一樣射著光芒。

「金大哥，我早就知道你們的故事了。」

「噢？我們還有故事啊？那一定是蘭英多嘴……」說了一半，臉紅紅的，紫千和蘭英他們幾個都笑著看他，金樹培就更不好意思起來。

他們這樣說說笑笑又鬧了一個鐘頭，蘭英說：

「樹培，紫千他們坐車累了一整天，你帶傳雙去王先生家睡，我們三個就在竹床上擠一擠。明天你請一天假，帶大家去烏來碧潭玩玩，再遠些的地方就讓傳雙去做嚮導好了。我在家裡給你們準備吃的，白天你們幾個儘管去玩，晚上一定回到我這裡來。傳雙，可不許在路上再講鬼故事嚇她們，我在這裡住了幾個月，對面那些墳墓也看慣了。濃濃和紫千，你們不要胡思亂想，哪裡有什麼鬼，還不都是人編出來嚇人的。」

「有些人長大起來，膽子反而更小，蘭英姐姐，你問問她們兩個，小時候什麼殭屍大頭鬼，我沒說給她們聽過……」兩個女孩又咿哩哇啦叫起來，樹培就說：

「傳雙，我們走吧？今晚我們去王先生家借宿。」金樹培和傳雙走了以後，蘭英就把門關起來。紫千也替蘭英鉤了一件像她送給濃濃那種一式一樣的小背心，蘭英愛不釋手地，說：

「謝謝你！紫千，你什麼時候學了這一手好手藝？只怕我的水桶腰穿不上了，再過五個月我就要生產了。生過孩子恐怕沒有那麼好的身段……」說了一半才想起來不該對她們兩個小姑娘說些太太們才說的話，臉紅了一陣就把話題轉了，「紫千，你跟濃濃先去洗澡，我把廚房收拾好就睡覺。」

她們睡下以後，蘭英和紫千兩個人小小聲地嘰嘰咕咕，他鄉遇故知，哪裡說得完？濃濃到底是頭一次來，話說得很少。蘭英就問：

「濃濃，我跟紫千講了半天從前的往事，把妳冷落了吧？」

「不會。你們慢慢談吧，我想睡了。」濃濃自己知道，她說想睡是騙人的，她哪裡睡得著？她只想靜靜地躲在一個角落，好好地想她的周先生，周先生抽煙模樣、周先生的背影、周先生的笑、周先生的親吻……濃濃掉進了思念的漩渦。夜，真是好長啊……

他們把台北近郊大略地都走到了，日子已經溜走了六天，傳雙和濃濃都要回去消假，上班；同時傳雙的口袋也漸漸癟了下去，所剩的錢也只夠買車票了。

臨走的時候，蘭英對紫千說：

「紫千，替我問候你舅媽。你們哪一天要回福州？千萬提前告訴我，我和金大哥去送送你們。」

「好，等確定了，再通知你。」

## 5

回到左營第二天，傳雙和濃濃都去上班了。鳳娥就整天的纏著紫千講動物園。紫千就不厭其煩的講大象、講孔雀、大蟒蛇多粗多長、猴媽媽如何抱著小猴子餵奶？還有動物表演什麼的……聽得鳳娥目瞪口呆，對自己這一趟沒有跟去，懊悔得不得了，其實她要是真的跟了去，也還是會後悔自己跟了去，因為都聽說動物園裡上上下下都有坡路，會把她累死。

紫千他們去玩了一個禮拜，鳳娥只跟美娥上了兩次菜市場，頭一次去還把美娥惹得生氣了，她對紫千輕聲地說：

「我在剃頭店門口多看了一下下，你美娥依姨就不高興了……」

「為什麼？」

「這樣嘛，我看台灣怎麼這麼多女人出來替男人剃頭剃鬍鬚……」說了一半，看美娥從外面進來，鳳娥就轉了話題，並且叫紫千去洗澡，什麼都不說了。

鳳娥對台灣的蓬萊米和白糖也是津津樂道，她常常拿白糖拌米飯吃。她對美娥說：「我真想吃它一個月白糖拌飯，吃到回去那天為止。」並且吵著傳雙給她買一百斤蓬萊米。

「娘，你買這麼多米做什麼？」

「我要帶回去送給親戚、朋友還有厝邊，叫他們也吃一吃台灣的米和台灣的糖。」傳雙本來想說，「娘，人家都是帶特產，誰那麼笨？帶米？」但他只想了想，沒有說。過了一會，他說：

「娘，我們先訂了船票再說。米跟糖在基隆港口都買得到。」

過了幾天，傳雙又抽空跟紫千去了一趟安平古堡。去台南回來那天晚上，就遇上颱風，兩個人淋得像落水雞。紫千只穿一件深紫色無袖小洋裝，整件衣服像浸在水裡似的，頭髮鞋子都濕了；雖然一回來立刻就洗了個熱水澡，第二天還是感冒了。這是個小颱風，也還只被颱風的邊緣掃到，風過了，傾盆大雨接連下了五六天。美娥就開始罵天氣，榻榻米的房子多幾雙腳走動，越是黏嘰嘰；洗的衣服乾不了，屋裡屋外像掛萬國旗；吃飯多了幾雙筷子，每天不得不多添些菜；菜市場又髒又爛，自己愛吃的羊肉、墨魚、蠔仔乾一時都不買了；晚上又多個半大不小的孩子在身邊礙手礙腳……這些都叫美娥感到極端不方便，她已經受不了。她早也罵，晚也罵，一味拿壞天氣做出氣筒：

「什麼死人天！早不下，晚不下，偏等家裡人多了下不停，這種死人天！」後面總是又重重的加罵了一句「死人天！」

美娥的臉像剛出土的綠筍一樣，一天比一天尖，一天比一天長。她開始數著日子，恨不得鳳娥她們突然改變主意，提早回福州，自己就可以脫離苦海了。偏偏濃濃跟紫千要好，捨不得紫千走，濃濃拼命對紫千說：

「一個月到了我也不讓妳走，東部妳還沒有去玩過對不對？等過一陣子，我們廠裡不那麼忙了，我再請幾天假，陪妳跟表哥再去花蓮、台東、宜蘭、羅東，那些地方去玩玩，聽他們講礁溪的溫泉是台灣最有名的。」美娥聽了，咬著牙在心裡罵著：「你看！你看！這個死丫頭！」又聽紫千說：

「不了，不了，你知道，我只請了一個月假，還請我牛師母去代課呢？」

「有什麼關係嘛？紫千，你寫一封信去延長一個月。」美娥聽了又在心裡罵：「死丫頭，再說下去把紫千說動了，真的留下來，可不就……」她忍不住喊：

「濃濃啊！上班時間到了，還不快走？」

濃濃來到廠裡，周先生已經比她先到了，跟濃濃好起來以後，周先生都來得特別早。他坐在自己的位子上，一雙眼睛直往窗口外頭望啊望的，看到濃濃走到圓形花壇旁邊，眼睛就跟定了濃濃，耳朵聽著濃濃的腳步聲，等濃濃走過去了，看不見了，他才把目光收回來，右手在算盤上快動作撥動，把濃濃的帳冊仔細的對了一遍。等濃濃進來了，就對她說：

「濃濃，妳現在進步多了，一點都沒……錯！」他把沒字拉得好長，然後把賬冊交給濃濃。濃濃就說：

「謝謝你，周先生！」

自從濃濃回來銷假上班那天起，沒有人在的時候，他都不喊「郁小姐」只喊她「濃濃」。

原來濃濃去台北玩了幾天，周先生每天都像沒魂兒似的，望著濃濃的空坐位，飯也不香了，覺也睡不甜了；只在家裡還是一本正經的幫著美瑰拿東拿西，吃過飯也會幫著收碗抹桌子，早上也不那麼早出門了。那天美瑰就曾問過他：

「一飄，你這幾天不忙啊？」

「是啊，帳都結完了。」說完用眼睛向美瑰那邊飄了一下，見美瑰正專心的給順順洗澡，就說：

「美瑰，妳也夠辛苦的，今天晚上我帶你和順順去看電影好不好？『新美都』正在上演『美人計』。」

「好啊。」美瑰給順順身上的水擦乾了，說：

「你不怕我也給你施上一計？」

「我早就上你的當了。」美瑰知道，一飄說這話是用意深深的。美瑰想起那時候，他們愛得如膠似漆，美瑰撒著嬌，說：「我不管，我不管，不管你離過幾次婚，我還是非你不嫁！」等結了婚，一飄才知道，美瑰原來也不是處女。一飄為這事氣得連蜜月旅行都不準備去了，美瑰見狀也氣呼呼的說：「不去不去算了，你們男人也真是的，『只許州官放火，不許百姓點燈。』我都不在乎你離過婚，你就在乎這個，隨你的便嘛，你要那麼在乎的話？我們戶籍也還沒辦好，要分手也是你的意思……」說的也是，美瑰的確是很愛一飄，她也知道一飄最愛面子，絕不會新婚夜就鬧離婚，後來聽一飄說：

「算了，算了，算我吃了一個暗虧。」

「你吃暗虧？我豈不是吃了一個大大的明虧？」美瑰針鋒相對地還了一句。

後來他們就有了順順，現在順順快兩歲了，乖巧可愛，兩個人整天順順長，順順短的，就忘了去挖掘彼此的瘡疤。

那天晚上，他們看過「美人計」， 第二天一飄又帶著美瑰去逛街買東西。第三天，他們去愛河河邊散步。回來的時候，順順已經睡了，美瑰把順順放在小床上，走到一飄身邊，一面幫一飄把領帶鬆下來，一面翹著尖尖的小下巴，喜上眉梢的，說：

「一飄啊，人家都說我黃美瑰薄氣，我現在不是很幸福嗎？」

「是啊！我的小Lucky！」一飄說完，順勢把美瑰摟過來，用他的嘴唇在美瑰的尖下巴上，重重地印了一下。美瑰更是暈陶陶地膩在一飄身上了，他們溫存了一夜，不知東方既白。

一飄在家做了幾天標準丈夫，到了濃濃銷假的前一天晚上，他去理了髮。第二天早上，他準備要起床，美瑰說：

「怎麼？才六點鐘嘛？」

「是啊，還有一筆賬昨天沒有弄清楚，人家今天要開會，我早點去，去弄弄清楚。妳多睡一會兒吧？我自己去外面吃早點。哦？」說完又把美瑰親了一下。

一飄穿好衣服，容光煥發地來到街上。吃了一碗豆漿，一套燒餅油條。一路輕輕地吹著口哨，走進辦公室。看一看壁上的掛鐘，才七點過五分，連辦公室的工友都還沒來上班呢？他給自己泡了一杯熱茶，喝了幾口，拿出早報來看，眼睛在大標題上來回看了好幾遍，不知所云。心裡唸著「濃濃，濃濃，濃濃……」又看標題，只覺得報紙上的新聞囉哩囉嗦，說些不相干的事，他放下報紙又去喝茶。喝了幾口，站起來繞圈走，繞著辦公桌，走了七八圈，看錶，七點二十分。他又輕輕的唸：「濃濃，濃濃，妳該來了吧？」他坐下來，七點二十二分，「該死！怎麼還沒來？」他拿一雙眼睛望著外面的圓形花壇。平常濃濃一出現在圓形花壇，他就看到她。又看了一次錶，七點二十四分，「鬼都沒有！」七點二十六分，他打定主意，不看別的地方了，他要把眼睛睜得大大的專看圓形花壇，這一雙眼睛偏又不爭氣，他越用力睜大，越偏眨眼，接連眨了好幾次。來了，來了！翩翩裊裊的，他伸手在褲袋裡拿手帕，擦擦眼睛，是濃濃！沒有錯！一顆心「咚咚咚！」的敲個不停，「濃濃！」他幾乎要高聲地喊出來。腳步聲越敲越近，濃濃站在門口，濃濃更黑了，也瘦了。濃濃走過來，喊一聲：

「周先生，早哇！」

「妳喊我什麼？妳喊我什麼？」

「我喊你周先生。」

「濃濃妳該打屁股！妳還敢喊我『周先生』？」

「難道是『周小姐』嗎？」

「來！來！我等著要吃妳！濃濃，我的小濃濃，妳不知道我多想妳？」他把濃濃攬腰拉過來吃，久久地才喘過一口氣說，「怎麼吃都吃不夠！」

「當心喔！別吃了吐不出來！」

「告訴我，出去這幾天有沒有想我？」

「不想還會這麼早就來了？」

「我不是比妳更早？濃濃，以後妳不要再出去玩了，我每天都要看到妳……」他又把濃濃摟緊了親了一下說：

「越分開越想，怎麼辦？」聽見外面有腳步聲，有人來上班，他們就分開了，然而他們的四隻眼睛就那麼在辦公室裡穿梭來去，訴說著他們自己才知道的話語。

他們這樣眉來眼去，親親熱熱的舉動，秀蘭早就看到了，但他們並不在意秀蘭，因為秀蘭是一個純潔善良的女孩子。秀蘭跟濃濃平常就很談得來，她非但不說閒話，而且又愛幫人忙。只是她告訴濃濃自己命苦；她說她原是人家的童養媳，而跟她送做堆的這個男人是個呆子，整天遊手好閒不務正業，又獃頭獃腦儘在外頭做傻事。人家知道他老娘手邊還有幾個錢，就常常把他騙到酒家去跟他打賭，一群不三不四的人就那麼哄著他，說：

「阿財仔，有一件卡新式的代計你做不做？」

「西咪新式代計？」

「阿財仔，你要是舔得到『醉八仙』『野玫瑰』的嘴唇」今天這一頓酒錢免你出，要是舔不到，就你出錢請我們。」

「好啦！舔幾下？」

「三下就好！」

「三下啊？你們說的？三下？好！好！那簡單！你們等著，我舔給你們看！」阿財仔拍著胸脯說。

人家「野玫瑰」是「醉八仙」的紅酒女，像阿財仔這種蠢貨，別說舔嘴唇，連「野玫瑰」的鞋跟都沒有挨到，就會了鈔；會鈔不說，還被灌酒。灌得稀醉，一路吐回家，秀蘭連夜還要幫他清理污物，洗衣漿褲。

第二天酒退了，又滿嘴髒話，「幹！幹！幹！」的三字經亂幹一通。又偏秀蘭是個愛上進的女孩，小學畢業了，就吵著要上中學，說好說歹，養母都不讓讀。她哭得好傷心，但她並不就此罷休，常常在身邊帶一本書，偷閒拿出來看一看；她悟性又高雖然不去學校，但她一本一本自己讀，有不懂就去問人家，她越讀得多，就越覺得阿財是一條可憐蟲，想著要跟這種獃裡獃氣的男人過一輩子，也未免犧牲太大。趁著一次大拜拜的機會，她逃掉了，而且又嫁了人。

秀蘭很聰明，起先在紡織廠裡作領班，不久就升了辦事員，在辦公室裡幫著抄寫一些文件。

眼看著周先生跟郁小姐兩個人那麼相愛，又羨慕又同情，心裡常想，「這兩個人要是能夠結婚多好？」她也暗中幫著他們遞消息拿信件。濃濃常去她家，她們很投緣，秀蘭才把過去的身世告訴濃濃。周先生請濃濃出去吃飯，有時候把秀蘭也一起請了去。這一天，他們三個人一起在外面吃過中飯，秀蘭說：

「周先生，上班時間還沒有到，你們要不要到我家裡去坐坐？我先生在阿里山林場工作，好幾個月才回來一次。」

「好啊。」周先生一口答應，自此周先生和郁濃濃常在她家幽會碰面。

## 6

美娥一天一天數著日子，一個月好容易挨到了，這一天，她跟一個常在一起打牌的牌友在街上走，兩個人正東家西家長長短短，談得眉飛色舞，見傳雙迎面走來，美娥急急忙忙地問：

「傳雙，你娘和紫千她們的船票定了沒有？」

「美娥依姨，我正有點事要找妳。」傳雙笑嘻嘻的說。

「什麼事啊？」

「再過八天是我娘生日，我想留我娘在這裡過過生日再走。」

美娥聽了，先是眼睛骨碌骨碌，接著把頭扭啊扭的，說：

「好罷，我好人做到底。可是現在東西這麼貴，我最近也緊得很，你拿錢，我幫你辦。」

「是的，我現在就是送錢來的。美娥依姨，你看要多少錢才夠？」說完等著她回答。見她翻了兩三下白眼，又把頭扭啊扭的，說：

「花多少錢？這可不一定，要像樣一點的話，最少也要二十塊！」剛從老台幣換成新台幣，傳雙一個月的薪水是九十元，他今天剛領到錢，就從薪水袋裡抽出兩張新鈔票遞給美娥，謝了謝，說了聲「再見，一切拜託了。」他趕著去上班了。

到了鳳娥生日這天，美娥帶鳳娥一起去菜市場，鳳娥搶著提菜籃，美娥就讓她提。她們來到羊肉攤子前面，美娥要了三斤羊肉，轉去買雞，用手捏一捏，看雞很肥，就買兩隻，再去肉舖子，買了一個大蹄膀，隔壁就是魚舖子，平常她只問問那些大墨魚的價錢，然後買小的，今天她叫老闆稱了兩隻大的，另外叫殺了一條大黃魚，這些都放在鳳娥的菜籃裡。再到雜貨舖去買蠔仔乾。老闆娘知道她過去都是買一兩二兩的，還要挑半天，就問：

「太太，買幾兩？不能挑喔！」

「我要半斤，誰說不能挑？」美娥神氣活現地說。

老闆娘以為聽錯了，又問了一遍：

「太太，買多少？」

「半斤，你耳朵聾啦？」說完就開始挑揀。鳳娥見美娥都挑較大的，以為越大的越好，就幫著挑最大的，美娥又把鳳娥挑來的那些，再丟回筐裡去，一面說，「太大的不好，太小的也不好，我挑的這些剛好。」弄得鳳娥也不敢再挑了。老闆娘見是一筆大生意，而且又不是專挑大的，也只好幫著她挑，一面挑一面說：

「太太，卡有錢喔！」

買好了蠔仔乾，又秤了兩斤麵線，看看籃子擺不下了，她就自己提著蠔仔乾和麵線。見錢包裡還有一些錢，又去給阿西買了兩斤夾心餅乾。鳳娥跟在後面，把一個大菜籃，左手換右手，右手換左手……頭上身上都是汗 。

快到家的時候，美娥轉過頭對鳳娥說：

「太重了，我來幫你抬吧？」

「勿使，勿使，馬上就到了。」說著指前面的房子，一面又用埋怨的口氣說，「真是的，買這麼多，害你破費。」

「一年才一次嘛，明年又不在這裡了。」美娥說著就去把餅乾、蠔仔乾收在罐子裡。「真多謝！真多謝！」鳳娥喘著氣說。

這一天，她們幾乎花了一整天的時間，煮了滿滿的一桌。紫千也幫著拔拔豬毛，洗洗菜。到了晚上明德回來了，傳雙也到了，晚餐時，美娥叫明德去把他的上司蔡准將也請來吃。蔡准將坐吉甫車來，替他開車的司機，郭上士也上了桌。

「郁老弟，今天有喜事啊？」坐在上首的蔡准將這樣地問郁明德。明德正要開口，美娥搶著回答：

「早就該請蔡將軍來便飯了，今天才有機會，蔡將軍肯賞臉，就是我們的大喜事！」樂得蔡准將「呵！呵！呵！」地來敬她酒，美娥一口乾了。蔡准將翹著大拇指用他的四川腔說，「硬是要得！」郭上士很少吃菜，只一味喝酒。喝喝酒看看紫千，喝喝又看看紫千。紫千只一味地看著美娥在碗裡翻呀揀的，從碗底翻到碗面，從盤面翻到盤底，吃了魚又亂吐魚刺，吐了刺，又去翻墨魚。紫千心裡想，「墨魚沒有刺，有什麼好翻揀的呢？」美娥這種吃菜的習慣，紫千前些日子就注意到了，那天只有一盤炒豆腐干，看她也是這樣用她那一雙筷子，橫的翻過來，豎的翻過去，翻了幾十遍，最後還不是都吃光了嗎？現在又看她一碗一碗的翻找，紫千想起從前曾看過一隻老母雞，老母雞站在穀子堆上吃穀子，吃兩口用腳扒一扒，又吃兩口再扒一扒，扒了半天還不都是穀子嗎？紫千想著覺得很好笑，有點要笑不笑的樣子，郭上士正好看她一眼，郭上士以為紫千是對他笑，他就先對紫千笑了笑，紫千也對他笑了笑。濃濃看傅雙平常愛跟自己鬥嘴，今天有個准將同桌，就有點不知所措，只跟旁邊的郭上士聊著海軍部裡的一些瑣事。又看到阿西拼命的灌汽水，把一個肚子撐得像青蛙，還拿兩隻手掌把肚子拍得咚咚響，要大家看他的肚子。濃濃想，「這個弟弟怎麼就是上不了台面呢？」

鳳娥今天胃口特別好，她尤其愛吃羊肉和蹄膀，雞湯也喝了兩大碗。

貴客走了以後，傅雙要上夜班也走了。

這裡濃濃和紫千他們幾個人，七手八腳幫忙收拾剩菜和碗盤。蹄膀剩下大半個。紅糟羊肉還剩下半鍋。每一個盤子都留下一點菜底。鳳娥看著直搖頭，「這怎麼收呢？怎麼收拾呢？」又帶著幾分善意地埋怨美娥，「看，都是妳要買這麼多，妳以為我肚子有多大呀？這樣破費，叫我沒過意……」美娥聽她這樣嘮嘮叨叨，早都煩了，她說：

「雜七雜八的都倒在這個大鍋裡，我們明天吃雜燴。」說完，自己先去洗澡。鳳娥、紫千和濃濃他們又收拾了好一會兒，才去睡覺。

鳳娥剛睡下又起來，想吐，吐不出來，又睡下。睡下又起來，往廁所跑，一夜跑了七八次，把紫千也吵醒了。她問：

「妗媽，肚子不好喔？」

「嗯，油膩吃多了。」第二天又瀉了廿多次。美娥叫濃儂去買成藥，但鳳娥阻止了。她說：

「已經拉了這麼多次，差不多了，拉光了就好了。」

但她又去了四五次，拉的盡是稀水，好像拉不光。每次從廁所出來，都出一身冷汗，一張臉慘白慘白。紫千看著很著急，她曾聽人說「大漢經不住三泡稀」，何況舅媽是一個老婦人？怎經得起這樣的折騰？她想去找表哥，但又不知路怎麼走？紫千只有乾著急。

到了晚上傳雙來了，走進屋裡一看，嚇一跳！娘怎麼變了一個人？眼睛凹凹的，臉白白的，嘴唇也一點血色都沒有。而且瘦了很多，走路東倒西歪的。他問了原由，就馬上去買「暮帝納斯」給他母親吃。不知道是這種藥有奇效？還是真的已經拉完了？到了晚上就不拉了。死死地睡了一夜，第二天有了一點精神，但走起路來兩腳還是提不高。第三天，第四天都只吃了一點稀稀的粥，說話聲音也不大，看起來虛弱得很。傳雙搓著手，說：

「這怎麼能上船呢？」

明德看她這樣虛弱，也說：

「還是多休息幾天，等身體完全恢復了再走吧。」

又過了一星期，傳雙見他母親情況好些了，就去打聽船期，船公司的人告訴他；

「南亞輪今天早上才開走，你們訂下一班的吧？」

「下一班是什麼船？」

「光華輪。」

「光華輪那一天開？」

「再過十天。」傳雙就訂了光華輪的兩個舖位。

傳雙回去一說，美娥就大叫起來：

「哎呀！我的天！」她已經快發瘋了，又聽鳳娥催著傳雙去買米買糖，美娥就發脾氣了，她對鳳娥大聲吼叫起來：

「哪有人帶米的？我問你？下了船誰幫你扛米？你們家那麼多田，沒見過米似的？要是我，我要把這錢打幾錢金手指（註）戴！」

傳雙聽見美娥依姨也反對買米帶回福州，就問：

「娘，你看呢？是打金手指呢還是買……」

註：意指金戒指。

「金手指福州也可以買，這麼好的米，這麼白的糖，除了台灣又到哪裡去買？」

美娥本來坐在籐椅上梳頭，聽見鳳娥這麼說，頓時把臉陰了下去，她拿那把牛角梳子在桌子上重重地一敲，梳子斷了幾個牙齒，火氣更大了，她說：

「我不管你們的事！我不管你們的事！」把梳子往桌子上一扔，踩著重重的腳步進去了。

紫千看舅媽堅持著要買米，不知道是不是真要帶回去送給厝邊鄰居？還是舅媽自己心裡想買呢？她見美娥依姨已經進去，就輕聲地說：

「表哥，妗媽要買什麼就買什麼吧？」

「真的要買米的話，等快上船的時候，到基隆再買也可以。」傳雙臨時做了這個決定。

美娥一直說要買一點特產送給鳳娥和紫千，但只嘴巴上說說，總不去買，一天拖過一天，後來還是濃濃帶著紫千去布店剪了兩件衣料送給紫千。一切都收拾妥當，到了開船前兩天，傳雙又去船公司走了一趟。公司方面的人告訴他，光華輪一時不開福州了，因為福州那邊時局很亂，什麼時候開船？誰都不知道，船公司的人告訴他再過十天來看看公告。傳雙也不敢自作主張把船票退掉，三天兩頭只管往船公司跑，總打聽不出開船的日期。紫千也急得不得了，她先寫了一封信寄回去，沒有收到回信。旅客們只一天天地等，就如同囚犯們等待法官判刑那樣。

終於聽說不能通航了，旅客們一批批地坐困愁城，只有望海興嘆。回不去了總要活下去吧？許多人漸漸開始自謀生計。紫千也已經開始找事，但暫時還是要住在美娥家裡，美娥起先不肯，後來傳雙、鳳娥、紫千三個人商量好，把傳雙薪水的二分之一，拿來津貼美娥，做為鳳娥和紫千的生活費用，美娥才勉強的答應下來。

明德、濃濃和傳雙也到處去幫紫千找工作。紫千本來可以去教書，但她文憑證件沒有帶出來，要找工作沒有文憑談何容易？兩個月過去了，還是沒有找到合適的工作。紫千只好暫時在家裡幫著美娥做家事，洗衣，抹地什麼都做。鳳娥是整天在廚房裡摸弄三餐，買菜時跟著去提菜籃子。美娥的家務事有人做了，手邊又多了幾個錢，美娥常常三朋四友的搓麻將。旁邊有了兩個現成的佣人伺候著，美娥有更多的時間去打扮。紫千常常見她穿戴得像少奶奶似的，坐在牌桌上，不是頤指氣使，就是東埋怨西埋怨。看她牌品又是極壞的，上了桌子只許贏不能輸，不管輸贏，她的聲音很多也很大聲，贏了就不停地講著胡牌經，輸了就摔骨牌發脾氣，怪人家不該在她手氣壞的時候來邀她，害她輸錢。每次輸了一點錢，就好像全世界都欠她。只一個人，她是欠他的，就是她的寶貝兒子阿西。阿西是她的心肝、肉。阿西要什麼，不要說第二句，星星要能摘下來，都要叫人去摘來給他。阿西已經十一歲，上五年級了，衣服要他媽媽幫著穿上，洗澡要媽媽幫他洗，大便要媽媽幫他擦屁股，吃飯也要媽媽餵，阿西就像是他母親籠子裡的小鳥兒，是她專有的寵物。誰都不能說不能碰，他爸爸要是說他兩句，他就跳腳大哭大鬧。美娥看到阿西哭鬧了，就跟明德沒有完，明德早就識相不管了。在美娥的心目中，阿西是全世界最可愛的小男孩。她常常要別人跟她一起來欣賞阿西的可愛。她嘴裡經常說的都是我們阿西多麼能幹，我們阿西多麼有意思。有一天早晨，家裡有幾個鄰居來說話，阿西等了半天，他母親還沒來，阿西等不及就自己穿好衣服走出來，雖然有三個上下釦眼都扣顛倒了，美娥還是很得意地叫大家都來看，她大聲嚷嚷：

「明德呀！紫千吶！濃濃呀！你們大家快來看！我們阿西都會自己穿衣服了！」

阿西做功課像拉痢疾，從來不會很痛快的一次做完，他多半都是邊做功課邊吃東西，寫一行字吃一顆糖，做一題算術吃一塊餅乾。學校裡的老師要是說一句「郁正西不認真愛搗蛋。」美娥就去

跟老師吵。阿西生起病來只管鬧，要吃這個要吃那個，買來了又都不吃。生了病叫他躺在床上又不肯，吵著要人揹他。美娥叫紫千揹，紫千不敢不揹，揹著他又用腳尖踢紫千的小腿，嫌她揹得太低，紫千把他往上面振高起來一點，又說揹得太高。紫千心裡想，「這樣子怎麼能把小孩子教得好呢？不過替社會多製造一個敗類罷了。」

有一天，阿西去上學了，又知道美娥昨天晚上贏了錢，紫千等美娥午覺睡醒才對美娥說：

「美娥依姨，小孩子不能什麼都慣著他，我看阿西……」話才說了一半，美娥就拍桌子吼叫起來！紫千仍然好意的想糾正她，說，「美娥依姨，我是好意，因為我學師範的，我懂一點……」

「學師範的去教書呀？怎麼待在家裡吃閒飯？以後你少來教訓我！」嘩啦啦！美娥已經把紫千帶來送她的脫胎漆盤摔在地下。鳳娥一面把漆盤撿起來一面陪不是，又把紫千叫到廚房去洗碗。紫千一面流淚一面洗碗，她只是感到非常地委曲，一心只盼望濃濃快點回來，有個人可以說說話。

## 7

濃濃有了秀蘭那樣幽會的好地方，在家的時間更少了。她整個兒地浸在愛的蜜汁裡，也很少去考慮什麼將來。不管周先生說什麼？她只去相信；並且在工作上、心理上，都百分百地依順著周先生。衣著、裝扮也都依著周先生的喜好，周先生說她長髮不好看，她就把頭髮燙短了，周先生說米色很配她的膚色，她添置新裝都選米色色系。周先生愛吃釋迦果，她就買了來，一片一片地剝給他吃，幫他倒茶，幫他收拾煙灰，幫他拿拖鞋……無論幫他做什麼？都是心甘甘情願願的。

這一天，他們又相約在秀蘭家裡，濃濃拿來了一雙拖鞋讓他換上，又去給他泡一杯清茶，然後替他點上一根煙。周先生抽完了，把剩下的小半截香煙頭摁熄了，說：

「濃濃啊，我要是早十年認識你就好了。」

「你二十歲的時候，我才十歲呀！」

「如果我們那時候就認識，我一定等妳長大！」

「要是十年前我已經是八十歲的老太婆呢？」

「我是九十歲的老公公啊！」

「那麼老，愛不動囉！」濃濃俏皮地說。

「誰說愛不動？誰說愛不動？我現在就要讓妳知道知道，我到底是愛得動愛不動！？」說完把濃濃抱到秀蘭房裡去，溫存繾綣了好半天，才說，「濃濃，我的小濃濃，知道吧？妳早都應該是我的！」停了一會兒又咬著濃濃的小耳根，說，「我真想告訴全世界，妳才是我真正想要的老婆，以後不許再喊我周先生了！」

「你要我喊你什麼？」

「叫我『大牛』，這是我祖父從前最愛叫的乳名。」

「當著大家嗎？」

「不，只有我們倆在一起的時候。」

大牛的臂膀，又雄壯又有力，緊緊地摟抱著可愛的小濃濃。小濃濃深深地感到，這樣的臂膀就是最安全最舒適的好地方。大牛的面頰，輕輕地撫摩著濃濃的小鼻頭，說：

「濃濃，妳真是一隻可愛的小白兔啊！」

小白兔靜靜地躺在大牛的臂彎裡，臉上綻放著甜蜜而安祥的微笑，心裡哼著古老的情歌，愛情真是一首永遠也唱不完的戀歌啊！

撫摩了半日，大牛轉過臉來，用嘴巴對著濃濃的眼睛，問：

「妳在想什麼？我的小白兔？」

「我們要是有了孩子呢？」

「當然是我們兩個的孩子呀！傻丫頭！」

傻丫頭傻傻地親了一下他的嘴唇，說：

「你對我真好！大牛！我真想有一個你的孩子。」

「另外不要別的嗎？」

「另外……在翠嶺蓋一間小小的茅屋，青松下，古澗旁……」

「還有呢？」大牛搶著問。

「……四周是芳草青青，百花怒放，蜜蜂蝴蝶雙雙飛，鳥兒輕輕唱；日看白雲飄舞，夜聽流泉清音；朝與清風共飲，暮邀明月吟詩……」

「好一個不食人間煙火的小天使！怎不教人把妳愛死！濃濃，我的小濃濃，妳等著吧！這些都不是夢想，有一天都會慢慢地實現。還有別的嗎？我的小濃濃，還有的話，你就儘管說……」外面有人敲門，室內慌慌忙忙地整衣弄帶！仔細聽，是秀蘭，秀蘭在外面很解人地說：

「我不要進去，我先走了。鑰匙就掛在房門邊，你們出來的時候幫我把門鎖好，把鑰匙帶來給我。」說完，她走了。

濃濃依照秀蘭說的那樣，鎖好了門，跟周先生兩個人一起到廠裡去上班。

## 8

美娥在家裡摔過茶盤，又看著紫千邊做事邊垂淚，就開始借題發揮，她說：

「別那麼委曲了吧？我的千金小姐！能做就做，不情願做，我們又不求你。不是我說你，二十歲的人了，我像你這個歲數，已經生養孩子了，還不是要抓屎抓尿的，也沒吭一聲，也沒掉一滴淚，裡裡外外都是我的事。誰像你這樣，洗幾個碗，眼淚就滴滴答答的……」說著走下廚房，把紫千推離洗碗槽，接著凶巴巴地，說，「走開！走開！我自己會洗！」她把碗接過來，又摔碎好幾個。紫千流著淚跟舅媽兩個人，只顧撿起地下的碎片。美娥的脾氣又轉向鳳娥，道：

「你別老糊塗了，一個獨生兒子，也不給他早些討一房媳婦來傳宗接代，死了拿什麼去見老祖宗？你又不像我，我要生還可以生出一打來，你難道還養得出一個屁？」說得鳳娥也豪淘大哭起來。美娥的音量也相對地提高，她說，「好了！好了！我們家死了人啦嗎？別那麼不吉利好不好？把我丈夫哭死了，叫我跟你一樣做寡婦啊……」美娥的嘴不斷地刻薄，手裡也不停的把鍋碗瓢盆摔得乒乒乓乓響，紫千和鳳娥又被嚇得收住了眼淚。美娥一不做二不休地繼續這麼轟炸下去，「不是說傳雙跟紫千在肚子裡就訂了親嗎？我看早一點給他們圓了房，小倆口甜甜蜜蜜的到外面去，傳雙那幾個錢也夠過日子了，怎麼那麼沒打算？放著現成的婆婆不做，到手的孫子不抱，我看你喲，真叫做有福不會……」這時候，門口玄關處有腳步聲，美娥離開廚房向玄關走去，一個男人打著四川口音，道：

「格老子的！我以為沒有人……」紫千的臉正好朝著玄關，她看見一個戴鴨舌帽穿紅上衣的男人。等那人把帽子摘下來，紫千才看清楚，他就是那天同桌吃飯的郭上士。郭上士手裡還提了一盒餅乾，一嘟嚕香蕉。美娥把這兩樣東西接過來，聲音又尖又甜地，說：

「怎麼？牌也不來打了，我以為你去找女朋友呢？」

「格老子，什麼女朋友？靠妳呀！做個現成的媒人怎麼樣？」郭上士邊說邊跟美娥兩個人往客廳走，而且一雙眼睛骨碌碌到處找，好像要找什麼人的樣子。美娥聽他講現成的媒人，就說：

「不要開玩笑啊！說真的說假的嘛？只要有，我一定幫忙……」說了一半，停下來叫：

「紫千！紫千！給客人倒茶！」紫千倒了一杯茶出來，郭上士看她穿一身半新不舊，鑲寬邊的紫色旗袍，兩隻眼睛紅紅的，好像剛哭過的樣子，他欠了欠身，說：「謝謝！」然後把茶杯接過來，紫千就進去了。

這裡美娥把眼睛看在那個考究的餅乾盒上，說：

「老朋友了還帶東西，你跟我客氣呀？」

「格老子，今天關餉，一點點小意思。」說完拿起茶杯來，幾口就把一杯茶喝完了。美娥叫紫千出來添茶。紫千添好茶又進去。郭上士又把茶喝乾了。說，「中午吃太鹹，好渴！」美娥又叫紫千出來添茶，前後添了四遍茶。

濃濃回來了，濃濃今天回來特別早。她剛脫下鞋子，叫了一聲，「媽。」就對郭上士說：

「郭叔叔，我剛碰到蔡伯伯，他說有事要到高雄去，叫我請你快一點！」說完跑到廚房找紫千，她一路叫著進去：

「紫千！紫千！有好消息！」看紫千兩眼紅紅的，就把聲音壓低了，說：

「有一個代課的教員，你可以去。我的同事秀蘭，她先生的堂妹快生產了，正要找人代班一個半月，你先去代課好不好？」

「好哇！幾年級？」

「四年級，明天中午我回來帶你去！」

外面，郭上士走了以後，阿西回來了，阿西一放下書包就去數香蕉，連數了兩遍，說：「媽，才二十一根！」說完又去把那盒子上印有一朵西洋蘭的餅乾盒打開來，見裡面有咖啡夾心餅乾，還有長方形的椰子夾心餅乾，好多種，阿西的眼睛亮了兩三倍，大聲的喊：

「媽，好高級的餅乾喲！」伸手進去拿了好幾塊，說：

「媽！我不要吃飯，我愛吃餅乾！」

「吃吧！吃吧！阿西，你愛吃餅乾就吃餅乾吧！郭叔叔就是買來給你吃的。等一下不想吃了要把蓋子蓋好，收起來明天再吃喔！」說完把阿西摟在懷裡親了又親。

## 9

周一飄下了班回到家裡，美瑰已經給他泡好一杯茶，又叫順順趕快給爸爸拿拖鞋。順順拿了一雙美瑰新買的軟底拖鞋，搖搖幌幌地走到一飄面前，語音咬不清地說：「爸爸！拖鞋飄飄！爸爸拖鞋，飄飄！」又去摟抱爸爸的脖頸，說：

「爸爸，親親，爸爸親親。」一飄就著臉，讓他親，親得一飄面頰頸項都是口水。一飄把順順抱起來，好好的親了半天，說：

「順順乖！順順幫爸爸拿鞋鞋。」順順的胖屁股一下子滑下爸爸的膝蓋，又搖搖擺擺地把一飄脫下來的皮鞋拿著走，一面走，一面誇自己，「順順乖，順順會拿爸爸的鞋……鞋，順順乖。」

美瑰看了剛才那一幕，滿意地笑了。這些動作，都是美瑰白天在家裡慢慢教的，已經教了半個月了，順順乖巧，到底沒有白費心機；只一句話，順順忘了，那就是美瑰曾教他問，「把……拔，為什麼中午不回家吃飯？順順想把……拔。」這也不好再提醒，也不能責備，她只在心裡對自己說，「到底是小孩子，記不了那許多。」現在她笑著對一飄說：

「我們順順多可愛？剛才還吵著要去廠裡接爸爸呢？」

「那麼麻煩？我再晚頂多晚半個鐘頭就回來了。」一飄心裡想，「還好沒有來！」剛才下班後，廠裡的人都走光了，只剩下他跟濃濃兩個人。濃濃就曾把他的面頰頸項親了幾百遍，就是剛才順順親的那些地方，那上面一定還留著濃濃的唇香，小孩子到底聞不出來。他拿出手帕來擦，擦掉順順的口水，也擦去濃濃的唇香。他最怕美瑰這時候挨過來，美瑰的嗅覺異常靈敏，專聞自己身上的異香。他擦一擦又想，「好險！還好沒有來！」剛才跟濃濃走在廠邊的小路上，沒有人的時候，濃濃還拿一隻胳臂掛在他的臂彎裡，當時他就叫，「濃濃！放下手吧！」並且擠著半隻眼睛對濃濃說，「當心！隔牆有眼！」

「有什麼關係嘛？怕什麼嘛？我都不怕，你怕？這一點事就怕，還說什麼要告訴全世界？」說完把一飄的胳臂摟得更緊。一飄說：

「不是怕，我們不能去吃眼前虧！」一飄也不敢硬拉下濃濃的手，因為濃濃靠得緊緊地說：「愛就愛嘛，我才真想叫全世界的人都知道我愛你，人家要說去說嘛！愛還怕人家說什麼？」

「別孩子氣！」這是他半個鐘頭以前跟濃濃的對話，現在他想到這裡，一顆心「咚咚！」搥打了幾下。「好險！」他又在心裡對自己說了一次。看美瑰到廚房去了，他趕快脫下上衣，準備去洗澡，不是洗去污濁，乃是洗去濃濃的餘香。

洗完澡，美瑰已經把飯菜弄好了，菜不多但全是一飄平常愛吃的。一碟鹹水鴨、一碟辣椒炒小魚乾，一碟炒得脆脆的綠豆芽，還有一碟是順順愛吃的碎肉蒸豆腐，湯也是一飄愛喝的排骨海帶湯。一飄吃得很對胃，不覺多吃了半碗，才看到美瑰很少動筷子，只低著頭扒飯。一飄說：

「美瑰，妳怎麼不吃菜？」

「最近都吃不下。」美瑰看著自己的飯碗說。

「會不會又有了？」一飄說著斜著頭看美瑰。美瑰不看他也不吭氣，只在心裡想，「我還會有啊？恐怕說的是人家喔？」美瑰拿起調羹餵順順吃飯。一飄見美瑰的表情又生又硬，就去把公事包拿過來，抽出一封薪水袋，遞在美瑰面前，說：

「可是原封不動的喔！」以前一飄把薪水交給美瑰也都這麼說，「可是原封不動的喔！」美瑰都會笑著接過去，說，「一飄，你等著，等明天我給你發小薪水。」但今天她卻說，「不留點在身上買中飯吃？」心裡想，「這種男人真神通廣大！把錢留給家裡的女人，把心留給外面的女人。」她狠狠地白了一飄一眼，想著，「為什麼就有人願意為了他陪她吃一頓中飯，什麼都奉獻給他呢？我可不願意，我黃美瑰兩樣都要，錢也要人也要，我美瑰可是不輸給一個小女孩的！」一飄見美魂只愣愣地，也不接去他手裡的薪水袋，他就轉身進去把錢放在抽屜裡。放好了出來又偷眼看看美瑰，美瑰的臉色比剛才更難看，就說：

「美瑰，妳恐怕生病了？」

「我生病了，你管不管？」美瑰的聲音僵僵的。

「我什麼時候不管過妳？」一飄覺得氣氛越來越沉悶，就去開菸盒，拿出一支菸來抽。表面上他抽著菸，腦子裡盤旋著一個問題，「美瑰她今天到底怎麼回事呀？莫非……」他把菸頭丟進煙灰缸，也把想了一半的問題暫時丟開。他走到廚房去拿抹布幫美瑰擦桌子，兩個人默默地收拾著，沒有再開口。收好碗筷雜物，美瑰又去幫順順洗澡。洗好，把順順丟給他爸爸，美瑰自己去洗澡。洗好出來，看順順睡在他爸爸的臂彎裡，就把順順接過來放在小床上，自己關了燈去睡覺。她躺在床上把臉向著牆壁，心裡問著自己，「怎麼辦？」一飄在客廳踱了幾十個來回的小方步，也在心裡問著自己，「到底怎麼回事？」這問題恐怕還要美瑰來回答。於是他走進房間，寬衣上床。他躺在美瑰旁邊，把右手橫過美瑰的腰，緊緊的摟著，美瑰一點反應都沒有。過了幾分鐘，又把美瑰的臉扳過來，對著自己的臉，問：

「美瑰，生我的氣呀？」

「沒有。」

「那，妳為什麼不理我？」

「我哪敢生你的氣，是你討厭我。」

「看！看！我什麼時候討厭過你？」

「你為什麼最近不回家吃中飯？是不是嫌我燒的菜不好吃？」美瑰終於問了順順忘記問的那句話。

「最近事情忙嘛。」

「事忙還不是也要吃中飯？」

「在外面吃可以省點來回走路的時間。」一飄隨口找理由。

美瑰想，「這種男人真狡猾啊！還以為我不知道？」最先告訴美瑰這消息的是趙品元，趙品元是一飄的好友，也是紡織廠的股東之一。他覺得郁濃濃是個很單純的女孩，似乎不應該扯上這種男女糾紛，基於對兩方面的善意，才想叫周太太出面阻止。美瑰見一飄不談正題，就說：

「既然忙，明天起我抽時間去幫你一點小忙好不好？」

「也不至於忙成那樣，好！好！好！我明天起回來吃中飯就是。」

「那你的工作不是做不完？」

「沒關係，我叫會計小姐多負一點責任。」

「聽說會計小姐很漂亮喔？」

「跟妳比還差一點。」

「你們天天在一起工作，一飄，會不會日久生情呀？」

「想到哪裡去了？」

「我明天等你回來吃中飯咯？」美瑰贏了小小的一個回合。

第二天一早，一飄又想早一點出門去會濃濃。他正準備起來刮鬍子，美瑰看他坐起來又把他拖著睡下，緊緊的摟著一飄的脖子，在他耳邊輕聲地問：

「一飄，你為什麼好久都不陪我睡懶覺了？」

「陪嘛，陪嘛，明天陪你，現在我要刮一刮鬍子。」

「刮什麼鬍子？又不是要去會女朋友？」

一飄被她說到心坎上，又躺著安靜了幾分鐘，心裡惦著要去刮鬍子。就說：

「鬍子不刮扎人哦！」故意拿上唇硬硬的短髭，在美瑰的面頰上磨來磨去，弄得美瑰癢痛難當。美瑰一面拿拳頭打他一面叫：

「癢死了！癢死了！」

「告訴妳吧，讓我去刮，刮好了再來親妳。」

「我不怕，我不怕，你扎好了！」美瑰硬是把一飄拖到七點二十分才讓他下床。

七點二十分濃濃已經到了辦公室，平常這時間周先生已經坐在位子上幫她核對帳冊。但今天那本厚厚的賬冊原封不動地躺在那兒，像一個貪睡的小孩，沒人叫醒他就睡過了頭。濃濃走過去拿回來，自己又核對了一遍，沒有發現什麼錯誤，就收到自己抽屜裡去。七點四十分周先生還沒有到，濃濃的一顆心七上八下地，會不會生病了呢？要是真的生病在家裡，也只有乾著急的份，有什麼理直氣壯的理由去看他呢？等人真是好心焦喲！八點過五分，周先生才走進辦公室，謝天謝地，他沒有生病。

這時候，來上班的人都已經到齊了，濃濃只有用一雙含笑的眼睛迎接他。快到中午了，一飄趁著人少的時候，輕聲地問濃濃：

「濃濃妳今天沒帶飯吧？」

「是啊，你昨天叫我不要帶的。」

「這樣吧，今天中午叫秀蘭陪妳去吃飯，我不能去了。明天妳帶個便當來。」

「家裡有事啊？」

「嗯，有點事。」

「那我也不出去吃了。」

「為什麼？想餓肚子啊？」

「下午我要請假。」

「有事嗎？」周一飄不放心地問。

「嗯，有點事。」她學著周先生的語氣。

「說說看，什麼事？」周一飄仍然不放心。

「你忘啦？我中午要跟秀蘭陪我表姐去新興國小接頭代課的事。」周一飄的一顆心才放下來。他說：

「喔，那你們就去吧。」

## 10

濃濃又帶便當了。紫千也帶便當，紫千對於吃便當一向是帶著好奇的心態。尤其在學校裡，老師學生一起吃，幾十個便當同時打開來，裡面的菜色千奇百怪，真好玩。紫千雖然每天跟濃濃同時出門，而紫千是自己裝便當，因為美娥只幫濃濃裝，留點剩菜讓紫千自己去裝。紫千裝好白飯，自己隨便挾點鹹魚蘿蔔乾，中午肚子餓，她吃得很香。每天早出晚歸跟孩子們在一起，她又恢復從前教書時的天真活潑；下課時又唱又跳，又會鬧又愛笑。就像她是屬於孩子們的，孩子們也個個喜歡她。這一天，他們剛吃過飯，有一個傻傻楞楞的小男孩，跑過來站在紫千的小辦公桌旁邊，紫千見他拖著兩條小鼻涕，吸呀吸的對她說：

「牛老穌……吸，牛老穌……吸，我們不喜歡大肚子老穌……吸，大肚子老穌每天叫我們抄參考書……吸，每課抄兩遍……吸，抄錯了又打我們……吸，睏了當然會抄錯……吸……」全班都笑，他沒有再說下去。紫千拿一張廢紙，叫他去廁所把鼻涕擤乾淨。回來時紫千告訴他，「毛來有，以後叫我老ㄕ，不要叫我老穌。」小男孩學著說：「老ㄕ。」紫千伸出右手大拇指，說：

「好棒！」小男孩眉開眼笑的走了。

又有一個學生問：

「牛老師，你家住在哪裡？星期天我們要到老師家去玩。」美娥那張凶神惡煞的面孔立即呈現在紫千眼前。紫千想了想，說：

「老師家好遠，你們不要來找老師。老師有空就來學校跟你們玩。」

每天中午，紫千都跟小朋友們一起吃便當，她常常看到有一個又瘦又小的小女生，自己躲在一邊吃白飯，紫千看到了，就偷偷地分一點菜給她。小女孩邊吃邊流淚，紫千問她：

「劉春美，妳為什麼不帶菜？」

「我媽媽死了。我爸爸六點鐘就要出門去做工。飯是我煮的，我爸爸說沒錢買菜。」聽得紫千心酸酸的。

這一天，紫千跟濃濃一起出門，正要走的時候，濃濃慌裡慌張拿錯了便當，美娥看見了，雞貓子鬼叫：

「濃濃！濃濃！自己的便當不認得呀？死Ｙ頭！」美娥就把濃濃手上的那個便當搶過來，桌子上的這個塞給她。她們兩個出門了，走到巷子口，濃濃的鞋帶鬆了，叫紫千幫她拿東西，自己彎腰去繫鞋帶，繫好了，各自拿著東西去上班。到了中午，紫千打開便當來吃，又是紅燒肉又是荷包蛋，紫千嚇一跳，原來她拿的是濃濃的便當，而濃濃拿了她的便當。她就把荷包蛋給劉春美吃了，晚上回到家也忘了這件事。濃濃回來了，一看到她母親就叫，「媽，今天的便當好好吃喔！」

「是呀，媽自己都捨不得吃那幾塊肉，怕你不夠才又炸了荷包蛋。」

「媽，我明天還要帶蘿蔔乾，蘿蔔乾好好吃喲！」

「什麼蘿蔔乾？死丫頭！好的被人家吃了還得意！」這句話濃濃只聽了一半就走開了，所以，濃濃沒聽懂。紫千在後面洗澡，她聽懂了，她在心裡提醒自己，「以後不要再拿錯便當。」

紫千代課快滿的前一個禮拜天，一群小朋友不知道從哪裡打聽出來，找到了牛老師的家，他們在外面說，「就是這一間！就是這一間！」然後幾個人都把手圈在嘴巴上，同時喊：「一二三！牛老師！一二三！牛老師！」紫千邊走出去邊想，「糟了！」她知道美娥依姨昨天晚上打牌打到三點鐘，現在正在補眠，已經被外面的學生吵醒了，美娥先是罵了一聲，「小短命鬼！」然後又叫：

「紫千！紫千！妳總知道我家不是動物園吧？快點叫那些短命猴仔滾蛋！」

紫千趕緊跑出去，說：

「小朋友，你們不要吵！等會兒老師帶你們去小河溝抓河蝦。」小朋友聽說老師要帶他們去小河溝抓河蝦，一時叫得更大聲：

「啊！……萬歲！牛老師萬歲！」又大叫又鼓掌，吵得難解難分。

美娥從床上爬起來，穿著一件寬大的睡衣，披頭散髮地從裡面衝出來，頭頂上好像還冒著煙。她憤怒地指著那一群小學生，像一隻母獅子似地大吼起來：

「滾！滾！滾！你們這些小猴子都給我滾！」本來都在咿哩哇啦叫得很忘形的小朋友，一時被罵呆了，有的張口結舌，有的向四面奔逃。紫千也跑出去，跑了幾十步，站得遠遠的，她用手勢招來那些被嚇呆的小孩，她說：

「你們來！你們來！」小朋友都圍攏來，紫千彎著腰，用兩手圍著嘴巴，輕聲地對他們說，「老師叫你們不要來，你們不聽，剛才有沒有看到瘋子？」紫千只怕小傢伙們以後常常一大群的來家裡找她，又惹美娥生氣，才撒了這個謊。學生聽說剛才那個是瘋子，都說，「有！我們有看到！」

「你們怕不怕？」

「怕！」

「怕瘋子，以後就不要再來找老師，老師過幾天有時間就到學校來找你們玩。」紫千說著就帶他們往小河溝走去。要帶他們去河溝抓蝦子。

紫千回來的時候快到中午了。明德姨丈已經出去，美娥還沒起床。紫千看到濃濃一個人在客廳裡看小說，就問：

「濃濃，我舅媽呢？」

「剛才表哥來，帶姨媽去看牙齒，表哥還問起你，我告訴他你被一群小鬼拖著出去了。我表哥說你跟小鬼們在一起就興頭很大，跟他在一起就無精打采。」濃濃說著還偷看了紫千一眼。

「他真的這麼說呀？」紫千伸一伸舌頭問。

「嗯，他這樣說的。」

「誰叫他老是要嚇人家？那天他說要請我看電影，買好票了就去躲起來，害我到處找他。看到別人都進場了，我又沒有票，只好在戲院門口等他。等了老半天，他還沒來，我氣得要回家了，他才從後面把我的眼睛矇起來。大街上，好多人，多難為情？濃濃你看，這種人要不要理他？」

「表哥就是這樣冒冒失失的……」她沒有再說下去，因為她想起周一飄，她對著紫千的耳朵說：

「人家周先生就很懂得體貼。」言外之意不勝幸福。紫千前幾天才見過周先生的，也瞭解他們目前的處境，就輕聲地問：

「你們就這樣繼續下去喔？」

「要不又怎麼樣？我這人就是這樣，只要感情在，別的都不會太計較。而且他又真心愛我。所以，為他犧牲一點也是值得……」紫千嘆一口氣說：

「愛情就是這樣盲目而變幻莫測的……」說著，她想起遙遠的往事，那時候自己跟顧友石也是愛得難分難捨，可是後來……她已經許久都不敢去觸碰那個瘡疤，今天被濃濃這一席話說得心底隱隱作痛，她不想再談下去，只想把話說到這裡做個結束，就對濃濃說：

「我們都太重感情……」她們兩個一來一往地交換著心聲，說話聲音也輕輕的。

誰知美娥已經醒了，她躺在床上靜靜的聽，一字不漏的都聽進去，她聽見紫千說到「我們都太重感情……」就大聲地接下去，說：

「什麼感情不感情？濃濃，妳別中了紫千的毒，我問你們？感情一斤值多少錢？我可是告訴你們！有錢就最好……」她邊說邊走出來，在客廳的籐椅前面坐下來，把臉朝著濃濃接下去說，「像我嫁給你爸爸，一輩子窮酸，連個上尉都升不上，要不是我還認得幾個他們裡面的將官，恐怕連個小中尉都保不住咯……」停了一下又問：「……濃濃，你剛才說周先生，什麼周先生？他幹什麼的？有沒有錢？」

「有沒有錢？我也不知道……」

「連人家有沒有錢都不知道就跟人家好啦？！妳也跟妳爸爸一樣沒用，耳根又軟！人家說幾句好聽的，就把心、肝都掏出去。快告訴我，這個人到底幹什麼的？」

「是我們廠裡的會計主任……」

「會計？又是主任？那一定有錢咯？我再問你，他好大年紀？」

「他說比我大十歲。」

「他說大十歲？妳就相信啦！這種年紀的人，恐怕都有太太啦！濃濃，妳當心哦！男人都會說謊！妳告訴我，他叫什麼名字？明天我去調查調查……」

「媽，不用調查啦……」濃濃後悔剛才不該在家裡談心事，現在母親一插手，恐怕事情要弄糟了。

「為什麼不要調查？我現在就去！」美娥進去換了一件咖啡色旗袍準備往外走，回過頭來又對濃濃說：

「妳就知道跟紫千學壞！」說完，她一甩頭走了。

濃濃跟紫千站在那裡，你看看我，我看看你，兩個人都有點不知所措！

美娥一出去就被人拉去打牌，牌桌上那幾個人都不認識周先生，問不出什麼結果。她回去的時候又是半夜三更。第二天，紫千和濃濃去上班的時候，她還沒起床，三個人都沒有照面。

濃濃還是提早去了瓣公室，她盼望周先生也能跟她一樣早到。她滿懷希望地走進辦公室，辦公室裡沒有人。她坐在自己辦公桌前面，一雙眼睛不停的在圓形花壇四周梭巡，看看有沒有周先生的影子，這種等待焦急的滋味，叫她坐立不安。以前是周先生等她，現在換她來等周先生。

自從美瑰知道了周一飄的隱密，美瑰就一步步盯得緊，早上不磨菇到七點半不會放他出門。這裡濃濃望穿秋水還是不見一飄的倩影。八點一到，廠裡就熱鬧起來。八點零五分一飄走進辦公室，見濃濃一雙期待的眼睛，帶著深深的責問？一飄用抱歉的眼神，款款地回應，然後彼此開始工作。這一天真的很忙，一上午連最普通的交談機會都沒有。快到中午的時候，忽然下起傾盆大雨，一飄好像遇見了救星似的，因為，下雨就是他不能回家吃中飯的藉口。他買了一些西點，把濃濃約到秀蘭家裡去吃。吃完午餐，秀蘭說要去買茶葉，留下濃濃和周先生。臨走又把鑰匙交給濃濃，說：

「我要是來不及回來鎖門，你們就把鑰匙帶來給我。」這就是秀蘭，熱情解人的秀蘭。秀蘭一走，這裡就是兩個人的世界。大牛自覺已是若干年月沒有觸碰到濃濃的身體，此刻似飢似渴似虎似狼般撲向小白兔；小白兔也像決了堤的河水，一股腦兒向大牛身上奔流而去。當他們兩人成了一個，那五臟六腑，全都變成熊熊的火焰，燃燒啊！燃燒！當火焰熄滅僅留下片片灰燼，大牛從餘燼中慢慢地甦醒過來，他輕輕吻著濃濃的小嘴唇，說，「地球不要轉動！鐘擺停下來吧！」

「大牛你真好，我們永遠都不分開多好？」濃濃嬌嬌地嬌喘著。

「不要出聲！不要出聲！讓我好好的親個夠！」約莫一百年過去了，濃濃閉著眼睛，聲音發自喉嚨間，輕輕的問，「夠了嗎？」

大牛語音含糊，醉醺醺的說，「不夠。不夠。」然後把濃濃從頭頂到腳跟，親了個遍。

「大牛，有一天你會不會討厭我？」

大牛言不由衷地說：

「會喲！會喲！就像現在這麼討厭你！」說著用兩隻胳臂緊緊地抱著小濃濃，使勁地把濃濃往自己的胸口擠，擠得濃濃細細的肋條骨嗶叭響。

「大牛，你饒了我，你饒了我吧！我的肋骨要斷了。」

「呵呵！我把妳弄痛了吧？小濃濃？」大牛這樣輕笑著問。又過了半晌，等火焰漸漸熄滅了下來，濃濃說：

「大牛，我媽已經知道了我們的事，這幾天就會到廠裡去調查，調查你有沒有錢？家裡是不是有太太？」

「美瑰也把我盯得好慘，早上不讓我早出門，中午又逼我回家吃中飯，所以只好委曲妳……」

「我知道，我知道，怪不得這些天你都來得那麼晚，頭一天還以為你生病了。想想你真的生病了，我又怎麼能夠去看你？」

「濃濃，我們這樣多苦？」

「大牛，我們怎麼辦呢？」

「慢慢來，慢慢來，等我慢慢來安排。我要想個辦法把美瑰排開。」

「要是排不開呢？」

「排得開，了不起我們遠走高飛！」

「到哪兒去呢？」

「到妳夢想中的『翠嶺』去啊？」

「天底下有那樣的地方嗎？」

「有！只要我們倆在一起，到處都是春天！」

嘀答，嘀答，鐘擺並沒有停下來，上班的時間到了，他們幫著秀蘭鎖好了門，一起到廠裡去上班。

## 11

下了班回到家，一飄剛走進門，美瑰就挨了過來，幫他拿皮包，拿拖鞋，又幫著一飄鬆開領帶、脫衣服；又拿鼻子在一飄身上像吸塵器般不斷臭吸。一飄只想轉移她的注意力，就問，「順順呢？」

「在隔壁劉家，劉太太把我們順順借去玩一會兒。」一飄知道劉太太只有兩個女兒，去年嫁一個，今年嫁一個。劉太太最近常常過來抱順順去解悶。一飄又問：

「去多久了？去把他抱回來，我這裡有糖給他吃。」

「抱去還不到五分鐘，我看劉太太也買了一些糖果。算了，順順鬧睏的時候，她自己會抱過來……」美瑰一面說一面拿左手放在一飄的右肩上，右手替一飄打開襯衣的鈕釦，說，「一飄啊，你先去洗個澡吧？洗澡水都給你弄好了。」一飄像得了大赦似的，說：

「好，我去洗澡。」

「這件襯衣也該洗了……」美瑰已經替他打開最後一個釦子，露出裡面的汗衫來，見一飄反穿著內衣，就說，「……這麼大的人了，還把衣服穿反？」一飄嚇一跳，問：

「什麼衣服穿反？這不是好好的？」一飄指的是外面的硬領襯衣。

「我是說內衣穿反了嘛。」說著指給一飄看。一飄低頭看，果然匆忙中穿反了。美瑰又聞聞一飄貼身的汗衫，一個鼻子在一飄身上來來去去地移動，就像獵犬在森林裡找尋著獵物。聞了又聞，說：

「怪味還真不少！一飄！你不要騙我！是不是她又找你了？」而不說你又找她。一飄見事已至此，無所遁形，就硬著頭皮說：

「嗯，妳這隻精靈的小獵犬！永遠都不會放過我！」

美瑰把一飄拉過去，一起坐在雙人沙發上，說：

「來，我們坐下來談……」

一飄像一個偷摘了橘子又被主人抓到的小男孩，垂頭喪氣的坐下來。美瑰的一雙手牽著一飄的手，兩隻眼睛看著一飄的眼睛，說：

「我又不是想害你們，我是說你們兩個那麼要好，這樣在外面偷偷摸摸也不是辨法，我乾脆成全你們……」

「你是說我們離婚？」

「不是，結婚離婚哪裡是隨便說著玩兒的？況且你又不是不愛我，對不對？」一飄才放下了那顆心。美瑰停了一下又說，「我又不是那麼善妒的女人，我是想幫你一個忙……」一飄的眼睛睜得大大的，美瑰溫柔地說，「我是想幫你一個忙，看她願不願意做小？我們把她娶回來，放在家裡，你愛怎麼疼就怎麼疼……」

「她不會願意做小，我也不忍心，妳就不知道這個女孩子多純？多可愛？」美瑰見一飄已從實招來，就將計就計地說，「我知道她可愛，她純，所以才想幫你的忙。這樣吧？要不要我明天去幫你跑一趟？到她家裡去問問她母親，要願意的話，我就做個現成的

媒人？」事已至此，一飄想，「美瑰去？不如我自己去。」於是他說，「美瑰，妳會不會後悔？」

「因為我愛你，一切都願意成全你，所以我不會後悔！」

「那麼我自己去好了。」

「你去，我去，都一樣，盡可能把事情辦成。」

「一言為定嗎？美瑰？」

「一言為定！」

「美瑰，妳真好！妳真是我打著燈籠找來的好太太！」說完兩個人像一條心似地抱在一起。

外面有人叫：

「周太太！周太太！順順回來啦！」美瑰放開一飄，朝外面答應：

「來啦！」她出去接順順。

第二天，一飄跟濃濃又在辦公室碰面了，兩個人似還浸泡在甜蜜的液汁裡，尤其是一飄，他意飄飄地想著，「妳這個可愛的小傢伙，再也別想從我這裡跑掉啦！」又想著今天就要到她家裡去，在她父母面前正正當當地提出婚事，然而他並不想此刻把自己內心的計劃告訴濃濃，他想等事情辦好了，給她一個驚喜。他早都知道她家的地址，今天一定要抽個空到她家裡去走一趟，等事情弄妥了，再告訴濃濃不遲。一飄想著想著，也把到她家見了她的父母之後，怎麼說才妥當的話，前前後後想了好幾遍……中午回去吃飯的時候，美瑰還問他，「一飄，你還沒去呀？」

「吃過飯，下午就去。」

吃過中飯，一飄躺下去休息了一會兒，一顆心總是靜不下來，眼睛一閉，耳朵裡就響起下午去濃濃家要說的那些話，他翻了幾個身，還是睡不著。他索性爬起來去後面刮鬍子。梳好頭出來穿衣服。美瑰幫他選了一件細紅條的短袖襯衣，說：

「一飄，我看穿這一件顯得年輕些！別忘了今天是去相親喔！」一飄把美塊拉過來，擰了一下她瘦瘦的面頰，說：

「妳這個小妖精！鬼主意真不少！」

周一飄一路輕輕地吹著口哨來到濃濃她家，鳳娥開了門請他上去客廳坐，又去倒了一杯茶，說：

「請坐，請坐，太太就出來了。」一飄欠欠身又坐下，以為鳳娥是她家佣人，怎麼沒聽濃濃說過？女主人大概在裡面穿衣服，趁這一段空檔時間，他觀察了一下屋內四周；傢俱很簡單，倒是收拾得乾乾淨淨。對面牆上掛著全家福，郁家夫婦跟兩個小孩。照片中的濃濃也還小，一臉的純淨稚氣，從照片上就能看出，這女孩是不帶多少煙火味的；郁先生瘦瘦的，眉清目秀，郁太太顴骨略高，頭髮短短看起來像新燙過的，眉尾三分之一處有一個小小的稜角，眼形有點瞇，嘴巴略大，跟濃濃完全是兩個典型，看來濃濃比較像爸爸；照片中的小男孩，就是濃濃常常說的寶貝弟弟了。一飄又把眼睛挪向相連的裡面一間，地下榻榻米上堆了一堆書，不知道是不是濃濃住的地方？……

美娥出來了。一飄看她像才梳過頭，穿一件深藍色有小花的旗袍，看來比照片裡老多了。一飄站起身來讓坐，美娥一面請他坐下，一面打量著一飄的高身材寬肩膀；頭臉清清爽爽，動作乾淨俐落，還沒開口就給人一個好印象。美娥想著，「這個人從來沒見過？不知道是誰？」一飄已經自我介紹了，他說：

「我姓周，周一飄，您是郁太太吧？」

「嗯，我是郁太太。周先生找我什麼貴幹？」

「我跟濃濃一起工作很久了，我們很要好……」

「噢，你就是濃濃說的什麼會計主任周先生啊？」

「是啊，我跟濃濃，我們一起工作。」這麼一證明，美娥亢奮了不少。心裡想，「濃濃還真是有辦法啊？一下子就抓到又漂亮又有錢的男朋友……」不覺又多看了周先生一眼，想，「這麼一表人材，怪不得濃濃喜歡。要是我還年輕，也不會放過他！」美娥潛意識地往周先生坐位這邊挪了挪，雖然中間還隔著一個茶几，她把頭向左偏著，眼睛眯眯地看著周先生，道：

「會計主任，管錢喔？周先生你做了那麼久的會計主任，一定聚了不少錢？」

「馬馬虎虎啦，生活是夠過的。」

「總是比我們過得好咯？」周一飄見說了半天，還沒有進入正題，就單刀直入地說：「我今天來，是想問問郁太太，看肯不肯把濃濃嫁給我？」

「你們已經好到要結婚啦？濃儂這死丫頭，像悶嘴葫蘆似的，回家都不講，還是前幾天我偷聽到的。」

「濃濃這女孩太可愛，都是郁太太的家庭教育好……」

「這個女孩從小就乖，我倒很少管她……」美娥說了良心話，停了一下又說，「好女孩也要嫁到好人家，主要還是要有錢。周先生，你一個月賺多少錢啊？」一飄被突然問到這問題，愣了一下，覺得很難回答。就說：

「我賺多少錢？濃濃也知道，濃濃是不會嫌我錢多錢少的。」

「我是她母親，她不嫌，我要問呀！」

「郁太太，這一點你去問你們濃濃吧。」這是一飄的托詞，一飄有多少錢？賺多少錢？濃濃從來不過問。濃濃是個情罐子，她裡面裝的不是錢。一飄只是覺得眼前這個媽媽比女兒難對付，所以才把濃濃推過去。

「那麼我再問問你，過去有沒有結過婚？要說實話哦！」

「這……這……這……」一飄這了半天，說不出底下的……

「看樣子，周先生，你是結過婚咯？」

「郁太太，不瞞你說，我家裡有太太，還有一個孩子……」周一飄的話說了一半被美娥截住了，她說：

「那還談什麼？有太太還要結婚啊？你到底要娶幾個？」

「我太太她願意，濃濃也不在乎我有太太……」

「她不在乎，我在乎！周先生，我勸你別做夢了，這種事辦不到！我們濃濃是不折不扣的處女，你別在她身體上打主意……」周一飄越聽越難堪，就一不作二不休的，說：

「濃濃她已經把身體給我了……」

美娥跳起來！「拍！」的一聲響，一巴掌打在茶几上，說：

「除非你跟你老婆辦好離婚！否則休想！」

「我老婆不放我！」

「不離婚就別想打我女兒的壞主意！告訴你！我把女兒打死，也不嫁給你這種王八蛋！」周一飄壓住頭頂正在往上冒的怒火，近乎哀求地，說：

「郁太太，求你成全，我跟濃濃已經分不開，我們太相愛……」

「愛！愛！愛你媽的屁！滾！滾！滾！滾出去！別弄髒了我的好地方！」

「郁太太，你考慮好，吃虧的還是你女兒喔！」周一飄作了最後的掙扎。

「呸！」美娥吐了一口口水，說：

「我女兒吃虧，干你屁事！」

周一飄站起來，走下玄關，穿好鞋子，回過頭來一臉不屑地，說：

「郁太太，別後悔喲？天下女人多的是，我這邊丟了，那邊又有了，你信不信？」美娥又衝過來，乾吐了一口口水，「呸！後悔個屁！」美娥把屁字說得好重，霧般的唾沫噴了好幾尺。

周一飄很君子地對著紙門鞠了個躬，說：

「再見！」甩一下頭，帶走了一陣強風。

## 12

周一飄到美娥家去相親的同時，美瑰也出去了。美瑰最近一連串標了幾個會，今天出去再把十幾二十兩黃金換成現金，準備拿了這筆錢款去做生意。她叔叔在台南開了一家鞋品公司，專做球鞋、雨鞋、拖鞋等的外銷生意，公司最近有人退股，美瑰很想接下這些股權。她早幾天就已經去台南跟她叔叔商量過，如果她成了股東之一，希望能給她的一飄一個經理的職務。叔叔當然答應了，因為美瑰接過去的股權正好是全公司的三分之一；如果美瑰不拿出這筆資金，鞋品公司就要面臨周轉不靈，說不定就一蹶不振。基於這個理由，美瑰的叔叔很樂意地答應了美瑰的請求。而美瑰下了這麼大的心思，還是為了想把周一飄調離左營這個山口，全家搬到台南去住，把一飄跟他的戀人遠遠地隔開，就可以永除後患。所以一飄前面走，稍晚一步，美瑰也拿著黃金上銀樓去了。

周一飄憤怒地走出濃濃的家，這是他認識濃濃以後一直很想來的地方，沒想到是如此地尷尬難堪。他一路走一路想，「那樣單純迷人的小女孩，怎麼會有這樣一個凶神惡煞的母親呢？我，周一飄怎麼會自己走上門來自取其辱呢？」過了一會兒，他又輕輕地自言自語，「我，周某人發誓，永遠不再走進這個門。」想著，想著，來到了紡織廠，走進辦公室已是快下班的時候。濃濃已經望了一下午，看到她的大牛在辦公桌前面坐下來，她的一顆心才跟著坐了下來。看到了濃濃，一飄的怒火也慢慢的熄滅下去。如果沒有世俗上的種種限制，內心裡他是真愛著濃濃的。他的心，他的一雙眼睛，都深深地被濃濃吸引著。這時候，濃濃也正用自己的眼睛尋找著他的眼睛，當四目相對，一切誤解與懷恨都消失了，濃濃不再誤解他的晚到，一飄也忘了剛才所受的一切屈辱，眉宇間他們又彼此傳遞著愛的訊息。等下班了，辦公室裡的人都走了，濃濃才過來問，「這麼晚，怎麼回事？」

「到你家裡去求親！」

「真的呀？誰接待你？結果怎麼樣？」

「妳母親接待我，結果？結果她把我趕出來了。」

「大牛，你為我吃這麼多苦頭！」

「為你吃苦算什麼？而且，妳今天晚上回去也不會太好過的！」

「不管怎麼樣，大牛，我是你的人了，再受苦受難，我都會等你，我不要離開你。」

「我的小可愛，我怎麼會離開你？我不把妳娶回家怎麼會甘心？」他們說著說著走出了公司的大門，沿著廠邊小路戀戀不捨地走了長長一段路，才分手各自回家。

濃濃走到自家門口，一雙腳又倒縮回來，轉過身又出去了，這樣來回走了五六趟，始終沒有勇氣踏進家門。直等到老遠地看到紫千也回來了，才跑過去跟她一起走，邊走邊把事情的梗概對紫千說，紫千也嘖嘖地替她煩惱著。她們兩個走到玄關那裡，剛脫好鞋子，見美娥站在她們面前，紫千才叫了一聲，「美娥依姨……」美娥連哼一聲都沒有，就咬牙切齒地揪住濃濃左半邊的頭髮，一路罵著揪她進去，大聲罵：

「你這死丫頭！早就對你說過，跟紫千在一起學不到什麼好事情。妳就偏跟她一起很親熱，感情長，感情短的，現在我問妳？妳把身體給了人家了是不是？」

「媽，我愛他，遲早還不都是他的人……」濃濃流著淚說。

「妳還跟我強嘴！妳就跟你爸爸一樣，人家幾句好話一說，就把心啦肝啦全都掏了出去。告訴妳，沒有用的，到時候人家還不是屁股一拍，走了！」

「媽，人家周先生不是那種沒良心的人，周先生連一隻狗弄丟了都到處去找，找到半夜不肯回家。何況我還是人，一個跟他深深相愛的人……」

「男人我還不知道哇？妳還沒給他的時候，他甜言蜜語，妳給了他就不同咯！現在我問妳，怎麼辦？」

「媽，周先生他要娶我……」

「他是要娶妳，他要娶妳做他的小老婆！」濃濃低頭語塞，停了片刻，美娥又說：「濃濃，媽有個主意，從今以後跟他斷絕關係，媽將來給你找個有錢人。」濃濃低頭垂淚，美娥又說，「答應我不跟他來往。」濃濃只是流淚，眼淚排山倒海奔流不已。

「不聽，妳就去死！」美娥話說到這裡，見明德回來。明德看到女兒哭成淚人似的，就問：

「美娥，怎麼回事？」

「問！問！問個屁！沒有用的爸爸，才會有這種沒有用的女兒。你要有本事，趕快幫她找個有錢的主，嫁了去，免得將來大了肚子，丟人現眼！」

聽這話，明德已經猜到七八分，他走過去對濃濃說：

「什麼事，說出來大家想個辦法，哭又能解決什麼問題了？」

鳳娥已經把飯和菜端出來。紫千也在那裡默默無語。這一餐飯，看樣子誰也吃不下。

## 13

這一天晚上，美瑰把順順哄睡了。挨到一飄身邊，很關切地問：

「一飄，事情怎麼樣啊？」

「沒見過她母親那種女人！簡直不可理喻！」一飄垂頭喪氣地說。

「人家不肯啊？」美瑰心裡偷偷地笑著。

「嗯。」

「告訴你吧？我說我去，你又不聽，我去也許事情弄得成。」美瑰撿了一個便宜怪，她軟語地埋怨著。

「你去還不是一樣。」

「一飄，你現在打算怎麼樣呢？這麼可愛的女孩，捨得放她走呀？」美瑰幸災樂禍地問。

「我也沒了主意……」一飄把兩手抱著自己的前額，十隻手指頭，都插到髮根裡去。美瑰見時機成熟，就想獻上一計，她以試探的口氣，說：

「一飄，我倒有個主意，你要不要聽聽看？」

「什麼好主意？」一飄動都沒有動，兩手仍然插在前額的髮根裡。

「我說了你會當做耳邊風，因為忠言逆耳呀！」

「說說看。」一飄把臉轉向美瑰，指頭仍然插在髮根裡。

於是美瑰把如此這般的計劃說了一遍，然後說，「你看，怎麼樣？在那邊做經理，總比在這邊做會計主任強。而且感情的事，離開了就淡了，難道她會比我更愛你？」這一番話把一飄說得心猿意馬，停了一下，他問：

「我怎麼放開她呢？」

「那還不簡單？這事只有我知道，你知道，我們對外保守秘密，到時候不告而別，她到哪裡去找你？事實上，是她家裡不肯，又不是我們不要她，對不對？」

「廠裡總要交待呀？」

美瑰見大功將成，就說：

「廠裡的事，我幫你去請假，這兩天你先把帳本整理出來，把印章交給我，到時候我盡力處理，你提早一天帶著順順先搬到台南去，去叔叔那邊做個現成的經理。這邊，等新主管來了，你頂多再回來一趟，把職務交待清楚，你看，這主意可好？」

「好極了，我的好太太！」

這裡，美瑰開始整理家俬雜物，該捆的捆，該綁的綁，一切停當，只待搬家。那裡，一飄已經把要辭職的事跟廠長談妥，這幾天他從早到晚整理帳目，一本一本帳冊弄得清清楚楚。只偶爾還用眼睛跟濃濃交換著蜜蜜情意。

可憐個濃濃她什麼都不知道，還常常拿自己的帳冊請一飄過目，一飄看了看說：

「濃濃，妳現在比從前能幹多了，最近的帳都沒錯，以後只要自己小心點，可以不用拿來給我看了。」把濃濃誇讚得心裡暖暖甜甜的。

一個星期後的一天早晨，八點鐘不到，一飄就抱著順順壓著一車行李，離開了左營。八點鐘一到，美瑰就到廠裡去交待帳冊，表面上她是說一飄生病了，來幫他請假。手續弄好之後，她趕著夜車奔向台南。美瑰在車廂裡想，「我黃美瑰不做輸家！」她輕輕地嘆了一口氣，背靠坐椅，帶著輕鬆的微笑，想道，「這一仗也太艱苦！我心力交瘁，我需要休息。」她閉上眼睛，一會兒就沉沉睡去。

濃濃聽說一飄生病了，一顆心像十五個吊桶，七上八下，每天盼著他病體早日康復，夜裡常喃喃為他禱告。每天早上她仍然提早些趕去上班，中午孤孤單單地吃便當，再好吃的飯菜也味同嚼蠟，下班以後，還是遲遲不忍離去，好像她一走，一飄就會來了。每天都拿一雙眼睛，從早上望到中午，又從中午望到黃昏。一天過一天，夜裡又做惡夢。總是夢見一個頭髮長長的女巫，穿著一件灰色的大袍子，手裡拿著好長的皮鞭，在她後面不斷地追趕，不斷地抽打，還罵，「妳為什麼愛上別人的丈夫？妳為什麼要搶別人的丈夫？！」好幾次濃濃從夢中驚醒，冷汗淋漓。有幾次因為夢境太恐怖，她就把同房間的紫千叫醒，紫千知道濃濃的心事，除了軟語溫慰之外，沒辦法用實際的行動去幫助她，因為寄人籬下的紫千，其可悲的處境，較之濃濃有過之無不及，而且她代課的期限就到了，此後何去何從？正像那滾滾東去的江水，不知將流向何方……

## 14

紫千上完最後一天代班，她拿著領來的一百二十元薪水，三分之一給舅媽，三分之一自己留用，三分之一給美娥。美娥拿到錢眉開眼笑的說：

「紫千，妳跟我客氣呀？我又不缺錢用。濃濃還不是很乖，每個月一領到薪水，就原封不動的交給我。你看，我還不是把她打扮得花花蝴蝶似的，多少人愛她？」美娥扭著脖頸，搖呀搖的，說：

「我說呀，紫千，再往後事情也不容易找了，我看呀，妳還不如提早跟傳雙結了婚，自己到外面去過日子，儉省一點也是夠過日子了。妳舅媽就是不知道替你們打算，妳這麼大了，也要自己打算打算，妳表哥對妳也不壞，妳看怎麼樣啊？紫千？」紫千頭頸越垂越低，不知如何回答是好？這一番話，鳳娥也在旁邊聽著，心裡想，「正合孤意。」於是順水推舟地說：

「紫千吶，美娥依姨說得對喲！你們都快二十歲了，男大當婚，女大當嫁，雖然妳母親不在身邊，妗媽也是可以作主的，而且你們兩個在娘胎裡就定了親……」

「妗媽，這事以後再談吧，我明天就要去找事。」

最近郭上士真是來得勤，紫千總是見他戴著一頂鴨舌帽，幾件鮮艷的上衣換著穿，提著大包小包的禮品。郭上士一來，美娥就叫紫千倒茶，郭上士總是很快的把茶喝光，人家會再來添茶。紫千出來添茶，他就笑嘻嘻地，拿一雙細細小小的小眼睛，把紫千上上下下地梭巡打量。紫千老是覺得，這個郭上士的眼睛裡，包含著好幾張血盆大口，要把自己吞噬下去似的，她常不自覺地縮身不敢向前，有時一看見郭上士進門，她就找個藉口溜出去。

紫千不在的時候，美娥就對郭上士說：

「你不要急，等我慢慢說動她，她跟她表哥雖然有婚約，不過，我看她對吳傳雙沒有什麼情意，倒是對你……嘻嘻嘻……」郭上士被哄得不知南北東西，他暈淘淘地，說：

「格老子的，我第一眼一看，就喜歡她！」

鳳娥不在的時候，美娥就對紫千說：

「紫千吶，我看傳雙跟妳也不見得很合得來，他這人又愛作弄人，妳以為結了婚就會改呀？俗話說，『江山易改，本性難移。』我看吶，不如這個郭上士，人家開的都是將官的車子，過年過節紅包都收不完，平常油水也多……」她把聲音放低了，說，「你看人家對面楊家，兩個女兒都嫁給司機，哪一個不穿得像少奶奶似的？要去哪裡轎車就開去哪裡，包接包送，廚房裡的事，哪裡要她管？都是吃現成的，連腳指甲都擦得紅紅的，坐在牌桌上摸麻將，那一雙手臂，就像藕節一樣嫩，手指甲修得尖尖的，誰不羨慕她們兩姐妹？」她又把話題收回來，說：「……這個郭上士呀，見識廣，接交的人又多，找工作什麼也容易……誰要是嫁給他，可享福喔！紫千，妳要是有意思的話，我是舉手之勞……」

「美娥依姨，我還是喜歡表哥。」紫千直接了當地說。

「哦，當然啦，妳跟傳雙從小一塊長大，感情總是有的，既然喜歡，我看啦，由我作主，給你們看個黃道吉日，你們結婚好不好？」美娥千方百計，總想把紫千往外推，紫千早就看得明明白白，她一時也不知道怎麼辦？最近又見郭上士天天都來，前天提來的竟是蘋果和衣料。一來就坐了兩三個鐘頭，美娥又總是叫紫千出來添茶。

這一天，是星期天，美娥料定郭上士必來，少不得又提來大包小包。美娥一大早起來故意在紫千面前藉故跟明德吵架。她說：

「……我要搬家！我要搬家！你聽見沒有？」講到後面聲音越來越大，也越來越尖。明德說：

「太太，拜託聲音小一點好不好？星期天，人家左鄰右舍都在睡……」

「人家睡人家的，關我屁事？告訴你！我——要——搬——家！」後面四個字，一字一頓，如雷貫耳。明德被吵起來了，他問：

「住得好好的，搬什麼家？妳看，我們的房子不小了，人家有的一家六口才住一間房……」

「對！人家一間房住一家人，我們三間房住三家人，你知道不知道？」

「就說三家，也才六口人，有什麼擠不下呢？」

「還有一件事，告訴你嘛，你不一定相信，不告訴你嘛，又有這件事，告訴你吧，我丟錢了！昨天早上，二十塊錢放在枕頭底下，我出去一趟回來，錢不見了，你看我們家是不是有賊？我受不了啦！我受不了啦！」

紫千聽她這樣說，就想起昨天早上，她從廚房出來，曾見阿西鬼鬼祟祟的從他母親房裡跑出去，若真是丟了錢，阿西便有嫌疑，但這種事怎麼能隨便說？這樣想著的剎那，就見有一個戴鴨舌帽的人站在門口，穿一件藍白大花的香港衫，手裡提著一個糖果盒，打著四川口音，說：

「格老子的，恁早雞貓子鬼叫！我老遠就聽見，到底什麼事麻？」

美娥眼尖，看見他提的是巧克力，眼睛亮了亮，說：

「還不是為你的事？」郭上士已經脫好鞋子，走進客廳正待坐下，美娥叫：

「紫千！倒茶！」再一看，傳雙也站在門口。紫千也看到了，此刻看到表哥就像看到救兵一樣，她心裡一橫，不倒茶了，她走到玄關，對表哥說：

「表哥，你不要脫鞋，我要和你出去。」

「到哪兒去？」

「跟你到外面走走，談談我們結婚的事。」紫千走過去，坐在玄關的踏板上穿鞋，穿好鞋站起來，拿右手掛在表哥的臂彎裡，兩個人好親熱的出去了。鳳娥看著，喜上眉梢。

郭上士看到牛紫千掛著吳傳雙的臂膀走了，他一股腦兒的熱望也隨之幻滅了，他對美娥說：

「格老子的，還講包在妳身上，這一下子，別個包走了！」他氣呼呼的站起來，又說了一聲，「格老子的！」才提著那盒巧克力走了。約莫他走出了巷子，美娥才自我解嘲的，「哼！愛送不送！」

傳雙跟紫千沿著馬路慢慢地走，紫千悠閒地走著，隨意看看。路上行人稀少。空氣清新，陽光在路傍鳳凰木的葉隙間嘻鬧著。路邊有兩三隻閒逛的野狗，偶爾開來一輛汽車，嚇走了樹上的一群麻雀。

傳雙的一隻手臂伸過紫千的腰後，緊緊地摟著，邊走邊對紫千說：

「紫千，我等你這句話等了二十多年，今天總算從妳嘴裡說出來了。」

「胡說！你才幾歲嘛？就等了二十多年？」

「妳忘啦？我還沒生出來就等妳了！」他們就這麼聊著又往回走，一路嘻嘻哈哈的笑著走回去，看在鳳娥眼裡，這才是最美麗的春天！

傳雙在客廳裡，對紫千又像對大家，說：

「我過幾天就要調到台北去。」

「什麼時候」紫千問。

「再過一個星期。」

「那我們的婚禮怎麼來得及？」

美娥忽然地像變了一個人似的，好不熱情地說：

「傳雙，紫千，你們都不用著急，婚禮的事包在我身上，我替你們籌備；倒是房子，你們要自己去找。」

「我們要先去台北一趟，看看房子怎麼弄？」傳雙看看美娥又看看紫千，最後把目光停在他母親身上，這可真是一樁大喜特喜的大喜事呢。

「我想去找蘭英姐姐，看她那裡有沒有房子要出租，我們明天就去好不好？」紫千這樣徵求著，傳雙邊聽邊點頭。

## 15

第二天，紫千和傳雙去了台北。美娥趕著去印喜帖；並用口頭提早通知明德的長官和同事，街坊鄰居，都說她的外甥就要結婚了，請大家都來喝喜酒，美娥又去訂酒席，儼然主婚人的身份自居，把鳳娥感激得涕淚奔流。她又對鳳娥說：

「依姐，傳雙他們結過婚出去住，妳就留在我這裡，以後也不要你拿錢，吃住我都給妳包了。」美娥這一陣子做慣了少奶奶，她也怕萬一鳳娥跟著兒子和媳婦走了，自己又要下廚房做粗活，所以她一手推一手拉的，把該推的推出去，該留的留下來了。

紫千他們到了新店，把結婚的消息告訴了蘭英，蘭英說：

「哎呀紫千！妳做的事情總是叫我嚇一跳！我還以為你已經回福州了呢……」看到傳雙到後面廚房去洗手，她壓低了聲音，半高興半憂慮的，問，「你表哥的脾氣有沒有改一點？」

「我也看不出來，反正從小都這樣，也習慣了……」看到傳雙出來了，他們又談起調職與租房的事，蘭英說：

「紫千，你們的運氣怎麼這麼好？我們隔壁前幾天才搬走，空出來的房子正要出租，價錢很便宜，就是房子不大好。」

「蘭英姐姐，能夠跟妳做鄰居是我的造化，房子差一點倒無所謂。」他們說著就去鄭家，接頭租房子的事，鄭家是受隔壁張家之托。鄭太太拿著鑰匙，開了門讓大家進去看房子。房子是跟蘭英的一式一樣，前後小小的一廳一房，再後面是小小間的廚房和洗澡間，紫千只希望自己有一個單獨的住所，這些她都不計較，只是屋內的油漆都脫落了，看著有點荒涼兮兮，蘭英說：

「這房子再漆一漆會很漂亮。」鄭太太怕麻煩就說：

「將就將就也是可以住的，張先生他們還不是就這樣住了那麼久？」

「做新房嘛，總要新，沒關係，我們來油漆好了。」蘭英對鄭太太說。

他們看完了房子又去鄭家訂租約。都弄好了，紫千突然想起來，她問：

「蘭英姐姐，弄了半天我還沒看到妳的小寶寶，是男的女的？」

「男孩，我們叫他兵兵，現在睡著了，你們來看嘛！」她把傅雙和紫千帶進裡屋看兒子，裡面光線很暗，黑黑的，看不清楚，蘭英要開燈，紫千阻止了，說：

「別吵醒他了，過幾天我們搬來了，我就可以好好的抱抱他……」蘭英又問：

「紫千，你們還要趕夜車回去是吧？還是在我這裡住兩天？」紫千正猶豫著，蘭英又說，「時間這麼匆促，那邊恐怕也有很多事情要準備，這樣吧，你們先回去，這裡的房子我來收拾，簡單的傢俱也由我來買，算我送給妳的結婚禮物。不夠的話，等妳來了之後再慢慢的添置，新房我替你佈置，到時候你等著做新娘吧！」

「蘭英姐姐，我這一筆錢，放在你這裡，怎麼安排都好，床啦被子什麼都要買……」傅雙說著拿出一個信封。

「不要了，不要了，留著給紫千做新裝吧，被子我那邊還有一床新的，普通的木床也不太貴……」蘭英把錢塞給紫千，紫千又塞給蘭英，說：

「蘭英姐姐，這樣就已經夠麻煩你和金大哥了，無論如何收下這些錢，我從福州帶來的幾件衣服都很好看，不用再添新衣服，而且我給人代了一個多月的課，手邊還有幾十塊錢，夠買零碎東西了，你們多了一個小寶寶，生活要用錢，無論如何把這錢收下吧……」紫千又把錢塞給蘭英就要走。

「好吧，好吧，我就不跟你們客氣了，你們也吃了飯再走？」

「不了，不了，七點半台北開的夜車，誤了反而更不好，我們在車上買便當吃吃很方便。」傅雙他們走了以後，金樹培回來了，蘭英把這個好消息告訴他。金樹培就說：

「房子我來油漆。婚禮那天我去就好了，妳帶著兵兵也不方便。」

第二天，蘭英等兵兵睡了，就開始洗窗擦地。蘭英叫樹培買淡紫色的油漆來漆門窗，牆壁都漆成白色。蘭英給紫千買了一張雙人木床，以及一張茶几兩把籐椅，又把別人送她的一張廢置不用的飯桌，也送給紫千，桌面上舖了一塊淺紫色的布桌巾。至於床上舖的蓋的是用紫千留下來的錢買的。蘭英不知道跑了多少間百貨店？才買到紫千說的那種「淺紫色的底，深紫色的花」被子、枕頭、床單都是清一色的淺紫繡著一朵朵濃紫色的牽牛花。整個看去，煥然一新，素中帶雅，連屋內的日光燈都罩上一層淡紫色的玻璃紙，夜幕籠罩下，屋內流瀉著柔柔淡淡的紫色光輝。蘭英如夢如癡地坐下來欣賞，心裡想，「不知道紫千滿意不滿意？」欣賞了半天，她站起來，到後面廚房洗了手，才鎖門回去。

紫千回到左營，也來不及做什麼新裝。就選了一件她離開福州時母親臨時給她添置的那件，淡紫色上面飄著濃紫發銀光小星星的綢旗袍，紫千試了試，心裡想，「就是現在臨時定做也做不了這麼合身。」

到了結婚這天，紫千把自己裡裡外外洗了個清爽。上午跟傳雙去法院公證，下午打扮好了去照相。喜筵訂在「閩北食堂」。

既然是美娥的外甥結婚，一切進出總務都由美娥夫婦總管，請的也都是美娥的客人，大家也都認為是名正之言順之。鳳娥自己暗暗思量，「我算什麼呢？」再一想，「既然美娥一切都比我行得多，就由著她吧！」這樣一想，她就落個三不管，不說話算了。鳳娥只把自己手上的那只玉鐲褪下來給紫千戴上，說：

「紫千，從今天起你跟傳雙一樣，叫我娘吧！」

「娘，謝謝你！」叫得鳳娥又是眼捩，又是鼻涕。她又褪下一個黃橙橙的金戒指給紫千戴上。紫千又謝了一次。其實紫千哪裡喜歡過這些玩意呢？可是，娘給的，不戴又不行。紫千戴上，看了看，覺得自己好俗，心裡想，「許多女人，怎麼那樣喜歡把自己身上掛得叮叮噹噹呢？」要不她就想，「這玉鐲為什麼不是紫色的呢？這些黃金為什麼不都是紫色的呢？」她也曾看過別的新娘子，頸項間掛著麻花似的金鍊子；手腕上戴著油條似的金鐲子，而每一個指頭上又套上頂針似的黃金指環，金光閃閃，好不熱鬧！她又想，「要是我呢？要是我自己也這樣掛得琳瑯滿目？會不會走不動呢？」想到這裡，她就笑了。娘看她笑，也笑了。兩個人笑的兩回事罷了。

現在，紫千是個笑盈盈的新娘子，賓客們都喊：

「新娘來了！」只見新娘穿著那件淡紫飄著濃紫小星星的長旗袍，星光閃閃，腳上是濃濃送她的淺紫撒著碎銀花的高跟鞋，胸前左襟佩一朵小小的紫色牽牛花，黑色發著藍光的長髮直直的披在兩肩，耳垂貼著一邊一朵紫色緞帶小牽牛。薄施脂粉，輕點紅唇，蛾眉淡掃，皓齒明眸。新娘是由做伴娘的濃濃牽出來，濃濃挽著新娘走過喜堂，正是「回眸一笑百媚生，六宮粉黛無顏色」男女賓客看著無不驚嘆：「哇！新娘好美！」

「哇！新娘好漂亮！伴娘也漂亮！」做伴娘的濃濃，穿一件米色鑲著淺咖啡細邊的長旗袍，胸前佩一朵黃玫瑰，腳踏金色高跟鞋。短短的捲髮，大眼睛配上淡淡的脂粉，看去也是閉月羞花的姿容。鞭炮聲中，一對玉人，輕挪蓮步，步步生花，娉婷嬝嬝，趨前而去。

新郎穿深藍色西裝，黑色皮鞋，前胸佩紅緞「新郎」彩條，頭髮鬍子清清爽爽，看去也頗少年英氣。等新娘新郎坐定了，濃濃坐在新娘旁邊，鳳娥以及美娥夫婦也坐在同桌。蘭英的先生金樹培也從台北趕來，蔡准將等至親好友同坐一桌。其他賓客也都陸續入席，上菜勸酒好不熱鬧。

鳳娥穿一件咖啡色旗袍，安安靜靜的坐著，實在認識她的人也僅有限的兩三個，誰都不知道她今天是堂堂的主婚人。她現在看看傳雙又看看新媳婦紫千，嘴巴笑得閉不攏，她一生的願望終算實現了一半；還有另一半的願望，那就是希望這一對新婚的小夫妻，早日多生貴子，明年能抱一對雙胎男孫，她就死而無憾！

美娥穿一件紫紅色的綢旗袍，背一個好大的大皮包。她先叫阿西把喜桌上的糖果，趁沒人注意的時候都收了，阿西早已訓練有素，跑過去像秋風掃落葉似的，把幾盤糖果一總掃進一個牛皮紙袋，好帶回去慢慢享用。她看阿西做得很盡職，美娥就忙別的，才看她坐在席上，一下子不見了，原來在帳房點帳；只一會，又到廚下去指揮，指揮那些跑堂和廚子怎麼分菜；因為原訂了四席，後改為六席，她又不肯付六席的錢，大廚子只好把四席的量分為六席，每一席的菜餚都只好薄些，反正客人都忙著看新娘，誰又會去注意酒菜的是否豐厚？只有最後一道全魚上不去，因為四條魚就是四條魚，不能變做六條，美娥就自作主張的對廚子說，「最後一道全魚不上了，四條魚都包好，等下我帶回去。」不上全魚就不上全魚，客人見半天都沒有菜上來，也就散了席。就算全魚上席，客人也都很少去動筷子，多半給主人家留個「全餘」的吉利。美娥早先就提來一個水桶，叫廚下把剩菜剩湯都倒在桶子裡，她已經吩咐過鳳娥，散席以後把剩菜提回去熱一熱。結帳時美娥又不肯付零頭，弄得「閩北食堂」的老闆夥計上上下下瞪眼歪嘴喊倒霉！一個從別處借來端菜的小弟看急了，偷偷往剩菜桶子裡吐口水，心裡罵道，「看你提回去還吃不吃？」吐了兩三口「嘿嘿嘿！」站在旁邊偷偷的笑。

賓客散了以後，新郎新娘別了母親親友，由金大哥金樹培護送，帶著簡單行囊，搭上蜜月夜車，直奔台北新房，不在話下。

# 暴風雨進行曲

## 1

且說濃濃，每天早上，照例帶了便當到廠裡去上班，她像往日一樣，總是在上班時間還沒到，就去了辦公室。她心裡想，「說不定大牛今天病好了，又來上班呢？」於是她在自己的辦公桌前面坐下來，像過去一飄盼她早來那神情，拿一雙眼睛，向圓形花壇那邊穿梭盼望，直到八點過後，該上班的員工都到齊了，她就把望呀望的目光收回來，開始校對昨天的帳冊。這工作過去都是大牛會幫她過目核對，現在她就只好自己再校對一遍。但在心理上她對大牛還是千依百賴的。辦公室裡少了一雙大牛那樣解情的眼睛，總覺得背後少了一塊有力的靠背石，濃濃無精打采而又百無聊賴，她真是要倒下去了。好在秀蘭常會過來安慰幾句，否則，這些日子真不知道怎麼樣挨過去呢？中午拿起飯盒來也是食不知味。好容易盼到下午下班的時候，她又總在辦公室裡多逗留片刻，一切都像大牛在時那樣，等辦公室裡的員工都走了，她就拿著帳冊，走到大牛的桌子旁邊靠一靠，跟冷冰冰的空桌子空椅子廝磨一陣，甚至自言自語的說：

「大牛，你不幫我看一看帳冊嗎？」又站在那裡等著大牛的回答，她彷彿依稀聽見大牛的聲音，「濃濃，妳現在比以前能幹多了，最近的帳都不會再弄錯了，以後只要自己小心點，可以不用再拿來給我看。」她望一望大牛過去天天坐著的椅子，笑了笑，然後把帳冊收起來，一切都像往日大牛在時那樣習慣，那樣自然。但是，大牛究竟是不在這裡了，她只好把希望寄託在明天，也許明天大牛就會來了。到了明天，從日出到日落，一整天又是這麼盼呀盼的。就這樣一日盼過一日，然後是一週，一週盼過一週。然後是一月，一個月也過去了，終於盼來了另一個人，他是新上任的會計主任。新的主任還是坐在大牛坐的那個位子，然而他只埋頭工作，從來不曾抬頭望她一眼，他不是大牛。難道大牛的病很重？大牛不會再來了嗎？有一天她鼓起勇氣，問：

「王主任，周主任不來了嗎？」

「嗯，他不來了。」為什麼不來？她不敢再問，也許人家不知道，也許人家知道也未必肯說。下班的時候，她又跟秀蘭走在一起。秀蘭說：

「這個人怎麼好像失蹤啦？否則好歹總有個消息。」

「秀蘭，妳知道不知道他家怎麼去？」

「我明天找個人去問問看。」秀蘭還是那麼熱情，她先打聽到了地址，又叫一個鄰居跑到周一飄家裡去問。周先生住的地方，現在住的已經不是周先生，現在住的這一家姓易。易先生說周先生已經搬走了。

「搬到哪裡去？」

「不知道。」

濃濃被這意想不到的答案，重重地打了一棍悶棍，她昏頭昏腦地昏了好幾天，才清醒過來，醒轉來的頭一句話，她問自己：

「大牛這樣做，是為了什麼？」

「吵架了嗎？」她問自己。

「沒有。」自己回答。濃濃知道自己愛大牛愛得像一團火。

「鬥嘴了嗎？」她又問自己。

「沒有。」又自己回答。濃濃知道自己曾百依百順。

「經濟方面有什麼壓力嗎？」

「怎麼會？」濃濃知道自己從未向對方要求過任何經濟上的支援。除了偶爾吃吃午餐，有時候還是自己付的錢。

「太座發覺了嗎？」

「有這可能。」但這是可以解釋的，也無需不告而別。

那麼，是媽媽了？據大牛說，那天大牛好好的去求親，是媽媽把他攆出去。

「攆了去，就可以不愛了嗎？這種愛又意味著什麼？」

濃濃這樣抽絲剝繭一個一個剝下去，不上班時，她也這樣剝著自己的繭抽著凌亂的絲。這為什麼？那為什麼？一千個，一萬個，為什麼？為什麼？沒有一個答案能叫自己滿意。最後她想，「也許答案還在大牛那邊呢？」如果是，必須設法找到大牛。於是她下了決心，今生今世，天涯海角，都要設法找到大牛！有了這個決定，濃濃自感生活又有了指針，她帶著這個指針，乘上了破舊的孤舟，迎風破浪，航行在茫茫人海……而紫千是她的燈塔，如今燈塔在遙遠的迷霧中，顯現著時隱時現一點點微弱的小光圈，海茫茫，霧茫茫，她僅僅知道燈塔在北方，她試圖著先發出一個訊號，給燈塔的守護者，於是她寫了一封信給紫千。

## 2

新娘紫千，隨著新郎，在金大哥的護送下，到達新房已是第二天了。她們回來的時候，蘭英正好等侯在新房裡。紫千走進新房舉目四望，立刻驚奇地叫起來，她甜甜蜜蜜地走過去，拉著蘭英那雙粗糙的手。興高彩烈的，說：

「蘭英姐姐！妳真是一個魔術師呀！化腐朽為神奇！那麼一間叫我無從下手的舊房子，經過妳的魔棒輕輕一點，妳看……」她把頭微微的抬起，兩手一攤，上下四周看了一遍，說，「……這不是成了一個小皇宮了嗎？」紫千又轉過身來，對著她的新郎，學著外國電影裡的鏡頭，行了一個宮禮，道：

「陛下，我們怎麼樣來謝謝我們的大恩人呢？」

「多生幾個王子、公主吧。」傅雙瞇著眼睛說。

蘭英也笑著說：

「對！對！對！多生幾個王子、公主！」羞得紫千一張臉紅紅的伸手去打傳雙。傳雙一路躲，一路說：

「哎喲！哎喲！沒見過新娘子這麼野，亂打人的！」

「誰叫你這麼討厭？！」紫千瞋瞋的說。

「真正討厭的還在後頭呢？」說完又跟紫千擠擠右眼。蘭英知道他們從小就這麼鬧慣了，一時不去管他，就說：

「你們肚子也餓了吧？樹培，我們回去，我先煮點麵給大家吃。」金樹培剛才一直坐在籐椅上笑，露出白白的一排小牙齒，現在聽蘭英說要回去煮麵，就站起來對傳雙說：

「傳雙，這兩天你要出去的話，再帶幾張吃飯用的圓凳子，現在你們什麼都可以將就，只缺這一樣了。」聽見傳雙應一聲好，他們兩夫妻就回去煮麵。

這裡傳雙跟紫千略為整理了一下衣物，那邊就叫吃麵了。紫千剛走出廳門，就有一群孩子圍著要看新娘，有幾個剛下班回來吃中飯的先生們，也都回過頭來看，鄰居太太們也找藉口來同蘭英說話，大家都要看新娘。弄得紫千好難為情，吃完一碗麵，只想躲進自己的新房。蘭英看她不吃了，就說：

「紫千，你們坐了一夜車，快去休息吧？」紫千還待要說什麼，蘭英又催了兩三次，並把他們送到門口，看著他們回去，蘭英才對樹培說：

「傳雙真有福氣，我看紫千八成是仙女下凡塵。」樹培還是笑，露出兩排整齊的小白牙。新郎新娘回到洞房，而他們的新婚夜是在下午。紫千正在卸裝，她脫下長旗袍，穿上紫色的睡衣，她一面扣著鈕釦一面說：

「表哥，我好像做了一場夢似的。」

「不許再叫我表哥了，誰說像一場夢？……」他拉著紫千的手，說，「……這是妳，這是我，我們結過婚，千真萬確的，怎麼說是夢？以後妳就是我的老婆了，叫我傳雙！」

「傳雙！你別老婆老婆的，難聽死了。」

「不是我老婆？難道還是別人的老婆呀？好險！差一點妳就做了別人的老婆……」

「傳雙，你別亂講……」

「我怎麼亂講？要不是『格老子的』那傢伙，我看妳還有得拖呢？妳會這麼乾脆的就來跟我睡覺啊？這麼說，我還得感謝那個『格老子的』？」

「傳雙，你再這麼滿嘴粗話，我就不依你了……」不說還好，一說，傳雙就伸手把紫千拉過來，要解開她剛扣好的鈕扣，說：

「我看妳依不依？妳現在是我的人了，妳跑不掉了……」傳雙動作粗鄙，紫千很不情願的讓他寬衣解帶，過了一會，她說：

「傳雙，不要！我好累，坐了一夜車，讓我休息。」

「妳坐了一夜車，我還不是坐了一夜車？我都不累，妳就累？算了，別找那麼多藉口，來，我的小寶貝！痛快一點！二十多年了，我幾時碰過妳一下，現在也是妳自己要結婚，別這麼拉拉扯扯的好不好……」紫千越聽越噁心，她一時覺得身邊這個男人突然好陌生好陌生，她痛悔自己那天一時魯莽賭氣，造成今天這個局面。這能怪他嗎？然而他們從小一起玩到現在，哪一回不是不歡而散？而如今恐怕是不歡也不能散了？ 在傳雙不達目的死不休的拉扯下，紫千還是依了，很不情願的依了。因為傳雙剛才說，「又不是我非娶妳不可，是妳自己要嫁的。」聽說這話，紫千竟睡意全消，她起身去洗澡更衣。那邊，傳雙已鼾聲如雷鳴！紫千聽著，不禁悲從心上起，她想，「這……這就是我的洞房花燭夜！」紫千悄悄地偷彈著眼淚。第二天，第三天，情形都一樣，到了第四天傳雙就去上班了。紫千每天都過去蘭英那邊坐坐，她與蘭英什麼都談，但是不談床第之事。

這一天是蘭英過來坐，紫千還是感激不盡的，說：

「蘭英姐姐，妳對我這麼好，好傢具都買來給我用，妳自己睡竹床，用竹桌子竹椅子，買籐椅給我用，又把屋子漆得這麼雅緻，我將來怎麼報答妳呢？」

「快別這麼說了，紫千，妳這是新房啊！也沒花掉多少錢。老實告訴妳吧，油漆是我和樹培兩個人一起漆的，吃飯桌子是人家送的舊桌子。其實，我也不是捨不得給自己買好的傢具，那時候我們想著也許很快就回去，不會在台灣住太久，所以都買竹子的，用一陣子就扔了。誰知道竹子的傢具也很結實，目前還可以用嘛，將來用壞了，我就去買同妳一樣的木床和籐椅……」蘭英聽見兵兵的哭聲，就說：

「……紫千，你過來我這邊坐坐，兵兵醒了。」她們每天都是這樣，你過來，我過去，有時候也到別家去串門，當然，村裡的人也常常邀三帶兩的過來看新娘，漂亮的新娘子給這個靜靜的眷村帶來不少話題。有時候她們也一起結伴去買菜，對這種小家庭的主婦生活，紫千感到既新鮮又忙碌。買回來的菜，她都照著傳雙和自己的口味慢慢的弄來吃。傳雙的胃口早就被他母親給慣壞，這也是紫千早就知道的，但並不知道他在飯桌上也是那麼不懂情趣，他的吃相是不登大雅的，弄好吃了就拼命咂嘴弄舌頭，把愛吃的那盤拉過來，不好吃的一律推開，遇到極愛吃的菜餚，他就說：

「這點剩下的粉蒸肉給我留起來，我晚上還要吃。」這些紫千都不去講究，叫她感到安慰的是，在這個家裡她是主婦，許多事情她都可以按照自己的意思去做，她不再寄人籬下，不再去看美娥千變萬化的臉色，不再聽到美娥頤指氣使的冷嘲熱諷，又有一個像母親一樣的蘭英姐姐住在旁邊，紫千心裡還是很滿足的。但只一樣，她怕夜，每當黃昏時分，許多太太都站在門口盼著先生回家，而紫千是沒有這一份心情。因為傳雙一回家就要吃飯，吃了飯又一直盯在紫千身邊，紫千走到哪裡？傳雙就跟到哪裡。這是愛嗎？不是！紫千看得很清楚，這叫做「需要」。就好像對門那隻狗媽媽生了一窩小狗娃，狗娃娃總是跟在狗媽媽身邊鑽來鑽去，狗媽媽走幾步，一窩狗娃兒全跟著跑，這些狗娃兒是愛牠的母親嗎？也不是，只因為狗媽媽的肚子底下，垂掛著好多顆飽滿的乳房，狗娃兒吮吸著乳房裡流動著的液汁，狗娃兒就不再感到飢餓。紫千想，「傳雙也像那些狗娃兒，他需要的是身體上的滿足。」於是，她對於夜晚，也連帶著想去逃避。

有一天，吃過晚飯，天氣仍然晴好，紫千見天邊晚霞艷麗，雲象玫奇，就說：

「傳雙，你看外面的景色多美？我們出去走走好不好？」

「有什麼好走的？對面山上都是墳墓，妳不怕啊？天上的雲有什麼好看？還不如在家裡睡覺？」

「那麼你在家裡睡，我去找蘭英姐姐出去散散步，好不好？」

「好！好！好！我陪妳去，你們女人家，都是喜歡這些不實在的東西！」

「什麼是實在的呢？」

「我看吶，有女人陪我睡覺就最實在……」

「我不去了。」紫千生氣的說。

「不去正好！妳以為我愛去？」

這時候晚霞也消失了，夜像一隻巨大的魔掌，籠罩著整個大地，紫千又心生恐懼，因為那隻毛絨絨的魔掌，正慢慢地向她伸來。她連做夢都不曾想到，夜會給她這麼大的威脅。

## 3

紫千收到濃濃的信，立即給她回了一封，她既不能在信裡表示太多，又不能給她實際的幫助，除了安慰還是安慰。她多希望有一筆多餘的錢，到左營去跑一趟，面對面的敘敘情懷，藉以減輕彼此的苦悶。但她抽不出錢，因為婚前婚後傳雙都曾挪用朋友的錢，目前還沒有把帳還清。再說紫千自己近來身體上常感不適，日常生活都難應付，何來精力長途遠行？她時感頭昏眼花，四肢無力。噁心嘔吐，沒有食慾。她怕刷牙，怕聞油煙。尤其更怕下廚房弄飯。往日她愛在菜式上變花樣，現在都不能了。傳雙又埋怨說，「妳做的

菜實在不如我娘，妳在左營跟我娘學了那麼久，學些什麼鬼？」紫千沒有吭氣，因為她覺得自己近來實在很不盡職，常常連碗都不能洗就去睡在床上，等傳雙快下班回來，才出去買幾個罐頭。傳雙又開始埋怨：

「紫千，妳也去買點新鮮的魚來吃，天天吃罐頭我何必討老婆，罐頭我自己還不會買嗎？」

「傳雙，我不是懶得煮菜，我最近頭好昏⋯⋯」

「頭昏少睡些嘛，我看妳天天睡睡睡，睡多了自然頭昏。妳說我愛睡，我晚上睡呀，妳們女人白天睡多了，自然晚上睡不著⋯⋯」

「傳雙，我過去怎麼不會白天想睡？⋯⋯」

「過去沒結婚啊？很多女人一結了婚就像一頭老母豬⋯⋯」傳雙說了一半，看見紫千已經哭了，就說，「去睡，去睡！女人還不是就會這兩三套，一吃二哭三睡覺！」紫千哇的一聲又吐了。傳雙說：

「我走了，我走了，妳們女人原來還會這一套，會吐。我真是受不了⋯⋯」話音未了，他已經走了。

紫千吐完了，覺得舒服了許多，過了一會她又想吃米粉，勉強下廚房煮了一碗米粉，吃了一半又去吐，連眼淚鼻涕吐得滿臉流，她想，「我恐怕快死了。」想著想著又睡著了，就這樣昏天黑地的過了個把月。有一天她跟蘭英一起到市場去買魚，一股魚腥味衝過來，紫千嘔了一口就昏倒在魚攤子前面，把賣魚的老闆和蘭英都嚇慌了，等她醒過來蘭英才把她扶回去，問了詳情，就對傳雙說：

「傳雙，你的新娘子怕要做媽媽了！」傳雙聽了手舞足蹈的，說：

「真的呀？我娘有指望嘍！我娘盼了一輩子，就是等著多抱幾個孫子。紫千，妳到底要幫我娘生幾個？」

紫千心裡想，「我這麼難受，你不知道？一句慰問體貼的話都沒有，還拿我當工具，為你們傳宗接代？」於是她沒好氣的，說：

「那要看你們吳家什麼風水呀？」

紫千害喜一直害了五個月，才慢慢好起來，她又可以吃一點東西了，蘭英對她呵護備至，買菜什麼重的都幫她提取。紫千常常想，「如果沒有蘭英姐姐在旁邊，自己的心情不知道會可悲到何種境地？」儘管可悲，但這些她都很快的丟開了，因為小肚子裡開始有小東西在跳動，這顯示著一個小生命已漸漸孕成，生命啊！生命！母親的子宮是小生命的溫床。每跳動一下，紫千就不勝欣喜，她就要在心裡悄悄的說一句，「小寶貝，媽媽知道。」漸漸的肚子越挺越高了，裡面的新生命不僅僅止於輕輕的跳動，他是躲迷藏般挑戰性的，這裡那裡踢一下躲開了，捶一下不動了。紫千捉不到他，遇到這情形，她總笑著對胎兒說，「調皮，等著媽媽打你屁股！」

紫千開始忙著親手給嬰孩做衣服，裡裡外外一套又一套，夏天穿的做完又做冬天穿的，又做了幾件花色好看的包巾與披風，還不到七個月，尿布什麼都準備好了。每天每天，她都以愉快的心情，陪伴著即將來臨的小寶貝。做完了衣服又忙著看書，她需要這些產前產後的常識。育嬰手冊買了兩三本，看看書，也聽聽音樂，一切都為了迎接即將來臨的小寶寶。但是她仍然恐懼著黑夜的來臨，因為傳雙依然故我，無視於紫千的大腹挺挺，因為他更需要的是某方面的滿足。好幾次紫千求他，「傳雙，不要，我好難受。」但是傳雙說，「有什麼關係嘛？這件事跟妳的肚子有什麼關係嘛？」又有一次，紫千說，「傳雙，你饒了我吧！」但是傳雙說，「妳想叫我等上十個月呀？」於是他還是我行我素。直到快臨盆了，傳雙還是一次不能少。紫千說：

「傳雙，你不為我，也看孩子面上，書上說的胎教要緊！」

傳雙還是嘻皮笑臉的，說：

「什麼胎教不胎教？最後一次！最後一次！」說完就像路邊的

老公雞咬住了小母雞的脖頸，抖動了幾下翅膀，下去了。如雷的鼾聲中，紫千慟哭到天明。第二天下午，紫千感到肚子一陣一陣緊，手腳都腫腫脹脹的，連走路都好笨。她就說：

「傳雙，你現在陪我到醫院去檢查，明天請一天假好不好？」

「要生啦？這種女人家的事，你最好找蘭英姐姐陪妳去，我又不懂，我不想請假！」

紫千無奈，就去央請蘭英姐姐。她說：

「蘭英姐姐，我肚子怎麼一陣一陣緊，不知道是不是要生了……」說完她退下手上的玉鐲和金戒指，要交給蘭英，她接著說，「蘭英姐姐，這兩樣東西妳幫我保管，要是我不好了，妳幫我把孩子撫養大；要是我們母子都……你就幫我們葬在一塊……我好怕……蘭英姐姐，我不知道生孩子是什麼樣……」蘭英見紫千抽噎起來，就說：

「生孩子是痛苦，哪裡就會死了呢？生孩子都死了，誰還生孩子？我當時要生的時候也這麼想，後來還不是好好的？妳看，我們兵兵都快一歲了，多可愛？別胡思亂想了。根據我自己的經驗，妳可以上醫院去待產了，這些首飾，我幫妳保管也好，免得到醫院弄破弄丟了……」她接下紫千的首飾，又說，「生孩子最好自己先生在旁邊，心理上比較安定，生起來更順利。你們先去，我明天一早就去陪妳。」她又過來把同樣的話跟傳雙說了一遍，傳雙不得已，才陪紫千去。

他們到了省立醫院，產婦科的病房都客滿了。值班護士說：

「還有一張二等病床，人家都不肯住，妳要不怕，就暫時住下，明天有人出院再轉病床。」

「為什麼人家都不住那張病床呢？」紫千擔心的問。

「裡面還有一個病人，好會吵！好會叫！別人怕她。」

紫千肚子又痛了一陣，她有點不想再跑另一家醫院，就說，「這樣啊？那麼我暫時住下吧？我肚子好痛了。」

「那好，請妳先生來辦入院手續。」她又叫，「密斯王，一〇六第二床！」密斯王是助理護士，叫她去把病床弄好。

紫千住下了才知道，裡面住的那個也是要生產的孕婦，紫千進去的時候，她蓋著毛毯白被單睡著了。紫千心裡想，「她哪裡吵人？」就放心的住下。紫千剛躺下去，肚子痛得更緊了，她自己「哎喲！哎喲！」哼不停，她又想，「倒是我自己吵了人家。」就把聲音放低了，痛了一陣不痛了，見傳雙進來就說：

「傳雙，我出了好多汗，你去弄點水來，我擦一擦。」傳雙拿了臉盆剛出去弄水，鄰床的產婦就開始大叫大吼起來：

「你們放了我吧！你們放了我吧！痛死啦……痛……死啦！哎唷！哎唷啊……我不要生啦！我要回家啦！」聽她越叫越大聲，值班護士小姐進來，拿了體溫表、血壓計，要給紫千檢查。檢查完了，她告訴紫千，「已經開四指了，恐怕夜裡會生。」又對鄰床的孕婦大聲說：

「妳叫什麼叫？妳還早，再等三天也不會生，誰叫你自己要提前來住院？」說完就走了。紫千看到護士小姐對鄰床那麼不客氣，不由得對鄰床的孕婦十分同情。傳雙弄一盆水進來了，紫千正在洗臉擦身體的時候，肚子又痛了一陣，她咬緊牙根不敢叫，她怕叫出聲音來，護士小姐也會來罵她。痛過了一陣，她對傳雙說：

「傳雙，護士小姐說我可能晚上就會生了，你不要走開，我心裡好怕！」

「好吧，我不走開就是。」鄰床的孕婦又大叫起來，又唱又唸的，滿臉鼻涕眼淚，又拿手捶打病床，一隻腳在床上踢，罵醫生護士都死啦！又說，「我要自殺給你們看！」紫千這時候才懊悔不該住進來，現在怎麼補救呢？還沒隔幾分鐘，鄰床的孕婦又開始呻吟，又唱又唸了一遍。紫千自己的肚子也痛，痛一陣過了，紫千拿毛巾擦汗。傳雙去把水倒了，他問紫千，「還有什麼事嗎？」紫千悄悄的說，「我好怕，你去問問護士小姐，實在沒有病床，我們還是趁早轉院，我不想在這裡生，剛才不知道這個人吵得這麼厲害。傳雙，你去問問看好不好？問過，再進來，我好怕！」

「剛才都是妳自己要住進來，好吧！好吧！我去問就是。」傳雙剛出去，紫千又痛了一陣，現在一陣比一陣緊，一陣比一陣痛得長。鄰床的孕婦又開始叫了，護士小姐又來罵了一次。天色漸黑，餐車送飯來了，給紫千送的是乾飯、一碟豆腐燒肉、一碟四季豆炒牛肉絲、還有一碗蛋花湯。紫千看了也吃不下，她把蛋花湯喝了，其餘的人家又收走了。七點鐘換了夜班護士，護士進來量體溫的時候，紫千見鄰床睡著了就問：

「小姐，我先生有沒有同妳說我要換病床？」

「沒有啊，妳先生沒說要換床，白班也沒有交待，要換床也要等明天了。」

「我先生在不在外面？」

「沒有，外面一個人都沒有。」紫千納悶了，傳雙跑到哪裡去呢？會不會出去吃飯？ 夜班護士量好體溫，送過藥，有一位值班大夫來檢查，也告訴紫千可能晚上就會生了。紫千又痛了兩三陣，快九點了，傳雙連影子都沒有。病房裡的燈一盞一盞暗了下去，顯得好陰氣。紫千痛過一陣，正待要休息，鄰床待產婦叫她：

「太太！太太！請你幫幫忙，把我這隻腳打開。」紫千下了床，慢慢的走過來，站在她床邊。問：

「什麼？什麼腳打開？」昏暗中她依稀看見，這女人有一張又黑又皺的長臉，長臉上鑲著一對小而狡猾的眼睛，下眼瞼拖著濕濕紅紅的贅肉，紫千起了一身雞皮疙瘩。黑臉的女人張著一張大嘴，說：

「太太！你看看，他們多沒良心，把我的腳鎖起來……」紫千打開她的被單，一看之下，嚇了一跳，果然一隻右腳被一條粗鐵鍊鎖在床欄上。紫千內心驚疑無狀！這個女人，是瘋子嗎？為什麼這麼可憐？連生產都要被約束自由？紫千的肚子又痛了一陣，她微駝著背部，兩手抱著自己收緊的肚子，說：

「我好痛！我肚子好痛！我的手都沒力氣……」她一面想，「被鎖上總有原因吧？」當她準備轉身要去躺在自己床上的時候，這個待產婦問她：

「妳開不開鎖？」

「等我這一陣痛過了，去叫護士小姐來幫妳開，我又沒有鑰匙……」突然，這女人舉起左腳來襲擊她，還好，只踢到紫千的大腿，並且罵道，「去妳的！不幫我算了！裝什麼蒜？」又狠狠的咬著牙說，「妳要是去告訴她們，我就殺了妳！」紫千越聽越怕，不知如何是好？真希望傳雙這時候趕快來陪她。可是已經十一點鐘了，傳雙怎麼還不來？是不是回家了？鄰床又叫起來：

「哎唷，哎唷……喲！我好痛啊！你們再不放開我，我開槍殺了你們！醫生啊，護士啊！你們行行好事吧！放開我啊！……都死光啦！我的孩子喔！你怎麼不早點出來啊？救救我吧！……聲音漸漸微弱下去，幽幽的，像幽靈哭訴。紫千聽著全身都抖了起來。肚子又痛了一陣。痛過了，她側耳細聽，鄰床沒有什麼動靜，也許睡了，她側過臉看了一下，果然是睡了。紫千慢慢的移動著笨重的身軀，悄悄地拖著腫脹的雙腳，偷偷地開開一〇六病室的房門，她挪著步子走出門外，她自由了。站在走廊旁邊，肚子又痛了一陣，腹部下端開始往下墜。她幾乎是走一步停一下，好容易走到了護士辦公室，她在辦公室門口停下來，護士小姐在裡面寫東西，看到紫千站在門口就出來問：

「怎麼樣？痛得很厲害啦？」紫千點點頭。護士小姐又說：

「頭一胎，不會這麼快，再回去休息吧。」

「我不敢，我好怕！剛才她叫我幫她把腳打開。」護士小姐驚慌的說：

「千萬不能聽她的，打開了，她逃掉了我們要負責呀！」護士小姐壓低了聲音說，「這個女人是女毒梟，是大販毒集團的第二號首腦人物，專門從香港私運毒品到台灣來賣，上個月在飛機場被治安人員截獲，現在還沒有定罪，在送看守所以前就已經逃脫了一次，到了看守所又整天鬧著說肚子痛要生孩子。看守所裡都是男人，看她鬧成那樣，以為真的要生了，就把她送到醫院來。其實預產期還早呢！送來三天就這樣鬧了三天三夜。自己總不停的叫，要生了，要生了，叫人趕快打開她腳上的鎖鏈。那是人家看守所鎖的，我們怎麼能打開？打開她還不是馬上就逃了，誰負得起這個責任？」護士小姐說到這裡，一〇六那邊又哭起來了。哭聲震撼著病房的裡裡外外，以及這長長的走廊，「哦呵呵！……你們沒有人道啊！啊……呵！呵！……生孩子都不給我自由啊，小姐！護士小姐！求你幫我打開啊……我要上廁所啊……你們死光啦？我——要——上——廁——所！」後面是一個字一個字的喊。護士小姐就去叫女看守來把她打開，帶她去廁所……

剛才紫千差不多一分鐘就痛一次，護士小姐看她痛緊了，就把她帶到候產室去檢查。這一下，她告訴紫千：

「快了！快了！」

「護士小姐，我求你讓我在候產室睡一會兒好不好？小姐，拜託妳幫我換病房好不好？」護士小姐點點頭，說：

「好吧，妳暫時先睡在這裡，不過，換病床是明天的事。」

紫千的陣痛一陣緊似一陣，而且見紅了。一個把頭髮都包在白帽子裡的助產士進來幫她做準備工作，紫千告訴她，「我好想大便。」助產士說：

「快了，快了，我們現在送妳到產床上去。」

紫千睡在產床上，她兩腿被架了起來，全身不能動彈，大夫過來聽過心臟，血壓也量過了，大夫說：

「心跳血壓都很正常，好好的痛幾陣就快了。密斯陳，消毒陰部皮膚吧！」紫千迷迷糊糊的聽見人家說著這些話，還有一個小姐問她：

「吳太太，妳先生來了沒有？」

「來是來了，不知道又到哪裡去了？哎唷......喲！我好痛！」紫千咬緊了牙根，又痛了一陣，紫千吊起來的兩隻腿抖動得好厲害，她咬了一下牙，說：

「我的左腳，我的左腳，腳底抽筋……哎唷……哎唷……」有一隻手正在幫她按摩左腳。紫千又痛了一陣，抖了一陣，出了一身大汗，只聽得好幾個人叫她：「用力！用力！用力！好！……休息。」人家叫她用力，她就拼命用力，人家叫她休息，她就休息。休息的時間她問：

「小姐，妳看看我先生在不在外面？」一個實習護士跑去看，回來說，「外面沒有人。」紫千忽然好恨傅雙，昨天把她一個人丟在那樣恐怖的病房裡，一直到現在都沒見他再回到病房，「哼！現成的爸爸，別想叫我再生了！」肚子又痛了。

「哎唷！媽呀！蘭英姐姐！我要死了……」

「用力！用力！用……力！好！休息！」紫千被這樣被動的指揮著，每一次陣痛，她都把力氣用盡了。當她沒有力氣的時候，她就像要虛脫似的，好像死亡之神隨時都守護在她的左右，她以為自己馬上就要死了，寧可死了吧！相信死亡也不會像女人生孩子這麼痛苦，……「哎唷！哎唷！哎唷……喲！……」

「吸一口氣！用力！力氣用長一點！好！休息！」護士小姐好熱心的幫她擦汗，溫柔的安慰，「吳太太，笑一笑，放輕鬆一點，馬上就要做媽媽了！」紫千笑不出來，也輕鬆不起來，肚子又痛了，紫千覺得已經使不上力氣，她說：

「醫生，我沒有力氣了。」這時有一隻厚厚的手掌壓住她的上腹部，幫忙往下腹部推去，「用力！最後一次，吸一口氣，用長……力！」天崩地裂！隨即有一股熱騰騰沉甸甸的衝力，自她兩股之間，衝！滑！像一條滑溜溜的大鯉魚，從子宮經過產道溜滑了出去！

「哇！嗚……哇！」

「嗚……哇！嗚……哇！」一個生命誕生了！偉大的造物主，

哭聲雄健有力，一聲又一聲，像是喊著「姆……媽！姆……媽！」

紫千癱軟在產床上，但感肌骨俱焚，她好像聽見有人在雲端霧裡講話：「出血過多！止血！先打一針！」以後什麼都聽不見了……

等她清醒過來，護士小姐把只露出小頭小臉的襁褓抱來給她看，「吳太太，恭喜妳！生個又白又胖的大兒子！」紫千睜眼看看紅咚咚的小臉，正張著小嘴巴，到處找到處吮吸，眼睛閉著，眼皮泡泡的，眉毛黑黑濃濃的像畫的一樣。紫千記得自己小時候，就常聽見人家說她的眉毛像畫的，紫千細細的端詳著，一面在心裡默默地對自己的小嬰兒，說，「小寶，你是媽媽身體的一部份，現在是獨立的個體了，乖乖地成長吧！媽媽要好好的保護你！」新生命的喜悅充滿著她的內心，紫千漸漸忘了生產時的痛苦與掙扎，她又想，「這就是母親嗎？」

第二天、一清早，蘭英來了，聽說紫千已經平安的生了一個男孩，又趕快去買雞蛋煮給她吃。紫千下體縫了十六針，不能坐也不能動，蘭英一口一口的餵給她吃，邊餵，邊問：「怎麼沒有看到傳雙？這個人，他到哪裡去了？紫千，妳生的時候，他沒有在旁邊陪妳呀？……」話還沒說完，只見兩行清淚，順著紫千的眼角滑了下來。蘭英說：

「不要哭，不要哭，我去找他。」

蘭英走出病房，裡裡外外的去找，找到產婦科門診候診室，看到有一個男人躺在長條椅上睡得好沉，這人有點像傳雙。蘭英跑過去看仔細了，才拍他一下，說：

「醒醒吧！傳雙！」傳雙坐起來，揉揉眼睛，說：

「這椅子一夜睡得我腰酸背痛，蚊子把我叮得好慘！」蘭英幫著紫千把心涼了半截，停了半晌才埋怨，道：

「你們男人也真是的！紫千生了一個兒子，你都不知道哇？」傳雙一聽說生了一個兒子，就問：

「真的呀？多重？像誰？」停了一下又高興地抓抓頭，說：

「這一下，我娘可滿意了！我到底替她生了一個兒子，不怕沒有人傳宗接代了。我娘要我們一年生一個，明年，明年我們還要生……」看見蘭英把臉拉長長的，才停下來，問：「我生兒子妳不高興啊？」

「你生兒子！？是你生的兒子呀？快去看看紫千蒼白得什麼樣？」蘭英生著氣說。

傳雙跟蘭英一起到了病房，還是一〇六，那女人又開始鬼叫鬼吼的。傳雙呆了一會，說：「這麼吵！我受不了。我先去打個電話給我娘，告訴她，我已經替她生了兒子了！」說完就出去了。這裡蘭英搖著頭，紫千拿被頭矇上臉，泣不成聲。

傳雙打完電話回來，紫千已經換病房了，傳雙進來，說：

「我叫我左營的同事去通知我娘，我娘那個急性子，你看，她一定會馬上趕來看她的孫子。我現在就要到辦公室去等同事的電話。我娘要來的話，我還要到車站去接她。紫千，妳反正睡覺嘛，我要走了，我現在就去辦公室等電話，等我娘來了我再跟她一起來。」

傳雙果然猜得沒錯，第三天鳳娥就來了。他到車站把娘接來，一起來到省立醫院。鳳娥到病房的時候，正好碰上小姐們推著嬰兒車出來。鳳娥看著一個一個裹得像大春捲似的，新奇的不得了，不斷的問：

「哪一個是我的孫子？哪一個是我的孫子？傳雙快去幫我抱來！」正說著，護士小姐已一個一個的抱給母親去餵奶。

一個穿藍白制服的實習護士，也抱來一個遞給紫千，紫千因下體傷口乾痛，坐不起來。鳳娥就把嬰兒接過手，親呀親的，親過了又聞，聞過了又看，看了看又把嬰兒舉高托遠了來欣賞。摟在懷裡又親，簡直不知道怎麼疼才好？她把傳雙叫來，叫傳雙也來看嬰兒，邊看邊說：

「傳雙吶，小寶寶長得跟你小時候一模一樣，你看，這鼻子，這眼睛，這嘴巴，再像不過了，怎麼會像得這麼絕呀？……」鳳娥彷彿自己又回到年輕時候，沉浸在新做母親的幸福裡，那時候她也是抱著傳雙，這麼看這麼疼的，現在她又親了幾下，才說：

「傳雙吶，我想給他取個名字……」

「娘，妳說叫什麼名字？」

「叫依三，明年再生一個叫依四，以後再生的叫依五、依六、依七……生越多越好，我喜歡孫子多，孫子多才福氣咧！」傳雙母子繼續把嬰兒仔細的端詳，左看看，右看看，怎麼看都看不夠似的。

紫千冷眼旁觀，看著他們母子倆，沉醉在做祖母做父親的幸福裡，紫千冷冷的想道，「你看，他們兩個沒有一個過來慰問我一句，男人沒有生過孩子倒也罷了，可是，娘是女人，女人到老了，也就這樣，把自己的快樂建築在別人的痛苦上啊？」

紫千看嬰兒的嘴巴到處找，到處吮吸著，像是肚子餓了。紫千說：

「娘，抱來放在我旁邊，我來餵他奶。」鳳娥抱過去放在紫千旁邊。傳雙就說要帶他娘回去休息，也順便吃一點東西，鳳娥剛才趕著來看孫子，到現在還沒有吃東西。他們兩母子走了以後，紫千就開始餵奶，餵了一會，嬰兒不吃了，她把奶瓶放好，再轉過臉來，慢慢的欣賞自己身邊的這個小生命。她想，「這個小生命，是自己身上分出去的一塊肉啊！這個小生命，幾幾乎是拿自己的這一條命去換來的……」她這樣想著，又仔細的端詳著嬰孩的小臉。小圓臉紅咚咚的，嘴巴好大，她看鄰床的媽媽也抱著自己的嬰孩在那裡欣賞。她遠遠的望去，也是紅咚咚的小臉，大嘴巴到處找到處吮吸，紫千想，「怎麼？每一個嬰兒看去都這麼像呀？娘不知道怎麼看的說是像傳雙？娘的眼睛真是厲害！」紫千開始看眼睛，看眉毛……「不對呀！」紫千記得那晚在產房，護士小姐曾抱來給她看了一眼，她當時看著嬰兒的眉毛好黑好濃；怎麼今天變得又稀又薄又淡？她心裡狐疑著，「不對呀？這不是我的孩子！」她把護士小姐叫來，把自己的想法告訴她。護士小姐把嬰兒的手腕拿起來看，紫千才看見原來嬰兒手腕上都有一圈窄窄的白布條子。護士小姐看了看，一〇一王阿梅之女，不是牛紫千之子！護士小姐臉紅了一陣，她對紫千說：

「對不起！抱錯了！」又去換了一個來。紫千再仔細端詳，才高興起來，心裡想道，「是了，那天夜晚看過的就是這眉毛。」紫千正端詳著，聽見鄰床的產婦在那裡竊竊的笑，紫千也不去理會。原來這個產婦笑的是，剛才鳳娥親了半日，親的是人家的女孩，不是鳳娥乃孫！

鳳娥在新店住了一天就回左營去了，她本來還想再到醫院去看看孫子，可是傳雙告訴她，美娥在電話裡叫得好凶，美娥說：

「你告訴你娘，今天不回來，就不要來了，為什麼我這邊忙著請客，她就要走？孫子是她的跑不掉，晚幾天去看不行啊？」鳳娥又急急忙忙的回左營去了。

## 4

產後的紫千一直很虛弱，失血過多，又加產道傷損嚴重，下地試了幾次，但感頭重腳輕，舉步維艱。出院這一天，蘭英、傳雙都來接她。護士小姐已經把嬰兒的衣服換好，包著紫千親手做的帶有小蘋果花樣的毛巾料包被。露出紅咚咚的小臉，頭髮又多又黑，眉毛像畫的。初做母親的紫千好想把他抱在懷裡，她試抱了一下，又趕緊放下去，小小的一團，還這麼重。蘭英說：

「紫千還是很虛弱，傳雙，你抱孩子，我來扶著紫千走。」他們先到辦公室謝過醫護人員才往外走，走過一〇六病房，裡面仍然傳出恐怖的哭叫聲：

「啊⋯⋯呵⋯⋯呵！你們放開我吧！我肚子好痛啊！我要生啦⋯⋯啊⋯⋯呵⋯⋯呵！你們都不管我⋯⋯你們都是一群死王八

蛋！」紫千頓感一陣寒氣襲來，從腳根透向頭頂，好冷，她打了一個寒噤！

回到家裡，頭幾天都是蘭英過來幫著洗洗弄弄。紫千一向很怕麻煩他人，對於蘭英姐姐，她早就深深感到給她麻煩太多，所以自己也勉強的起來做了不少事。產後的她，雖然身體虛弱，但她內心堅強無比，尤其充滿著做母親的幸福。嬰兒的那麼一個小身體，那麼一張小臉，就是她的整個世界！

紫千不管別人給他取名什麼？在她心目中，他永遠都是小寶貝。當他還沒生下來，她就叫他小寶。儘管小寶對周圍的環境還沒有什麼意識，但她唱歌說故事給他聽，她常常把小寶抱在懷裡對著他笑，親一親，貼貼臉，她打開小寶揑得緊緊的小拳頭，聞一聞，聞著那裡面一股酸酸的奶香。凡此種種，紫千整日做不厭。一會怕小寶餓了，一會又擔心屎尿濕了片子。哭久了怕他累，不哭了又擔心他運動不夠……她真是一個癡癡狂狂的小母親啊！凡小寶的重要大事，都一一記在一本記事本上，諸如：小寶誕生的日期、時間、地點。小寶哪一天會笑了。哪一天長出第一顆門牙。小寶預防注射的日期。小寶哪一天會叫媽媽。哪一天會叫爸爸。小寶會走路了。小寶會說簡單的句子了。這些都記載的很詳細。小寶週歲時，傳雙曾去信要她母親來，但因颱風而作罷。週歲以後記載較少，她開始帶他去動物園、植物園等處去跑跑走走。這一天她去動物園回來，路上碰到一位教友想拉她去教會，紫千想，「也好，好久不進教堂了，又走了半天的路，好累，進去坐一下也好。」她抱著小寶跟著那人走，只拐一個彎，走幾步路就到了。她看門口掛著XX聚會所，就跟著進去了，禮拜已經開始，她就坐在後面，自己靜靜的禱告。但是前面怎麼這樣吵呀？他們禱告怎麼不像禱告呀？有的哭有的啼，有的搥胸，有的頓足，有人哭著做見證，語音嚎啕涕泗縱橫。紫千感到全身雞皮疙瘩。紫千想起以前在家鄉福溪，父親主持的那個教會，從來不是這樣子的。但是既進來了也不好馬上就走。她默思了一下，心想，「上帝一定不會希望，信祂的人是這一副嘴臉，這樣的地方，上帝會進來嗎？就是進來了，也會立刻被嚇跑。」紫千有些坐不住，前面又突然有人跪地，大聲嚎啕：「主啊……」小寶被嚇哭了，紫千就跟剛才帶她來的那位朋友，說：

「金太太，我們小寶可能餓了，我帶他回去吃點東西。」這時候又有一位教會裡的負責人過來問紫千，道：

「妳要不要受洗？信耶穌才能得救……」講話聲音怪怪的，好像也是剛才哭過似的，紫千正不知如何回答，小寶又大哭起來，紫千趕快哄小寶：

「小寶乖，小賽乖，我們回家……」她又對那人說：「我們小寶餓了，下次再說吧。」小寶一出來就不哭了，指著路上開的車子，說，「車車，車車，媽媽小寶坐車車。」紫千親他一下，母子都笑了。

小寶一天天長大，紫千發現小寶口齒伶俐，又不怕生。來一個客人，就要坐上客人的腿上，唱：

「小老鼠，上燈台。偷油吃，下不來。叫媽媽，媽不來。嘰哩咕嚕滾下來！」小寶一歲半了，好喜歡咿咿呀呀的唱。醒著的時間，他整天唱，不愛哭，記性又好，那些兒歌教幾遍就會了。紫千只管搜腸括肚，所有她會唱的兒歌都教光了，小寶還吵著她再教新的。有一天，她就帶小寶去幼稚園，站在教室外面看人家上課，她抱著小寶站在教室外面聽，教室裡的修女正在教小朋友唱兒歌，紫千聽見修女說：

「小朋友，你們喜歡不喜歡牽牛花？」

「喜歡！」

「老師教你們唱牽牛花好不好？」

「好！」教室外面的小寶也跟著回答，把教室裡面的老師和小朋友都逗笑了。修女過來請紫千進去坐，紫千就抱小寶進去坐在最後面。

修女老師說：

「好！我們現在開始，老師唱完了，小朋友跟在後面唱」。

修女老師開始唱：

「牽牛花！牽牛花！不牽牛兒牽喇叭！嘀答答！嘀答答！原來是一朵喇叭花！」修女唱了一遍，說：

「老師現在唱一句，小朋友跟著唱一句，好不好？」

「好！」小朋友回答。

「牽牛花！」老師唱第一句把頭偏左，唱第二句把頭偏右，每唱一句都拍一下手，聲音又甜又有節奏，她唱完了把手一指，指大家，大家一起唱：

「牽牛花！牽牛花！不牽牛兒牽喇叭！嘀嗒嗒！嘀嗒嗒！原來是一朵喇叭花！」小朋友跟老師一樣唱得好有韻律。小寶也跟著拍手唱，紫千也唱。唱了幾遍，老師又問小朋友：「牽牛花像什麼？」

「像喇叭！」小朋友回答。小寶聽見小朋友都說喇叭，他也跟著說，「喇叭。」把老師和小朋友又逗笑了。

下課了，小朋友都跑出去玩。修女走過來問紫千：

「你這小寶寶多大啦？這麼可愛！」

「快兩歲了，老師您貴姓？」

「我姓周，妳叫我周修女。」隨即就有一個人走來，叫：

「周園長！周園長！溫神父要找周園長談事情。」周園長跟紫千點一下頭，走了。她走到鞦韆架旁邊跟神父講話。紫千站在走廊底下望過去，看見一個穿著黑袍子的神父，紫千想，「這個大概就是溫神父。」周園長跟溫神父講完話又去跟別的家長講話。這時候有一群小朋友，生拉硬拽要把溫神父拉去跟他們躲貓貓，溫神父就去躲，小朋友來找。等小朋友眼睛都矇起來了，溫神父搖動著胖胖的身軀，躲在教堂後面的牆觭角邊，露出一點點黑袍子來，小朋友大聲嚷嚷：

「找到了！找到溫神父了！」溫神父就假裝著要逃，小朋友都喊：

「神父賴皮！神父賴皮！」他們又去把神父逮出來，溫神父輸了，就請小朋友吃糖。紫千看剛走了一群小朋友，又來了一群，這一群小朋友是來纏著溫神父要郵票，溫神父搖一搖笑嘻嘻的娃娃臉，說：

「只有三張，誰要？」

「我！」

「我！」

「我！」七八個我！我！我！

「好吧！過來抽籤！」他們進去抽籤，紫千就帶著小寶要回家，她走到門口又仔細的看一看掛著的牌子，「新店天主堂附設愛德幼稚園。」紫千看了看對小寶說：

「小寶長大了，來這裡上學好不好？」

「媽媽，小寶明天還要來！」小寶對他媽媽說。

第二天吃過早飯，紫千閉口不提昨天的事，小寶要是忘了最好，免得去了又影響人家上課。紫千故意慢吞吞的收碗，收了碗又去洗衣服。紫千才洗了兩件衣服，就聽見小寶不完整地唱起昨天的牽牛花，「牽牛花！……」唱一句他忘了，紫千跟他一起唱，「……原來是一朵喇叭花！」小寶突然想起來，說，「媽媽，小寶還要去。」

「還要去哪裡？」

「小寶還要唱牽牛花。」

「在家裡媽媽教小寶唱好不好？」

「嚶嚶……小寶還要去。」紫千見小寶要哭了，就說：

「等媽媽衣服洗好了帶小寶去好不好？」小寶又笑了，趕緊去拿自己的鞋子，說：

「好！小寶穿鞋鞋。」紫千又帶著小寶來到愛德幼稚園。她在走廊外面轉了一圈沒有看到周園長。昨天周園長教的這一班，今天是另外一位高個子的修女，她正在裡面講故事，小朋友聽得好有味道，一個個眼珠子都像龍眼核似的滾過來滾過去。張著小嘴呵呵的

笑。紫千怕影響他們上課，看一下就走開了。等一下她又走過來，聽見高個子修女對小朋友說：「故事聽完了，我們現在來表演拔蘿蔔好不好？」說完看見紫千站在門口就過來問：

「請問是要看妳的孩子嗎？」

「不是，我想找周園長有點事。」

「周園長有事去台北了，請問有什麼事嗎？」

「我想找周園長借兩本幼兒唱遊歌本……」

「喔，妳找方修女也可以。方修女現在正在裡面教小朋友跳舞，要不急的話，下了課我帶你去。」

「好，好，不急不急。請問貴姓？」

「我是杜修女。不急的話，先在教室後面坐坐，我們現在也要練習表演，再過半個月我們就要正式上台表演了。」等紫千到後面坐下，她就拍一拍手，說：

「現在我們要練習拔蘿蔔，好！大蘿蔔先出來！」紫千看到一個胖胖的小男孩出去了。杜修女又說：

「好，現在拔蘿蔔的出來！」又出去了六個小朋友，他們全體一起唱：

「拔蘿蔔！拔蘿蔔！左一拔，右一拔，嗨唷！嗨唷！拔不起！」

「老太太，快快來，快來幫我們拔蘿蔔，拔蘿蔔，拔蘿蔔，左一拔，右一拔，嗨唷！嗨唷！拔不起！」

「老公公，快快來，快來幫我們……」這是一齣化裝表演的兒童歌劇，一個小朋友做大蘿蔔，其餘的都去拔蘿蔔。拔蘿蔔的人可多可少，也可以唱：「大黃狗，快快來，……」、「小白兔，快快來……」，最後是拔起來了。

去拔蘿蔔的小朋友是一個一個地出場，第一個抓住蘿蔔的葉子，後面再來拔的人，就抓住前面那位小朋友的腰，做蘿蔔的小朋友蹲著不用唱，拔蘿蔔的小朋友一起大聲唱。等蘿蔔被拔起來，拔蘿蔔的小朋友就全都摔得東倒西歪，最後摔倒的這個鏡頭，紫千看看很滑稽，紫千笑，小寶也笑。

下課的時候，杜修女帶紫千去找方修女。杜修女問，「太太貴姓啊？」

「我先生姓吳。」

「吳太太你幾個孩子？」

「只有這一個。」杜修女一面走一面逗著小寶。

方修女在另一個教室教四個小女孩跳古裝舞。杜修女跟紫千都站在教室外面看，方修女不厭其煩地講著舞步步法，邊講邊跳，舞步輕盈柔美。方修女小個子，說話聲音也柔柔細細的。她先跟杜修女笑一笑，又跟紫千點一點頭，繼續教舞，又過了五分鐘，休息了。方修女才走過來問：

「有事嗎？」

「這位吳太太想借兩本唱遊歌本。」

「沒問題，唱本我都放在教室裡了，我們一起過去拿吧。」她們一起出來，走了幾步紫千覺得穿修女服教跳舞很稀奇，就說：

「方修女，您穿了這麼笨重的修女服，還可以教這種民族舞蹈喔？」

「是啊，妳忘了，我們中國古代女子都是穿這麼長的古服啊，什麼事習慣了就好辦了。」停了一下她問，「你這小寶寶有沒有兩歲了？」紫千點了一下頭說，「快了」方修女接著說：「再過兩年也要來坐我們的娃娃車了。」

「是啊，還等不及那時候，我現在就來麻煩方老師了。」說著教室就到了，方修女拿了兩本唱遊歌本出來，說：

「這些都是小班用的，這裡面有一些兒歌都很有教育意義，妳這小寶寶看著很聰明，也可以開始教了。」

「小寶，謝謝方老師。」紫千說著看著小寶。

「謝……謝……方老師！」小寶說一個謝，點一個頭。大家看著好玩都笑了。

「方老師，我借一個禮拜，再送來還方老師可以嗎？」

「沒問題，我還有一份同樣的歌本。」

「小寶，謝謝方老師！」

「謝……謝……方老師！」小寶說一個謝，點一個頭，一面飛吻「拜拜！」。大家又笑。

小寶做一個飛吻，兩個修女都笑了.

一回到家裡，小寶就吵著要唱拔蘿蔔。傅雙也回來了，他問：

「紫千，妳帶小寶去哪裡？」

「媽媽帶小寶去拔蘿蔔。」他爸爸聽著莫名其妙，就問：

「去哪裡拔什麼蘿蔔？」紫千坐在旁邊笑。笑了一會，她又把事情的經過說給傅雙聽，傅雙聽了也笑起來說：

「小寶快兩歲了，等小寶生日那天，請我娘到台北來玩幾天吧！」

「好哇，等我來寫一封信給濃濃。」

有了小寶以後，紫千已經不再去計較傅雙那些令人不愉快的枝枝節節。有小寶在身邊，她多麼快活啊？

傅雙去上班，紫千做完了家務，就跟小寶在家裡輪流著拔蘿蔔遊戲，有時侯蘭英和兵兵也一起過來參加拔蘿蔔。而小寶拔蘿蔔是拔不完的，一天要拔好幾回，紫千就跟他這麼輪流著拔，又輪流著摔倒，每摔倒一次，小寶就大叫著，說：

「重來，重來，小寶還要拔蘿蔔。」直拔到兩個人都筋疲力盡，才肯去睡覺，睡醒了又吵著要拔羅蔔。紫千常常被纏得連氣都喘不過來，就說：

「小寶，媽媽說個謎語給你猜好不好？」

「好！」小寶安靜了一分鐘。紫千開始唸：

「我的樣子生得醜，沒有腳也沒有手，眼睛鼻子都沒有，我是農夫的好朋友。」紫千說，「猜一種動物。」

小寶雖見過蚯蚓，但每次看到蚯蚓都說是蟲蟲。紫千就去抓一隻蚯蚓來，問他：

「小寶你看，這隻蟲蟲的樣子醜不醜？」

「醜。」

「你找找看，牠有沒有腳？有沒有手？」

「沒有。」

「再找找看，有沒有眼睛？有沒有鼻子？」小寶找了半天，說，「都沒有。」

「這種蟲蟲，牠叫做蚯蚓。牠會幫農夫挖土，土挖鬆了，青菜、蘿蔔都長得又大又好吃。牠是不是農夫的好朋友？」

「是。」說完，紫千就跟小寶一起把蚯蚓放到泥地上，蚯蚓一下子就鑽進泥土裡去。

「媽媽，牠進去挖土哇？」

「是呀。」紫千笑著回答。

小寶把謎語唸得滾瓜爛熟，就會搖著狗熊般的小屁股，去找蘭英猜。他說：

「大阿姨，你要不要猜謎語？」

「要啊。」小寶就開始唸：

「我的樣子生得醜，沒有腳也沒有手，眼睛鼻子都沒有，我是農夫的好朋友。」

「沒有腳也沒有手？……」蘭英拿一隻手敲著前額，左思右想的，問，「會不會是蛇呀？……」

「蛇有眼睛呀！」小寶搶著說。

「會不會是……」蘭英繼續猜不著。

「丟（蚯）蚓！大阿姨好笨，丟蚓都猜不到。」小寶自己急得不得了，把謎底先說了。這些常常逗得蘭英和鄰居太太們哈哈大笑。有一天蘭英說：

「紫千吶，你真不愧是讀師範出身的，這樣教下去，怕不要到五歲，小寶就成了小神童！」

「後天的環境固然重要，但還要看他先天的稟賦呀。」紫千這樣回答。

紫千對小寶，一向都充滿著無限的信心與希望。這一天，她寫信給濃濃，把小寶的伶俐、乖巧、健康、活潑，形容得淋漓盡致。最後她說，「妳要是看到我們小寶，就知道我一點都沒有言過其實，什麼時候到我這裡來住幾天？我們把酒話天明……妳的周先生怎麼樣了？有了好消息，頭一個就要告訴我……」再後面是問候濃濃的爸爸媽媽，並且要她轉告婆婆，等小寶兩週歲生日時，再來台北住幾天。另外又捎去幾張小寶的生活照片。

## 5

濃濃自從周一飄不告而別，她下定決心，天涯海角都要找到了他方肯罷休。找到了他總要問問明白，即使他說不愛了，也是甘心的。她先在報紙上刊登了尋人啟事：

「大牛，何故不告而別？小白兔日夜懸念！盼即連絡。」小小的尋人啟事，不費多少錢，她是整月的刊登，一月過去了又刊登一月，登在大牛最愛看的晚報上。然而，秋去冬來，春夏秋冬，已是一年，消息全無。她把心事埋在心底，人是一天比一天瘦，所謂「衣帶漸寬終不悔」，總盼望著有奇蹟出現。這些事，只有秀蘭瞭解，秀蘭看她太痛苦，有一天就狠下心對她說：

「濃濃，我看妳死了這條心吧？這種男人不值得妳去這麼癡的，妳看妳瘦成這樣，說不定人家樂得要死呢……你看我的男人還不是一樣，去了已經八個月，連一封信都沒有，也許，早就有了別的女人……」

濃濃哪裡捨得別人對他們的愛情加以褻瀆？她阻止秀蘭說下去，她說：

「秀蘭，快別這麼說，周先生哪裡是這樣的人？也許他有他的苦衷，我跟周先生之間的這種深情厚愛，一般人是很難瞭解的……」

「就算有什麼苦衷都可以對妳說呀？為什麼偷偷的搬走呢？唉！妳對他這麼一付癡心腸，應該要有好報的……」

「再等等看吧。」她們的談話每次都是這樣的結束，等等看，等等看，半年又過去，轉眼就兩年了。

美娥自從紫千嫁後，少了一個眼中釘，替傳雙主持婚禮又小賺了一筆。她就拿這筆錢做賭本，輸輸贏贏，日顛夜倒，又有個鳳娥幫她料理家中粗活，日子過得好不逍遙，也就很少去過問濃濃的事。直到有一天，濃濃回家告訴她，說：

「媽，我看到弟弟在外面跟一群小太保一起學抽菸哦！」

「我知道，小孩子玩玩有什麼關係？」

「小孩子玩玩？媽，他才初二呀！」

「初二還不就是一個小孩子嗎？」

「媽，我就是說小孩子不應該抽菸嘛！」

美娥桌子一拍，大聲吼叫：

「去了個紫千，來了個妳呀！好！妳們都來教訓我，我問妳，妳怎麼都可以跟人家男人在外面亂睡覺呢？」

「媽，不要說得這麼難聽，人家周先生早都離開這裡了……」

「什麼？他早都離開了？妳怎麼沒告訴我？我要找他算帳！他玩弄人家的閨女，什麼都不給就走了呀？他到哪裡去？告訴我！我要去找他，走了多久啦？」

「有兩年了，我也不知道，他到哪裡去了。」

「混帳！王八蛋！這種混帳男人也值得妳去跟他睡？」

「媽，不要口出惡言！」

「這種王八蛋根本就是騙子，先騙妳的感情，再騙妳的身體……」

「媽，妳不要這樣說，那些事都是我自己願意的。」

「妳願意，我可不願意！告訴你，我不願意養個女兒給人家做小老婆！妳看看，妳還說他不會扔掉妳，說他連一條狗丟了，都好傷心，找得好苦，現在看看怎麼樣？妳連一條狗都不如了吧？」

濃濃一時傷心語塞，但她還不認輸的又丟過去一句：

「媽，還不是妳把人家周先生趕跑了……」

「趕走他算他運氣，再來我就要殺他……」說到這裡，兩母女都看到阿西回來了。阿西一路吹著口哨進來，口哨聲斷斷續續，又尖銳又刺耳，濃濃馬上把兩隻耳朵蒙起來，做出厭惡的表情走到廚房去，去找鳳娥姨媽。自從紫千出嫁以後，濃濃自是寂寞，有時也找姨媽聊聊天。濃濃覺得鳳娥姨媽雖然愚蠢，但比自己母親善良多了。她想，「真是『人善得人欺，馬善得人騎』啊！」這麼想著已經來到廚房，鳳娥拿著一封信，問她：

「濃濃，妳看，這封信是不是妳的？」

「是啊，紫千寄來的！」

濃濃打開信，掉了幾張照片出來，她撿起照片跟鳳娥姨媽一起看，那邊還斷斷續續的傳來刺耳的口哨聲，濃濃聽見她母親說：

「阿西，你這是吹的什麼歌？還蠻好聽的……」

「媽，妳好土！我吹的才不是歌哩！」

「不是歌，那你吹的是什麼？」

「這叫太保連環哨！」

「誰教你吹這種口哨呢？」

「我們的老大！」

「老大是誰呀？」

「媽，跟妳講妳也不懂啦！反正老大很有辦法，我沒有錢都可向他要……」

「他有錢給你呀？」

「有啊！他多的是錢！」

「阿西，你還是比你姐姐有辦法！」阿西是有辦法！阿西最近花樣多得很，他首先把書包的帶子拆得長長的，一個書包磨得髒髒爛爛油油的，吊兒郎噹隨隨便便的從肩膀上掛下來，要掉不掉的垂掛在膝蓋旁邊，書包的外蓋不要扣，靠裡面這一邊用紅筆寫上英文「I love you」離開學校遠一點，就把有字的這一面翻過來，背在外面給別人看。弄一頂綠色的毛線帽扣在頭頂上，把後帽緣拖得低低的，蓋住了後頸部的髮根，皮帶寬寬的，褲腳管儘量拖在地下，上衣的前襟跟袖口都不要扣，走起路來衣服前襟一開一閉的。口袋裡有菸、火柴、小扁鑽；臉上戴一副金絲邊蜻蜓式的大墨鏡。有一天，濃濃在公車上看到兩個這樣打扮半大不小的「學生」，她看了一眼，很不屑地把眼睛挪開，直到其中有一個這麼說，「X的，昨天那一票高中生N撇的，跳什麼舞嘛？連個舞會的場地都是我去擺平的，X他媽……」另一個說：

「哇操！真不是蓋的，X的！你還真罩得住嘛！」

「X的！不是我罩得住，是我們老大陪我去的，我們老大才真罩的住，X他媽，我們老大那把亮晃晃的武士刀，真不是蓋的！只拿出來亮一亮，那一票就乖乖的過來孝敬，他X……」濃濃聽著是弟弟的聲音，她叫了一聲：

「阿西！別滿嘴髒話……」這時候車子震了震，把阿西的蜻蜓式金絲邊墨鏡震了下來，阿西撿起來又戴上，一面冷笑了一聲，對他的同伴說：

「這是我老姐，亂正的，誰要是把到手，還真不賴……」

「阿西，你再胡說八道，我打你嘴巴！」

「我們這裡還沒有哪個是怕打嘴巴的！……」說著拿出煙盒來，跳一隻煙給他的同伴，又跳一隻自己叼在口角邊，又拿出打火機來點煙，噴一口，笑，「嘿嘿嘿……」車上許多人都朝他們看，濃濃看著火冒三丈，車子一停，就下車了。回家就跟她母親說，她母親反而責備她：

「妳以後別當著那麼多人去惹他，我們阿西已經長大啦！」阿西是長大啦！有一天，濃濃聽見一個好心的鄰居告訴她母親，說：

「郁太太，你們阿西叼一根香煙在彈子房裡打彈子。」

「打彈子又不花你的錢，干你屁事？」總之誰要說阿西一句不好，美娥就去跟人家吵，就像剛才濃濃說「弟弟在外面學抽菸。」美娥就把濃濃的什麼臭事都挖出來。現在又聽見她母親在那邊誇，「阿西，你還是比姐姐有辦法。」濃濃心裡想，「以後我不管弟弟的事了。」現在她看著紫千的信，聽紫千說著小寶的乖巧伶俐，她也分享著紫千的快樂。看信看到最後，她說：

「姨媽，過幾天就是小寶兩週歲生日，紫千和表哥都說要姨媽去玩幾天。」鳳娥哪裡聽見了？鳳娥看照片看得正出神，照片拿得遠遠的，眼睛瞇成一條線，嘴巴開開的，口水流下來一大溜。

「姨媽，小寶快過生日了，紫千要妳去住幾天。」濃濃邊說邊用手去搖撼姨媽的肩膀，鳳娥才回過神來，問：

「濃濃，妳剛才說什麼？」

「過幾天就是小寶兩週歲生日，紫千要姨媽去台北玩幾天。」

「我是想去哦，可是最近腰痛得厲害，恐怕不能坐那麼久的火車。」濃濃忽然好同情姨媽，就說：

「姨媽，妳去嘛，廚房裡的事我來做。」

「再看看吧。」鳳娥說再看看吧，她心裡還是想要先去探探美娥的口氣。

## 6

再看看吧？ 再看看吧？鳳娥一直等機會要對美娥說，想請幾天假去台北看看小寶。但美娥整天都坐在牌桌上，要嘛就出去打，有時打通宵，就是回來睡也是兩點鐘以後。回來躺下去一覺就睡到第二天中午，吃過飯打扮打扮又去趕場了。三拖兩拖，鳳娥始終沒有機會開口。小寶生日也過去了，鳳娥就叫濃濃寫信給紫千。等紫千收到信，小寶生日都已過了好幾天，紫千原先寫信是希望婆婆能跟濃濃一起來看看小寶。小寶的確是個小可人，婆婆跟濃濃一個都不能來，紫千頗感失望，因為婆婆跟濃濃都沒看過小寶，紫千記得自己生產那時，婆婆雖然來過，但她那次在醫院裡看到的並不是真正的小寶，是護士小姐錯抱了別人的娃娃。現在她準備再寄幾張小寶兩歲生日那天照的生活照片。照片已經洗回來了，她跟蘭英都坐在籐椅上看照片。其中有一張是兵兵跟小賽抱在一起親臉的鏡頭，兵兵躲他，小寶硬要親他，叫人看著忍俊不禁。現在，兩個快樂的母親都同時的看著這張照片，紫千已經走過來，站在蘭英旁邊說：

「這些照片要等他們將來長大了，看著才有意思，尤其是等他們結了婚有了孩子，那時侯看著意義就更不同了。」

「對，對，紫千，我們再去多加洗兩張。」

「好哇，等傳雙回來，我同他講。蘭英姐姐，你們兵兵明年要上幼稚園了？」

「是啊，我也不知道哪個幼稚園比較好？」

「去愛德幼稚園怎麼樣？愛德幼稚園我去看過，是天主教辦的，裡面的神父修女都很有愛心，你們兵兵先送去，後年就該我們小寶了……」

「媽媽，小寶要上幼稚園，小寶要去拔蘿蔔。」小寶聽見母親說要送他上幼稚園，就樂得爬到母親身上說要去拔蘿蔔，蘭英跟紫千又都笑起來。小寶又跟他母親玩了幾天拔蘿蔔，就拔得不起勁了。有一天紫千覺得很奇怪，就說：

「小寶，等媽媽洗完衣服，我們就拔蘿蔔好不好？」

「媽媽抱抱小寶，媽媽不要洗衣服，小寶不要拔蘿蔔，媽媽抱抱小寶……」說著過來抱著他母親的兩條腿，紫千就把他抱起來，親了一下，說：

「好，媽媽抱小寶。」抱了好半天，她又對小寶說，「小寶，媽媽跟小寶玩拔蘿蔔好不好？」

「小寶不要拔蘿蔔，小寶要睡覺覺……」說著拿手揉著眼睛。紫千就帶他去睡。第二天，小寶還是不要拔蘿蔔，不唱歌也不活潑了，只懶懶的纏著要他媽媽抱。東西也吃得很少，又哭著要睡覺。傳雙又去上班了，紫千一時沒了主意，他把小寶抱去給蘭英看，她說：

「蘭英姐姐，妳看我們小寶怎麼連笑都不笑了？」

「會不會生病了？過來我摸摸看有沒有燒？」蘭英伸手摸小寶的前額，果然熱熱燙燙的，就說：

「紫千，小寶好像有燒耶！妳抱到新店劉兒科去看看，劉醫師看病不錯，我們兵兵不舒服都是去找劉醫師。」紫千穿好衣服，就抱小寶去劉兒科，劉醫師看完了告訴她可能是感冒，打了針又帶一些藥回家去吃，晚上燒退了。第二天下午，又燒起來，外面天氣很壞，報紙上說有颱風。到了吃晚飯的時候，紫千對傳雙說：

「傳雙，我們再抱小寶去看病好不好？」

「去哪裡看？」

「新店劉兒科。」

「劉兒科很近嘛，妳一個人帶去就可以了，我吃過飯要出去。」

「你去哪裡？」

「有幾個朋友約我去打牌。」

「打牌明天去嘛？」

「那怎麼行？人家等我！我去去，打八圈就回來。」傳雙放下飯碗就出去了。紫千收了碗筷洗好才去換衣服，準備背著小寶去看病。忽然下起傾盆大雨來，紫千想，「等這一陣雨下完了再走。」誰知道這一陣雨下了那麼久？越下越大就不肯停下來。看看壁鐘已經八點了，天又黑，路又偏，交通不方便。紫千料想自己要背小寶走十分鐘的下坡路，才會有三輪車，然後再坐三輪車去新店，只怕在路上小寶會淋到雨，決定再等等看。再等等看，再等等看，左等右等，雨仍然有大無小，紫千就去找蘭英。蘭英也說：

「怎麼辦？雨這麼大，這樣出去，萬一吹到風淋到雨，反而更不好！傳雙呢？」紫千也不回答，直想掉眼淚。蘭英也猜到七八分，她本來想說，「這種男人一點責任感都沒有。」可是她沒有說，她怕說了紫千會更難受，就改口道：

「這樣吧？叫樹培陪妳去。」

紫千和樹培頂著風雨到了新店，已是十點鐘，因為有颱風，劉兒科提早關了門，敲了半天敲不開。他們又找了幾家診所也都關了門。想去台北看又怕回不來，公路班車十一點鐘就要收班。他們走到一家賣中藥兼賣西藥的藥舖，夥計正在上門板，金樹培走上前，問：

「請問你們這裡有沒有醫生？幫幫忙，給小孩子看個病。」

「你們來得這麼晚，我們這裡有個中醫也已經走了，你這小孩怎麼樣呢？」

「昨天發燒，去劉兒科看過，醫生說可能是感冒，打過針吃過藥，昨天晚上好一點，今天又燒。」紫千把大概情形說了一遍。

「燒幾度？」夥計很熱心的問。

「剛才在家裡量過三十九度。」紫千說。

「這樣吧，醫生也走了，我先包幾包退燒藥拿回去吃，明天再來看。」紫千跟金樹培都謝了又謝，才拿著藥抱著小寶回家。樹培看著紫千給小寶灌過藥，小寶睡了才回去。

傳雙還沒回來，外面風雨交加，大家都關起門來，紫千一面看看小寶，一面等傳雙。十二點半，八圈也應該打完了，為什麼還不回來？一點鐘了，外面雨更大，風更急，恐怕回不來了。紫千又摸摸小寶，頭好燙！量量體溫，三十九度半，更高了，退燒藥好像退不下來。傳雙又不回來，怎麼辦？紫千站起來，走來走去，像螞蟻爬在熱鍋上。再摸摸小寶前額，還是好燙！不行呀，她拿來一盆冷水，用冷毛巾給小寶敷前額，小寶嘴巴微張，嘴唇又乾又紅，紫千餵他幾口開水，不那麼乾了，又換了一塊冷毛巾。小寶「嚶……嚶……」輕聲地哭了幾聲，嘴唇還是乾，紫千又給他喝水，小寶喝了幾口就不喝了。額頭上再換一塊冷毛巾。三點鐘，外面風雨像是小了一點，紫千祈禱著，「上帝啊！天趕快亮吧！天趕快亮吧！天亮了，我要帶小寶去看病。小寶的燒趕快退吧！上帝保佑，阿們！」雨又小了一點，紫千聽見外面有腳步聲，紫千心裡雀雀躍躍，是不是傅雙回來了？傅雙即使這時候回來，多一個人也是好的。腳步聲走到後面廚房去，這不太像是傅雙的習慣，傅雙總是走前門。接著紫千聽見有工具撬門的聲音，她的一顆心就要從嘴巴裡跳出來。她又給小寶換了一次冷毛巾，她聽見廚房後面「喀嚓……喀嚓……」繼續用工具撬門。紫千用左手壓住胸口，問：

「誰？」要是傅雙他總回答，「開門！開門！」他喜歡連說兩次開門。莫非今晚打牌太晚了，不好意思敲門？紫千又給小寶換了一次冷毛巾，停下來聽，「喀嚓……喀嚓……」紫千的心「砰！砰！砰！」像有兩面大鼓，在她胸口裡面大力槌打。紫千又問了一次：

「誰呀？」

「不要問誰！開門！」外面的人說，但不是傅雙。

「什麼事呀？」紫千乾咳了一聲，壯壯膽。她走到廚房的小門邊，現在，她跟外面的人，只隔著一扇木板門。

「有事。開門就是！」外面的人凶巴巴的說。

「有事明天再來，我們老闆不在。」剛說完，紫千就用手捂住嘴巴，覺得後面那句話失言了。

「老闆不在正好！我找妳。快點！快點！不要誤事！」外面的人用手敲門。

「你到底是什麼人？要幹什麼？」

「要錢，沒錢要人！」

「我們是窮人家，哪裡會有錢？」

「少囉嗦！值錢的東西也可以，大爺等著要錢！」

紫千想了想，「我家有什麼值錢的東西呢？小寶燒那麼高，這大概是小偷，不趕快打發走，說不定門被撬開，這人進來了更糟！」紫千立刻想到手腕上的玉鐲。她退下玉鐲，蹲下來，把玉鐲從門板下緣靠地面空隙的縫縫塞了出去，她說：

「喏！值錢的東西給你，快走。」

「再來一點！」

紫千又把手上的金戒指退下來塞出去，邊塞邊說：

「沒有了，什麼值錢的都沒有了，把我殺了也沒有了……」

「哇……哇……」房間裡小寶大哭了一聲，小偷嚇跑了。紫千三步併作兩步，衝向小寶睡床旁邊。只見小寶咬著牙，兩眼翻白，手腳斷斷續續的抽，口角也跟著一下一下的抽搐。紫千拼命喊：

「小寶！小寶！小寶！」

「小寶！媽媽在這裡！」小寶的表情又像哭又像笑，眼睛往上翻，嘴巴、手腳繼續抽搐……

紫千見狀沒了主意，眼淚像雨一樣淌下來。她慌亂的摸摸小寶的頭，又摸摸小寶的腳，拼命喊：

「小寶不要怕，媽媽在這裡！」她低頭去親小寶，才知道小寶已經沒了知覺，她直覺的用手指甲去掐小寶的腳後跟，不斷的喊：

「小寶醒醒！小寶醒醒！媽媽喜歡……」她又慌張的抱起小寶，小寶全身硬硬的，又把他放下去。又怪自己昨天晚上為什麼不帶他上醫院，只要小寶好好的，一輩子陪他待在醫院都可以。

「啊……呵……呵……傳雙，傳雙，害死人！」

「小寶！小寶！醒醒！媽媽馬上帶你上醫院！」她抓了一件外出服穿上，鞋子呢？鞋子在哪裡？慌慌張張找鞋子，鞋子就穿在腳上找不到。她拿冷毛巾給小寶擦臉。又低頭去親小寶抽搐的口角，見許多白色唾沫自口角流出來，紫千又拿毛巾幫小寶擦臉。又掐小寶的腳後跟。又喊：

「小寶！小寶！媽媽害你了！媽媽該死！」她用巴掌打自己嘴巴。停了又唸：「上帝保佑！上帝保佑！」她拿出小寶的披風，又去拿錢，皮包裡只有五十塊錢。傳雙還沒回來，外面下著雨。看天色有點微微放亮了，她不管外面還下著雨，開開門衝出去，去敲蘭英的門，她喊：

「金大哥！金大哥！蘭英姐姐！開開門！小寶不行了！」門開了，他們都過來看，大家都嚇呆了。金樹培說：

「蘭英，你回去再拿點錢，我們馬上就走！」

到了醫院，掛過急診，醫生很快就來了。小寶抽過一陣，軟軟的躺在診察台上。醫生聽過看過了，說：

「你們真是來得太晚了，這孩子要住院，趕快去辦手續吧！」金樹培去辦住院手續，小寶送去病房打點滴，燒才慢慢退了。傳雙到下午才姍姍來，一來就說：

「昨天晚上，我們看風又大雨又大，才決定打通宵。」蘭英也來了，看見紫千流著淚，就勸她道：

「紫千，小寶已經在醫院裡，就不用著急了，反正燒退了，住兩天就可以回去了。錢，妳不用操心，我那裡還有一點先用著再說……」紫千哭，並不是操心錢，她只覺得小寶怎麼不笑也不說話了？小寶以前也有發燒過，第二天燒一退又活潑起來。這一次不同，燒退了還只管瞪著兩隻眼睛。她說：

「小寶，叫媽媽！」小寶還是瞪著兩隻眼睛，瞪了一會又閉上眼。在醫院住到第八天，醫生說：

「可以出院了。」

「大夫，我的孩子沒有好呀？」

「你的孩子暫時就是這樣了，他得了日本腦炎，或許還有其他的腦科併發症……」這個晴天霹靂幾乎把紫千擊倒了，她說：

「大夫，求你救救我的孩子！」

「先帶回去吧！我們目前只能做到這一步。再住醫院也是花冤枉錢，等將來醫學更發達，也許外科有辦法。」

紫千帶著小寶回去了。紫千摸摸小寶的手腳，還是有一點力氣，但是不能站起來，不能走路。小寶能吃也能喝，但要別人餵他。大小便急了也不會說，不叫媽媽爸爸了。聽不見小寶的歌聲，也看不見小寶小狗熊般的表演了。大家都嘆息：

「唉！這麼聰明的一個孩子！」紫千終日以淚洗臉……

## 7

又過了幾天，傅雙發現紫千手上的玉鐲跟戒指都不見了，就問：

「紫千，妳手上的東西呢？」

「什麼東西？」

「妳手上值……錢的東……西呢？」紫千就把實情告訴他，傅雙聽了，伸手就狠狠的給她巴掌，罵道：

「不會撒謊，就不要撒謊！」

「你打吧！你打吧！我本來就不會撒謊！」

「他X的！你是不是有了相好？」接著又是一巴掌。

紫千想：「這種人跟他解釋也是多餘的了。」就有意氣他，道：

「是有相好的，又怎麼樣？這些東西又不是你的，是娘給我的。」

「怎麼不是我的？連妳都是我的！」傅雙又揮一巴掌，紫千躲開了，說：

「我為什麼是你的？」

「因為妳是我老……婆！……」外面有人叫：

「紫千，紫千！」傅雙開了門，是蘭英。蘭英見傅雙氣呼呼的。紫千坐在那裡垂淚。蘭英愣了一下，說：

「你們小倆口，怎麼回事嘛？」

傳雙好像已經捉到姦情那樣，理直氣壯的指著紫千，說：

「問她！」蘭英就在紫千旁邊蹲下來，細細的問，紫千流著淚，說：

「蘭英姐姐，妳不是外人，他既然要我說，我就說吧……」她舉起原先戴手鐲的左手給蘭英看，接著說，「蘭英姐姐，我不是告訴妳，颱風那天晚上，小寶發燒那天晚上，（說到這裡心如刀割），外面有個小偷，逼著我把手上值錢的東西塞出去給他……」紫千嗚咽著：「可是，傳雙他不信，他硬說是我給了我的相好。天曉得，我哪裡有什麼相好嘛？妳看他打我……紫千把臉轉過來給蘭英看，紅紅的五條指印一邊一巴掌。蘭英完全明白了。她責備著，說：

「傳雙，你怎麼這麼愚蠢？這麼魯莽？亂冤枉人！紫千從來不會撒謊，你不知道啊？……」她又對著紫千說：

「……我就是為了這事來告訴你們，今天下午我聽他們說，安坑派出所正在認領贓物，聽說還有玉鐲金戒指什麼的，明天還有一天，你們快去看看。他們講這個小偷那天在我們村裡偷了兩家，一家就是你們，另外一家，是後面那排丁家。丁家沒被偷走什麼，又去山下偷了兩三家。最後一家沒過關，被人抓到送了警察。明天我陪妳去，他們說，丟東西的人，只要能說出自己所有物的特徵，多半都要得回來。」然後又對傳雙說，「傳雙，不要再鬧了，一個男人在家裡打太太算什麼本事呀？你要知道，真正的男子漢都是到外面去打天下，在家裡要保護妻子兒女，光會在家裡威風八面算什麼出息？我看吶，小寶病成這樣，你要負十分之八的責任，問你，颱風那天晚上你到哪兒去了？你去打牌對不對？打到天亮回來，還說好睏，第二天睡到下午，才去看小寶，對不對？可憐紫千已經折磨成什麼樣子？你還打她！你的手真打得下去喲……」說到這裡蘭英自己也哭了。這時候，金樹培來叫蘭英，說兵兵醒了要找媽媽。樹培在屋子裡站了一會，走到傳雙面前，一隻手放在傳雙肩膀上，低聲的問他：「傳雙，你那天說考試的事，考得怎麼樣了？」

「別的都通過了，考兩次都是英文沒通過。」

「紫千英文那麼棒，叫紫千給你惡補惡補，元月份再去考。考上了，上船是個好主意，往後你們小寶還要花很多錢呢！」

兩個和事佬回去了，傳雙也來跟紫千賠不是，並保證以後要好好待她，紫千的氣也就消了。第二天，玉鐲跟金戒指又戴在紫千手上了。紫千只說了玉鐲上有一條紅絲絲，戒指指面是吳王鳳娥的名字，派出所就全還了她。

經過紫千兩個月的惡補，傳雙又去考了一次，通過了。不久傳雙受僱在「海鯨丸」貨輪上做報務員。傳雙臨走的時候，帶著紫千和小寶去左營看他母親，也順便跟美娥他們辭行。

他們進去的時候，美娥坐在客廳的牌桌上，好像就要胡牌了。紫千跟傳雙都叫了一聲，「美娥依姨！」美娥沒聽見，紫千又叫了一聲：「美娥依姨！」紫千見美娥胡牌了，正在算番。美娥正聚精會神的看著面前的麻將牌，右手手掌朝向左上方，一路往右邊點過去，嘴裡唸：

「門清、斷么、獨聽……」其他三家都在自己面前拿籌碼給美娥。美娥說：

「這一牌我本來不想胡的，算了，今天手氣太壞……」幾個打牌的人這樣說著算著，紫千和傳雙已經來到廚房。鳳娥看到他們三個，以為是從天上來，眼淚差點都掉下來了。她把小寶接過來，親了半天才發現小寶的手腳都軟軟的，沒有力氣，她準備把小寶放在地下走，一面說：

「小寶乖，自己走過來叫依馬（祖母）。」紫千趕快把小寶接過來，說：

「娘，小寶生病了，小寶不會走。」

「生病買藥吃啊！看過醫生沒有？」

「看過了，醫生說腦筋燒壞了。」鳳娥好像聽到的是一聲大大的霹靂。她問：

「沒有辦法啦？」

「醫生說以後醫藥發達也許有辦法。」

「怎麼會變成這樣？怎麼會……」鳳娥流下了絕望的眼淚。

「娘，再過幾天我就上船了，上船多賺點錢給小寶治病。」

「你們都決定好啦？」鳳娥問傳雙，這個消息對她又是個晴天霹靂。

「嗯，我們決定好了……」傳雙還待要說什麼，被外面美娥的聲音打斷了。美娥揚聲叫：

「依姐，排骨麵煮好了沒有？」

「快了！快了！」鳳娥邊回答邊燒水煮麵，一面對傳雙說：

「你們去外面吃吧，她只讓我買了四塊排骨，這些麵也只夠下四碗。明德姨夫跟阿西今天都不回來吃。我自己中午還有點剩飯，隨便熱一熱……」水開了，鳳娥去拿麵來下，她突然想起來，問：

「美娥依姨有沒有留你們吃飯？」

「沒有，美娥依姨沒有看到我們進來。」

「那好，那好，你們等一下從這邊後門出去吧。」四碗排骨麵煮好了，鳳娥一碗一碗端出去，他們幾個打牌的人經常都是坐在牌桌上吃。鳳娥再回到廚房，把手上的一只金戒指退下來，交給紫千，說：

「這都是他們贏錢的人給我的外快，我一點一點存下來買金手指（戒指）。紫千，妳拿去給小寶治病吧。無論如何要想辦法把小寶的病治好！以後我有錢，會再給你們。」紫千心裡酸酸的，說：

「娘，你自己留著吧？傳雙上船就有錢了，拿到錢我馬上再去找好的醫生。」鳳娥還是把金戒指套在紫千的指頭上，說：

「拿著吧，明天就去看醫生。戴在我手上也沒有用。」紫千心裡想，「娘也真是白指望，上回到醫院看錯了嬰兒，這回小寶又不會講話了。」

紫千來了半天，沒有看到濃濃，就問：

「濃濃呢？」

「濃濃去台南，明天才回來。傳雙，你們坐了這麼久火車也餓了吧？帶紫千出去吃飯，趕快坐夜車回去。你講的事情，我都知道了，有空我會去看小寶。」紫千走了出來，心裡悵悵然，她希望能看到濃濃，而濃濃又不在，這是什麼樣的陰錯陽差呢？

## *8*

傳雙跟紫千去吃了一點東西，準備到火車站去等夜車回家。看過開車時刻，車票也買好了，只是還要等候四十分鐘。紫千見還有一點時間，她想起秀蘭的家離車站很近，就說：

「傳雙，你抱著小寶在這裡等。我去看一看從前幫我找事的那個秀蘭，她跟濃濃很要好……」

「去她那裡要多少時間？」

「她家離這裡很近，來回最多半小時……」

「要去快去，別誤了開車時間。」他把小寶接過來，紫千就走了。紫千來到秀蘭家。秀蘭開了門，看到紫千，呆了一下才叫起來，道：

「這是什麼稀客呀？」

「是啊，我好久都沒有到左營來了。濃濃跟你，你們也不到台北來玩，你先生在家嗎？」

「不在，好久都沒消息了。連一封信都沒有。唉！這種男人不提也罷……」秀蘭突然高興起來，說，「欸，告訴妳一個好消息，濃濃找到周先生了耶……」紫千興奮地接著說：

「聽我婆婆說，濃濃去台南吃拜拜。到底怎麼回事？是不是去看他的周先生？她怎麼樣找到他的？快說給我聽聽。」

「是呀，濃濃就是去看她的周先生。我們坐下來談吧……」她把紫千拉過去坐在椅子上，把經過情形。說給紫千聽，她說：

「濃濃昨天去了台南，說是去吃拜拜，其實何曾有什麼拜拜？她是去看她的周先生了。事實上，周先生是我幫她找到的。上個月我去台南乾姊姊家，那天陪我乾姊姊去買鞋子，無意間，在一家公司的門市部看到周先生，後來我跟周先生要地址，兩個人才又開始通信，公司裡面有一個白雲香小姐，她不錯，濃濃的信寄給她，她會幫忙轉信。」

他們的感情一時又煽得熊熊烈烈。前幾天，濃濃又收到一封大牛火熱熱的來信，最後幾句大牛說，「小白兔！妳來吧！妳來吧！妳要想叫我多活兩天，妳就馬上飛奔到我面前來，告訴我什麼時間到？我去車站接妳……」就這樣，快活的小白兔又生出了翅膀，她，飛呀！飛呀！飛到大牛身邊去…… 紫千聽著秀蘭敘說有關濃濃的愛情續篇，已經二十分鐘過去了，她站起來說：

「秀蘭，我要去趕火車了，我先生跟小孩都在車站等我。你今天告訴我濃濃的事，我真高興她又找到他了，等濃濃回來，妳要她寫一封信給我。你們改天到台北來找我吧，濃濃知道我的地方，好了，我要走了……」

「小寶寶很大了吧？一定很可愛？」紫千聽到這句話，一張臉又被烏雲罩住了，她憂憂的，道：

「小寶兩歲多了，本來很可愛，可是後來得了腦炎……我們以後再談吧？我的火車要開了。」秀蘭送她到門口，她們道了再見，紫千向車站快速走去。

## 9

「海鯨丸」貨輪是屬於大漢船運公司。傳雙已經上船六個多月了，領錢都是金樹培幫紫千去船公司領，傳雙的薪水比過去多了好多倍，紫千幾乎花得一個不剩。她拿到錢就去給小寶治病，每天南南北北的奔波，只為了去找名醫，多遠的地方都去，多貴的藥品都買，只要小寶的病能好，割股去肱她都願意。然而三個月過去，一點轉機都沒有，小寶的神情依然是呆呆的。又過了三個月，「海鯨丸」貨輪回航，當貨輪卸貨裝貨之間，船員們有一個月的休息，傳雙也就回來了。一下船，傳雙就到大漢公司去，發現他的薪水被支領一空，起先他懷疑金樹培動了手腳，紫千感到不平的說：

「傳雙，你也真是不識好人心，我們給金大哥增添了多少麻煩？你不謝謝人家反而誣賴好人，以後誰要幫你的忙啊？……」紫千一面說一面把帳冊拿出來，道：

「你看，所有的收支帳目都在這裡，你自己去看吧！」傳雙看完了帳冊，說：

「這麼說，我不是白辛苦了？」

「怎麼會呢？我不是都給小寶治病了嗎？」

「治個鬼啊？病有沒有好啊？我看吶，妳的錢都叫醫生騙光了，像妳這種女人最好騙不過了……」

「傳雙，你說一句吧，以後小寶的病還治不治？」

「不要再給治啦！花點錢把他送育幼院去算了，我們不會再生一個好的孩子？這種殘廢小孩，我賺的那幾個錢，哪裡夠填這種無底洞？」

「傳雙，我求求你，不治也罷了，我只求你不要把他送走。別人不會像我這樣待他好……」

「待他好有什麼用？他知道個屁！早死了少累贅！」

紫千沒有再說什麼，她的一顆心碎成片片，一片片的掉落下去，紫千但感一滴滴的鮮血，自她的胸口淌下去，淌下去……她想，「這也像一個親生父親說的話嗎？」　一個月到了，傳雙又要走了，臨走的時候，他對紫千說：

「以後每月領的錢，十分之一家裡用，其餘的存在銀行，一塊錢也不許亂花！」

紫千仍然省吃儉用，自己又鉤些絨線衣帽，送到百貨行去寄賣，居然生意還不壞，得來的錢，都給小寶治病。小寶還是沒有什麼起色。

「海鯨丸號」這一趟是開往日本，不到三個月又回來了。

「海鯨丸號」因為船齡太舊，送去大修。傳雙準備休息六個月後，再上「永發輪」。傳雙做了船員以後，三朋四友來來往往，不是打牌就是出去飲酒作樂，常常半夜三更回家， 回到家裡一身齷齪，滿嘴酒臭就找紫千，紫千既厭惡又無奈。這一天夜裡，傳雙回來，時交四鼓，天色微明，傳雙醉眼矇矓的摸到床邊，打著酒呃，喊著紫千：「紫千！呃……，紫千！紫千！呃……，紫千！妳躲在哪裡啦？讓我玩玩吧？……」紫千縮成一團，不敢動彈。傳雙又呃了一下，說：「紫千，老夫老妻了，妳還害羞呀？」說著伸手解衣。紫千說：

「傳雙，你放尊重一點，現在都什麼時候了？」

「什麼時候都一樣，嘻嘻！玩女人還管什麼時候啊？」傳雙半醉半醒嘻皮笑臉的說。

「要玩女人去外面玩，我又不賺錢！」

「喏！喏！喏！給妳錢！給妳錢！嘻嘻！這年頭玩玩老婆都要花錢了，怪事……」他拿出一疊鈔票塞給紫千。紫千坐起來，接過鈔票「拍啦！拍啦！」往空中摔去，咬著牙齒，罵道：

「簡直是下流！」幾十張紅紅花花的鈔票飛舞四散，天已大亮，紫千起床更衣，不去理會。傳雙見好事落空，滑下去蹲在地下撿鈔票，一張一張的撿，嘴裡髒罵：

「妳他X的也太不識抬舉！四百塊買一次還不賣？不賣算了！我不稀罕，留著妳的爛B去做聖女吧？……」鈔票撿完了。又氣呼呼的穿上外衣，道：

「……我有錢，要玩什麼樣的女人玩不到？誰稀罕妳的爛髒B？」砰！傳雙摔一下門又出去了。

這裡紫千擦著眼淚，獨自思量，「我髒嗎？女人是讓男人玩的嗎？跟這種下流男人同床共枕不髒嗎？真不幸！還有一些女人也罵女人髒，……」她想起那天走在路上，聽見一個太太罵自己的丈夫，「你這死鬼！又死到那種髒地方去，玩髒女人，花錢買髒病！」紫千又想，「如果男人都不去那種髒地方，女人自己會得那種髒病嗎？還是因為去的男人太多了？那種地方才慢慢的變髒起來的？女人到那種髒地方賺髒錢，也許是為了她最起碼的髒生活，甚至拿這種髒錢，去治療她的髒病；那麼男人呢？男人到髒地方，花錢去買髒病，又為了什麼呢？洩一時之慾嗎？到底誰更髒呢？若說女人髒，先看看修院尼庵那些禁止男人去的地方，何曾有過多少髒病呢？再說單純的夫妻，他們又何來髒病呢？那麼，……」紫千想了半天，還是得不到答案，聽見小寶哭，她去看小寶，她先替小寶換過尿片，又去廚房煮稀飯給小寶吃。不久，蘭英帶來一個有點面熟的婦人，說是要請紫千鉤一件絨線背心，指定也要白底紫色牽牛花那種的。這是紫千最拿手的手藝。她接下了這筆生意，臨走的時候，蘭英問她：

「傳雙呢？」

「出去了。」

「我今天一大早怎麼還聽見他的聲音呢？」

「後來出去了。」紫千沒有提起昨晚的事。

傳雙這一去，好幾天都沒有回來，紫千落得清閒。她鉤鉤絨線，洗洗東西。經常忍不住還是把小寶抱起來玩，親親他，逗逗他，雖然一點反應也沒有，然而，小寶畢竟是她的一塊肉，就是沒有知覺，她也不肯割捨這塊肉。

這一天，太陽很好，紫千把小寶抱出來，放在推車裡晒太陽，又把一些不穿的衣服書籍等都搬出來晒太陽，一面晒著，一面翻翻書。無意間翻到那本紀念冊，她把紀念冊拿起來看，一頁一頁的翻，一頁一頁的看，那裡面有姜校長的留言，有老師們勉勵的話語，也有史漪湖的忠言，翻著翻著，前塵往事，歷歷眼前，翻到最後一頁，是顧友石寫的那首小詩，墨水雖已褪色，字跡還很清晰，她輕輕的唸道：

山凝水碧柳含煙，
紫色幽思千萬千；
花不語，
落絮翩韆；
蓬飄何處？
聚散怎無牽？
更哪堪
回首
不再當年！

顧老師，顧友石，紫千只覺得自己像做了一場夢，一時她掉進往日的夢境裡，當她走出夢境，才發現有人站在後面，傳雙已在她的背後站了好半天，隨後鳳娥也跟在傳雙後面。紫千看到立即站起來，叫了一聲：

「娘！原來傳雙是到左營去接妳呀……」就在這同時，傳雙一把搶過那本紀念冊，看了看，說：

「顧友石，這姓顧的傢伙到底在哪裡？什麼紫色？什麼千呀千的？連這種東西都帶到台灣來，原來妳愛的是他，怪不得妳什麼都要紫色的？怪不得你心裡沒有我！……他的臉朝著他母親，問：

「娘，這姓顧的是什麼人，你有沒有見過？」鳳娥想起當年是有個顧老師，對紫千很好。記得紫千那回生病，那個顧老師天天都來看紫千，都被自己擋駕，而且有一封顧先生給紫千的信，至今壓在箱底，可是，這都是往事啦！何必提它？於是她說：

「傳雙啊，這些事都過去了，又提它做什麼？」

聽他母親這樣說，像是證明了自己的想法，傳雙罵道：

「他媽的B！妳愛的是他！為什麼嫁我呢？」氣呼呼的把紀念

冊撕成粉碎，又罵了一句，「他媽的B！」

紫千真想回敬他一句，「你媽的B啊！」但是，他的媽就站在她旁邊，未免大不敬。於是對傳雙說：

「你要罵，罵我！不要扯到我媽！」

「你媽的B，你媽的B，怎麼樣？」紫千不知道哪裡來的勇氣，她衝過去，快動作刷了他兩巴掌，罵道：

「禽獸！」傳雙也衝過去，用腳去踢紫千，踢了幾下，道：

「我禽獸！好！我禽獸！叫妳看看我禽獸的厲害！」傳雙又繼續踢，紫千連動都不動讓他踢。鳳娥呆了一下，過去拉開傳雙，一面拉，一面吼：

「傳雙，你這五帝捏的死鬼短命鬼，紫千什麼對不起你了，你這樣對待她，你根本不配娶她！……」

「我是不配！我是不配！人家姓顧的才配！可是娘，妳又沒有錯了啊？從小妳就指使我跟紫千要好，要她做媳婦，抱孫子，現在不是都有了嗎？以後妳跟媳婦孫子去過日子吧！我不回來了……」

「我走，我走，我一來，你們就吵架，你們嫌我！我走！我走！……」鳳娥走了。傳雙這次從左營把母親接來看孫子，然而，他母親連屋子都沒有踏進一步，又走了。

## 10

鳳娥一走，傳雙也跟在她後面走了。再回來的時候已是半夜三點鐘。他在外面喝過酒，一身酒臭，醉薰薰的來找紫千，紫千說：

「你敢碰我！」

「看我敢不敢？看我敢不敢！」

傳雙紅著眼像一隻兇狠的野獸，張牙舞爪的向紫千撲去，紫千掙扎了半天，終於無力抗拒。她乾吐了一口口水，罵道：

「呸！這種男人才髒！」見傳雙鼾聲大作，她就起床洗澡更衣，並扯下被傅雙染污的紫色床單，一起洗滌，邊洗邊吐口水，「呸！好髒！呸！好髒！」從午夜洗到天明。天亮後，她繼續洗，邊洗邊唸：「呸！好髒！呸！好髒！」

她給小寶餵過飯，又去洗床單，邊洗邊唸：「呸！好髒！呸！好髒！」

她呸了一上午，洗到快中午的時候，她看傅雙抱著小寶要出去，就站起來阻擋，問道：

「你要把小寶抱到哪裡去？」

「我抱小寶去看病，有一個醫生看得很好，抱去給他看看。」

「我也要去，小寶給我！我自己抱！」紫千要把小寶搶過來，「給我，我自己抱小寶！」傅雙閃一下躲開了。說：

「那地方太遠，妳不要去。」邊說邊往門外走，越走越遠，紫千已抓不到他了，她追在後面，喊了幾聲：

「傅雙！傅雙！把小寶還我！把小寶還我！小寶！小寶……」看不見傅雙了，紫千一路哭回來。她又坐下來洗衣服，邊哭邊洗邊罵，「呸！好髒！呸！好髒！」洗洗衣服，停一下，又往門外看看。看一看，喊幾聲：

「小寶快回來！小寶快回來！……」

黃昏的時候，傅雙一個人回來了，小寶沒有回來，紫千顫抖著聲音，問：

「我的小寶呢？我的小寶呢？」

「小寶送育幼院了，育幼院比我們家更好……」

紫千嘶喊起來：

「我要小寶！我要小寶！你還我小寶！」紫千泣不成聲：「我要小寶！我要小寶！我要……」

「你要小寶，我們再生一個，小寶沒有用了，我們再生……」

「再生一個！再生一個！好！再生一個！再生一個……哈哈哈！再生一個！哈！哈！哈！哈！再生……我的肚子好痛！我要生

了！哈！哈！我要到醫院去生囉！……」紫千彷彿又看到一張又長又黑眼睛血紅的長面孔女人對她說，「太太！太太！妳幫我把腳打開……妳要是告訴他們，我就殺了妳！……你們放開我！你們放開我！我要生咯！哦！呵！呵！你們再不放開我，我要拿手槍殺你們！醫生啦！護士啦！都死光啦……」紫千打了一個寒顫……又聽到後門有奇怪的聲音……喀喳！喀喳！「……我要錢，沒錢要人！喀喳！喀喳！……值錢的東西拿來！……」紫千跑到後門，退下玉鐲，從門縫底下塞出去……「再來一點」……紫千又脫下戒指塞出去。她立刻又衝進房間，對著小寶的空床，喊：「小寶！小寶！媽媽在！」

「小寶！小寶！媽媽該死！」伸手打自己嘴巴。打完了又坐下來洗衣服：「呸！好髒！呸！好髒！」

「小寶，小寶，小寶，……」紫千看著門口叫小寶。傅雙看著紫千剛才那些奇特的動作，簡直看呆了。他走到後門，撿起紫千塞出去的玉鐲和戒指，收在抽屜裡。罵了一聲，「神經病！就出去找蘭英。蘭英過來看，她喊：「紫千！紫千！」

「呸！好髒！呸！好髒！呸……」紫千不斷搓洗著盆子裡的衣服。

「紫千！紫千！妳看看我，我是蘭英姐姐！」

「呸！好髒！呸！好髒！……

「紫千！我是蘭英姐姐……」

「小寶！小寶！小寶乖！」紫千喊小寶。

「傅雙，你把她怎麼弄的？小寶呢？」蘭英流著淚問。

「我不知道。我告訴她，我把小寶送育幼院去，她就變成這樣子了。其實育幼院有什麼不好，我們可以再生……」

「傅雙，明天快去把小寶抱回來，唉，你把她逼瘋了，好好的一個女孩……唉！你們兩個相差得太遠！你把她折磨得……」蘭英嗚咽了……

第二天，傳雙並沒有去把小寶抱回來。誰也不知道小寶在哪家育幼院？紫千繼續洗衣服，「呸！好髒！……」洗衣服洗到下午，見外面起風了，紫千拿了一件厚衣服，去找小寶加衣服，她說：

「小寶，天涼了，快來加衣服！加一件厚衣服。小寶！快來！天涼了……」她一路走一路唸，唸到山坡底下去。山坡底下有一所國小，她拿著衣服走進校門，學校下課了，孩子們都跑出來玩，她看了半天，抓住一個小孩，給他穿衣服。她對那小孩說：

「小寶！來！天涼了，媽媽給你送衣服來了。」小孩嚇哭了。他哭著說：

「妳不是我媽，妳不是我媽媽，我媽媽在家裡。」紫千硬要給他穿：

「小寶乖，天涼了，要加衣服！」

「妳不是我媽媽……」那小孩還是哭著說。

老師來了，才算解了圍。好多孩子都圍過來看瘋子，有一個調皮的小男孩，拍手唱：

「瘋子！瘋子！不穿褲子！……」這時候，已經有人去叫蘭英。蘭英聽說了，趕快來把她接回去。

第三天，她還是洗衣服，「呸！好髒！……」到了下午就去送衣服，「小寶！天涼了……」

每天，每天，紫千做同樣的事，疲倦了就去睡，睡醒了洗衣服，下午送衣服到學校去。蘭英弄飯給她吃。傳雙眼看著自己就要上船了，他對紫千，說：

「妳再這樣瘋瘋癲癲的，我要把妳送瘋人院……」

「我沒有瘋，你為什麼把我送瘋人院？我不要去，傳雙求求你，不要把我送去。」第二天，傳雙叫紫千換一件衣服，紫千不肯換，她說：

「我不要去瘋人院……」

「不是去瘋人院啦！妳穿漂亮一點，我們去抱小寶回來。」紫千聽說要去抱小寶，好高興，她換好了衣服，跟著傳雙走。走到半路聽見有人問：

「你要把太太送去神經病院啊？」傳雙搖搖手，做了個怪表情，說：

「不是，我們去接小孩。」紫千已經不想走了，傳雙回過頭，說：

「快呀，我們去接小寶。」紫千又跟著他走。紫千越走越慢，她聽見剛才那個人說是要送她去神經病院，她沒有聽見傳雙說的話，她記住那人說的話。傳雙走在前面，又回頭催她一次，紫千慢慢走，走上吊橋時，她趁傳雙不備，很快的爬上吊橋的欄杆，縱身一躍，在空中翻了幾個筋斗，下去了，掉進碧綠的潭水裡，許多人都圍過來看。一個會泅水的船夫看到了，躍身跳下去，把她打昏了，慢慢拖到岸邊。傳雙也順著岸邊走下去，幫忙抬上來。又來了兩個人，他們給她急救，附近有一個醫生，給她打了一針強心針，又給她檢查了一下，見沒有什麼大礙，叫附近的人借一條毛毯給她保暖。紫千一臉蒼白的躺在那裡，她睜眼看了一下，見是傳雙，還有許多不認識的人，她又把眼睛閉上了。等蘭英趕來了，見紫千奄奄一息，她拼命喊：「紫千！紫千！我是蘭英姐姐……」紫千睜眼看了一下，流下了眼淚。蘭英也哭著責備傳雙，道：

「傳雙，都是你，你快把紫千交給我吧！送什麼精神病院，你去把小寶接回來，她就會好的。」蘭英又叫傳雙去僱三輪車，把紫千載回去。紫千在家裡休息了兩三天，又開始洗衣服。大家都逼著傳雙去把小寶接回來，傳雙說：

「好！好！好！我明天就去接。」到了明天，他出去了，他沒有去接小寶，他的船開了。紫千仍然洗衣服洗床單，連傳雙睡過的枕頭也拿來洗。到了下午她又去小學送衣服要給小寶穿。

又過了兩天，傳來船難消息，「永發輪」遇強風沉沒了。報紙上說全船三十八個工作人員，只有四個獲救，十五個找到屍體，其餘失蹤，傳雙在死亡名單中。

傳雙死了！紫千隱隱約約的聽說傳雙死了；又隱隱約約的聽說什麼保險金、撫恤金；又隱隱約約的聽人說先設法找到小寶，前面的那些話語她都不關心，只最後聽到「小寶」這兩個字，使她震撼每震撼一次，她就清醒一點。她還是站在門口，叫：

「小寶！小寶！小寶快回來，媽媽想你……」

那邊金樹培跑公司辦善後。這裡陳蘭英忙著跑育幼院，跑了十多家育幼院，終於在桃園的一家育幼院找到小寶。育幼院的人告訴她說，小寶的爸爸只付一個月的保育費，而這家育幼院是私人辦的，財力有限，勸募不到資金就面臨斷炊。他們沒有力量負擔不繳保育費的院童，再不來領回去就要登報了。

小寶已經又乾又瘦，長期的睡在床上，又不像紫千自己換洗得那麼勤快，小寶的屁股已經開始長瘡。當陳蘭英抱著小寶回家，紫千看了又看，起初硬說不是小寶，後來陳蘭英說：

「紫千，妳看看他的眉毛，像畫的一樣。」紫千審視了一下，笑了，笑得跟從前一樣的燦爛。她接過小寶，親了又親，親了半天，就抱進去給他洗澡。洗過澡，衣服都換乾淨的，她沒把小寶放在小床上，她在床底下鋪好被褥，把小寶偷偷的藏在自己的床底下。蘭英疑惑的問：

「紫千，妳為什麼把小寶藏在床底下？」紫千指一指門外說：「我怕傳雙把他抱走。」

「傳雙死了，妳知道不知道傳雙死了？」紫千還是聽不懂，她愣愣的看看蘭英，她不知道什麼是死亡。

「紫千，我現在先去把門關起來，你把小寶抱到床上好不好？床底下有蟲，會咬小寶。」聽見有蟲會咬小寶，又看見蘭英把門關好，她才把小寶抱到床上來。連著幾天，她都是這樣躲躲藏藏的，每次有人來敲門，她都要仔細的看，看清楚不是傳雙，才敢開門。

漸漸的，小寶又胖了，白了，屁股上長的瘡也漸漸好起來，身上也沒有尿騷味。紫千又開始逗他，唱歌給他聽，紫千也開始對別人有說有笑，不送衣服去學校了。有一天她對蘭英說：

「蘭英姐姐，我好像做了一個夢，夢見傳雙的船翻了，傳雙死了。」

「紫千，妳不是做夢，傳雙真的翻船了，他真的死了，他不會回來了。紫千，我們把門開開吧，我們把小寶抱出來晒晒太陽吧？」紫千點點頭，她抱小寶出去晒太陽，她不洗衣服了，紫千又會鉤織絨線了。有一天她問：

「蘭英姐姐，我妗媽呢？我娘呢？」

「她在左營，她好好的在左營。」

## 11

鳳娥在左營是真的，但不是好好的。鳳娥本來安安靜靜的在美娥的廚房裡，這一天，一個鄰居侯太太來找美娥去打牌，美娥不在，侯太太就在客廳裡等她，一面拿起報紙來看。鳳娥給她倒杯茶，正要走開。這個侯太太，一面看著報，一面嘴裡有怪聲嚮著，「嘖！嘖！嘖！真可怕！」鳳娥看她這樣的嘖嘖嘖！就問：

「怎麼？又車禍啦？」侯太太搖搖頭。

「又殺人啦？」鳳娥又問。

「不是，都不是。是沉船，死好多人！」

「什麼船？」

「不知道。」侯太太一面看報，心不在焉地回答。她嘖嘖了兩聲，有點自言自語的說：「讓我先看看死的這些人有沒有我認識的，我們也有幾個朋友是船員。」她就開始唸名字，「劉朝年、王二毛、吳在眾……」

「吳什麼？」鳳娥聽見姓吳的，沒聽清楚名字，所以又問一遍。侯太太說：

「吳在眾啦！你不要打岔！」她又繼續唸：「蔡新莊、盧青潭……華國平、吳鳳、吳傳雙。還好！都沒有我認識的。」

「你最後唸的那個叫什麼？」鳳娥又沒聽清楚。

「妳怎麼這麼討厭嘛？老愛打岔。又不好好的聽，我不想重唸了，我要走了。郁太太回來，妳告訴她三缺一喔！今天在我家。」說完，起身走了。鳳娥拿起報紙，橫看看，豎看看，怎麼看都是大大小小花哩八糟的小方塊，這些小方塊，再看也不知道是啥意思？好容易等到美娥做好頭髮，一路搖著髮膠的怪味進來了。鳳娥拿著報紙叫美娥幫她看。美娥說：

「看報紙？我沒興趣！有沒有人找我？」

「剛才隔壁侯太太說今天在她家，三缺一。」美娥正待要走，阿西回來了，他才收住口裡吹的太保連環哨，就說：

「媽，報紙上有表哥的名字哦！」

「怎麼樣？你表哥成了新聞人物啦？」

「不是啦，有一個跟表哥同名同姓的人死了。」

「同名的多得很，稀奇什麼？少鬧，我要去打牌了。」說完就出去了。

「阿西，你幫姨媽看看，什麼船沉了？」

「錢！」阿西伸一隻右手，巴掌向上，伸向鳳娥面前。

「不會少給你！」

「先付錢，再服務。」鳳娥伸手在內襟抽出兩張鈔票給他，阿西開始唸標題：

「大漢船運公司旗下，永發輪遇難，與七級強風搏鬥一晝夜，終告沉沒。船上員工卅八人，四人獲救，十五人死亡，餘者失蹤……」

「阿西，你再唸一唸死亡的名單。」

「錢！」阿西伸手在鳳娥面前，鳳娥又給他一張鈔票。阿西說：

「聽清楚啊！只唸一遍！」鳳娥聚精會神的聽，阿西開始唸：「劉朝年、王二毛、吳在眾……蔡新莊、盧青潭……華國平、吳鳳、吳傳雙！」阿西唸完了說：「也許是同名同……」只聽得「鼕！」一聲，鳳娥倒在地下了。阿西像見了鬼似的，奔出去叫他母親，阿西尖叫道：

「媽！死人嘍！死人嘍！……」美娥剛走到侯家門口又被叫回來，她瞪眼一看，眼珠子都快跳出來了。美娥尖著聲音，叫：

「阿西！阿西！快去叫你爸爸回來！……」阿西飛奔出去，這裡美娥拿起報紙來看，看到吳傳雙在死亡的名單中，她把報紙往桌子上一摔，埋怨道：「觸了什麼霉頭？一個死在外頭還不夠，難道還要死一個在家裡……」阿西跟明德都回來了，美娥叫：

「明德，快叫人抬出去，別死在家裡了，倒霉……」明德叫人找車子要送鳳娥去醫院急救。車來了，有兩三個人七手八腳的抬病人，鳳娥剛被抬出去，美娥就問：「明德，報紙上不會亂登吧？」

「亂登什麼？」

「我說傳雙要是真死了，還可以領到不少錢哦？」

「也輪不到你！」

「怎麼輪不到？他是我外甥啊？」

「人家還有太太、兒子、母親……」

「他要死了，他娘還活得成？」

「妳怎麼知道她會死？」

「哼！我走了。有事叫我，我在侯家……」美娥甩著新做的蓬蓬頭走了。明德搖搖頭對阿西說：

「阿西，我們到醫院去！」

「我不去，我們老大在沈迷大樓等我……」阿西也走了。

鳳娥在醫院裡住了兩天，都沒有起色。有一天突然睜開眼，問起紫千：

「紫千呢？小寶呢？」

「已經寫信去叫她了。」明德說。

紫千收到信，已是過了四五天，紫千自己也才明白一點點。她把信給蘭英看，蘭英說：

「去看看吧！年紀這麼大了。紫千，金大哥會陪妳去，妳把小寶交給我來照顧。」金樹培陪著紫千到了醫院，找到病房，紫千站在病床旁邊，看看奄奄待斃的婆婆，不由得生起無限憐憫。她說：

「娘，我來啦！我來看妳啦！等娘病好了，接娘去台北住……」說著說著流下淚來。見鳳娥動了幾下嘴唇，沙沙啞啞的聲音，紫千低下頭去聽，微弱的聲音，說：

「紫千……有一件事，娘沒有告訴妳……那個姓顧的呀……有一封信……在娘的皮箱裡……他對妳好……妳……妳有一次不是生病嗎？……他每天都......都來看妳，我沒……沒給他進去……小寶……有錢要給他治……治好了……長大……給他……討一房……討一房媳婦……傳雙……他沒有用……都是我……我害他......我罵他短命，我害了妳……紫千，娘這裡還有……一個……一個金手指，妳拿去給小寶治……病……」鳳娥想退下手上的戒指，手舉起來又放下去。金樹培幫著她把戒指退了下來，戴在紫千的指頭上，鳳娥微微的點一下頭，表示滿意。紫千看她說了半天話，有點喘不過氣，就拿起桌上的杯子，餵開水給她喝。喝了幾口順氣一些，她又說：「紫千，娘不行了，娘只有一個箱子在壁櫥裡……妳帶在……身邊，做個……紀念，小寶……要給他治……治好……討一房……」鳳娥聲音越弱越細，細得聽不見了，接著一口痰呼嚕呼嚕，不上不下。

這一天晚上，美娥到醫院裡來，她進了醫院大門，走過門診部，看見廣場上正在上演露天電影，娛樂醫院裡的同工病患，是李麗華主演的「小白菜」。美娥是李麗華的影迷，凡是李麗華的電影每一部都不放過。現在她走上廣場，去看「小白菜」。看完了才去病房。一進來就尖聲叫：

「紫千，妳剛才怎麼不去看電影？李麗華簡直把小白菜給演活啦！……」

這時候已經是夜晚九點鐘，三等病房裡靜靜的，突然聽見有人大聲尖聲講話，病人都側目看美娥。美娥哪裡管這些？她眉飛色舞比手畫腳的，說：

「李麗華怎麼看都不會老，算年紀，她比我都大了，你想吧？我十幾歲她就紅了半邊天……」護士小姐進來拍一拍她的肩膀，道：

「太太，我們的病人要睡了，請妳講話聲音輕一點！」

「輕一點就輕一點！我們講善後也不行呀？」然後轉過臉來，一本正經的對紫千說，「紫千，我今天來，就是要同妳談談善後的事。妳知道，明德姨夫跟我都沒有辦過死人的事，也不知道怎麼辦？妳自己看著辦吧！要用錢的話，我先幫妳去借一點，辦完了後事再還我……」紫千一肚子辛酸不知向誰訴，她流著淚說：

「我看我娘也許會好，她剛才說了很多話……萬一不行……金大哥會幫我忙……美娥依姨，妳放心好了，金大哥幫別人辦過後事，他有一點經驗。錢也不要去借，金大哥已經帶一點在身上……到時候，金大哥他會……」紫千話沒說完，就趴在金樹培的肩膀上抽噎起來，她抽抽噎噎的說：

「金大哥，一切都由你幫我作主。」金樹培輕輕的拍著紫千的肩背，說：

「紫千，妳放心！我會。」美娥走了以後，金樹培陪著紫千在病床前。鳳娥一夜間就那口痰不上不下，呼嚕呼嚕。什麼也不吃什麼也不喝了。天快亮的時候，呼嚕呼嚕的聲音聽不見了。金樹培跟紫千都轉臉注視，鳳娥不動了，兩手空空的擺在胸口，鳳娥走了，她已經走完她人生的旅程。紫千見狀低聲飲泣。醫生來了，他聽了聽鳳娥的胸口，摸摸脈博，搖搖頭，護士小姐記下了死亡的時間。

殯儀館的運屍車運走了鳳娥的屍體。那邊美娥忙著通知她的朋友，都說姐姐死了。這邊，鳳娥被裝殮好，停在極樂廳的後廳。她直挺挺地躺著，把人間一切希望、痛苦、憂傷、災難以及一切一切的愛與恨……通通都丟給活著的人去承擔。她疲倦了，她要永久

的安息了。紫千披麻坐在棺柩旁邊，最後一刻再陪著她的妗媽她的娘。前廳是遺像輓聯花圈，遺像前面的供桌上擺著鮮花、素果祭奠。燭光搖曳，奠煙繚繞，弔客寥寥，哀樂淒淒，靈堂並無孝男孝孫跪謝。後廳傳來紫千悲悲哀泣，鳳娥一生對於傳宗接代的奮鬥，只換得身後淒淒餘寂，此一恨矣！

美娥來的時候，一家大小坐著吉甫來的，金樹培聽見吉甫的車聲，轉頭向外看，見美娥正與戴鴨舌帽的司機談笑自若，司機點了好幾下頭，說：

「好！好！好！我馬上去接！」吉甫車開走了。

美娥走進殯儀館直向著金樹培走來，她說：

「金先生，我姐姐死，本來這事應該由我做妹妹的來料理。紫千既然說要你來辦，就你辦吧！我若是硬要管這件事，人家以為我想落個什麼好處？所以，你去辦。不過，一切要尊照我們福州的規矩。還有，我姐姐根本不認得什麼人，人家送來的弔份都是我這邊的；開支完，有虧的我不管，有多餘的你們不能帶走！因為這都是我的面子。」金樹培還沒有回答，見她已經走去買花圈紙箔的攤位，租了一個白花紙質的小花圈，買了一捆紙箔，拿在手上遲疑半天嫌貴。攤位老闆說：

「太太，我們這裡是不講價錢的！」美娥付了錢，一路來到停靈的後廳，先在紫千面前亮了亮小花圈，說：

「殯儀館也真會要死人的錢啊！紫千，妳看，這麼小的一個紙花圈都要二十塊！一捆紙箔五塊錢！比外面貴一倍，早知道，我在外面買了。」說完走到前廳去，把小花圈放在供桌中間，鞠了躬又去燒紙箔。哀樂奏了一遍。燒完紙錢才發現自己還沒有穿素衣白服，又回來找金樹培要白衣服。金樹培說：

「白衣服啊？沒有準備，要穿的話臨時也可以租……」

「這怎麼可以不準備呢？我是她親妹妹，要穿的啊！」金樹培趕緊去租了一件給她。美娥又問：

「白帶子呢？」

「什麼白帶子？」金樹培摸摸自己的頭這麼問道。

「這些都不知道，還要搶著辦？我們福州人的規矩，凡是送弔份的，都要回敬一條這麼寬這麼長的白布腰帶……」說著她比畫著白布腰帶的長度。

「我們有準備白花和素帕呀。」

「這不是我們福州的規矩……」她一面挑剔，然後用手肘碰一碰站在她旁邊的丈夫，說：

「明德，我告訴你吧，應該我們來辦吧？你不信……」說到這裡，聽見紫千哭得很大聲，她又跑到後廳去，拿條濕毛巾，狠狠的對準紫千的口鼻朦下去，說，「不要哭了，不要哭了，現在還不是哭的時候，聲音哭啞了，等一下有體面的人來了，妳又哭不出來，這點都不懂……」紫千被朦得止住了哭聲，美娥又走到前廳去，見蔡准將跟郭上士都來了，她又匆匆跑到後廳來，叫：

「紫千！哭！現在快哭！大聲哭！」紫千正想著帶她出來的舅媽，如今不能再帶著她回去，紫千越想越傷心，真的大聲哭起來。濃濃也哭了。美娥自己也進來一起哭，又哭又唸，涕淚奔流。哀樂奏了一遍。美娥思忖著蔡准將、郭上士或將要離去，她又哭了一會，自己擦乾眼淚，擤一擤鼻涕，就走到前廳的廊下，去問金樹培總共收了多少奠儀？又問：

「金先生，有沒有準備親友的午餐？」

「妳不是說，老太太沒有什麼親友嗎？」

「我們不是？我們那麼老遠跑來，還是我去借的車子……金先生，這麼說，你以前好像也沒辦過？」

金樹培想，「這女人怎麼這麼不可理喻！再能忍耐的人也要冒火了……於是回敬了一句：

「郁太太，您閣下常常辦這種事啊？」

「這……這……這……」美娥氣得這這這，這了半天沒有說出一句話。

辦完了喪事，金樹培把收支帳目，以及剩下的二十五元三角餘款，通通交給了美娥。自己提著鳳娥遺留的皮箱，帶著紫千又回到新店去。

## 12

話說濃濃自與周一飄再度相會之後，濃濃又變成一隻快樂的百靈鳥。唱呀！唱呀！唱遍繁花似錦的大地。她又像從前那樣，依偎著大牛，像一株小小的忘憂草。「大牛，你幫我做這。大牛，你幫我做那。」

「大牛，這樣好不好？」

「大牛，你喜歡不喜歡？」也可以說大牛喜歡的，她都盡力去做。

大牛對她也是百般愛戀，情蜜意濃，訴不盡的海誓山盟。他們又常在秀蘭家裡約會碰面，見面時總異口同聲地唱著同一首歌：

你儂我儂，忒煞情多，情多處，熱如火；
蒼海可枯，堅石可爛，此愛此情，永不變。
用一塊泥，捏一個你，留下笑容，使我常憶；
再用一塊，塑一個我，常在君旁，永伴君側。
將咱兩個，一起打破，再捏一個你，再塑一個我；
從今以後，我可以說，我泥中有你，你泥中有我。

唱完相視而笑，笑完又唱。一遍又一遍永不厭倦；直唱到要分手的那一刻，歌聲越唱越低，越低越悲。濃濃就變成一朵將殘的小花兒，在西風的吹拂下，低垂著粉頸，不言不笑。這時候，大牛就會輕吻一下她的頸項，說：

「快活一點吧！我的小白兔，不要好久，我又來了。來！笑一笑！」濃濃笑了，有時是笑聲夾著淚影，一股腦兒投入一飄的襟懷，悄悄的說：

「大牛，你不要走！」

「唉，真是『相見時難別亦難』！好！乖乖的，我過幾天說不定又來了。」大牛輕撫著濃濃，說了一遍又一遍。

大牛一走，信就來了，一來一往，信件不曾耽誤。有什麼生日節慶，大牛總先提起，有時候是人和信一起到。是濃濃生日前幾天吧，一飄又來了，他說：

還有五天就是妳的生日，到了那天，我可能不能來，我讓秀蘭給妳過生日好不好？」說著取出一疊鈔票來，在秀蘭面前亮了亮，說：

「秀蘭，我擺一點錢在妳這裡，濃濃生日那天我多半不能來，請妳代勞幫我辦好不好？」

「我會，我會。我替你做點事就要你的錢呀？周先生，你別那樣低估我好不好？」一飄又把一疊鈔票收回衣袋裡。說：

「秀蘭，那就麻煩妳了。」其實濃濃何曾在乎過人家給不給她辦？向來只要人家嘴巴一說，就什麼都有了。難得大牛既體貼又周到。濃濃的一顆心，早就像那被春風灌得滿滿的小帆篷，一路順著東風滑下去，滑向愛的海邊。這一天，他們又在一起了，濃濃拿一隻手，輕撫著一飄的面頰，問：

「大牛，你這樣常常出來，家裡又怎麼說呢？」

「有什麼辦法？騙嘛！」

「大牛，你怎麼騙呢？」

「我告訴美瑰，我出差。」

「大牛，害你撒謊，都是我害你的」

「濃濃，這是為妳嘛！為了妳，我什麼都願意。」

「大牛，有一天，你會不會騙我？」

「不會！」

「大牛，就是有一天你也騙了我，我都會讓你騙……」

「濃濃，妳是准許我騙妳呀？」

「不是准許。如果你非騙不可，我就讓你騙；因為我愛你，包括也愛你的缺點。但是，我不會騙你。」

「濃濃，也許有一天，我會騙妳，但這騙，必須對妳是好的，是善意的……」

「譬如呢？」

「譬如我跌傷了，我會騙妳我沒有傷，我很好……」

「我不要！我不要！大牛，你真生病了，真跌傷了，還是要告訴我！」

「告訴妳，不是難受？你又不能去看我……」

「我為什麼不能去看你？我偏要去嘛。」

「妳偏要去？人家會把妳攆出來……」

「人家是誰嘛？」

「傻丫頭，人家是誰？妳自己去想吧？妳那麼聰明……」

「傻丫頭還會聰明呀？」

大牛笑了。在濃濃的眼睛裡，大牛的笑容是最美麗的花朵，一朵朵燦開在濃濃的心坎裡。過了一會兒，濃濃又膩膩的，問：

「大牛，我們出去走走好不好？」

「去哪裡？」

「一個好迷人的地方。」

「不行！」

「為什麼呢？」

「隔牆有眼！」

「我們永遠都只能在秀蘭的黑屋子裡嗎？」

「我們可以再找，像秀蘭這樣的友誼資產，我們多多益善。濃濃讓我慢慢找，找到了，我們換一個地方。」

「大牛，你那麼多朋友，有沒有一個我可以見他的？」

「沒有，目前還沒有。」

「交情不夠啊？」

「不是交情不夠，是人家不能接受。」

「不能接受我們這種不正常的關係？」

「嗯。」

「也就是說，你那邊都沒有像秀蘭這樣的友誼資產？」

「將來也許會有。」

「大牛，要是我死了，你會不會來？」濃濃有時候是痛苦到寧可自己死了，都不會想到要一飄離了婚再娶自己。而一飄說：

「傻丫頭，妳好好的怎麼會突然的就死？」

「還不是有很多人，本來好好的，說死就死了？大牛，你告訴我，我死了你會不會來嘛？」

「我若去了，算什麼？人家照樣攆我！」

「大牛，生不同衾死同槨，我們一起死了好不好？」

「傻瓜！一起去死，不如私奔，要愛，活著愛，死了還愛什麼？」

「大牛，那麼我們私奔？」

「濃濃，不可莽撞。這事，我們要從長計議，妳那個媽，我那個美瑰，都不簡單，我們要好好的想想……」

好好的想想……好好的想想，他們在百無聊賴中又分手了；濃濃一路想著這些走回家去。周一飄也在車廂裡想著。想著，想著，他抽出一根菸叼在嘴唇邊，點了火，噴了一口，兩眼視而不見的看著車窗外。看著，抽著，想著……台南到了。他下了車，走向收票口，一個穿白上衣綠花裙的女孩站在出口的柵欄邊，笑盈盈地，像一朵初放的百合。她是誰？她是白雲香！周一飄把肩膀靠過去，低聲問：

「妳怎麼知道我坐這一班？」

「我的神機妙算！恕不奉告！」兩個人會心地笑著，走向永安鞋品中心。

## 13

紫千從左營回到家裡，但感四肢臟腑俱疲，她謝過蘭英，又好好的親親小寶，就睡下了。第二天沒有起床，蘭英過來看了看，她叫道：

「紫千！紫千！我這邊煮的有稀飯，妳把小寶抱過來也餵他吃一些。」紫千沒有反應，她又叫：

「紫千！紫千！妳還沒起床啊？」

「蘭英姐姐，妳等一下。」紫千才起身從床上下來，她穿一件紫色睡衣出來開門。蘭英見她頭髮蓬鬆，臉色蒼白，就問：

「紫千，妳生病啦？」

「嗯，我好難受……」

「恐怕太累了，妳去休息，小寶我來顧。」

紫千頭暈暈的又去睡在床上，說：

「蘭英姐姐，小寶麻煩妳了，我再睡一會兒，也許會好些。」

「要走得動的話，叫金大哥陪妳去看看醫生……」

「不用了，睡睡就好了。」

蘭英把小寶抱走了。紫千只感到頭脹欲裂，一雙腿軟弱無力，眼睛也睜不開，只一下子工夫，她又昏昏睡去。醒來時已是天黑，又睡了。第二天又迷迷糊糊的睡了一天，醒醒睡睡，睡睡又醒醒，也不像是生病，就是不想吃，不想動。樹培跟蘭英都判斷她精神過份透支，不是病。他們兩夫妻也就不著急了。蘭英買了些豬肝來煮湯給她吃，紫千自己醒來就喝一些牛奶。果然體力漸漸的恢復。她又有力氣洗頭洗澡了，洗完了精神又自不同，到了第三天就跟平常一樣好了。又過了一天，她見天氣晴和，就把鳳娥留下的皮箱打開來整理，一樣一樣的搬出去曬，她一樣一樣的翻開，翻到了底層，一個信封方方整整的躺在箱底。紫千拿起來看了看，她想起這就是妗媽說的那封遲來的信了。字跡雖已褪色，但一手蒼勁挺拔的柳體仍清晰可辨。顧友石！一個常在她思維中若隱若現的名字，有時清晰，有時模糊；有時遠在天邊，有時伸手可及。她顫抖著手，打開信封，抽出信紙展讀。

紫千：

今天我收到李元白的來信，他將引薦我去應徵軍中的宣傳工作。我想這一份工作也許對我很合適，如果成功的話，我就要離開妳一段時間。在這一段時間裡，我就不能想去看妳，就去看妳；說到要離得妳更遠，內心裡酸、甜、苦、辣五味雜陳。那種難以割捨的心情，恐怕只有妳能體會。至於我為什麼那麼想去？相信妳也是會全心全意的諒解。妳總知道，最近時局很令人擔憂，外面謠言四起；製造謠言，原是戰爭的另一面手法，如果謠言不能終止，再怎麼有為的政府，也要面臨毀滅！

我對這一份宣傳工作之所以這樣動心，並不完全由於喜愛；而是這一類的工作，總要有人去做，同時我有著強烈無比的信心，我相信我會比別人做得更好。
宣傳工作做得好，是給那些製造謠言者「以牙還牙」最有力的還擊。我這一次去，下定決心，只許成功不許失敗，相信妳會絕對支持並為我鼓掌慶賀。

聽李元白說，錄取之後還要接受很嚴格的軍事訓練，才能進一步參與工作。受訓我是不怕的，當國家存亡之秋，身為一個知識青年，難道不應當走出來，參與救國的陣容？我深深體會到，沒有國就沒有家，更那裡有個人的存在可言？紫千，到了緊要關頭，我們應當不分男女，大家全力以赴！妳能做的仍然很多，近來有許多青年學生被人利用，在學校惹事生非鬧學潮。妳每天生活在學生當中，見到有什麼風吹草動，能夠阻止的要及時阻止。學校裡學生不斷失蹤，這些事真叫我痛心！今後我們應該從何處著手？凡事只有盡力而為了。

等事情成了定局之後，我馬上會再寫信給妳，同時也會把我的新住址告訴妳。最要緊的，我們的思想行為千萬不要受到謠言所左右；就算妳我之間私人的事，也不可輕易聽信閒言。凡事我說了算，妳說了算，妳我彼此都要互相信賴，更重要的要耐心的等待！祝福妳

健康快樂

「但願人長久，千里共嬋娟。」

友石　四月十八日

紫千邊看信邊流淚，哭得像淚人似的。她讀完一遍又讀了一遍，她的手抖得好厲害，腦筋卻越清醒了。她在心裡想，「舅媽害我好慘！要不是當時她把這封信扣在箱底，一切情形可能改觀；也不至於後來吃了這麼多苦頭。從這封信看來，苗絲絲那時候的言行，實在怪誕不經，都怪自己那時年輕，上了人家的當。而妗媽呢？直到傳雙死後，她自己病重彌留時才說出這封信，可見她的居心。哦！妗媽，自私的妗媽，恨她都嫌太晚。而這封信，若干年前我就等待著的這封信，現在才到手，真是一封遲來的信哦……」她擦了一下眼淚，想道，「友石，哦！友石，如今你在何方？」她把這封褪色的信箋，壓在胸口，兩手懷抱著，自言自語道：

「哦！友石，我那時還怪你呢！友石，請你原諒！你怎麼什麼都料到了，就是沒有料到我會等到這許多年之後，才看到這封信呢？」

「哦！友石，你還活著嗎？只要你活著，我不會再跟你賭氣了。友石！友石！等我！等我！不管天涯海角，等我！永遠！……」她輕輕地唸，「『但願人長久，千里共嬋娟。』是的，千里共嬋娟。」她把信箋拿起來，重重地壓在嘴唇邊，珍珠般的眼

淚，一串串滑落她的腮邊。她又輕輕的唸。「『但願人長久，千里共嬋娟。』」她笑了，滿臉淚痕地笑了，笑得好艷麗，像一朵小小的淚的小花。

「紫千！紫千！」蘭英一路叫著走進來。看見紫千坐在那裡，淚臉欄杆，又笑得艷艷的，胸口抱著一封信，料定有天大的喜事，就問：

「紫千，說說看，什麼喜事？妳找到他啦？」紫千搖搖頭，把信交給蘭英。蘭英看信，也是邊看邊流淚。看完了把信交還給紫千，擦一下眼淚，道：

「是不是太晚了？紫千？」

「不會……」紫千還待要說什麼，聽見外面有人喊金媽媽。

「金媽媽！金媽媽！有人找你。」蘭英跑出去，原來是隔壁的年年，帶一個年輕人站在門口，蘭英看看不認識，就走過去問他：

「請問有什麼事嗎？」那人笑著說：

「請問金樹培金先生住在這裡嗎？」

「是的，我是金太太。請進來坐吧？」

「金太太，我不進去了，我的車子停在坡坡底下。我是給余大夫開車的，余大夫下午要來看你們，他怕沒有把握找到你們，所以叫我先來看看，你們下午能不能等他？」

「余大夫？余大夫？……」蘭英摸著頭頂問自己：「哪裡有什麼余大夫？莫非是樹培的朋友？……」就說：

「好！我們等他。」

「金太太，謝謝妳，我走了，再見！」

「再見！」

## 14

這一天下午，黃昏時刻，早上的那位年輕司機，帶著一個陌生訪客，來到中信新村。他們走到金家門口，司機在外面指一指，說

「就是這一家。」

「好，那你去吧？」

「余大夫，我幾點鐘來接你？」

「十點鐘，你車子開到山坡底下等我。」

「好，我準時到。」司機走了。

金樹培聽見門口有人說話，就走出來看。外面的人也看著他。互相看了一會兒，兩個人同時「嗨」了起來，一個嘴裡叫：

「樹培！」

一個叫：

「可舉！」

彼此叫著對方的名字。兩隻手握在一起了。余可舉說：

「好傢伙，你不知道我回來呀？」

「怎麼不知道？我從報紙上看到消息。請進！請進！」

「知道我回來，為什麼不來接我？……」可舉邊說邊往裡面走。

這時候，蘭英好像剛洗過菜，濕著手，笑嘻嘻的走出來，對她丈夫說：

「樹培，你也不請客人坐呀？怎麼站著講話……」

「誰說是客人？蘭英，妳來看看這是誰？我那天看過報紙不是同妳說過，可舉可能知道我在台灣，果然不錯……」

「大嫂，妳現在是我大嫂了，……」可舉笑嘻嘻的說。

「請坐！請坐！你看，我們的破椅爛桌。」

「大嫂，我坐下了，不跟妳客氣了。」說著已經在茶几旁邊坐下。蘭英進去倒茶，樹培接著自己的話說下去，他說：

「你怎麼找到我這裡來呢？」

「別問我怎麼找到你，先問你那天為什麼沒來機場接我？」蘭英端著茶出來，可舉略欠了欠上身說，「謝謝！」又坐下。只聽樹培說：

「你想想，我怎麼能去接你？記者、政府官員，還有醫院裡的院長以及一些名醫，他們都去接你，你現在是國際聞名的腦科專家！我算什麼？……」

「樹培，你弄錯了。我一下飛機，就到處找你，希望在那麼多陌生的人群當中，能夠找到一張熟識的面孔，可是你沒有去……」

「我就是去，你也不見得還認得……」

「誰說？除非你老得掉了牙，否則，只要你一開口，我就認得你這兩排又小又整齊的白牙齒……」他們都笑了，金樹培問：

「現在你快告訴我，你怎麼找到我的？」

「你聽嘛，我一下飛機，接待的人就把我安排在京華飯店，我等了三天，看看你會不會來找我，但是沒有。你知道，剛回來，事情很多，要拜會很多人，所以我每次出門都留個電話，萬一你來了也可以跟我連絡；等了三天，你還是沒來，我就不想再等了。我知道你在台灣，也知道你在軍隊裡，所以我就把你的姓名、籍貫，以及你個人的一些簡單資料，交給國防部，拜託他們幫我找，沒想到他們在一星期之內就幫我找到，而且查出你現在的這個住址，所以我就來了。否則，我還準備要登尋人啟事的廣告找你哩！」

「現在來了，會不會大失所望？我這麼寒酸，住在陋巷！這也就是我不敢去看你的真正原因……」這時候蘭英擺出飯來，小傢伙也回來了，金樹培叫：

「兵兵，過來叫伯伯，這是余伯伯。」兵兵叫：

「余伯伯好！」說完蹦蹦跳跳的到後面去找媽媽，蘭英叫他洗過手幫忙擺碗筷，擺好了又過來請，「余伯伯，爸爸，都來吃飯咯！」蘭英想起從前在家鄉曾見過兩三次，知道他是樹培很要好的同學，彼此都沒有開口叫過對方，不知道該怎麼稱呼，現在她正猶豫著，樹培見她過來，就說：

「蘭英，妳以後叫余大哥好了，可舉生日比我大十天，佔了這點便宜。來！來！坐！坐！」他們邊笑著邊入坐，蘭英說：

「余大哥，待慢了，今天我們沒有準備，改天多買點菜，給余大哥洗洗塵。」

「這樣最好，這樣最好。我就是怕你們準備什麼，所以才悄悄的來。」蘭英煮了一大鍋家常麵片，麵是自己擀的，另外還有一碟鹽水雞，和幾碟家鄉小菜。樹培跟可舉一時也不說話，兩個人低著頭，吐嚕！吐嚕！已是兩碗下肚，又吃了兩瓣生大蒜。可舉拿一雙手壓著肚子，說：

「我今天好像回到我們河南老家啦，快十年沒有吃到這些東西了，在美國，不要說吃，連看都看不到！」

「若說什麼好菜，我也不會做，這些家常麵食很簡單，余大哥你要是愛吃，隨時來都吃得到。」蘭英把碗收了，換上酒來，另外加了一碟帶殼花生，對余可舉說：「余大哥，你們哥兒倆許久不見，喝點酒敘敘舊，我不奉陪了。」余可舉欠了欠身，說，「謝謝！謝謝！」蘭英笑著到後面去了。

樹培拿起剩下的半瓶大麴，給可舉斟了一小杯，說：

「抱歉，抱歉，我沒有洋酒招待你。」

「為什麼非喝洋酒不可呢？洋酒雖然也有上品，但跟我們的金門大麴比起來，恐怕還差那麼一點。我這次回來，人家已經請我喝了好幾次金門大麴，我認為我們的金門大麴，可以算是世界名酒之一……」

「可舉，你不知道，今天在台灣除了少數酒品極高的人，把金門大麴愛得要死，其餘的不少人都喜歡洋酒。喜歡是喜歡，可惜太貴買不起！」

「買不起？不見得吧？我看很多家庭的客廳裡都有酒櫃，裡面擺的好像都是洋酒。」可舉說著，拿起小酒杯抿了一口，又去剝花生。樹培接著說：

「是呀，有不少中國人，常常為了那幾瓶洋酒，去特製一個高級酒櫃，他們慢慢收集，像收集古董似的，居然也擺得琳瑯滿櫃。可是很少拿出來請朋友喝，那些洋酒，好像是只許看，不能喝。所以，小偷常常就目標那些洋酒……」

「啊！真可惜！」

「可舉，你在美國待得好好的，怎麼忽然跑回了呢？這年頭，人家都是往外跑啊。」

「你知道，我剛去的時候吃了不少苦；幫人家庭院割草，冬天幫人家鏟雪開路，甚至連女生的廁所都洗過了；吃那麼多苦，還不是想多學點東西，你知道，在外面待得再久，改不了的是我們這張黃面孔，我早就想回來，那邊醫院裡主管一再留我；我想，人家美國人才那麼多，多一個我，又顯不出什麼；而我們這邊又這麼缺乏像我這樣的專門人才，所以，有人跟我談的時候，我就心動了……」

「可舉，你這次回來，我們政府是不是付給你高薪呀？」老朋友，什麼都問。

「我並沒有要求高薪，政府能給多少就多少，倒不是我故意跟歸國學人唱反調，自命清高。你想吧，我一個人，能花多少錢？能睡幾張床？一張嘴巴能吃多少東西？錢，多少才算夠多？怎麼樣又算少呢？樹培，你一家三口，還不是養得好好的？我回來就養不活自己嗎？……」

「可是，我的日子過得多寒酸？」

「怎麼樣又算不寒酸呢？樹培，你不知道，我在醫院裡待了這麼久，看他們有病的人真是痛苦。所以我說，沒病就是福。看你們一家大小，大人健康，小孩活潑，這種幸福是金錢買得到嗎？」

「話故然這麼說，可是你今天的成就叫我望塵莫及。這也是我不敢去接你的原因之二……」

「快別這麼說了，樹培，人的機遇各有不同，你要是當年也跟我一樣出去了，專心一志研究一點什麼，可能你的成就還要超過我，你忘啦？我們唸中學的時候，你老是第一，我總讀不過你。而今天，你有家，有孩子，我還是孤家寡人一個……」

「對呀！你怎麼不結婚？」

「結婚也不是想結婚就結得成，這種事，可遇不可求；剛出去時，一天到晚忙著討生活，找學校、讀書、做研究，時間金錢都很有限；後來是看怕了……」

「什麼看怕了？」

「你知道，美國人說離婚，就像我們河南人吃麵疙瘩，一天可以吃好幾回……」樹培笑了，蘭英做完廚房的事也來坐在旁邊聽，她笑著說：

「你們兩個真是他鄉遇故知，肚子裡的話，滔滔不絕……」

說到這裡，乒乒來要花生吃，可舉抓了一把給他。樹培也忘了剛才說到哪裡？拿起酒瓶要給可舉斟酒，可舉把酒杯拿在手上，用手蓋住杯口，一面說：

「不能再喝了，不能再喝了。明天康寧育幼院有一個孩子要送來台大醫院會診，我一定要在場，因為我是台大醫院的腦科顧問，也是康寧的兼任顧問……」

「哦！這樣啊？可舉，你既是腦科專家，我求你一件事，待會兒能不能先看看我們這裡的一個孩子？」

「什麼樣的孩子？在哪裡？我們去看看也好」他站起來，把剛才帶來的一盒包裝紙盒，雙手遞給蘭英，說：

「大嫂，我這次回來，只帶回來一些新式的腦科儀器，這一件衣料是在博愛路買的。我覺得台灣的紡織品不比美國的差，希望大嫂不嫌棄。」

「真謝謝，余大哥太客氣！」

「可舉，我們現在就去看看那孩子吧？」

「好，我先去洗洗手。」

乒乒先跑了，樹培和蘭英帶著余可舉隨後來到紫千家，紫千剛給小寶洗過澡，抱著小寶坐在膝蓋上給他穿衣服，看到蘭英他們來，想站起來招呼，樹培說：

「紫千，妳給小寶穿衣服要緊，別把他著涼了，不用招呼我們，這是留美腦科專家余大夫，來看看小寶」紫千一面繼續給小寶穿衣服，一面跟余大夫互相微笑點頭打招呼。

看了一會兒，可舉說：

這樣子看不出什麼名堂，改天約你們去台大醫院，仔細檢查，樹培，這件事我們另外再連繫，下星期六，你打個電話給我。」

「樹培，你這位芳鄰是……」

「牛小姐，她的吳先生不久前才遇了船難，只有這個孩子。可舉，你無論如何要盡全力幫這個忙……」

「就這樣吧，你下星期六給我打個電話，恐怕要檢查好幾次。牛小姐，妳等著金先生的消息吧。」

「好的，謝謝，謝謝！我就等著金大哥的消息。」看樹培他們要走了，紫千送他們到門口，小寶好像很睏的樣子，紫千進來哄小寶睡覺，一面摸著他的小臉說，「小寶，媽媽要帶你去看醫生了。」小寶呆呆的看著媽媽，看了一會就睡著了。紫千心裡欣喜雀躍，她想把好消息告訴濃濃，等小寶看過病以後，再寫一封信給濃濃，濃濃後來不知道怎麼樣了？

## 15

周一飄跟白雲香兩個人，回到永安公司，已是下午兩點多鐘。公司裡正各人忙著各人的工作，沒有人太注意別人的進出動向，況且雲香上月起已調為周經理的秘書，她半天在門市部，半天在公司上班。雲香因為很能幹，所以公司和門市都需要她。雲香的地位一天天顯得重要，周經理不在的時候，很多事務都是雲香去接洽，而雲香也總是把事情辦得妥妥貼貼，叫人沒話說。現在，周經理坐在經理室，他的辦公桌上擺了好幾個卷宗，雲香已把宗宗件件給他歸檔好，周經理只要過目一下，批一下「知」，寫一個「可」，然後雲香就會一宗宗的去處理。所有對外的電話號碼，雲香的小記事本裡都記得整整齊齊。許多信件也由雲香起稿，周經理過目，然後由雲香謄寫好，再發出去。雲香就是這麼一個能幹的女孩，很多事情不用多說，一點就通。做起事情來乾淨俐落，從來不拖泥帶水。雲香只有一個毛病，喜歡頂嘴，頂歸頂，也是該頂，常常頂得周經理「呵呵呵！」笑得好快活。現在周經理正在看著桌子上的那些卷宗。雲香又拿一個卷宗進來了，她走過去坐在周經理的大辦公桌對面，打開卷宗給周經理看。她說：

「周經理，你看，這裡是兩家膠底的廠商，一家是天寶，一家是祥泰。東西我都比較過了，價錢一樣，但祥泰的品質次些，所以我已經把祥泰的回掉了。周經理，你跟天寶訂多少？你自己看吧？周經理，你看五百雙夠不夠？」

周經理搔了兩下太陽穴，把眉頭一皺，嘴唇一嚕，點一下頭，說：

「對！我正想要這個數目。」

「那，我就把訂單打出去了？」

「好。」他在卷宗上批了一個「可」，把卷宗交給雲香。道：「雲香啊！你真是我的第二個腦袋，我的左右手！」

「周經理，你別給我灌迷湯好不好？到時候不嫌棄我，就功德無量了。」

「我怎麼會嫌棄妳呢？謝妳都還來不及！」

「怎麼謝呀？」

「有！有！」周經理從皮包裡拿出一個小盒子，說：「雲香，妳看看，這東西妳用不用得著？」雲香接過來也不打開看，只問：

「會不會是人家不要的才送給我？」

「妳打開看看嘛，不喜歡再還我。特為妳跑上幾條街，怎麼會扯上人家？」

雲香打開看，笑了，她說，「那我就謝了。」雲香順便拿了卷宗就要出去，雲香走了幾步，常常會回過頭，丟來一個倩笑。周經理也常常咧著嘴，坐在那裡等，等雲香回過頭的那個「巧笑倩兮」。要是雲香忘了回頭，等雲香快走到門口的時候，周經理就會叫一聲：

「雲香！」於是，雲香又回過頭來，眉毛挑起來，眼睛圓起來，嘴角往上翹了。在周經理眼中看去，雲香這一張笑臉，正開滿著幾朵美麗的小花兒。「呵呵呵！」把個周經理魂兒都笑出了竅。

生意清淡，事情不忙的時候，周經理也時常寫一首小詩給雲香。有時也會叫雲香幫他從詩選上抄一首詩下來，徐志摩的「兩地相思」什麼的。雲香當然樂意抄寫，雲香的一手字既靈活又秀麗，每一個字在周經理眼中都是一杯蜜蜜涼涼的冰淇淋，甜蜜又清涼，從眼皮兒直甜到他的心底。遇到這時候他就會說：

「雲香啊！我看徐志摩的詩沒有什麼，倒是妳這一手字把他的詩給寫活了。」

「周經理，可不要我辛苦半天抄寫了下來，你又送給人家了喔？」雲香總是這樣頂撞他。

「怎麼又扯到人家了呢？妳來看看，妳來看看，妳抄寫的這些詩，都在我的抽屜裡。我哪捨得給人家？」說著把抽屜打開來給雲香看，果然那些詩稿都在抽屜裡。抽屜裡還不僅只有雲香抄寫的詩稿，更多的是濃濃寄來由雲香轉交的情書。雲香看了看這些東西，就說：

「周經理，我看你的這些東西該疏散了。」

「是啊，太多了，我是說信太多了。」信件真的太多了，濃濃是喜歡讀長信，喜歡寫長信的女孩子。濃濃的情書，經常都是寫得密密麻麻三四張信紙，最後還是在「紙短情長」的情形下收了筆。周經理每回看完濃濃的來信，胸口總是隱隱作痛，更多的時候則是眉頭深鎖。濃濃的那份情，真是濃得化不開，周經理不知道怎麼樣來擺脫這一份深情？他一向很快回信，開頭是真的有話說，後來則是挑不動這份情。濃濃的纏綿，濃濃的膩，都像千斤重擔，壓得他透不過氣來。一定要等回過了濃濃的信，他才能喘過一口氣。起先他的回信也像濃濃一樣，三張四張信紙，字寫得又密又小，甚至一行格子裡面擠了兩行小小的字。後來三張還是三張，字大些了。後來兩張信紙。後來一張。再後來用便條紙寫。最後改用像名片那樣的小紙條來寫，寫著很簡潔的一句話。同時也在信裡要求濃濃，道，「來信宜短，意思表達明白，字數不在多，可矣！」

有時候是：「上週來信已悉。因事忙，故未作覆。」

有時候是：「近日因感冒，甚為痛苦。請勿念。」

有時候是：「三月五日，我將南來，請在秀蘭處候我。」

但是，到了三月五日，濃濃在秀蘭家左等右等，就是等不到她的大牛。濃濃想，「大牛會不會乘下一班火車呢？」於是跑到車站去等大牛。兩班火車都過了，濃濃又想，「大牛會不會已經在秀蘭家等我呢？」又跑到秀蘭家裡去等，還是沒有大牛的影子。最後她想，「大牛可能生病了。」如此反反覆覆的想，來來去去的穿梭於秀蘭住處與車站之間，三四個來回，終於乘興而來，敗興而返。第三天，第三天有信來了，也是簡潔數語：

「濃濃：三月五日，因事耽擱，不克前往。害妳久候，抱歉之甚！」

濃濃是不讀長信，不寫長信不過癮的女孩，看到這樣的短信，還沒有讀就完了，對濃濃來說，是聊勝於無。她自我解嘲的把短信多讀幾遍，也像是讀了一封長信似的，一時滿足了。這就像那愛哭的小嬰孩，吃飽了還哭，她母親塞一個橡皮的假奶嘴在他嘴裡，他不斷的吮吸，不斷的吮吸，終於不哭了，似乎也滿足了。濃濃是吃飽了還哭的嬰孩嗎？不是，她根本沒吃飽。她吮吸著那樣的假奶嘴，仍然飢餓。她需要食物，但供給她食物的母親，只肯給她假奶嘴。她替這樣不盡職的母親，找了好多藉口，「大牛事忙。」「大牛生病。」「大牛情緒不好。」一面欺騙自己，一面安慰自己，她不敢面對現實，因為大牛是她的整個世界。雖然大牛告訴她「來信宜短」，但她並未聽從，她仍然一封一封的寄去，而且一封比一封長，細訴兩地相思，也寫著斷斷續續的夢。而大牛的回信都是兩語三言。並且突然在最近的信件中提起美瑰。諸如「前天曾前往左營，但美瑰同行，故未便會妳。」或「近來美瑰盯得緊，請暫勿來信。」或「近來美瑰時常夜間飲泣，似已識破你我之情，我亦不知如何定奪。」大牛難道要走了嗎？還是把美瑰請出來趕我走呢？不會！不會！大牛跟美瑰沒感情，這是他自己說的。大牛遇見我才遇見真正的愛，這也是大牛說的。我怎麼可以因為來信甚短就信心動搖呢？濃濃這樣掙扎著，最後還是歸罪自己，原諒了大牛。但是大牛並不因濃濃的原諒與寬恕，而有所醒悟，反而來信更少了。秀蘭看在眼裡也幫她著急；秀蘭知道，長信是濃濃賴以生者，短信濃濃略可度日，而無信卻使濃濃難以生存。秀蘭想，「濃濃是一條什麼樣的魚兒喲？她是悠游在一封封長信與短信之間的夢幻魚兒，水多了，她悠游自在，五彩斑爛，而如今……」如今見她在乾涸的淺水中苟延殘喘。秀蘭無能為力，秀蘭沒有那樣的水，秀蘭只能開道引渠。有一天，秀蘭說：

「濃濃，我乾姐姐生孩子了，明天我要去台南看她，我幫妳帶信給周先生好不好？」

「好哇！」這一晚，濃濃從夜半兩點寫到天亮，厚厚的一疊六張信紙。濃濃把信交給秀蘭說：

「秀蘭，妳去，一定要等到他的回信喔！」秀蘭去了，兩天又回來了。濃濃迫不及待的伸手向她討信。秀蘭在皮包裡掏了半天，掏出折成四折郵票般小小的小白紙。濃濃打開來看，在小紙條的中間寫著兩個字：「沉潛」。濃濃問秀蘭：「妳看到他了吧？」

「看到了。」

「妳看他身體還好吧？」

「我看他很好。」

「秀蘭，他有沒有口頭交待妳什麼？」

「他只說事情很忙，待批待辦的來往文件堆得很多。美瑰時常不知何故夜間飲泣，他的心情很壞。」

「秀蘭，他有沒有說什麼時候會來左營？」

「他說最近都不會來，事情太忙。」

濃濃顫抖著手，把那張小白紙照著原來的折痕，折成郵票般大小，不斷拿指頭撫弄著小白紙的折痕。折了一會又把它打開，瞧著小白紙上沒精打采的兩個字：「沉潛」。心裡默默唸著：「沉潛」。好一個「沉潛」！又尋思道，「池枯水涸，往何處沉潛？」不覺兩行清淚滴溜溜的滑了下來，不偏不倚的滴落在「沉潛」兩字的正中間，兩個字泡在淚水中模糊了，濃濃的淚眼也模糊了。秀蘭說：

「濃濃，妳怎麼搞的？他好好的，又沒有生病？妳哭什麼？」

「是啊，我很不爭氣！」

濃濃不死心，她又寫了一封信，信封上還是寫「白雲香小姐轉」。雲香把信交給周經理的時候，說：

「周經理，你的情書！我告訴你喔，已經有人說閒話了，這個冒險不討好的差事，我不想幹了。周經理，你另請高明吧？」

「我已經叫她不要再寄信來，她怎麼會聽不懂？好！好！雲香！妳不要惱，我再想辦法。」周經理正在想辦法的當兒，濃濃來了一通電話：

「喂！你是大牛啊？」

「是啊，怎麼樣？有事嗎？」

「大牛，我明天要到台南來，我們在什麼地方碰面？秀蘭她姐姐家好不好？……大牛……我好想你……」

「濃濃，妳怎麼在電話裡說這些呢？這些話不好在電話裡說呀！而且……我明天也不在……」

「你不在，要去哪兒呀？」

「我有事要到基隆去幾天……」

「你一個人去呀？」

「美瑰一起去。」

「……什麼時候回來呀？……」

「這可不一定，事情辦完了才回來，你有什麼事呢？」

「我有一些舊賬弄不清，還有幾份報表都要你幫我看一看……」

「……好嘛，……等我去了基隆回來再說，不過我告訴妳喔，我也許沒時間，最近實在太忙……」

「……大牛……我好想你……大牛……我想你……」

「……哎呀！不好說啦！……這些話不好在電話裡說呀！……有話見面再談吧！」周經理放下聽筒。這邊濃濃還沒有完，她喊：

「大牛……大牛……大牛……」濃濃拿著電話聽筒喊了半天，因一飄已掛斷，濃濃才百般無奈的放下電話聽筒。

接著幾天濃濃夜裡都睡不穩，一下子夢見大牛來到左營，但只悄悄的來，又悄悄的走。濃濃趕到車站去，大牛已經上了車，車輪轉動了，兩人沒有機會說話，僅僅揮了幾下手……一下子夢見大牛生病了，被人用擔架抬到醫院去，濃濃趕到醫院又被護士擋駕，說病人的病太重，不能見客……一下子夢見美瑰夜間蒙被飲泣，她沒有見過美瑰，但美瑰睡在大牛身邊，拿著被頭蒙在臉上，美瑰的身軀在被子裡面抖動飲泣……一夜輾轉反側，被惡夢連連的折磨。濃濃神思恍惚，一天比一天消瘦。然而她卻走不出胡思亂想的軌道，她左思右想，想不通為什麼大牛忽然一再的提起美瑰，過去為什麼總不提美瑰？就算曾經偶爾提起，也是輕描淡寫的，說，「沒感情啦，她太厲害啦，跟她沒話說啦……」等等，而後來曾有一封信，說，「美瑰常在夜間蒙被飲泣，叫我心如刀割，不知如何是好？」

濃濃過去也從大牛的嘴裡知道，美瑰是厲害角色，她的行動常是迅雷不及掩耳，而現在竟變成「夜間飲泣」？難道她已識破我與大牛再度來往？而痛苦感傷嗎？濃濃一路獨自尋思，而最叫她放心不下的，還是，「大牛會不會生病了？」因而她又寫了一封信。信中主要的還是對大牛的身體百般關愛，要他不要過勞，賺錢固然重要，但沒有好的身體，怎麼賺錢呢？要他煙酒減量，並且說，「大牛，不要太想我，我很好。」等語，最後當然也嗔嗔的提到，「最近美瑰好像長了千里眼、順風耳，什麼都美瑰，美瑰，美瑰的！連我想去台南她也知道哇？所以你們就去了基隆，真是不可思議？還是你已經把我們的事向她打報告了呢？大牛，你不會拿美瑰來攆我吧？……」

周一飄收到這封信，大為光火，他當著雲香的面把濃濃的信撕了，紅著臉，說：「敬酒不吃！吃罰酒！叫她不要再寄信來！還寄？看我有沒有辦法？」好像是在告訴雲香，「雲香，你不要惱，我跟她的關係一清二楚。」

第二天，一飄打了一通電話找秀蘭，電話裡說：

「……濃濃寄來的信，被雲香的母親拆開了。雲香的母親拿著信來威脅我，要求給她女兒加薪，不答應就要把事情公開！……現在人家都傳說我外面有女人，什麼時候傳到美瑰那兒去，還不知道……目前我的處境很尷尬……秀蘭，妳告訴濃濃……沒事最好不要再來信，千萬！千萬告訴她，不能再來信，再來信，事情弄砸了，不能怪我！……」秀蘭把這話告訴了濃濃。濃濃先是愣了一下，想道，「外面有女人！我是外面的女人嗎？……沒事最好不要再寫信，愛與情算不算事情呢？」她又想，「信被雲香的母親拆開了？這怎麼可能？除非郵差認識雲香的母親？信寄到公司裡，除非雲香的母親站在公司的門口等著這封信？聽他的說法，倒好像郵差跟大牛有仇，並且知道內情。於是才把信件交給雲香母親，並指使雲香母親找大牛算帳！……這麼說才會事情弄砸了，要我負責？這麼說，郵差可以把信件投給任何人？任何人也可以拆開別人的信件？」濃濃頭一回對大牛起了懷疑之心。她過去雖然說過，「大牛，有一天你要騙我，我就讓你騙。」如今她才掀開騙局的一點點簾幕，她就已經感到天在變色，地在動搖。原來感情的事是不能欺騙的。

大牛為什麼要欺騙我呢？這種欺騙，是像他所說的，是好意才欺騙的？是一種善意的謊言嗎？為什麼說我是『外面的女人』呢？

我不是他的心上人嗎？或我只是他的『外面的女人』？……」濃濃問了自己一千個一萬個為什麼？沒有一個是她自己能夠回答的，於是她又肯定地對自己說：

「我還是愛大牛的！我愛他！我愛他！不管他對我怎麼樣？我還是愛他，我一輩子只愛他一個。也許他真的只是一時太忙，一時情緒不大好，讓我向他道歉吧？」濃濃又拿起筆來，開始向他道歉。可是寫著，寫著，越寫越有氣，不知怎麼變成責備了，最後她寫道：

「大牛，我一直都用我小小的一顆心，包裹著你整個的軀體和靈魂，時時刻刻，我都感覺到你在我裡面，你為什麼說我是『外面的女人』呢？大牛，你從前雖也說過要與我共同背負愛情十字架走完人生旅程；話雖這麼說，變掛又何妨？說一句明白話，讓我濃濃單獨背著十字架走，即使後面有千萬人向我扔石子，罵我是不貞潔的女人，為了愛情，我也在所不顧，只要那些扔石子的手，都是潔淨的！大牛！求你！求你說一句明白話，讓我從今以後不再回顧地背著十字架走……」寫到這裡，她想再看一遍，她知道自己非常疲憊而又極度紊亂，必有一些言詞極不得體，但憑自己這一片赤裸裸的癡誠，大牛應該不至於有所挑剔，況且通篇所言皆是事實，翻來覆去並無苛求，所求者不過希望大牛一本初衷，愛或不愛，說一句明白話罷了……濃濃一面這樣思忖著。一面把信折好放進信封，準備去上班的時候，順便把信件投郵。

## 16

把信發出去後第六天的下午，濃濃下班回家，一隻腳剛踩進拉門，弟弟阿西鬼頭鬼腦的向她面前伸出一隻手，道：

「錢！」他一隻手藏在背後，一隻手跟濃濃要錢。

「什麼錢？沒有！」濃濃厭惡的啐道。

「妳說沒有錢，意思就是妳不要？可別怪我不給妳喔！……拜……拜……」阿西拿一封信在她面前亮了一亮，又把信收在身後，要走了。

「什麼？什麼？我看看！」濃濃要搶阿西手上的那封信。

「要看信，拿錢來！」阿西左手拿著信藏在腰後，右手伸向濃濃面前，說：

「情書喔！」

濃濃心裡想，「這個大牛，怎麼搞昏了頭？把情書寄到家裡來？又被這小鬼拿到……一面想著一面開開皮包，拿出一張一元鈔票，道：

「拿去！吸血鬼！」

這小鬼拿到錢仍然把信藏在後頭，說：

「再來一張！」濃濃又打開皮包，抽出一張鈔票給他。阿西接了錢才把那封信交出來。濃濃拿了信準備要去房間裡去讀信。美娥問：

「什麼情書？拿來我看看。濃濃，妳要再跟那個姓周的王八蛋來往，我不趕妳出門，也打斷妳的腿！」濃濃拿起信封來看，是新店寄來的，那麼是紫千。她說：

「什麼情書？弟弟亂講，是紫千啦！」

「紫千寫信給妳，什麼事？」美娥看了一下信封，準備下廚房。

「我不知道什麼事？等我看看……」濃濃打開信封，開始看信。

紫千首先問她家裡的人都好不好？然後告訴她，有一個留美回國的腦科專家，可能最近要給小寶動手術，後來又問她：

「妳的周先生呢？你們還是那樣愛得要死嗎？愛情真是偉大……」信還沒看完，美娥就在廚房叫：

「濃濃啊！快來幫我忙啊！紫千的信有什麼好看？不要看了……先來幫我洗菜！趕快弄，吃過飯，郭叔叔他們還要來打牌！」濃濃收起信，準備要到廚房去幫忙，她一面走，一面想，「又是郭叔叔！討厭！每天來，一來就『格老子』，『格老子』

的，坐在牌桌上不下來；打完牌又睡在客廳裡，算什麼嘛？」濃濃這樣想著，已經來到廚房，她走到美娥身邊，問：

「媽，哪些菜要洗？」

「哪些菜要洗妳都不知道啊？我看妳真是吃現成的吃慣了，什麼都不知道！」……說著遞一顆包心菜給濃濃，道，「喏！先洗這個！」濃濃嘩啦，嘩啦，洗菜的時候，她母親又問：

「紫千來信做什麼？」

「沒有。她說小寶最近可能要開刀。」

「想借錢啊？」

「沒有。」濃濃說完看到她父親站在廚房門口，濃濃叫了一聲：

「爸，你回來啦？」明德笑著問：

「有事要我幫忙嗎？」像是問濃濃又像問美娥。濃濃說：

「爸，我們都弄好了。」濃濃洗好了菜就到前面去。

美娥斜睨了明德一眼，道：

「你會幫什麼忙？算了！算了！去那邊等著吃吧！別在這裡礙手礙腳！」

「我怎麼礙手礙腳？我還不是什麼事都幫你做？連幫妳搥背妳都嫌我搥得不好……」

「是啊！你本來就不如人家老郭……」美娥自覺說溜了嘴，要收住已經來不及。她不知道什麼時候起都把郭上士叫成老郭，郭上士自從鳳娥死後又常常來打牌，而且又吃又住的，也常常拿錢給美娥，儼然彼此分不開的樣子。明德早已耳聞風聲，眼見草動，因懼美娥淫威，始終還沒有提出抗議。剛才聽見美娥自己提起，所以他就接下去，說：

「我怎麼不如人家老郭？我哪一點不如人家老郭？美娥，妳也檢點一點，妳老是跟這些人打牌，人家閒言閒語已經說了一大堆……」

「我管人家說屁，我們左鄰右舍哪一個太太不打打小牌？見了

鬼喲！我嫁給你，哪一天享過福了？打打牌你也管，我打牌，用過你一個屁錢沒有？」

「要是用我的錢去賭，我還說什麼呢？妳為什麼要用人家的……」

「你那幾個屁錢，夠做什麼屁？吃西北風都不夠！你管我，我偏打……」

「要玩牌可以，跟她們女眷們玩玩小牌有什麼關係？不要跟老郭他們那班人混在一起……」

「老郭他們闊氣啊！那些太太們小氣的要死，還沒輸上一點點，就鬼叫鬼叫的，我玩不過癮……」美娥對明德做了個很不屑的表情，不理他。然後故意大聲叫：

「濃濃啊！快來！快來添飯，我們要吃飯了。」

果然，飯還沒吃完，老郭已經來了，另外還帶來兩個他的伙伴。他們脫掉鞋子正在玄關那裡換拖鞋，郭上士邊換拖鞋邊說：

「格老子的，恁晚才吃飯？我們要上陣咯！」郭上士不知道從什麼時候開始，已經在他們郁家登堂入室，並且把郁老改叫老郁。他換好鞋子，走過來對明德說：

「老郁，今晚上跟我們上陣怎麼樣？」

「你們玩，你們玩，我還要出去辦點事。」明德吃過晚飯走了。阿西放下飯碗，聽見外面有口哨的呼叫聲，阿西把舌頭捲起來，尖尖銳銳的向外面應了一聲，「嗶！」也走了。濃濃收好碗筷，洗過澡也出去了。自從紫千出嫁以後，濃濃內心有什麼苦悶，都是去找秀蘭，現在她想找秀蘭談談心。

這裡三男一女，在昏黃的燈光下，衝鋒陷陣，你吃我碰，好沒憂愁，天塌下來，都由麻將去頂著。而四人當中又以美娥最快活，美娥常常都做贏家；而且是三男輸，一女贏。美娥喜歡做大牌，不胡小牌。郭上士坐在美娥的上手，他的一雙眼睛跟著美娥抓牌的手和看牌的眼睛上下左右不停的轉。同時猜算著美娥手裡所擁有的牌，美娥聽五餅，他就把五餅放下去，美娥聽六條，他就把六條打出去，而其他兩家，對於老郭這樣放水，也都不吭一聲，樂得美娥「嘻嘻嘻……」直偷笑。這時候，老郭就會從桌子底下伸出一隻腳，用腳底蓋在美娥的腳背上，美娥一面算番一面罵：

「要死啊！」接著桌子底下的兩隻腳你來我往上演著無聲的布袋戲。美娥手忙腳忙，眼睛忙，嘴巴忙，忙了一夜下來，居然還贏了不少錢，算一算，比明德半月的薪水差不多。這麼好的職業，美娥經之營之真是很上算。

夜晚，濃濃回來的時候，桌上桌下的好戲都還正在上演。美娥聽見有人回來，轉過臉用眼睛飄了一下，見是濃濃回來，她問：

「濃濃，幾點啦？妳怎麼這麼早回來？」

「媽，十一點半啦！我剛才去找秀蘭，秀蘭請我看電影。電影散場，我們又去吃冰，我還以為好晚了呢？」

濃濃走過牌桌旁邊，正待要走進自己房間。美娥說：

「濃濃，妳去幫我叫四碗陽春麵，錢從這頭錢桶裡面拿，妳自己要吃，多叫一碗。」濃濃本來肚子也有點餓，一聽說錢在那頭錢桶裡拿，她就不想吃了。她出去叫過麵，就鑽進自己的房間，關起門來，把喧鬧與歡樂留在紙門外面。她弄好蚊帳換好衣服鑽了進去，要睡了。過去紫千在的時候，她心裡有事都是跟紫千兩個人在蚊帳裡嘰嘰咕咕。現在她好寂寞，她想著紫千，紫千不知道忙些什麼？

## 17

這一天，紫千在石牌康寧育幼院，她抱著小寶由陳蘭英夫婦陪同，去做最後一次的例行檢查。紫千詢問得很仔細，余大夫也檢查得很仔細。他面前擺著十多張X光片子，一張一張掛在片架上對著日光燈，正面的、側面的、左面的、右面的，後面的……余大夫不厭其詳的仔細端詳這些X光片子，等他一張一張都看完了，紫千問：

「余大夫，您是說我們小寶的病一定要手術嗎？」

「他這個病例很特別，你們看這裡的一個影子是長了一個小瘤……」余大夫指著X光片上的影子給大家看，紫千也看不懂，只點了一下頭。余大夫繼續說，「……這不是單純的腦炎，他的腦子裡長了一個小瘤。因而造成許多官能上的障礙。我們現在動手術，就是要去掉這個小瘤……」

「這麼說，還是有必要做一次手術了？」

「那當然，否則就一輩子躺在床上了。」停了一下，余大夫又對牛紫千說：

「牛小姐，妳回去仔細的考慮過，決定要手術的話，星期五上午八點去台大醫院，腦科第一診察室應診，我們還要做術前的準備工作，同時還有很多手續要辦，也要填寫手術志願書等等手續，這些都是例行工作。要是手術後一切情形順利，妳等著我來設法，給他安排在育幼院裡再慢慢休養。」

「余大夫，這樣太謝謝您了。」

「不要客氣。今天樹培也來了，你們是最後一個病人，還有一點時間，我帶你們去看看這裡的育幼院。」余大夫指著小廣場的那一端，說：

「那邊是小型的學校，有幾間教室，是給殘障孩子上課的地方，從小學一年級到六年級都有，這些學生有的是我們本院的院童，有的是從外面來的通學生。通學的學生每天由本院的交通車到固定的站址接送，這些學生都在那邊教室裡上課。那些教室，我就不帶你們去看了。」余大夫說完往左邊走，大家都跟著他走。

「現在我們看這邊……」余大夫先把大家帶到水療室，他們站在水療室門口往裡面看。紫千看到七八個孩子都穿著游泳衣泡在水裡，像在游泳池裡游泳似的。余大夫說：「……池子裡的水有一定的溫度，通常保持攝氏四十度左右，利用水溫，來治療肌肉萎縮……」見那些孩子泡在水裡嘻嘻哈哈的好不快活，而且個個都好有禮貌，他們喜歡集體的喊：

「一二三！余大夫好！叔叔、阿姨好！」余大夫對他們說：

「好！好！大家好！」

然後參觀墊上運動室，這一間看起來有點像廣播電台的錄音室似的，地下都舖著厚厚的軟墊子。有幾個孩子或臥或坐在裡面打球。看他們的手腳，大小長短不太一樣，很不方便，但他們個個都很努力地在軟墊子上搶球，搶得滿身是汗。余大夫帶著大家拐了一個彎，就到作業治療室。作業治療室裡面坐著十多個肢體有殘障的孩子，兩三位護理人員及教師走來走去穿梭在小朋友中間，很有耐心地教他們做各種作業、勞作、繪畫，簡單的雕塑等。紫千特別走到一個男孩子前面，這個孩子的手腕彎曲，指頭很細，但他很努力的用糨糊和廢紙黏糊著紙做的娃娃頭，看他先把一張紙用稀薄的糨糊弄濕一點，貼在未完成的娃娃頭上，就這樣一層一層的貼上去，貼到娃娃頭夠大了為止。紫千問他：

「小弟弟，你把娃娃頭貼到夠大了要怎麼弄呢？」

「等娃娃頭變乾了，我們還要畫上眼睛、鼻子和嘴巴，有時候，我們也給娃娃穿上衣服，我們可以演布袋戲。紫千覺得好玩，心裡想，「哪一天？小寶也能做這麼好玩的紙娃娃，我就滿足了。」後來他們又去參觀病房，病房裡的病童都是比較嚴重的，有的大小便都不能自理，一切都由媬姆及護士小姐替他們代勞。紫千看了這些病人，才知道世界上還有許多比小寶更不幸的小孩。她說：

「我的天！人類怎麼有這麼多苦難？你們這些工作人員真是夠偉大！」

「所以小寶還算幸運多了。」蘭英這樣安慰著紫千。金樹培走在余可舉旁邊，他輕聲的對可舉說：

「欸，可舉，我問你，能不能幫我們牛小姐在這裡找一個差事？」余大夫遲疑了一下，接著又興奮地問紫千：

「牛小姐，妳懂不懂會計呀？我看到總務處正在招請一名會計。」

「會計？我不會，我是二年制簡易師範畢業的。」

「師範畢業可以教書啊？等我明天去問問，我們這裡缺不缺教員？不過據我所知道，這裡的新進人員，連保姆、工友都要經過招考，不時興什麼講人情的，我只能幫妳問問，要是有機會的話，我就通知你來應試。」

「但願還有機會。」樹培這麼說。

紫千他們一夥人，離開康寧育幼院，已經是中午時分。

## 18

這天中午，濃濃坐在辦公室，她打開便當來吃，但她嘴裡吃的不是便當裡的東西，她吃的好像都是「為什麼？」「為什麼？」「為什麼？」

為什麼大牛沒有回信呢？工作再忙，寫幾個字的時間總是有的；會不會是因為自己嫌他寫得太少？所以惱他成怒，乾脆不來信了呢？濃濃早先曾在一封信裡寫道：

「……大牛，你的每一封信，對我來說都是一塊餅；是我賴以充飢的一塊餅。而你的餅越做越薄，也可以說叫我難以充飢。大牛，你也不來看看，如今的我有多消瘦，多蒼白？……」大牛並末因濃濃的消瘦蒼白而增加麵餅的份量，反而在回信裡，說：「餅太薄？怎麼樣才算夠厚呢？妳不知道我多忙？我近來的眼力不好，美瑰日夜盯得緊，妳要是知道我怎麼樣提心吊膽地給妳寫完一封短信？妳就不會埋怨餅太薄了。濃濃，妳也應該哲一些，愛也是可以放在心裡愛的，哪裡是都要掛在嘴巴上的，整天愛呀愛的，不膩嗎？……」這是大牛後來寫給濃濃最長的一封信，儘管語氣不好，句句都有替他自己洗脫責任的意味；但那是大牛親手做的餅，濃濃賴以維生的一塊薄餅！濃濃好怕一下吃光了就要挨餓，所以她每回都只拿舌尖，在這塊餅上舔了舔，就把它折好，收藏在內衣的裡層，緊貼著左胸口靠近心臟跳動的地方，嘴裡說：

「大牛，你聽見嗎？大牛，聽見嗎？我的心正在對你說，說著我最想對你說的話語……」她一遍一遍的對大牛說，大牛為什麼聽不見呢？於是她又想著大牛一定很忙，而且美瑰又盯得緊，回一封信多麼困難？濃濃似乎只有一個心眼，而這一個心眼又死在大牛身上去了。她想著大牛既然那麼忙，還是自己多寫些給他吧？於是她把一口都還沒吃的便當又蓋攏來，收在抽屜裡，拿起筆來，給大牛寫信。

大牛：

我知道你忙，寫幾個字的時間總有吧？我每天都等你的信，等得好心焦！你為什麼不給我回信也不來看我？我想去看你，你又總是說要跟美瑰出遠門，又叫我不要再寄信去，難道白小姐不願意替我們轉信了嗎？如果是，再換人轉信吧？大牛……我真難過，大牛，想著過去的歡樂甜美，如今空餘悲嘆！大牛，你不要我了嗎？大牛，我什麼地方做錯了呢？真是有錯，也應當告訴我，甚至打我幾下屁股都可以。大牛，你為什麼不說話呢？難道我早就是一只又燙又黏的燙手馬鈴薯？……大牛……

大牛早已打定主意不再給濃濃回信，但他看到濃濃後來的兩封信，他就像一隻被觸怒的鬥牛，要直向那軟而飄搖不定的紅布巾衝過去。

他心裡想，「濃濃，妳這不是叫做太賤了嗎？一再叫妳不要再寄信來，妳偏不聽！我看妳到底聽不聽？哼！又燙又黏？我看妳還有沒有更好的本事來黏得住？……」他拿起筆來開始寫。

濃濃：妳寄來的信又被雲香的母親拆了。她母親拿著信來找我，並且要求把雲香調走，雲香這幾天就要走了。妳如果再寄信

來，任何人都可能拆開妳的信，尤其是美瑰。美瑰的脾氣妳應該知道，她的行動是迅雷不及掩耳，她要是爆炸起來，妳我都吃不消。我希望妳以三年前的心情去體會，那時候，妳不是找不到我？沒有我，妳不是也可以過得很好？要不的話，又如何？……

寫到這裡，有人推門進來，是美瑰。一飄正待要收起這封信，已經來不及。美瑰快步走過去，站在一飄的辨公桌前面。美瑰的大眼睛很快的在信紙上掃了幾下，說：

「一飄，你真把我搞糊塗了，我今天是來找雲香的，真沒想到濃濃的陰魂還沒散吶？我幾時對你爆炸過了？我可不願意做這樣冤枉的擋箭牌！……」她見一飄要把未完成的信往抽屜裡收，就說：

「不用收了，來！把情書給我，寫好了就寄呀！為什麼不寄？來！拿來！我幫你把信寄掉！」一飄結結巴巴的，說：

「這...這...這，美瑰，妳要把信看完，看我......看我是不是叫她不要再來信？而且……而且，後來也是她找我，不是我去找她……」

「我知道！我知道！你是個好丈夫，但我也要成全你去做個好情人。來！把情書給我！」美瑰一手把一飄寫好的那張信紙搶過來，說，「再寫個信封！」一飄遲疑著，美瑰把信折起來，邊折邊說，「快，快寫個信封，總不至於忘了濃濃的地址吧？」

「真的忘了。」

「忘了？我來幫你寫，怎麼樣？來！給我一個信封！」一飄兩手插在前額的髮根裡，不肯拿信封。美瑰要自己幫他拿，她走過來站在一飄左邊，伸手要開抽屜。一飄拿左手擋住左邊的抽屜，說：

「信封不在這抽屜。」同時用右手去開右邊的抽屜，準備拿信封。美瑰見他左手抖呀抖的壓著抽屜，冷不防推開一飄的左手，把左邊的抽屜打開了。滿滿的一抽屜，都是濃濃寄來的信件，以及雲香抄寫的詩稿，看得美瑰兩眼一愣一愣的，她說，「原來你們幾個的私有財產都在這裡呀？我真被蒙在鼓裡太久了！」一飄已經拿出一個空白信封，交給美瑰，說：

「美瑰，妳要知道，我早就叫她不要再來信，她偏不聽，一封一封的追來……」

「我知道，我知道！後來是她要寫的，我想問問，起頭呢？起頭是誰先來這一套的？」

「美瑰，妳要知道，我們搬來台南那時候，我並沒有告訴她，後來是她找到我，她寫信給我……」

「是啊！這證明她忘不了你這樣偉大的大情聖！你是她心目中唯一的白馬王子，所以我才要成全你們……」美瑰拿過信封，走到一飄對面坐下來，在筆筒裡抽出一支原子筆開始寫，她似自言自語，又像在徵求一飄的同意，她說：

「寫到紡織廠不至於收不到吧？」寫好了，又把原子筆收在筆筒裡。她站起來，說：

「我去寄，我現在就去寄！」她剛轉過身來，就聽見有人敲門，輕輕的敲了三下，門上的把手隨即轉動，外面的人自己把門開了，進來的是白雲香。她仍然穿一件長袖白上衣，綠底白圓點的大裙子。左手捧著一個大卷宗，笑盈盈像一朵初放的百合。她先愣了一下，很快的就恢復原先的自然瀟灑，她笑著說：

「周太太，才來啊？」

「來了好半天，就是在等妳！」

「周太太等我有事啊？」

「也沒什麼事，是來謝謝妳！」

「謝我什麼呢？」

「謝妳這位大媒人，給我們周經理做紅娘啊！」

白雲香的一張粉臉，由紅變紫，又由紫變白，她什麼也沒說，拿著卷宗給周經理送過去。美瑰也沒再說什麼，她開開門，要出去

寄信。這裡周經理安慰著雲香，道：

「雲香，妳別難過！明天是星期天，妳不要出去。明天一早，我到左營去，把濃濃那邊弄個結局就回來。明天下午五點鐘，妳在安平老地方等我，我有話和妳說……」一飄說了一半，電話鈴響，雲香接了，說：

「我就是……沒有……被拆了？沒有啊。好！好！……不會，不會麻煩……好， 不謝……」原來是濃濃打電話來，濃濃聽見接電話是女孩子的聲音，就料定是白雲香，她本來是要找大牛的，既然是雲香，她就問，「妳是白小姐嗎？」雲香說「我就是。」後來又問，她托她轉的信有沒有被第三者收去拆了？雲香告訴她「沒有。」濃濃又告訴她不要跟任何人提起她打來電話的事，雲香說，「好。」後來濃濃又問「轉信會不會很麻煩？雲香說，「不會。」最後濃濃謝了她，雲香又說，「不謝。」現在雲香放下電話聽筒，臉上的表情怪怪的。周經理問她：

「雲香，剛才是誰？什麼事？」

「沒有，一個朋友。」雲香沒有再說什麼，轉身就出去了。

果然第二天一早，周一飄就往左營去了。周一飄一走，美瑰就去把順順托給鄰居王太太，自己穿著整齊，拿了一飄辦公室的另一串鑰匙去找雲香。美瑰到的時候，雲香正在家裡看報紙，一眼看到周太太，心一虛，臉又紅了。美瑰輕聲的，說：

「白小姐，我想找妳出去談談。」雲香猶豫了一下，說：

「好哇！我換一件衣服。」不到十分，她穿著白上衣淺綠色大圓裙出來了，仍然像一朵羞答答的小百合。她們來到周經理的辦公室，美瑰打開辦公桌左邊的大抽屜，她翻了翻，叫雲香來看，她說：

「白小姐，妳看，這些都是妳替他轉的信，還有這些……是妳寫的……替他抄寫的詩稿吧？我不怪你，因為是他要妳轉，要妳抄寫的對不對？妳不替他轉，妳在公司裡可能就站不住腳，是不是？

但是後來……妳自己跟他好起來，這就不應該……」說著把雲香拉到旁邊的雙人沙發，一起坐下來，又說：「來！我們坐在這裡慢慢談……」她拉著雲香的手，放在自己的膝蓋上，繼續說：「……妳們太年輕，男女之事很難懂，現在我坦白地告訴妳吧！我們周經理，人不壞，他是情多而不專。妳想想看，在我之前，他就有別的女人，後來有了濃濃就想不要我；再後來有了妳又想甩開濃濃。這樣的一個一個出了蘿蔔窖又掉進鹹菜缸，哪裡會有完的時候？難道在妳後面就不會有別人嗎？所以，妳要看明白，終有一天，他還是要擺脫妳……我已經做了他太太沒辦法。在我看來，妳們都不是他的對手，因為妳們太年輕，太純潔。惟一的辦法，趕快懸崖勒馬，我寧可讓妳現在恨我，不要造成失足的局面……」雲香抽出自己的手，拿手帕擦眼淚。美瑰繼續說：「……白小姐，妳不要難過。剛才我說的話，妳要是聽明白了，妳點一個頭，從今天起，妳不要再見他的面。妳的工作，我會幫忙給妳安排，明天就離開這公司。要是聽不明白，我打算把自己在公司的股東抽走，我不做這生意了。這公司沒有我的股，他還做什麼經理？所以……」豆大的淚珠，順著雲香的面頰滑了下來，像一朵晨間帶露的小百合 。她拿手帕擤了一下鼻涕，說：

「謝謝妳，周太太，我明天不會再來了。工作問題，妳不用擔心。我姨媽上個月才叫我去幫忙。我姨媽他們在台中開一家服裝店，我什麼時候去都可以……」

美瑰寬心地笑了一下，說：

「這樣最好！這樣最好！白小姐，妳這個月的薪水領了沒有？要是還沒領，我這裡先替公司墊了……」她準備在皮包裡拿錢。但雲香立刻阻止她，說：

「領過了，領過了，我們昨天才領薪水。」

「那麼，辦公室裡是不是還有妳的東西？整理一下現在就帶走。」

「我沒有什麼東西，這幾個卷宗，都整理好了，周太太，麻煩

妳交給周經理。」雲香起身去拿來卷宗，她說，「周太太，這黃色卷宗裡的文件，都是要發出去的，這藍色卷宗裡的是才收進來的文件。就這樣吧？明天我不來了，再見！周太太！」

美瑰把雲香送到門口，道：

「白小姐，妳先走，我還有一點事情，弄好了我才走！」雲香跟美瑰在門口握手，她們又說了一次再見。

美魂回到辦公桌前面，開開抽屜，把濃濃寫來的情書，以及雲香抄寫的詩稿，全數拿出來，看都不看，用舊報紙包成一大包，夾在腋下，鎖好門也走了。她繞到市立醫院，把這一包東西，扔進焚化爐，看到熊熊的火焰上升了，她才輕哼著黃梅調，走上回家的路。她心裡想，「我黃美瑰不做輸家！」她看了一下腕錶，十一點鐘，心裡想，「順順肚子餓了。」她加緊了腳步。

## 19

中午十一點鐘，一飄在左營，他急急忙忙來敲秀蘭的門，秀蘭開開門一看，是周先生，就嚷嚷起來：

「哎呀！什麼風？周先生，你快把濃濃想死了，我們以為，你不是生病就是失蹤了……」說著要給他倒茶。

「秀蘭妳不要倒茶，我說說就走……」

「這麼急幹嘛？要不要我去通知濃濃？……怎麼搞的？這麼久都不來？也不來信，你就沒有看到濃濃瘦成……」秀蘭說了一半，被周先生打斷了，他說：

「我告訴妳吧，濃濃闖禍啦！」秀蘭把眼睛瞪得好大，問：

「什麼？車禍呀？我怎麼不知道？」

「不是，我告訴妳吧？她後來寄的那兩封信，都被人家拆啦！現在我的處境很尷尬。叫她不要再寫信，她偏不聽，現在，怎麼辦？人家都傳說，我外面有女人。秀蘭，妳告訴她，千萬不能再來信……秀蘭，妳可能不知道，當初我要娶她，她母親對我那樣不客氣，她自己又拿不定主意。後來……後來我不是算了？她自己又找我。現在她又這樣吵鬧不休，我吃不消，再鬧！我就認啦！」說完又重複的說著信怎麼樣被人拆了，目前那邊的處境怎樣尷尬……秀蘭聽著，一陣陣的怒火往胸口冒，心裡想，「這些男人怎麼搞的？」她用冷淡來抗議。她懶洋洋的站起來，去拿報紙來看。忽然，她的眼睛被一則地方版新聞的標題所吸引，幾個黑黑的大字頗為醒目，那是：

莽漢醋勁發
亂刀砍蠢驢
一念之差，鐵鎖鋃鐺

新聞是發生在東港。東港是秀蘭從小生長的地方，雖然她逃出來之後，就沒有再踩上那塊土地，但家鄉的一切，仍然是她心之所繫。於是她看完標題，又繼續看小字。新聞內容是講：有一個傻瓜，因與人打賭，趁鄰居少婦出去餵雞的時候，潛入少婦的閨房，躲在床底下。至晚，不知情的少婦更衣入睡，他繼續趴在床底下。入夜，少婦的丈夫回來，一推門，驚動了躲在床底下的人。床底下的人一驚慌，就爬出來往外衝。這個丈夫，平時就醋勁特大，只要他妻子跟外面的男人說幾句話語，都懷疑他妻子跟那人有意思。今見有個男人從床底下爬出來，必定是妻子的男人無疑，說時遲那時快，他已經衝進廚房一把菜刀在手，緊追不捨，傻瓜被逼急了，乾脆跪下來求饒，道：「我勿是伊相好……我是跟別人相輸……」哪裡容得他說完？傻瓜的頭、背、胸口，已經挨了四五刀。最後一刀砍在左胸口心窩處，傻瓜「哎呀！」一聲，倒了下去。等少婦聞聲趕了出來，傻瓜已經氣絕，倒臥在血泊中。少婦埋怨丈夫，道：

「你也看清楚了是什麼人？這款憨呆，我也會跟伊……現在，

你自己去關！」秀蘭仔細看完，姓名住址都相同，被殺的男人，就是以前要跟她送做堆的阿財仔。而且這少婦以前沒結婚時，大家都在一起玩過。秀蘭看著，看著……這邊周先生又不停的嘰嘰咕咕，說著濃濃的信怎麼樣被拆，自己目前如何難堪尷尬，最後又做了一次結論，說：

「秀蘭，妳告訴濃濃，無論如何不能再來信，她再這樣鬧，我就認了！」秀蘭的眼睛看著新聞，耳朵又聽著這樣囉囉嗦嗦的話語，她看著報紙罵了一聲：「妖壽！」不知道是罵以前的那個男人？還是罵身邊這個濃濃的男人？罵完，她不耐煩的說：

「我去把濃濃叫出來，你自己跟她說好不好？好歹你們見上一面？」

「不了，不了，我現在馬上要走！我有很重要的事情要到基隆去，妳把我的意思轉告她也一樣。」

「難道跟濃濃見一面就不重要了？」秀蘭心裡這樣想，但是她說：

「現在這麼晚了，周先生，你也在我這裡吃了飯再走。」

「不了，不了！我馬上就走，我要趕這一班火車到基隆去，那邊還有朋友等我。」秀蘭厭惡地說：

「周先生，你一定要走，我就不留你了。」秀蘭準備給他開門。周先生走到門口，又附著秀蘭的耳朵，說：

「秀蘭，妳最好不要告訴濃濃我今天來過，只說我打電話對妳說的……」就要出去了，又再三地叮囑，道：「無論如何！無論如何！千萬！千萬！不能再來信！」

「知道了！」秀蘭說著把門關起來，她剛關起門，就想起濃濃有幾份報表在她這裡。濃濃曾經交待過：「要是最近周先生來，我不能出來的話，請他幫我看一看這些報表。」她現在想起這件事，又開開門，看一看周先生他走遠了沒有？只見周先生正倉皇得左張右望，好像前有狼後有虎似的怕碰見熟人。秀蘭想等一會兒看看，看他會不會回頭？要是回過頭就叫他回來，把濃濃的報表看一看。但是，沒有，周先生沒有回頭。秀蘭只眨了一下眼睛，周先生就已越走越遠，像一隻陰溝邊的老鼠，一溜煙不見了。

## 20

這一天，紫千在台大醫院，給小寶辦理住院手續。她看好了床位，準備中午回去，吃了飯就把小寶抱來，護士小姐對她說：

「你們帶盥洗用具跟熱水瓶、茶杯就夠了，其餘不必要的東西，都不要帶。」

「好的，謝謝！」紫千說著轉過身正要出去，就碰到余大夫迎面走來。余大夫說：

「牛小姐，我正在找妳，妳那天不是說要找工作嗎？我昨天得到消息，我們康寧這幾天正在招募幾位媬姆。牛小姐，妳要是願意屈就的話，明天上午九點鐘以前，到石牌本院去應試，考試是很簡單的，我相信妳不會有問題。不過錄取以後，還要專業訓練一星期。牛小姐，妳目前先去報名應試好不好？下學期，要是有教員的缺，再想辦法去應考。」

「好的，謝謝！余大夫，媬姆我是願意做，不過……你看，時間這麼樣湊巧，我們小寶又要手術，那邊要是考取了，也要受訓，只怕我自己分不開身……」

「這不是大問題呀？孩子住進來，就都是我們醫護人員的責任了。牛小姐，妳先去報名吧！這機會很難得。這邊醫院裡的事，我會關照護士小姐。而且將來你們小寶寶出了院，我也會想辦法，替他安排在康寧慢慢去休養。你們母子在一起，不是很理想？牛小姐，我看，妳明天先去報名應試吧？」

「好的，好的，我現在就回家去準備。」

「那麼妳就回去吧？我還要到病房看看幾個病人。」他們互

道再見。

第二天，紫千跟十多個一起來應試的掃女，在康寧育幼院的大會客室裡，接受應試。其中有兩個年紀比較大的婦人，拿到試卷急得滿頭大汗，因為她們不會寫自己的名字。紫千舉手問監試的先生，道：

「 請問？我可不可以幫她們寫名字？」監試先生說：

「要寫就幫她寫寫名字也可以，不過別的題還是幫不了。」

紫千幫她們兩個寫好了名字，把試卷交還給她，紫千就開始寫自己的試卷。題目都不難，無非是一些最起碼的護理常識。紫千只有一題不會做，她想了想還是不會，就把試卷交了出去。監試先生陸續收齊考卷，就對大家說：

「請各位在這裡稍候一小時，我們就來宣布錄取的名單，我們一共要錄取四位媬姆。」監試先生剛走，剛才那兩位婦人就站了起來，她們走過來對紫千，說：

「小姐，妳的心腸真好，一定會錄取的。我們要先走了，因為我們不識字，我一個字都沒寫。謝謝妳幫我寫名字。小姐，妳貴姓？」

「我姓牛，不謝不謝。」

「再見！」

「再見！」

宣佈錄取名單時，紫千果然是錄取者其中之一。監試人員告訴他們四位，明天起每天上午九點準時到，受訓一星期，中午供應午餐。

紫千一高興，就先買了明信片把這事告訴郁濃濃。又回去把好消息告訴了陳蘭英。蘭英說：

「紫千，這對妳來說是大才小用呀！不過沒關係，慢慢來，終有出頭的一天。」

「可是，蘭英姐姐，我算算我開始上班那天，也正是小寶動手術那天，頭一天上班就請假，怎麼說得過去？」

「這不得已呀，小寶開刀又不是假的？這麼大的手術，我想，人家也會諒解的。」

「蘭英姐姐，明天我就要去受訓了，中午也不能回來，我真不忍心把小寶一個人丟在醫院裡。」

「妳放心吧！紫千，醫院裡有人會照顧的。白天我替妳跑去看看，夜裡就讓妳自己去陪小寶，這樣可好？」

「妳對我這麼好，蘭英姐姐，只有多麻煩妳了。我吃過飯就要到醫院去。今天晚上也在醫院裡陪小寶，我不回來了，因為明天一早，我又要趕到康寧去。」

「妳放心去吧，紫千，這邊的事有我哩。」

就這樣，台北、石牌，石牌、台北。紫千像一只小小的梭，織著一片好大的布。身體上雖然辛勞，但她的內心充滿著無限希望。就如同原野裡的一株野牽牛，伸展著綠色的鬚蔓，向前爬呀向前衝……不知道什麼是煩惱與憂愁？只知道在這條崎嶇道路的前端，會有著美好的新天地！

小寶動手術這天早晨，紫千和蘭英夫婦，都等在手術室門口外面的走廊。大家既興奮又焦灼，尤其是紫千，站起來一會兒又坐下去，坐幾秒鐘又站起來，手心腳心直沁汗。

一會兒，紫千看見走廊那端，推來一輛推床，蓋著白被單，上面睡著有人，紫千問：

「金大哥，你看會不會是小寶？」車子越推越近，誰說不是？小寶頭髮被剃得光光的，大家有點認不出來。蘭英說：

「紫千，你看小寶像不像一個小和尚？」大家都笑了。車子推過紫千身邊，紫千低頭親一下小寶的額頭，又摸一摸他的腮幫，心裡祈禱著，「上帝保佑！」小寶被推進手術室去了，現在裡外隔著一道門，隔開了兩個世界。

大約九點鐘光景，他們看見好幾位大夫走進手術室去了。又過了一會兒，余大夫也來了，他停下腳步，說：

「樹培，你們早哇！」

「余大夫，費神了！」紫千笑著說。

「哪裡？哪裡？我要你們大家替我做一件事，你們在外面幫我禱告，成敗與否？我們靠神！現在我要進去準備了。你們坐，你們坐。」說完鞠一鞠腰走進手術室去了。

手術進行一個多小時以後，有一位穿著手術衣戴口罩和白色手術帽的見習醫生，匆匆地跑出來，問：

「哪一位是金先生？」金樹培站起來走過去，問：

「我就是，怎麼樣？」紫千、蘭英也都很緊張地跟過去。

「余大夫說可能要親屬輸點血。因為我們的小病人打血漿有點反應，現在抖得很厲害，手術不能進行……」

「好啊！」金樹培說。

「輸我的，輸我的，我可以輸血給小寶。」蘭英跟紫千同時說。三個人都搶著要輸血，醫生也弄糊塗了，看一看他們三個，一時不確定……

金樹培說：「我身體最棒，當然輸我的。」

「好罷，請來檢驗血型。」

「不用驗了，我是O型。」

「驗血型是輸血前例行的手續，就是知道血型，還是要再檢驗。金生生，你請進來吧！」

「金大哥，我怎麼好讓你輸……」

「唉，怎麼這麼說呢？小寶就像我自己的孩子一樣。」紫千不知道說什麼好，她拿手帕拭淚。醫生笑著說：

「沒關係啦，輸血250C.C.不算什麼，回去喝幾杯鹽開水，就補回來了。」說完帶著金樹培一起進去了。

手術進行了四個多小時，雖然天氣不是很熱，但一個個大夫出來的時候，都是後背汗濕一大片。看他們面露笑容的樣子，紫千緊縮的一顆心，慢慢的鬆弛下來。她跟蘭英兩個人，都不停的對大夫們說，「大家辛苦。大家辛苦。」

余大夫一出來，就說：

「很順利！很順利！……上帝一直都站在我們旁邊。」

「你們醫生都還沒吃飯吧？」金樹培問。

「是啊！現在我就要去吃點東西，他們幾個年輕的大夫都在那邊等我。我們的小病人等一下會送到恢復室去，你們可以到外科辦公室隔壁的恢復室去看小病人。」說著又彎一彎腰，邁著疲累的步子走了。紫千他們目送著一個高挺而充滿信心的背影離去。

## 21

周一飄千般謹慎地離開秀蘭的家，他匆匆地來到火車站，北上的車子剛開走。他呆呆地在車站乾等了一個小時，胡亂買點麵包充飢，就去排隊買車票。但他並非真要去基隆，他在台南下了車，又急急忙忙地坐上公車去安平。他對秀蘭說有「朋友」在等他，這「朋友」就是白雲香。他在老地方溜轉了幾個來回，還沒有看到雲香。有幾個女孩子走過，但都不是雲香。他看看錶，六點了，怎麼雲香還沒來？他東瞧瞧西望望地來回踱步。傍晚的安平是既寧靜又迷人，但跟周一飄的內心相比，卻是兩個世界。一陣陣的晚風吹來，把一飄的心吹得亂如麻……

朦朧的月亮慢慢地爬了上來，她照著有情人，也照著落單的人兒，周一飄又看了一次腕錶，七 點半，雲香怎麼還沒來？他走到路的盡頭，又走了回來。

一棵棵椰子樹挺立在習習的晚風裡，輕擺著頂端的大羽扇，漠視著她腳跟邊即將上演的連台好戲，當朦朦的月色籠了上來，這裡嗡嗡，那裡切切，而婷婷的樹姐喲！她只聆聽著風兒的叮嚀……

周一飄慢慢的穿梭在婷婷的椰幹間，他也漠視著周圍的良宵美景。雲香呢？雲香怎麼還不來？她會不會忘了今晚的約會？再等等看吧？月光下有一個梳馬尾巴的女孩走過來，會不會是雲香？雲香有時也梳個馬尾巴。越走越近，不是，這女孩戴眼鏡。八點了，他跟雲香從來沒有八點以後才來到安平，雲香會不會聽錯了？他昨天說老地方，老地方有時他們指的是辦公室，雲香會不會在辦公室等他呢？也可能。他摸摸口袋，有一串鑰匙，到辦公室去看看也好。他這樣想著的時候，又把前後左右都看看仔細，確定沒有雲香的影子，才慢慢的踱步到車站去。有一班車子剛剛開來，見下來的乘客都不是雲香，他準備搭這班車回台南。

到了公司門口，一眼看見老王，老王是公司裡的工友，總管打掃雜役，老王住在公司裡，現在他也看到周經理了。老王問：

「周經理有事啊？」

「嗯，有點急事要辦。老王，白小姐有沒有來過？」

「有噢。」周一飄聽他說有，心裡一樂，三步兩步衝向自己的辦公室，他急步走著，一面想，「果然聽錯了，都怪我沒說清楚，白跑安平一趟！」這麼想著已經走到辦公室。他站在門口，見辦公室裡面一片漆黑，不像有人來過呀？開開門，一點動靜都沒有。他開開燈，叫了一聲，「雲香！」沒有回應。難道雲香躲起來？他這裡瞧瞧，那裡找找，門後頭，桌子底下都找遍了，什麼都沒有。雲香會不會出去買東西？他又走到門口去看，老王還在門口，老王笑著問：

「周經理，要走啦？」

「不，我還有點事。老王，你是說白小姐剛才來過啦？」

「不是剛才，是早上來過了，白小姐今天上午跟周太太一起來過啦。」

「老王，你是說白…小…姐…今天上午跟我太太一起來過的？」他死勁的捏著老王的手臂。老王拼命喊：

「哎喲！哎喲！周經理，輕點兒，我的肩膀風濕痛！」周一飄一顆心，沉……沉……直往下沉，一剎那沉到了骨盆底端去。他放開老王又匆匆忙忙走回辦公室去。老王的一雙眼睛看著他，看了好半天，才拿自己的右手摩搓著自己的左肩，輕輕的揉，輕輕的揉。揉著，搓著，慢慢的走回自己的住處。周一飄又回到辦公室，在自己辦公桌前面坐下來，這才看見有兩個卷宗，一把鑰匙，擺在自己的面前。他也無心去翻它，伸手開開左邊的抽屜，空了！雲香抄寫的詩稿，濃濃的二百多封信件都不見了！他心裡想，「這不會是雲香，一定是美瑰！」他準備回家問問美瑰。回到住處門口，他拿出鑰匙開門。走進客廳，客廳裡沒有人。他走到臥房門口探一下頭，看見美瑰正在哄順順睡覺，他退出來去洗澡。洗好澡回到臥房，見美瑰臉朝外側著身躺著。他問一聲：

「順順睡啦？」

「嗯。」美瑰嗯了一聲也不理他。一飄很謹慎的在床邊坐了下來，拿一隻手搭在美瑰的左腿上，輕聲的問：

「美瑰，生我的氣啦？」

「沒有。我生你的氣做什麼？我氣死了，不是正合你的意！現在我問你，你到底還要不要我？」

「我幾時不要妳了？」

「你既然要我，就不要拿些小詩小詞的去哄人家外面的小女孩，你要知道，你這樣做就是害人。」

「我怎麼害人呢？愛情是兩廂情願的，還要有情緣……」

「哎唷喲，你這叫愛情呀？不過拿些換湯不換藥的香餌，江裡釣一下，河裡釣一下，釣上了大魚，你又拉不動，釣竿一甩，走了，要我給你去收竿子。現在我問你？濃濃怎麼辦？」

「也許緣盡了……」

「說一句緣盡就完啦？要是你盡了，她不盡呢？這不是害了人？害人家拿著你的假殷勤去做餿樣本；害人家永遠在心底留下一個破碎的陰影，將來嫁了人都不會幸福。一個濃濃還不夠，又扯上雲香，這樣一個一個接力下去，到底有沒有完的時候？濃濃的事我以為早就結束了，沒想到……」

「後來是她找我……」

「後…來…是…她…找…你，不……錯！自動找上門的女孩固然有，但濃濃，雲香，她們兩個都不是那種角色。就說你我，當初你採取的是什麼攻勢？難道你忘了？至於她們，那是因為她們還不知道你的葫蘆裡賣的是什麼藥？站在我是你太太的立場，法律上我是絕對優勢；站在女性的立場，我同情她們，所以我沒有採取任何法律行動，因為我怪的是你。我看吶，你的習性也應該改一改了。你要知道，我是不作興結婚離婚，離婚結婚，拿婚姻當兒戲那一套的；我真不懂為什麼有些女人，尤其那些小有名氣的女人，她們換丈夫就像換房子一樣，每隔若干年月，就換一個，其實，換來換去，換的還不就是那根……」一飄見美瑰越說越激動，笑著打斷她的話，他說：

「美瑰，妳什麼時候臉皮也變得這麼厚啊？」

「怎麼？許你們男人在光天化日之下去說，去做，不許我們女人在房間裡對自己丈夫說說嗎？我臉皮厚還不是跟你學的嗎？你們男人到底講不講道理？你們整天『他X的』，『他X的』，像吃三明治一樣，兩句話就夾一個『他X的』，連中學生、大學生，都說得那麼順口。真奇怪！這種三明治，難道是你們這些男人共同的糧食嗎？……」

「美瑰，妳饒了我吧，我幾時說過這些粗話？」

「對，你是不說，你做呀！你更偉大！一而再，再而三的鬧個沒完。只要你看上的女人，都要經過你老兄過濾一下，漂亮的，你要；能幹的，你要；聰明的，你也要；純潔的，你更要，天底下哪裡有既聰明漂亮，又純潔能幹的女人？就是有，怕也要訂做吧？倘若每一個女人都做成十全十美，你會不會又嫌她沒個性呢？……」

「美瑰，我服了妳，妳是我的女傑。妳的長篇大論完了沒有？」一飄一個又一個的哈欠連天。

「我說得不對嗎？告訴你，以後你不要再請什麼秘書了，你做不完的事情，我來做。雲香不會再來了。至於濃濃，這一次我是不會饒她的，上回她逼著我搬家，這回我要她走路，我美瑰不是沒度量，但原諒人也得有個限度，否則，人家以為我好欺侮！」

「美瑰，何苦？相信她不會再來找我了。」

「什麼叫『何苦』？這種事誰保證得了呢？我才不信她就會忘了你，你是她心目中最理想的大情聖？……」一飄趁機問：

「美瑰，濃濃那些信件，妳都拿走了是不是？」

「是呀，我是拿了。情書呀，我已經幫你收藏在最秘密的保險庫裡，誰都拿不走，你還不放心嗎？」

「美瑰，我被妳轟炸得夠瞧的了，我要睡了。」

「一飄，我現在要你牢牢的記住一件事，從今以後，你要再鬧這一類的無聊事，我是不會饒你了，我要跟你同…歸…於…盡…！」說完，她的臉朝牆壁，不理他了。

## 22

第二天，周一飄又去上班了。辦公室裡，到處空蕩蕩；看不見雲香的影子，一飄的一顆心，也在那裡東飄飄西蕩蕩。偏偏在這時候，濃濃來了一通電話。濃濃那天打電話給雲香，拆穿了周一飄的謊言之後，又原諒他了。現在她對著話筒，說：

「大牛，你是大牛喔？」

「是……我。」聲音硬梆梆，濃濃聽著有點不像大牛的聲音。

「大牛，你好嗎？美瑰跟順順都好嗎？」過去濃濃也這樣問過，大牛都會回說「他們都好，秀蘭好嗎？」但是這一回他說：

「好……。」還是硬梆梆，甚至有點，我皇帝不急，急死妳這個太監的味道。

「大牛，你生我的氣嗎？」

「不……會。」

「大牛，你怎麼許久都不來看我了呢？」

「我昨天才去過呀，是秀蘭沒空去找妳。」

「大牛，你為什麼不來信了呢？」

「哎，這些話也好在電話裡說嗎？」

「大牛，你沒有話要對我說嗎？」

「以後，這邊不要再來了。」

「我知道，你是叫我不要再來信嗎？」

「……」電話已掛斷。

「大牛……」濃濃還想再問問，濃濃弄不明白「以後這邊不要再來了」，指的是什麼意思？是指自己不能再去找他呢？還是不能再去信？還是不能再打電話去？還是三者都包括了呢？濃濃想再問問清楚，但一飄已經掛斷電話。濃濃一時又掉進一團迷霧之中，她越走越找不清方向。正在垂頭喪氣的當兒，秀蘭來找她。秀蘭把一隻手藏在背後，笑嘻嘻地跑來，邊跑邊喊：

「濃濃！濃濃！讓妳猜！」

「猜什麼？那麼高興！」濃濃淡淡的說。

「那麼洩氣呀？準是又在想妳的周先生。」秀蘭拿一隻手放在濃濃的右肩，彎著腰對著她笑。濃濃看了她一眼也不吭氣。

「真不笑啊？我有辨法讓妳笑！喏！喏！喏！看看這是什麼東西？台南來的！」秀蘭把信拿出來，濃濃真的笑了。她看一看信封，是女人的筆跡，會不會是白小姐寫來的？大牛一定生病了。她打了一下自己的頭，心裡想，「我又錯怪他了。」

秀蘭說：

「濃濃，妳慢慢看信，我走了。」

濃濃抽出信箋來看，是大牛寫的。

濃濃：

妳寄來的信又被雲香的母親拆了，她母親拿著信來找我，並且要求把雲香調走，雲香這幾天就要走了。妳如果再

> 寄信來，任何人都可能柝開妳的信，尤其是美瑰。美瑰的脾氣妳應該知道，她的行動是迅雷不及掩耳，她要是爆炸起來，妳我都吃不消。我希望妳以三年前的心情去體會；那時候，妳不是找不到我？沒有我，妳不是也可以過得很好？要不的話？又如何？……

濃濃看著信，一張臉越來越白，連早先紅潤的嘴唇也淡了下去。她想，「這封信分明還沒寫完。」又想起剛才在電話裡，大牛拒人於千里之外的口氣。濃濃的一顆心，碎做一片片，連眼淚也乾涸了。她的手無力地垂了下來，一張信紙自她手上滑了下去，一陣風吹了過來，吹著小小的半張信箋，飄呀飄的，就像那野外荒郊，墳地裡飄飛的一片冥紙…… 到了夜裡，濃濃睡了只見自己走進一坐荒山，林木森森，野草沒徑，她迷了路。天快黑了，她繞不出來。遠遠近近，古墳無數。夜深了，一片漆黑，她彷彿聽見淒淒鬼號，她好害怕就瑟瑟縮縮的喊，喊她的大牛：

「大牛！大牛！大牛你快來，快來帶我出去……」每隔幾分鐘就喊一次，「大牛，大牛！你在哪裡？大牛！你快來，我好害怕！……」但她只聽見自己的回聲，以及「嗡…嗡…嗡……」的號哭聲。忽然又聽見草叢裡窸窸嗦嗦的怪聲音，她回頭一看，一條青色的大蛇，正昂著頭頸向她撲來。濃濃拔腿就跑，拼命逃，拼命喊：「紫千！紫千！紫千快來救我！……」又彷彿聽見紫千的聲音在雲端裡回答她：

「濃濃，我來了！」她抬頭一看，沒看到什麼，一隻腳卻被一根草繩絆住了，摔了一跤，嚇醒了，一身冷汗。她想起過去紫千和她同住時也常把她喊醒，述說著所見夢境。而現在她要對誰去說夢呢？

紫千，紫千呢？自從小寶開刀以後，紫千就像一盞走馬燈似的，台北、石牌之間不停的轉。一大早她胡亂吃些早點，趕去石牌上班，至晚，必定回到醫院來。開始幾天，小寶是不吃什麼東西的，只靠一滴一滴的葡萄糖鹽水輸液，滴在靜脈管裡維持著生命。小寶只沉沉的睡在那裡，很少哭很少動，紫千還是一直守在旁邊。她是個很盡職的母親，就這樣守著小寶，守著瓶子的葡萄糖鹽水輸液。只有當滿滿的一瓶剛掛上去的時候，她趴在床邊假寐一會兒，輸液剩下半瓶，她就不敢睡了。好像她一睡過去，瓶子裡的葡萄糖鹽水就會乾了似的。所以她總是會及時去把護士小姐喚來再換一瓶。後來小寶會吃點流質的東西，也會哭，也會鬧了。紫千高興之餘，就忙著給小寶換尿片，時刻總是保持他臀部的清爽與乾燥，她把受訓時學到的護理技術都用上了。小寶鬧的時候，她就哄他。她多高興，小寶終於又會鬧了，不像過去病著時的那段日子，也不哭也不鬧。有一天，她問余大夫：

「余大夫，我們小寶將來可以上學讀書嗎？」

「那要看他恢復情形好不好？最起碼比現在好得多，他可以坐起來，自己推推輪椅，做些簡單的事情……」

「即使這樣，我也很滿足了。」

「知足就好，知足就好，而且，我已經幫妳的小寶安排好，出院以後可以直接送去康寧去繼續休養……」

「余大夫，我們怎麼樣謝你呢？」

「謝我做什麼呢？這完全是上帝的旨意呀！……」

到了出院這天，紫千到住院處結過了帳，蘭英夫婦已在病房裡等她。他們都準備要護送小寶去康寧繼續靜養。

## 23

美瑰那天夜裡在房裡把一飄轟炸了大半夜，最後提到濃濃，說：「這回我不會饒她。」之後，又過了三天她就到左營來了。她料定濃濃那樣單純而又死心眼的女孩，對一飄一定還是會一往情深。

所以她想，「打鐵要趁熱，斬草要除根，這回是她走，不是我走。」

她下了火車，直奔濃濃她家，準備先找她母親去理論。她走到門口的時候，美娥正走下玄關，像要出門的樣子。美瑰開門見山的，問：

「請問，妳是郁太太呀？」

「是啊，有事嗎？」

「我是為了妳女兒郁濃濃的事，來跟郁太太談一談。」

「什麼事？要談到上面來談吧？」美娥有意請美瑰脫了鞋上去在客廳裡談。

「不了，不了，我不上去了。我們就坐在這裡談談。」她們兩個就在玄關處的踏板上坐下來。美瑰就開門見山的說：

「我是周太太，妳知道不知道妳女兒的私生活不好？整天找我先生糾纏不清……妳看我已經為了她把家搬去台南，她後來竟又找了去……」

「是妳那王八蛋丈夫找我女兒糾纏不清，他糟蹋了我女兒還偷偷的搬了家。我正要找他算帳呢！今天妳來正好……」兩個女人劍拔弩張起來。

「郁太太，一個女人說話怎麼這樣難聽？一開口就王八蛋什麼的？我可是好好的對妳說喔？妳要是不好好的管好妳女兒，再去找我丈夫勾勾搭搭的，我要給她好看！妳是她母親，也沒有什麼體面……」

「什麼叫勾勾搭搭？妳要給她什麼好看？」

「我要採取法律行動，告她妨害家庭。到時候她吃不了就要兜著走……」

「什麼？什麼？我還沒告妳那王八蛋丈夫誘姦無知少女，妳倒先下手為強了？……」美瑰見她語氣態度都極端粗魯！開口「王八蛋」，閉口「誘姦」一張凶神惡煞的大扁臉，直衝著自己吼呀吼的，像要揮手摑來的樣子，不由得火冒三丈。她也大聲地吼過去，道：

「妳管不管妳女兒？……」

「妳管不管妳那王八蛋丈夫？……」美娥伸手來抓美瑰的頭髮，美瑰也伸手去打掉對方的手，一滑，竟摑了美娥一巴掌，她們兩個人，妳一下過來，我一下過去，最後扭打了起來。美娥的塊頭大些，看來美瑰吃了下風。她邊打邊喊：

「好，好，妳竟敢打我！救命啊……」這時候，門口已經圍了不少人。美瑰往門外潰退，美娥緊追不捨，她們從門裡打到門口外面來，美娥抓住美瑰的衣襟，叫：

「是妳這臭女人找上門的，今天要叫妳這下流女人看看老娘的厲害……」她抓住美瑰的頭髮和衣襟拼命搖晃，美瑰又順勢揮了一巴掌，正好打在美娥的嘴巴上。

血流了下來，她伸手去擦，一看是血，更是尖聲叫得厲害，她大聲喊：「血！流血了！不得了呀！打死人嘍！打死人嘍！……」美瑰趁對方鬆手擦血的時候掙脫了，她邊跑邊回過頭來罵：

「不要臉的女人，生不要臉的女兒，看我給妳好看……」她已經逃跑七八步遠，美娥要衝過去抓她，一句也不饒的叫：

「誰不要臉？誰不要臉？說說明白再走……」

「妳不要臉，妳不要臉……」美瑰在十來步以外又狠狠的丟過來這兩句，她繼續逃。美娥眼見追不上了，就停下來破口大罵：

「呸，賤女人，不要臉的賤女人，有眼不識泰山……」她在路邊吐了一口紅紅的血水，擦一下嘴，進去了。

美瑰一不做二不休，她帶著盛怒要親自去找濃濃算帳。她先走進一家女子美容院，洗了個頭，洗過臉，又從皮包裡拿出眉筆和口紅，快動作補妝整容，對著美容院的大鏡子，左邊照照，右邊照照。一號師父又拿膠水給她噴一噴頭，說：

「太太，有漂亮噢！」美瑰笑著付了錢。老闆娘的一張笑臉又推過來，說：

「太太，再來坐！」

美瑰來到紡織廠，她到會計室去找濃濃，會計主任告訴她郁小姐有事提早走了。美瑰在花園裡轉了兩三圈，她來到廠長室。廠長室有人在裡面講話，她又退了出來，在廠長室附近來回踱步。等廠長的客人走了，她快步走過來，笑臉迎人的叫了一聲：「趙廠長！你好哇！」趙廠長因許久不曾見過美瑰，又見她新做了頭髮，頗有三分嫵媚，趙廠長說：

「哎呀，這是周太太？好久不見，越來越漂亮！叫我快認不出來了？請進來坐坐……」趙廠長把美瑰請進辦公室，叫工友倒茶，才問：

「周太太，今天是路過？還是有事？……」

「趙廠長，不瞞您說，我是無事不登三寶殿的，是這樣子……」她把聲音放低了，趙廠長低著頭很仔細的聽，聽了半天，趙廠長聽明白了，才說：

「周太太，妳的意思是叫我把她解僱？」

「嗯，我是這意思。趙廠長，你不知道，這樣的女人是禍水呀！留她在這裡，後患無窮……」

「可是周太太，這位郁小姐，工作成績不錯呀！至於她的私生活，我倒知道得不多，好像也不曾見他跟人家男同事有什麼打情罵俏的事。要立刻解僱她，理由不夠充足，這樣吧，周太太，這件事好不好容我再觀察一段時間，再作決定。周太太，妳看怎麼樣？」

「趙廠長，我周太太還很少低頭求過人，趙廠長連這一點面子都不給呀？」

「這話言重了，周太太，妳容我再考慮考慮。」

「趙廠長，無論如何，你要幫這個忙……」趙廠長的一張臉慢慢地沉下來，說：

「要是辦不到呢？」

「辦不到？那我們周先生當年就白幫你的忙了……」

「妳是說……」

「關於你們漏稅的事……我是知道得一清二楚，趙廠長要是不答應，我就掀了這張底牌！」

趙廠長在眉心處打了一個結，沉思了半晌，說：

「好吧，明天起，我解僱她。」美瑰見目的已達，就笑嘻嘻的，說：

「趙廠長，人家都說趙廠長是古道熱腸，愛幫人忙。果然名不虛傳，謝謝了！謝謝了！我們後會有期！」美瑰一路鞠躬退出來，退到門口，又說了一聲，「再見！」離開了紡織廠。美塊離開紡織廠，她直趨車站，趕上北上火車，她坐定了才噓出一口氣，自言自語的，說：「我美瑰不做輸家！」

## 24

濃濃今天提早離開辦公室，是到醫院去探望一位車禍受傷的同事。回到家裡已是黃昏，美娥坐在牌桌上，也已忘了早上與人打架的事。看見濃濃回來，就叫：

「濃濃啊，妳弄飯。」

濃濃脫了鞋，放下皮包就去弄飯。弄好飯請了幾次，都沒人要下牌桌。美娥聽濃濃在旁邊直叫大家吃飯，火氣大。罵道：

「妳餓了，不會先吃？叫什麼叫？不懂事！我們八圈沒打完怎麼吃飯？」

濃濃先吃了，又洗過澡，走進自己房間，拉上紙門。

又過了一會兒，這邊才打完八圈，個個丟下麻將衝向廁所去小解，你擠我推，擠在廁所門口，進去的很快又出來了，手都沒洗就拿碗去添飯。每個人都胡亂端一碗站在門口隨便吃吃，丟下飯碗再趕八圈。阿西和明德回來的時候，美娥也只抬了一下眼皮。

第二天早上，濃濃穿好衣服準備要去上班，門口有人叫：

「郁小姐！郁小姐！」濃濃開了門，說：

「請進來吧！」進來的是廠長室的工友小李，小李一進來就說：

「郁小姐，我們廠長叫妳從今天起不要去上班了，這是妳這十天的薪水。」說完遞一個薪水袋給濃濃。濃濃不解的，問：

「小李，怎麼回事啊？廠長要解僱我嗎？我又沒有做錯什麼？」

「我也不曉得呀？郁小姐，妳做人那麼好，廠長為什麼要解僱妳？」

「小李，你在廠長辦公室，難道？都沒有聽說廠長為什麼要解僱我？」

「我也不曉得呀？昨天我給廠長的客人添茶的時候，那個客人好像是什麼周太太，我聽她對廠長說郁小姐是什麼禍水什麼的，我也沒聽清楚呀？……」

「好了，好了，我知道了。小李，謝謝你，你回去吧！」

這些話，美娥都聽見了，美娥昨天打了十六圈，又沒有贏到錢，打完牌躺在床上越想越不甘心，到天亮都沒合眼。一大早又聽到外面正在說濃濃被解僱了，立刻想起昨天跟那賤女人打架的事，想來濃濃被解僱也是那賤女人去搗的鬼。她一下子氣得七孔都冒著濃煙，她從房間裡衝出來，不由分說，一把抓住濃濃的頭髮，拼命搖，拼命晃。左一個巴掌，右一個巴掌，狠命的打，一面打，一面罵：

「妳這死丫頭，跟妳那王八蛋爸爸一樣沒用，什麼都給了那個死王八蛋，妳得到什麼了？妳得到什麼了？說呀！連一條狗都不如！現在，妳給我滾！」

「媽，妳不要這樣，妳等我去弄弄清楚，問問看，到底怎麼回事……」

「弄什麼清楚？妳滾就是！不要再回來了，去死！去做人家的小老婆！要不，就拿這十天的薪水，去買兩瓶毒藥，灑在那姓周的王八蛋的臉上……」罵著，罵著，又衝過去，衝到濃濃房間，抓了幾件濃濃的衣服，包了一包丟出去，披頭散髮的吼道：「快滾！去做人家的小老婆！從今天起不要再踩進我家這個門，我不要妳這種沒有用的王八蛋女兒……」

濃濃嚇得縮成一團，全身抖動不已。她一面哭一面求，道：

「媽……求妳！求妳不要趕我走……媽，妳讓我住在家裡，……媽，住在家裡，妳叫我做什麼……我都願意……」這時候，明德也出來，站在玄關旁邊，瑟瑟縮縮，一句話也沒說。濃濃見爸爸站在旁邊，像見到了救星，她轉臉去求爸爸，道：「爸，求你跟媽媽說，讓我在家裡再住幾天，我會再去找事……讓我再住幾天……住幾天，我就走……爸爸，爸爸！求你……」明德沒說一句話，轉身進去了。濃濃至此傷心絕望肝腸寸斷……她撿起地下的一包衣服，走？不走？仍然猶豫著。美娥又衝過來，把她往門外推。一面說：

「去！去！去死！去做人家的小老婆……」一手把濃濃推出去，並把十天的薪水袋也塞給她，說，「去，去買兩瓶硝強水，灑在那王八蛋臉上……」

濃濃無奈，提著包袱往外走，外面又下著雨。鄰居林媽媽，把她拉進去，說：

「濃濃，外面下著雨，妳先在林媽媽家住幾天，找到了事情再說……」美娥在門口聽見了，就朝林家大聲吼：

「誰要收留她，我就拆誰的房子！」

「林媽媽，謝謝妳！讓我走吧，免得妳也跟著我受累。」

「外面下著雨，濃濃，妳一定要走，就帶一把傘吧？我還有一把不用的傘，濃濃，妳帶著吧！」

「不用了，林媽媽，雨也不大，我走了也不知道什麼時候回來？」

「有什麼關係呢？一把傘算什麼呢？」林媽媽要把雨傘塞給她。

「謝謝了，謝謝了，林媽媽，我這裡還有錢，要是雨大了，我也需要買一把傘。林媽媽，謝謝妳，再見了！」林媽媽搖著頭看著濃濃走了。

濃濃提著小小的包袱，離開了家，離開每天經由的巷弄，一個人在雨中踽踽獨行，前途茫茫，不知何去何從……

剛才明德對濃濃的哀哀懇求，並非無動於衷，只是一籌莫展。他拋下濃濃，自己進屋，原來是去整理自己的需用衣物。現在，他整理好一個大箱，一個小包。濃濃走後，他提著東西出來。美娥側轉身，看見了就問：

「怎麼？搬家啊？」

「我搬走了，妳才清靜。」

「這什麼意思？」美娥怒目倒豎的叫起來。

「什麼意思？還不簡單？妳已經有了別人了，我何必在這裡礙手礙腳？……」

「這話要說說明白，這話要說說明白……」

「……這還不夠明白嗎？老實告訴妳，我不能再忍受了，妳叫我做什麼都可以，叫我戴綠帽子，我受不了……」

「哎喲！明德啊！夫妻吵吵架誰沒有？你就真的生那麼大的氣呀？老夫老妻的了，嘴巴說說都有的，還真的要走啊？留下我一個人，你真忍心不管我了呀？……」美娥改變口氣要留明德。但明德心計已定，他說：

「我出去，他進來，自然有人管妳，妳也沒有損失什麼？妳難道還會寂寞？」說著提著箱子往外走。美娥見大勢已去，又問了一句：

「明德，你真要走啊？」

「嗯。」明德閉著嘴巴，點一下頭，繼續往外走。

「你想好喔？明德！出了門就不能回來咯？」

「我不會回來了。」

「滾吧！滾吧！你們都給我滾！……王八蛋！快滾吧！反正滾不滾都是王八！……」

明德走了。

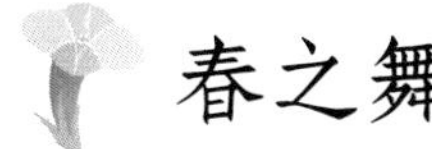

# 春之舞

## 1

小寶住進康寧之後，病體日漸恢復，傷口亦已完全癒合。坐起來的時間，一天一天加長，有時也坐輪椅出去晒晒太陽，但他的兩隻手，還只能動動指頭，沒有什麼力氣，所以不能自己推動輪椅。紫千下班的時間都陪著他。小寶看到媽媽來，就會微微的笑，臉上浮現愉快的神情。小寶這一表現，常常叫紫千高興得流下眼淚。她常常面對著小寶，把小寶的一隻手掌，拿來貼在自己的面頰上，教他喊：「媽媽。」小寶總是掀動幾下小嘴唇，始終還沒叫出聲音來。紫千抱著好大的信心，她相信，小寶終有一天會喊媽媽的。

這一天，紫千休假在家裡，她一早起來，就在那裡洗衣服晒被褥，準備洗好晒好再去康寧看小寶。而且她也將要搬家了，康寧已經為她在宿舍裡安排一個舖位，為了避免來回奔波，她準備搬到康寧去住。那麼，工作跟家，就都在一起了。她把東西晒出去，就到蘭英家裡來坐坐。她說：

「蘭英姐姐，我準備把房子退了，過幾天搬到康寧去住。這樣工作和住家在一起，也省事。」

「那自然，那自然。可是我心裡也好矛盾，搬到康寧去住，對妳和小寶來說，自然是最好不過，但是我又不願意失去像妳這樣的好鄰居……」

「蘭英姐姐，妳真會開玩笑，我們給妳找了那麼多麻煩，還說是好鄰居哩！那壞鄰居是什麼樣？」

「這我也不知道，反正妳搬走了，我會好難受好想念……」

「我會常常回來看你們，妳也可以到康寧來找我呀！……過一陣子小寶會玩了，我再抱他回來，我們『拔蘿蔔』……」她看到乒乒走過來，就問：「乒乒，等小寶會玩了，我們『拔蘿蔔』好不好？」乒乒笑著點頭說好。蘭英也笑著，說：

「話固然這麼說，可是總沒有現在這麼方便。你看現在，我只要站在門口叫一聲，妳就聽見了。以後我把喉嚨喊破了，妳都聽不見。」

「不妨，不妨，說不定，有一天我的耳朵會變成順風耳……」紫千說著笑著，蘭英也笑。笑了一會，紫千又說：

「蘭英姐姐，我那些家具，妳要不嫌舊的話，通通搬過來用，反正當初也都是妳買的……」

「這叫完璧歸趙呀！正好！我這些竹床竹椅子，也都開始搖搖晃晃，說真的也該扔了。紫千，妳幾時搬呢？妳走的時候不要管這些家具，等我跟金大哥有空的時候慢慢搬，慢慢整理。」

「那又要麻煩金大哥了。」

「這還要說嗎？」

後來她們又談起顧友石，蘭英也看過他最後給紫千的那封信。蘭英說：

「顧老師信裡說，後來他也到軍隊裡去，不知道會不會也跟著政府遷來台灣？我們將來想辦法找找看。在我看來，像他那樣的男人才配妳去愛！」

紫千無限憂傷的說了一句：

「更哪堪，回首，不再當年！」講到這裡，怎麼？天忽然變陰了。紫千說：

「蘭英姐姐，變天了，我回去收東西了。下午我睡一會午覺就到康寧去，我走的時候，要是妳睡午覺還沒起來，我就不打擾了……」

「紫千，妳打算幾時搬呢？」蘭英又問一次。

「看看吧，再過四天我又有一天休假，要沒有別的事，我就回來搬。」

「我叫金大哥請一天假，幫幫忙？」

「不用了，我哪有那麼多東西好搬，恐怕一個箱子都裝不滿，倒是那些家具……」

「好了，我知道了。妳快收拾東西吧，馬上要下雨了。」

## 2

這一天傍晚，余可舉又來跟金樹培喝酒。幾杯大麴下肚，可舉的話又漸漸多起來，他說：

「真奇怪，我做了這麼久的手術，還沒有這麼成功的，這孩子術後進步得很驚人！這幾天他的腳也有一點微微的會動了。

「好人又遇見好大夫，這叫善有善報呀！」樹培說著又給可舉斟酒。

「因果關係我倒沒有什麼研究，只是這位牛小姐為人處事，有許多地方與眾不同，我看她不是泛泛之輩。好奇怪她的名字中帶一個紫字，穿衣服什麼的就全都是紫色的，我沒見過她穿別的顏色……」

「是啊，很難得看到她穿別種顏色的服裝。她也很少塗脂抹粉戴首飾什麼的，有一段時間她手上戴的玉鐲和戒指都是結婚時她婆婆贈送給她的，後來她婆婆死了，她就全都取了下來。」蘭英說著又把紫千那回被小偷拿走玉鐲和戒指後來失而復得的故事說了一遍，大家都覺得這事情很有戲劇性，余可舉拿起酒杯抿了一口，說：

「在我看來，什麼東西該是誰的，好像都有一定的，不可強求。人生實在是很公平的，你們看，一個很有錢的人，他可能沒有兒女，就有，說不定也不是他親生的，就算親生的，說不定又是來給他敗家敗名的；再說，一個有錢又有勢的人，或許他就沒有一個好身體，以及很長的壽命，要嘛，就一腦子的稻草；醜女說不定嫁了個俊男，寒門就沒有幾個孝子嗎？國破自然見忠臣；所以，聰明人會算計；傻瓜又沒有他的艷福嗎？……這些例子舉也舉不完，人生最莫可奈何的大概只有一個死亡，活得不耐煩的固然有，但怕死的到底還是多；怕死，就不死了嗎？有一回，有一個富翁，只有一個兒子，他跪在地下求我，叫我無論如何，要救活他那個得了腦癌兒子的性命。我哪裡辦得到呢？我們做醫生的，不過是盡人事，真正要死的時候，誰救得了？就像一片落葉，你能叫它不掉下來嗎？所以該活的死不了，該死的活不了，該怎麼樣，就會怎麼樣，就像牛小姐那玉鐲，不該是那小偷的，所以又回來了……」樹培給他添了一次酒，問道：

「可舉，你是宿命論者嗎？」他們兩個拿起酒杯互敬了一下，余可舉又接著說，「不是，我不是宿命論者。我的意思是，做一個人，不管上智下愚，總要盡力；各行各業都朝著最好的方面去做，前途一定看好……」

「可舉，你在國外留不留長頭髮？」

「留啊，尤其紐約那種地方，奇裝異服多得很，看各人的職業吧？我們做醫生，頭髮太長不太方便……」

「這倒是事實。我認為要留也沒有關係，要弄清爽要花很多時間，好幾次我看到一些留長髮的朋友，他們的頭髮裡面夾雜著大片大片的頭皮屑，看著實在很噁心。有時候他們又穿些鮮豔豔的服裝，看去不像男不像女，有什麼體面嘛？」樹培說著拿起酒杯喝一口，接著說，「有些年輕人好像對這些都不去深思，只一味的跟著別人跑，瞎起鬨，也許是我自己有些老古董……」

「老古董？不見得。不過，不男不女，的確是不成體統，這也是極少部分罷了。其實，真正做學問的哪裡在乎穿什麼戴什麼哩？聽說我們自由中國有一位女學者，她告訴人家，她只有兩件舊旗袍，這件洗了穿那件。但是她說『我什麼場面沒去過？』所以，肚子裡面若是沒東西，外表再貼金也還是泥菩薩。我當然不是說舊旗袍更漂亮，我的意思是說，跟時髦不要跟得太走火入魔。這些話是不是應該三思再三思？……」

「可舉，你對我們的年輕人要求這樣高啊？」

「青年是國家的棟樑嘛，如果本身都是軟趴趴的，如何一柱擎天呢？……」可舉說到這裡，兵兵跑來吵著要睡覺，蘭英抱他進去了。

等蘭英哄好兵兵睡覺，從裡面走出來。樹培又要給可舉添酒，可舉拿左手遮住酒杯，說：

「好嘍，好嘍，再喝，我今天就回不去嘍！」

「那麼再吃點菜，你們今天真是酒逢知己。」蘭英笑著說。

可舉挾了一塊滷豆干，慢慢的嚼著。把杯底的酒都乾了，拿出手帕來擦嘴。他說：「我在別的地方很少喝酒，我知道自己的毛病，喝了酒，我的話匣子就關不住。今天說得夠多了，好在是老朋友不會取笑。樹培，我剛才說的那些都是酒話，別跟我認真喔！」

「今天才知道你是海量。可舉，你們醫生對煙酒的看法怎麼樣？」樹培問著也把自己的酒杯乾了。

可舉說：

「哦，煙酒啊？關於煙酒，醫學界、宗教界、教育界，都已經討論得夠多。在我看來，煙酒就像女人的脂粉一樣，適可而止吧？如果到了沒有這些東西就不能過日子的話，那就不是三言兩語說得完了。」說到脂粉他忽然想起牛小姐，很少見她塗脂抹粉的，怎麼處處看去都是無以言說的美呢？可舉帶著七八分酒意，輕聲地問樹培，「樹培，你看牛小姐有沒有再婚的可能？」樹培反過來問太太，「蘭英，妳看呢？」蘭英看了看樹培，又看了看可舉，笑著說：

「這很難說呀。我知道，過去有一個顧老師跟她很要好，也很相配，但是後來失散了。不知道那位顧先生有沒有到台灣來？人生姻緣嘛，還要看緣份……」

「對！對！我很欣賞大嫂說的『緣份』這兩個字，所謂『無緣對面不相識』，古人說的話有道理……」說著站了起來，道：

「今天我胡說八道了這麼多，我該走啦！」樹培夫婦把可舉送了一程，回來的時候，樹培靠著蘭英的肩膀，輕聲地說：

「蘭英，我看我們的醫學博士紅鸞星動咯！」

「讓他自然發展吧，像紫千這樣的女性，應該要有個好好的男人來愛她。」

## 3

可舉回到自己的住處，但感頭腦昏昏，手足沉重，他鬆了鬆領帶躺在床上。不久就聽見一種喊叫的聲音來自遠處，漸喊漸近，仔細聽去，像是：

「喂，地球上的人類啊，地球上的人類啊……」可舉跑出來看時，原來自己是在一座荒山上，見前面有一個奇怪的物體，用地球上的文字無法來形容這個物體，聲音就發自這個奇怪的物體。可舉大聲問：

「什麼人要找地球上的人類？」

「我！」怪物體回答。

「你是誰？」

「我是宇宙的統治者！」

「你找地球上的人類做什麼？」

「我想送給地球人類一個禮物。」

「為什麼送給地球人類一個禮物呢？」

「我看你們人類不斷挖掘的地球已經變成一個破袋子啦！所以我今天想送給你們一個更理想的星球。」

「我也是地球上的人類。但是，你這個星球要叫我們地球的統治者來接受嗎？」

「我知道地球的統治者到目前為止還沒有誕生。」

「你的禮物怎樣送出去呢？」

「任何一個地球的人類都可以接受。」

「我可以嗎？」

「可以。」

「你這個理想的星球，叫什麼呢？」

「用地球上的文字來說的話，應該叫『萬能萬有萬無恒久彈性活性球』。」

「這個理想的星球有多大呢？」

「可大可小。」

「如何使用呢？」

「愛怎麼使用，就怎麼使用。」

「可以挖掘嗎？」

「愛挖多深就多深。」

「可以砌高樓嗎？」

「可以。」

「我們地球上已經有一百多層的高樓啦！」

「一百多層算什麼？在我這個星球上愛砌多高就多高。」

「適合人類居住嗎？」

「放心，這個星球完全是遵照人類的習性做成的。」

「上面有動植物嗎？」

「凡地球上有的都有。」

「也有地球上的種種污染嗎？」

「沒有，絕對沒有。凡人類不想要的東西，隨手丟棄又跟球體合而為一。」

「甚至人體，以及人體的排洩物嗎？」

「一切一切人類所廢棄的，都立即會與球體化而為一。」

「有死亡嗎？」

「自己不想死就永生。」

「想死呢？」

「與球體合而為一。」

「人人不想死，會有人口危機嗎？」

「不會。人口膨脹，球體也隨著人口膨脹。」

「准許人類有慾望嗎？」

「任何慾望都能達成。」

「甚至想毀滅別人的國家嗎？」

「這裡沒有國家，每一個人都是自己的統治者。」

「有人想統治別人呢？」

「自己製造一群被統治者。」

「用什麼製造呢？」

「地下的泥土。」

「能存活嗎？」

「一旦造成就活了。」

「被統治者中有人起而反叛呢？」

「把他摔死，再造一群。」

「可以攻擊別人嗎？」

「無從攻擊，每一個人都有自己最好的武器。」

「比地球上的武器還更先進嗎？」

「地球上的那些武器，給小孩子做玩具都不要。」

「有山、有水、有空氣、有太陽嗎？」

「有，都有。」

「有男女，有愛情嗎？」

「都有。」

「可以公開做愛做的事嗎？」

「每一個人都有隱身術。不願隱身的，別人也有隱眼。」

「有生育之事嗎？」

「愛生就生，不想生可以用泥土造成。」

「不工作也有食物嗎？」

「有，泥土就是食物。」

「有年輕人所謂的舞會嗎？」

「愛跳多久就跳多久。」

「沒有欺騙嗎？」

「每一個人都有一具最精密的測謊器。」

「有痛苦？有疾病嗎？」

「沒有。」

「有人類最喜愛的鑽石、黃金、金錢嗎？」

「地下的泥土可以變成任何想要的東西。」

「甚至不夠聰明也可重造嗎？」

「再造一副夠聰明的頭腦。」

「用什麼造呢？」

「地下的泥土。」

「泥土會用光了嗎？」

「取之不盡，用之不竭。」

「人類可以擁有很多很多嗎？」

「要多少，有多少。用你們地球上的文字來形容，就是擁有一切。」

「包括無數妻妾，如雲美眷嗎？」

「自己造，要幾千，就幾千。」

「有宗教嗎？」

「每一個人都是自己的上帝。」

「會不會像地球一樣，用久了變成破袋子呢？」

「保證用舊了再換一個。」

「好吧！好吧！我想人類很需要一個這樣的星球。宇宙的統治者，容我再請問一下，你剛才說的這個理想的星球，叫什麼球？」

「用地球上的文字來說，就是，『萬能萬有萬無恒久彈性活性球』。」

「讓我再說一遍，『萬能…萬有…萬無…恒久…彈性…活性…球』。」

「對！對！」

「好，宇宙的統治者，先謝謝你啦！我現在代表全人類接受這個理想的球體。」

「看準！接球！」

可舉看見那個自稱是宇宙統治者的怪物體，伸出一隻怪手來，丟來一個小小的怪球體。球體發出轟轟怪聲，疾疾滾滾而來。越滾越大，越滾越大。可舉自知招架不住，趕忙往後逃命。逃呀！逃呀！大球體緊追不捨。危急萬分，只見一個大坑擋住了去路，可舉一不留心掉落坑底，大大的震動一下，原來自己掉在床上。

可舉摸摸自己衣服，已是一身冷汗。他想：「今天酒喝多了。」於是起床，走進浴室，沖個冷水浴。再睡下，就沒有惡夢了。

可舉正在甜夢中的當兒，中信新村的蘭英已經起床了。她走到戶外，透透空氣，活動活動筋骨。村子裡靜悄悄的，大家都還在睡夢中。蘭英做了幾次深呼吸，立刻神清氣爽起來。蘭英想，「這麼新鮮的空氣，為什麼大家棄之如敝屣呢？有許多人反而追逐在燈紅酒綠之下……」蘭英抬頭一看，看見有一棵不知名的大樹，樹上爬滿著朵朵紫色的牽牛花。她又想，「我平常怎麼沒有注意過它呢？但願暴風雨不要再來。」她又看看，這裡，那裡，山坡上，屋角邊，到處都是牽牛花，這真是牽牛花的世界呀！她靜靜的看，一朵朵紫色的喇叭花，帶著點點早露，在晨風中嬝嬝的舞動著，舞姿多美妙？她靜靜的聽，彷彿聽見那紫色的音符有節奏地不斷的跳躍，跳出動人的旋律。蘭英欣慰地笑了，因為，這麼可愛的世界，一時都展現在她的眼前，她自言自語，道：

「這世界！這世界多美麗啊！」

## 4

那天，濃濃被逐出家門，她提著小小行囊，在雨中踽踽而行。她信步走著，走過市街，步上一條小路，她知道路的盡頭就是小河。河水依然漫漫，她在河邊的大石上坐了下來。雨仍然下著，她的頭上身上都淋濕了。看看那不斷東流的河水，往事如煙，一個曾叫人羨慕的家，而如今親生的父母不要她了；一個曾叫她不顧一切去愛的男人，如今棄她遠去；一份曾是她非常盡職的工作，如今無緣由的被解僱……想著想著，熱淚和著冰冷的雨水，滾滾而下。現在，頭一件事，她想到死。死亡也許可以解脫，但自己錯在哪裡呢？愛是錯誤嗎？在這齣愛情的多幕劇裡，自己扮演的是什麼樣的角色呢？幕啟時她是被王子寵愛著的美麗仙女，中途卻變成一個不堪一顧的棄婦；雖然是棄婦，而自己仍然勇敢的站出去，挺挺地站立在槍林彈雨中。那個男人呢？戲裡英俊勇敢的王子呢？王子後來怎麼不見了呢？不是不見了，他只是披盔戴甲地躲在一個安全的堡壘裡；而這個安全的堡壘，是建築在另一個女人的背後。那麼？「這種男人，值得我為他去殉命嗎？於是她想到恨，她是有理由恨他的。但，既愛就愛，不愛就恨嗎？恨你曾經錐心蝕骨愛過的人兒嗎？這種不愛就恨的愛，是什麼樣的一種愛呢？不愛就恨的這種愛，是不是已完全否定自己當初的愛？那麼？「我為什麼要恨？」像母親說的那樣，去毀掉他的容顏？用我自己的手，去毀掉我曾經親吻過千百遍的那張臉嗎？」有著這樣狠毒的心腸，還配去談什麼愛情呢？濃濃想了又想，到底錯誤出在什麼地方呢？其錯在誰呢？錯在自己嗎？是的，自己也有錯，錯在自己毫不懷疑地全部投入，以致於到後來無以自拔，但既愛又疑可以嗎？甚至應該有所保留嗎？那麼錯在自己對他太依賴了嗎？工作上的依賴是有，也許精神上的依賴更多，但日常生活以及經濟上的依賴從來沒有，難道兩方相愛，彼此不應該在精神上緊緊地相依嗎？那麼彼此依賴也算錯嗎？自己是不是還有錯呢？錯在太無顧忌嗎？愛情本身要有很多顧忌嗎？大牛不是也說過，「不要以世俗的眼光去看這一份情，我們的愛要一日比一日更深。」這是大牛親口說的，濃濃我至少是這樣的迷信到現在。但後來他怎麼走了呢？他走掉的理由卻都是些含含糊糊的世俗顧忌呢？想到這裡她還是捨不得去責怪大牛。大牛叫她不能原諒的只有一點，不愛為什麼不說一聲呢？原先好好的，好也可以分手，說一句，「我愛你，但是……」人生固然沒有不散的筵席，但為什麼要變成兩相不好了才分手呢？為什麼要留下一個破碎的尾巴呢？她想到這裡嘆了一口氣，自言自語道：

「唉！大牛！大牛！真是其笨如牛！大牛，為什麼不揮一下手，同我說一聲再見呢？」

雨，淋著，淋著，濃濃漸漸清醒過來。她又想，「我能被擊倒嗎？被這樣的男人擊倒嗎？不！我要站起來，堅強的站起來！」她搖了一下頭，不再去想了。她站了起來，抖去身上頭上的雨水，她又走上剛才來時的路，如今，是有家歸不得。但，天地間總有一條路吧？她來到秀蘭家。秀蘭開開門，嚇了一大跳，問：

「濃濃，這是妳嗎？我以為遇見鬼哩！」

「我差一點就變成鬼了；但是，現在我不想死了。秀蘭，我要在妳這裡洗一個澡。」於是秀蘭就去燒水。濃濃洗過頭洗過澡，精神恢復了一大半。秀蘭煮了一碗薑湯給她喝了。看她臉色不那麼蒼白，嘴唇也紅潤些了。秀蘭才說：

「濃濃，妳現在告訴我，到底怎麼搞的？」

「說也說不完，秀蘭，妳給我信紙信封，我要寫一封信。」

「寫給誰？寫給周先生啊？」濃濃雖然不肯說，但秀蘭從頭到尾都清楚。

「嗯。」

「這種男人，妳還寫信給她，還愛他啊？真是死心眼啊！我真後悔當初幫過你們的忙……」

「秀蘭，妳不要自責，妳幫我忙，完全是好意呀……」

「我要是不幫妳，妳也不會吃他這麼大的虧……」

「這不是吃虧不吃虧的問題，這是愛不愛的問題；要愛，就無所謂吃虧。妳就是不幫我忙，我還是會愛他。妳看，我媽反對得多麼厲害，我都不聽。現在，廠裡解僱我了，我媽把我趕出來了……」說到這裡她哽哽咽咽的，秀蘭聽著，也流下淚來。濃濃反而安慰她，道：

「秀蘭，妳不要為我難過。我媽生氣也是為我好……唉！在我看來，人生的路總要自己去走，我相信會有一條路的……」

「濃濃，妳真是癡得厲害，罵他一句，妳都捨不得。這種男人，真夠精細，替自己想得多周到？他要走了，連跟妳揮一下手都沒有。你看他，一步一步的往後退，還給妳編派那麼多不是。妳是愛他，又沒有得罪他；就算妳得罪他了，我又沒有得罪他？為什麼連我這裡也不來了？還說要收我做他的乾妹妹，呸！誰要這種哥哥？去他的，什麼愛情，有幾個男人懂得愛情？妳連恨都捨不得恨，妳不恨，我恨，我恨他……」

「秀蘭，如果他真是那麼絕情的話，也只能怪我自己一時不小心，走進草叢裡去，忽然被蛇咬了一口，以後看到草繩也許會害怕，但也不見得每一根草繩都是蛇吧？難道，我以後連看到草繩都要去恨嗎？其實，他可以對我說，任何理由，任何原因，我都會原諒他，只要他說的是真話……」

「妳已經不恨他啦？」

「我連恨都沒有恨過，哪來的『已經不恨』？你想，我恨他做什麼？他要走還是要走，我恨他，他就會回來嗎？我只是很遺憾，最後的那幾步棋，他下得不夠高明，你知道，我是不習慣下這種動過手腳的暗棋……」

「濃濃，妳說到哪裡去了？下什麼棋？妳還跟他下棋呀？」

「我是說，他後來騙我騙得不夠高明，如果他真想叫我走的話，只要說一句明白話，更能叫我服氣。」

「這種人，騙人騙慣了，恐怕早就在騙了，只是我們太天真，太相信，太死心眼。氣死我了，我們不講他了吧。濃濃，現實擺在眼前，他不要妳了，工作沒有了，家又回不去，妳打算怎麼樣呢？暫時先住我這裡好不好？」

「那怎麼行？妳有先生。」

「有先生還不是等於沒有？……」

「那不能這麼說，妳有妳的生活，妳過去已經幫我夠多，我怎麼能長期的打擾妳；況且，妳靠自己，我難道就不能靠自己……」

秀蘭把信紙信封給了她，說道：

「妳寫信吧，我再煮一個湯，我們吃飯。」

濃濃在信紙上寫：

大牛：

我知道，你要走了。你可以走，但是，你應當要再回來，回到我面前來，像當初你向我走來那樣優雅。等著我用心花朵朵為你鋪道，鋪好了，你再走。走得像一個男子漢，抬頭挺胸的，堂堂的男子漢。我將永遠愛你，並且親吻，親吻你留下的每一個腳印！親愛的大牛！我等著你……

祝福你

婚姻美滿　家庭幸福

永遠愛你的濃濃　七月三十一日

濃濃把信折好，又寫了信封，這回她直接寫周一飄先生收。當她寫著周一飄三個字，她好像在心裡印下一個重重的烙印，胸口頓時又燒又痛起來。她咬一下牙齒，把信封封口了。

秀蘭把飯弄好，濃濃還吃了不少。她說：

「秀蘭，妳燒的菜這麼好吃，可惜我要走了。」

「現在要走嗎？去哪裡？」

「不，我要在妳這裡睡一覺，還要再吃妳做的晚飯，然後坐夜車去台北，我要去看看紫千。」

「紫千呢？她現在怎麼樣？」

「她現在很好，前一陣子她寫信告訴我，她在康寧育幼院工作。」

「那麼，等一下妳在這裡休息。我去上班，晚上我送妳上車。」

濃濃要坐九點鐘的夜車，她們到車站的時候還早，濃濃先去把周一飄的信發出去了，才牽著秀蘭的手，兩個人一起走上月臺去候車。

嗚！嗚！車笛鳴叫，車輪轉動，車子緩緩向北移動，秀蘭跟著車子跑，一面跑一面揮手，一面說：

「再見！濃濃！過一陣子我去找妳玩。妳去了，萬一找不到紫千再回來，我這裡可以住。」

濃濃靠著車窗點著頭，眼睛紅紅的，揮著手。輕聲說：

「秀蘭再見！爸爸媽媽再見！弟弟再見！高雄、左營再見！我心裡的烙印，再……見！」

## 5

紫千回來的時候，老遠就看見，有一個人坐在她家門口，她一愣，再一看，像是濃濃。她跑過去，看仔細了，才叫：

「濃濃！是妳呀？妳要來怎麼不給我一封信呢？這還算妳運氣，要不是我今天回來搬家，妳枯坐一整天，也等不到我呀！……」濃濃看到紫千，好像有千言萬語竟都化做眼淚。她趴在紫千的肩膀上，哭將起來。紫千說：

「濃濃，妳怎麼瘦了？妳看起來不快樂呢？怎麼？失戀了嗎？快！快！有什麼委屈？快進來告訴我……」

「人家把我甩了。」濃濃嗚咽著說。紫千拿出鑰匙開好門，她左手攬著濃濃的肩膀，把她推向屋內，她叫濃濃坐下來，自己也坐了下來。把臉對看著濃濃，道：

「妳說說看，前面的我已經知道。說後來，後來怎麼樣？妳把後來的大略情形，說給我聽聽……」外面有人叫：「紫千！紫千！」紫千站起來看看，是蘭英。蘭英提著一籃子菜，把頭伸進來，問：

「紫千，有客人呀？」

「蘭英姐姐，是濃濃。」

「蘭英姐姐，妳好！好久不見。」濃濃也站起來叫她。

「好！好！稀客！稀客！我好像預感到妳們要來，所以多買了一些菜，中午妳們過來吃飯。現在妳們先聊聊吧，我回去弄飯。紫千，妳要茶要水儘管過來拿。」說完提著菜籃走回家。她看看時鐘已經十點多，趕緊先煮下一鍋飯。又把排骨丟在鍋裡去燉蘿蔔。然後殺魚，撿豆子。把五六片里肌肉用作料醃在大碗裡。好半天見紫千都沒過來要茶水，她泡了一壺茶給紫千送過去，還沒走到門口就嚷嚷，道：

「紫千吶，妳們講了半天，口渴了吧？來！我給妳們泡了一壺茶。」紫千來把茶壺接過手，道：

「蘭英姐姐，再一會兒我們就都過來給妳幫忙，妳別把事情搶著做光了，叫我們吃了不消化。」

「哪裡有多少事情呢？妳跟濃濃許久不見了？多聊聊吧！」蘭英走了以後，濃濃又接著說：

「……後來他就一步一步地往後退，而且緊緊地堅守住自己的陣地，叫我不能超越半步。動不動就把夫人請出來。還說是我愛跟他鬧。他對秀蘭說，要是我再這樣鬧，事情弄砸了，他就認了什麼的……我只好豎白旗啦，把老將給他；因為，我不習慣下這種動過手腳的暗棋……紫千，我萬萬沒有料到，愛情會叫我敗得這麼慘！」

紫千從頭到尾都很仔細的聽，聽完了，她說：

「濃濃，我佩服妳，妳好勇敢！濃濃，妳這是雖敗猶榮的。算了，濃濃，當愛情要來的時候，擋也擋不住；要去的時候，留也是空留。兩情相悅，何需朝朝暮暮？既不相愛，朝朝暮暮又如何？濃濃，我這裡強調的是『相愛』，因為，愛情就好像打羽毛球，如果是好手，如果是對手，你打過去，對方一定接得著。現在，他連接都不接，而且棄球於地，我相信，經不起考驗的絕不是愛，拔慧劍可斬的必不是情。更何況……當愛情變成一種負擔的時候，……那又何必呢？既愛，又因某種因素不敢愛，既不敢愛，又找藉口造成對方有錯，這種愛，珍惜他做什麼呢？我看吶，我們都患了同樣的毛病，太不會保護自己。開心些吧！濃濃。經過了這麼些驚濤駭浪，我想我們都應該長大了。拋開那些往事吧，凡事還是要靠自己……」說到這裡，蘭英過來叫吃飯，她們一起去蘭英家，金樹培也回來了。濃濃看到，就叫：

「金大哥，你看，我們一來，就要吃飯。」

「請都請不到喔，我來看看，妳們蘭英姐姐燒了些什麼好菜？哇！糖醋鯉魚！」說著拼命咂嘴巴。乒乒也對紫千說：

「阿姨，我愛吃蘿蔔湯。阿姨，妳幫我盛蘿蔔湯好不好？」

「好哇！乒乒，你要先讓阿姨打三下屁股。」乒乒把小屁股朝過來讓阿姨輕輕地打三下。打完了，他說：

「阿姨，我光要蘿蔔，我不要骨頭，我還要湯。」紫千幫他盛了一碗蘿蔔湯，說：

「乒乒，過幾天阿姨來帶你去跟小寶玩好不好？」

「小寶他會不會玩躲避打槍？」

「會啊，你打他，他就會把頭躲起來。」乒乒嘻嘻嘻的笑，大家都笑了。吃完飯，紫千忽然想起一件事，她好大聲的說：

「金大哥，那次余大夫不是說康寧正在找會計小姐嗎？不知道找到了沒有？他那時候問我懂不懂會計？我就沒想起濃濃。濃濃，我們現在快走，妳跟我一起去康寧看看……」說著，她就回去整理東西，濃濃又跟兵兵玩了一會兒。蘭英說：

「濃濃，妳要能跟紫千一起工作才好呢。她好想念妳，她常常都跟我提起妳。但願人家還沒有找到會計，人有時候也靠運氣，當運氣好的時候，事情都好容易弄成……」紫千整理好東西過來了，她把鑰匙交給蘭英說：

「蘭英姐姐，那些家具，就勞駕妳和金大哥了，搬完了，就把房子退掉。一切都麻煩了，以後我再回來，吃你們的吃定了。」大家又都笑了。

紫千和濃濃她們兩個來到康寧，就趕快到總務處去問，人家一看到她們，都問：

「妳們來應徵會計呀？」

「是呀。」紫千回答。

「快！快！參加考試的人都去會議室了，妳們快去。不知道開始考了沒有？張主任在會議室，妳們快去找張主任。」

紫千又帶著濃濃趕到會議室，看見人家都已經落坐，開始答題了。紫千跑過去，找監試的張主任，她問：

「請問張主任，可不可以讓我這位表妹也來參加考試？」張主任見她們兩個匆匆忙忙很著急的樣子，就說：

「好吧，給妳們通融一下。不過考完了要趕快到總務處來補辦手續。」紫千跟濃濃都鞠躬謝了又謝。

看著濃濃坐下來開始考了，紫千才提著箱子往宿舍去。她現在才覺得原來手提的這個箱子還滿重的，剛才因為太緊張，提著箱子跑來跑去，反而不覺得箱子很重。紫千把箱子提進房間，稍微整理了一下，又到會議室去。她剛走到門口，就聽見張主任說：

「各位已經考完了的，把試卷交到我這裡。後天上午九點鐘，請各位到總務處門口佈告欄上看錄取結果。」濃濃出來的時候，紫千就帶濃濃去看小寶。小寶半坐在床上，病床已經調整成半靠式的。小寶看到媽媽來，他軟弱地笑了一下，又舉起手要做手勢打招呼，但舉了一半又無力地放下來。紫千把濃濃帶到小床邊，對他說：

「小寶！叫阿姨！」小寶嘴唇動了動，只「啊⋯⋯」了一下就笑了。濃濃看了叫起來，道：

「好棒喔！這是什麼神醫嘛？」

紫千笑著，眼睛看著濃濃的背後，說：

「神醫現在就站在妳後面。」濃濃回頭一看，果然，一個高過自己大半個頭穿白制服的男人，就站在她背後不遠的地方。一張黃棕色的臉，略帶紅潤；眉濃眼長，鼻子挺直；帶著自信的微笑。

濃濃不好意思，臉紅了一陣，用左手蒙住自己的嘴巴，沒有再說什麼。只聽余大夫開口道：

「要說神醫，我可不敢當。其實，你們禱告的力量比我強十倍；而且動手術那天，我們好幾位名醫都上了手術台，靠我一個人怎麼行？」余大夫又問紫千：

「牛小姐，這位是⋯⋯」

「是我表妹，郁濃濃，她是來應徵會計的⋯⋯」

「那晚了一步，人家已經考過了⋯⋯」

「我剛好趕上！」濃濃搶先說。

「我表妹是幸運星！」紫千打趣道。

「托福！托福！希望幸運星給我們大家帶來好運！」他們笑了一會兒，余大夫就走到小寶床邊，拉出小寶的腳，用一根尾端略禿的小棍棒，在小寶的腳底板畫來畫去；畫了左腳，又畫右腳，每畫一次，小寶的腳指頭就抓一下。余大夫說：

「這種反應是好現象，沒想到小病人的恢復力這麼強。明天我準備讓他試試自己推輪椅，不過恐怕還要別人幫忙，因為他的手還沒什麼力氣⋯⋯」

「我明天正好沒事，我可以推他一整天！」濃濃很興奮地說。

余大夫笑了笑說：

「我們最多只能付半小時的薪水。像這種情形，頭一次自己推

輪椅，能維持二十分鐘，就很能幹了……」這時侯有護士小姐來喊余大夫，余大夫說了再見，就跟著護士走了。紫千說：

「濃濃，走，我請妳去吃客飯。」說完又親了一下小寶，才挽著濃濃的手臂一起去飯廳。

考試發表了，取了兩個，濃濃是備取。公告上寫得很明白，要等到當天下午三點鐘，正取的放棄了沒有來，才由備取遞補。從早上要等到下午三點鐘，這種等待的焦慮真不是味道，濃濃只好拼命做事，好讓時間過得快一點。紫千一去上班，她就開始洗頭、洗澡、洗衣服。又把紫千的床單、被套通通洗了。再把棉被、墊被、毛毯都搬到宿舍後面的空地上去晒太陽。都弄好了，還不到十二點，又等了好半天，紫千才回來帶她去吃中飯。吃過飯，紫千又去上班，濃濃回到宿舍，慢條斯理的收起那些洗的晒的衣服、被子。床單都舖好了，才一點半。她又把紫千的皮鞋也搬出來擦，才兩點。急死人，她又去把宿舍外面的走廊都掃乾淨了，外面的一些小野草也拔光了，才見紫千姍姍的來。她看紫千垂頭爽氣的樣子，心裡早都不存任何希望。紫千進了房間，她也跟著進來。紫千先在床上躺下來，軟趴趴地說：

「誰把我的床弄的這麼舒服，一定是妳！我真希望以後能夠跟妳住在一起。可是……濃濃！」她突然從床上跳起來：「……快點，穿鞋子！我…帶…妳…去…報…到…！」

濃濃愣愣地說：

「紫千，妳拿我開心呀？」

「嗯！妳是我的開…心…果…！」說完在床底下把濃濃的鞋子提出來，要她，「快穿！快穿！有沒有照片？」

「我哪有什麼照片？」

「那麼，後補！快！張主任還在總務處！現在就去辦手續！」她們辦完手續，別人也都下班了。紫千問：

「張主任，我房裡還有一張空床，給郁小姐住可以嗎？」

「沒問題。」

這一夜，她們兩個，嘰嘰咕咕……

## 6

到了十一月中旬，紫千補上康寧育幼院音樂教師的缺，她正忙著教唱，教孩子們勤練聖誕歌曲。

天氣一天天冷了，紫千去做了一件淺紫色的長大衣。在好久以前她就想做一件紫色的大衣，可是她所有的錢都讓小寶治病花光了。現在小寶住在育幼院裡不花什麼錢了。而且她自己又有了收入，於是她就去做了一件直腰身淺紫色的長大衣。濃濃也做了一件淺咖啡色的。起先濃濃出主意要做長及腳踝的時髦式長大衣，紫千考慮了一下，那種時髦的式樣只能好看一時，而且一件大衣價錢那麼貴，怎麼能叫它轉眼成廢物呢？再說她們的職業也不許可奇裝異服。她把這些道理說給濃濃聽，濃濃反而沒意見了。她說：

「紫千，妳做多長，我就做多長吧？」最後她們決定都做長及膝下兩寸，穿起來居然美觀大方，人人讚美。這下又把濃濃樂壞了。她說：

「紫千，還是妳有眼光。那天我就看到一個摩登女郎，自己踩到長衣的下擺，摔了一跤，四腳朝天。好幾個小太保看了都拍手吹口哨。真是好尷尬……」

「濃濃，我倒不是覺得長衣服不好看，我認為穿長衣服要看場合看時候；還要看這個人有沒有好身段好儀態。就像歌星或演員，她們在舞台上表演的時候；以及年輕的新娘伴娘等等，穿上長禮服，都會給人柔美清新，婀娜多姿的感覺；若是又矮又胖的人，穿件長拖及地的長衣服，不但毫無美感可言，說句難聽的話，真像一隻剛下過蛋的唐老鴨……濃濃笑了一陣，啐道：

「紫千，妳別拿人家矮胖子尋開心好不好？」

「妳以為我尋開心就錯了，我實在替她們難過。濃濃，妳想想，一個女孩子如果在面貌身材上輸了人家，是不是應該從服裝和氣質上去補救呢？我從前認識一個女孩子，她是又矮也胖，但她一肚子學問，仍然叫她看起來風度翩翩，後來她做了小學校長，誰看到她不尊敬三分呢？……」濃濃看一下手錶，說：

「好險！紫千！還有三分鐘車子就開了，我要趕上這一班車去銀行提款！」濃濃慌慌張張的走了。紫千也就收拾一下樂譜與歌本，準備去上課。聖誕節一天一天的近了，育幼院裡上上下下忙得不可開交。每年聖誕節這一天，院長夫人總是會來跟孩子們共度聖誕。孩子們等待夫人的歡欣，比等待聖誕老人更有過之。聖誕的鐘聲越敲越響，聖誕的氣氛越來越濃，從庭舍的佈置，從孩子們的歌聲，件件都告訴人們，聖誕節近了。廣場上，兩排高過牆頭的聖誕紅一片艷紅。大門入口的兩側，每隔一步之遙就擺著一小盆聖誕紅，看去整整齊齊的兩行，它們蹲在走道的兩邊，舞動著，喧鬧著，準備迎接即將蒞臨的貴賓。禮堂裡一棵大聖誕樹也佈置起來，彩燈紙飾掛得叮叮噹噹琳瑯滿目，每個人見了面，都說：

「聖誕快樂！」

下午四點鐘，院長夫人來了，所有的院童，以及工作人員，都喧騰歡欣！院長夫人送給孩子們禮物，又觀賞院童的唱歌表演。院童們唱了幾首聖誕歌曲之後，他們又唱了一首「我們真快樂」。這首歌是紫千自己作詞作曲，她教小朋友又唱又表演，有的小朋友邊唱邊打拍子，他們拍著小手唱完一遍又唱一遍。歌詞是：

我們真快樂

（謹以此歌獻給殘疾患者暨他們的長輩親人）

哈哈！哈哈！哈哈！哈哈！我們真快樂！

哈哈！哈哈！哈哈！哈哈！我們真快樂！
我沒有手，上帝給我一雙腳，
你沒有腳，上帝給你一雙手。
壞了眼睛，聾了耳朵，不要流淚，也別難過。
讓我們彼此互助合作。
看我！看我！看我！看我！我們戰勝病魔！
不要嘆息，切莫蹉跎，我們也能工作！
啦啦！啦啦！啦啦！啦啦！我們真快樂！
啦啦！啦啦！啦啦！啦啦！我們真快樂！

禮堂裡的老師以及小朋友們都忘情的唱著，整個禮堂歡聲滿滿，院長夫人也笑著鼓掌，接著給小朋友分送禮物。

院長夫人一行逗留到黃昏才離去，這真是一次歡歡樂樂的聖誕佳節！

散會以後，紫千和濃濃要去病房看望小寶。濃濃問：

「紫千，妳不是說還要去給小寶送聖誕禮物嗎？」

「是啊，我給小寶鉤了一頂絨線帽。」

「紫千，妳猜猜看，我給小寶買了什麼禮物？」濃濃也拿出一包禮物要紫千猜，

「一定是手套！」紫千肯定的說。

「不來了，不來了，準是我買手套的時候，被妳偷看到了。」

「我怎麼又偷看了？是妳自己那天對小寶說，『小寶，阿姨要給你買一付漂亮的手套。』現在又說是我偷看妳買禮物。走吧，我們現在就去給小寶送去吧？」

「好好好，等我一分鐘，我給秀蘭寄一封信！」濃濃說著往走廊那頭跑去，把信投在郵筒裡，又急忙地跑回來，她們兩個人，手挽手地走進病房去看小寶。

# 7

秀蘭，秀蘭自從上個月跟她先生辦好離婚手續之後，深居簡出，下了班都躲在家裡，心情甚為苦悶。她想起濃濃，很想到台北去散散心，又苦於不知道濃濃的地址，她心裡想，「這傢伙走了那麼久，連信也不來一封，會不會也是忘恩負義者之流？」三思之後，還是到她家裡去走一趟，看看她家裡的人知道不知道濃濃的地址？說走就走，她鎖好門，就出去了。她來到中港路，剛走到濃濃隔壁林家門口，就聽見濃濃他們家吵鬧不休。她不敢再往前面走，就駐足在林家門口。林太太問：

「小姐，請問妳找誰？」

「我想找郁濃濃……」

「濃濃早就被趕出去了……」

「……我知道，我只是想問問他們家，知道不知道濃濃她現在的地址？」

「我看有問題……唉！真可憐！那麼好的一個女孩子……」林太太搖著頭傷心地說：「……一個家，都被這個女人拆散了，……丈夫也走了，……現在兒子又要走……」正說著，隔壁又傳來濃濃她弟弟阿西的聲音，他大聲的叫：

「妳就知道打牌，睡覺，……人家別人家都快吃中飯了，妳還不起來做早飯，怪不得人家都說妳是『壞女人』……」

「我怎麼『壞女人』？我什麼都為你！阿西，媽媽白疼你了……」

「妳為我？哼！我看妳心目中只有一個『格老子』。妳把姐姐趕走，把爸爸逼走……人家都說妳是『壞女人』，我也要走了，不跟這種『壞女人』住在一起了……」

「阿西！你再說一句『壞女人』，我就揍你……」

「妳敢揍我？我偏說，壞女人！壞女人！壞女人！……」阿西的聲音，越說越提越高。

「啪！」巴掌打在臉上的聲音。

「妳打好了，妳今天快打，等明天妳就打不到我了，我也要走了，我走了再也不回來了！讓妳去跟『格老子』的去親熱......」

「啪！」又是一巴掌。

「妳打好了，這是最後一天，明天妳再也打不到我了……」接著開門、甩門的聲音。

「阿西！你不要走！你走到哪裡去？……」

「放心！我有地方去，我們老大早就叫我去了……」

「阿西！你不要走！阿西！你不要走！我現在就弄飯給你吃……阿西！……阿西！……你不要走……阿西！我只要你，我不要別人！阿西……」

「太晚了……」砰！甩門的聲音，接著急促的腳步聲。

「阿西！你不要走……阿西！我誰都不要，只要你一個。阿西，你快回來……阿西……」美娥穿著睡衣追出去，邊哭，邊叫，邊追……

憤怒的阿西在前面跑……

「阿西！不要跑！……阿西，你回來！……」

阿西緩步下來，回頭看他母親……嘰……！嘎……！一輛小貨車在路盡頭緊急煞車，阿西躺在前輪後面，路面一攤血，阿西不動了，血繼續從嘴巴、鼻子流出來，……美娥不要命的衝上去，抱起阿西的頭，她披散的頭髮，蓋在阿西滿頭滿臉。她的頭髮上、睡衣上都是血。美娥呼天搶地的嚎哭：

「噢……呵……呵，阿西……我的命啊！……啊……呵……呵……阿西……我的心肝……寶貝啊……」心肝寶貝閉著眼睛，耳朵與鼻孔繼續流血，再也聽不見了。林太太和秀蘭目睹慘況，都跑來安慰她。警察也來了，美娥說：

「林太太，我那個死鬼還在裡面睡覺，麻煩你們去幫我叫那個死鬼，都是這個王八蛋害我一家啊……噢……呵……呵……阿西……我……的……命……啊……」

郭上士出來了，他站在美娥旁邊，無奈的搓著手，兩隻腳輪流交替地踏動著，他喃喃地說：

「這怎麼辦？這怎麼辦？……這……這怎麼辦？……我去叫老郁……你們在這裡等……我去叫他爸爸，你們在這裡等……我去……我去把老郁叫來……」郭上士走了。

這裡美娥哭著，警察正在問卡車司機，關於剛才車禍的始末……

秀蘭不忍再看下去，她流著淚走了。

# 尾聲

四月，台北不冷不熱，正是春光明媚、鳥語花香、萬紫千紅的好季節。

昨晚，紫千又寫成了一首歌。

今天，星期天。紫千一早就把濃濃吵醒，對她說：

「濃濃，起來吧，妳看，天氣這麼好！我們出去走走好不好？昨天晚上，我才把那首『紫牽牛之歌』的歌詞寫好，曲子還沒有配。妳起來，濃濃，不要睡懶覺了。起來陪我出去哼哼看。哼好聽了，我就把曲子譜上去……」濃濃伸一個懶腰，揉一揉惺忪的睡眼，說：

「紫千，妳的主意真是多，昨天妳不是說要帶小寶去找蘭英姐姐玩？怎麼又要去唱歌啦？」

「下午啊，下午我們去找蘭英姐姐。早上我們去唱歌！」

「好吧，好吧。我遵命就是。」她們很快起床。漱洗完畢。整理好內務。吃了早點。紫千邊穿衣服邊唱，她唱了一句：

「我是小小紫牽牛……」覺得起頭起得太高了，就停下來。濃濃也說：

「不行！不行！一開頭起音這麼高，到後面怎麼唱得上去？」

「所以才要妳陪我一起去哼哼唱唱嘛。濃濃，這首歌可以二部合唱，我們今天先唱中音好不好？」

「什麼低音中音高音？我都不懂。我不管唱哪一部，唱到後來都是被人家拉走。唱到最後，我都是跟著別人唱，今天我跟著妳唱就是了。」

她們兩個，一人穿了一件紫色的洋裝，紫千穿的是淡紫翻領洋裝，左襟別著一朵深紫色緞帶質料的牽牛花。前額壓著一條與洋裝同色的寬型髮帶。腳上穿的是淡紫色半高跟涼鞋。濃濃短短的捲髮，穿了一件濃紫領口有小皺摺的蓬袖洋裝，腰間鬆鬆的，繫著一條流蘇型的細腰帶。穿了一雙濃紫色後空高跟鞋。她們帶著一本寫有歌詞的筆記本，先到作業治療室去看小寶。小寶正在梳著一個娃娃頭，一梳子，一梳子，很專心地梳著娃娃頭上金色的髮絲。紫千站在門口叫了一聲：

「小寶！」小寶停下來看媽媽，他笑一笑，舉起手來跟媽媽打招呼。管理作業治療的廖阿姨，也看了看小寶，走過來對紫千說：「牛小姐，你們小寶很能幹了耶，妳猜他昨天梳了幾個娃娃頭？」停了一下她又自己回答，道：「十個，十個不錯了耶，而且他很專心。不錯耶，梳好一個娃娃頭可以賺兩毛錢，十個也有兩塊錢了。小寶真的很不錯，他進步得很快耶！」

「還不是廖阿姨能幹教得好！」說完她對小寶拍一拍手，伸出右手的大拇指，對小寶說：

「能幹！」小寶又很得意地笑笑，他笑著看看其他也在作業治療的小朋友，那些小朋友也跟他笑。濃濃也伸出大拇指對小寶說：

「小寶能幹！」小寶又笑了。

紫千和濃濃看過了小寶就往外走。剛走完教室的那排長廊，她們都同時看見，有一位穿紫色洋裝的女子，正在傳達室門口，跟傳達室的鐘先生，在那裡比手畫腳的，比完了，她點點頭，往裡面走。紫千和濃濃往外走。碰頭了，濃濃叫：

「嗨！秀蘭！妳收到我的信了吧？怎麼現在才來？」

「收到了，就是收到妳的信，我才來找妳們，妳們現在要到哪裡去？我要是晚來一步，就要坐在門口哭了。」說著打了濃濃一下，又對紫千笑一笑。

秀蘭穿一件藍紫色圓領小洋裝，腦後用同色絲巾扎了一個馬尾巴，腳上穿一雙藍紫色高跟鞋。紫千覺得秀蘭今天看起來好素雅。她笑著對秀蘭說：

「我們去唱歌，妳也來吧？」

「走吧，秀蘭！跟我們一起去唱歌。」濃濃拉著她的手說。

「我哪會唱歌？我去聽你們唱好了。」

她們三個人說著，一起往外走，濃濃走在秀蘭旁邊，輕聲問：

「秀蘭，妳要來也不寫一封信，怎麼突然的就來？」

「我來不及寫信，我心裡好煩悶，想找妳們說一說。」

「怎麼搞的？」

「我的男人不要我，他走了。」

「秀蘭，怎麼搞的？」

「一言難盡。」

「走吧！走吧！唱唱歌就好了。」紫千笑著對她說。

「秀蘭，妳剛從左營來，最近有沒有看到我爸爸、媽媽和我弟弟他們，我正想寄一點錢回去，妳來了正好。」

秀蘭低頭沉思了一下，說：

「沒有，我好久都沒看到他們。妳知道，我自己心情不好，很少出門。」

「妳這次回去幫我去看看他們？」

「好嘛。」秀蘭不敢提起她在左營所看到的濃濃他們家所發生的悲慘的畫面。

她們三個，說著走著，走下了育幼院對面的廣場，穿過小路，來到一處小河邊。

河邊，鋪展著茵茵綠草，對望晴空。陽光淡淡，撫慰碧草。風兒低唱，草兒輕舞。流水依然低訴，幾朵白白輕雲飄過藍天……

紫千、濃濃、秀蘭，三個好朋友，在草地上坐了下來。她們看著，聽著，唱著。唱著她們自己的歌：

(1)

我是小小紫牽牛，
開在小園圍籬下；

花開花謝沒人睬，
化作春泥更護花。
蜂飛蝶舞多熱鬧，
陽光照耀又開花；
雖然不是梅蘭菊，
我是一朵牽牛花。

(2)
我是青青青籮藤，
流浪原野和深崗；
秋去冬來不言語，
春風拂面試新裝。
暴雨狂風任君採，
越採越開在四方；
雖無馨香襲人氣，
我有我的美麗芬芳。

她們開始時輕輕地哼著，漸漸唱大聲了。歌聲悠揚，遠播四野……

------ 全文完 ------

國家圖書館出版品預行編目

紫牽牛之歌——南國佳人風情錄 / 吟蜩著. --
一版. -- 臺北市 : 秀威資訊科技, 2010.01
面； 公分. -- (語言文學類；PG0322)

BOD版
ISBN 978-986-221-360-5(平裝)

857.7 98022053

語言文學類 PG0322

# 紫牽牛之歌——南國佳人風情錄

作　　者 / 吟　蜩
發 行 人 / 宋政坤
執行編輯 / 林世玲
圖文排版 / 郭雅雯
封面設計 / 黨宜心
數位轉譯 / 徐真玉　沈裕閔
圖書銷售 / 林怡君
法律顧問 / 毛國樑　律師
出版印製 / 秀威資訊科技股份有限公司
台北市內湖區瑞光路583巷25號1樓
電話：02-2657-9211　傳真：02-2657-9106
E-mail：service@showwe.com.tw
經 銷 商 / 紅螞蟻圖書有限公司
台北市內湖區舊宗路二段121巷28、32號4樓
電話：02-2795-3656　傳真：02-2795-4100
http://www.e-redant.com

2010 年 1 月　BOD 一版
定價：430 元

# 讀　者　回　函　卡

感謝您購買本書，為提升服務品質，煩請填寫以下問卷，收到您的寶貴意見後，我們會仔細收藏記錄並回贈紀念品，謝謝！

1.您購買的書名：____________________________

2.您從何得知本書的消息？

□網路書店　□部落格　□資料庫搜尋　□書訊　□電子報　□書店

□平面媒體　□ 朋友推薦　□網站推薦　□其他__________

3.您對本書的評價：(請填代號　1.非常滿意 2.滿意 3.尚可 4.再改進)

封面設計____　版面編排____　內容____　文/譯筆____　價格____

4.讀完書後您覺得：

□很有收獲　□有收獲　□收獲不多　□沒收獲

5.您會推薦本書給朋友嗎？

□會　□不會，為什麼？____________________________________

6.其他寶貴的意見：________________________________________

________________________________________________________

________________________________________________________

________________________________________________________

## 讀者基本資料

姓名：____________________　年齡：______　性別：□女 □男

聯絡電話：________________　E-mail：____________________

地址：______________________________________________

學歷：□高中(含)以下　□高中　□專科學校　□大學

□研究所(含)以上 □其他_______________

職業：□製造業 □金融業 □資訊業 □軍警 □傳播業 □自由業

□服務業 □公務員 □教職　□學生 □其他__________

請貼
郵票

To：114

台北市內湖區瑞光路 583 巷 25 號 1 樓

秀威資訊科技股份有限公司　　　收

寄件人姓名：

寄件人地址：□□□

---

(請沿線對摺寄回,謝謝!)

## 秀威與 BOD

BOD（Books On Demand）是數位出版的大趨勢，秀威資訊率先運用 POD 數位印刷設備來生產書籍，並提供作者全程數位出版服務，致使書籍產銷零庫存，知識傳承不絕版，目前已開闢以下書系：

一、BOD 學術著作—專業論述的閱讀延伸
二、BOD 個人著作—分享生命的心路歷程
三、BOD 旅遊著作—個人深度旅遊文學創作
四、BOD 大陸學者—大陸專業學者學術出版
五、POD 獨家經銷—數位產製的代發行書籍

BOD 秀威網路書店：www.showwe.com.tw
政府出版品網路書店：www.*gov*books.com.tw

永不絕版的故事・自己寫・永不休止的音符・自己唱